झरोखा

(समकालीन तेलुगु कहानियाँ)

AF874924

अनुवादः

आर. शांता सुंदरी

MANJUL

मंजुल पब्लिशिंग हाउस

First published in India by

MANJUL

Manjul Publishing House Pvt. Ltd.
Registered Office:
10 Nishat Colony, Bhopal 462 003 - India
Corporate Office:
2nd Floor, Usha Preet Complex,
42 Malviya Nagar, Bhopal 462 003 - India
E-mail: manjul@manjulindia.com
Website: www.manjulindia.com

Distribution Office:
SV Book Supply Company Pvt. Ltd.
7/32, Ground Floor, Ansari Road, Daryaganj,
New Delhi 110 002
Email: booksupplyco@gmail.com

This edition first published in January 2012

ISBN 978-81-8322-251-8

Translation by S. Santha Rao
Typesetting by Balaji Graphics

Printed & bound in India by
Manipal Technologies Ltd., Manipal

अनुक्रम

फूल खिलते ही रहे ......

डॉ. अवसराला रामकृष्णराव

कृष्णमूर्ति इंटर में मेरा क्लासमेट था। पहली मुलाकात के बाद कुछ ही दिनों में हमारे बीच अजीब सा आकर्षण हो गया। जल्द ही हम पक्के दोस्त बन गये।

उसकी मज़ाकिया बातों को याद करता हूँ तो अब भी हँसी आती है।

"कृष्णमूर्ति! कमीज़ का कपड़ा बहुत अच्छा है। कहाँ से लिया तुमने?"

"दुकान से।"

"यह तो सब जानते हैं, कहाँ से ख़रीदा, यह जानना चाहता हूँ।"

"बाजार से..... कपड़े की दुकान से।"

"अरे.... यह कैसी बोली है, भाई?"

"हिन्दी।"

"अच्छा? हमें तो मालूम ही नहीं था! कपड़ा बहुत सुन्दर था, इसलिए इतने सारे सवाल करने पड़ गये। तो तुम यह नहीं बताओगे कि किस दुकान से खरीदा! ठीक है, सारी दुकानें छान मारूँगा। पर यह तो बताना कि कैसे लिया?"

"पैसे देकर।"

"कैसा टेढ़ा आदमी है! ठीक से बताओगे या नहीं? गज़ कितने का?"

"तीन फुट का।"

"अरे, जान मत खाओ। हमें तो यह चिंता सता रही है कि कहीं यह कपड़ा न मिला तो क्या करेंगे? कपड़ा कैसे लिया, बताओ न?

"ऐसे। दाएँ हाथ से।"

बस इसी तरह सताता है, सवाल का जवाब कभी नहीं देता।

एच.ई.ए.डी मिलाकर मैं 'हीड' कहता था। बीस साल की उम्र में मुझे लगा कि मुझे 'रन ग्रामर' की ज़रूरत है। कृष्णमूर्ति से कहा तो उसने लाकर दिया और कहा-

''यह किताब मेरी माँ की है। यही नहीं यह किताब ही मेरे लिए माँ जैसी है.... एक भी पन्ना ख़राब किया तो जान ले लूँगा....।''

'यह तो पागल है, ऐसा सोचकर किताब का पन्ना खोला। पहले पन्ने पर लिखा था, ''मेरा नाम जानना चाहते हो?... दो सौ चौवन नंबर का पन्ना देखो!''

वह पन्ना खोला।

''इतनी आसानी से नहीं मिलूँगी? एक सौ दसवाँ पन्ना खोलो।''

वहाँ भी देखा।

''यहाँ नहीं, पन्ना चौसठ देखो।''

''अरे पगले! रेगिस्तान में भी कहीं कुआँ होता है क्या? क्या तुम इतना भी नहीं जानते कि नाम किस पन्ने पर लिखते हैं?''

इतने सारे पन्ने ढूँढ़ने के बाद सिर्फ़ एक सवाल हाथ आया! ज़रा देर सोचने के बाद मैंने पहला पन्ना फिर से देखा। धुँधले-से अक्षरों में उसी पन्ने पर लिखा था, के स्वराज्यलक्ष्मी। ग्रामर तो मैं सीख नहीं पाया पर इस पन्नों के खेल के ग्लैमर ने मुझे मोह लिया। जब कृष्णमूर्ति के पिता लड़की देखने गये थे, तब भी स्वराज्यलक्ष्मी के पिता ने यही किताब उन्हें पकड़ाकर कहा था कि लड़की तैयार हो रही है। तब तक आप यह किताब देखिये। उसकी लिखावट देखिये। इन पन्नों के खेल की चंचलता ने उन्हें भी सम्मोहित कर दिया था। वे बिना देखे ही लड़की पसंद कर आये।

''इस नालायक को पढ़ाना भी बेकार है!'' कहनेवाली माँ, बेटा अँधेरा होने से पहले घर नहीं लौटता तो बैचेन हो जाती थी। ''इतनी बड़ी हो गई, फिर भी पाउडर लगाती है। घूमने जाती है,'' कहकर चिढ़ाने वाला बेटा अगर माँ को ज़रा भी बुखार हो जाता तो घबरा जाता।

○ ○

हमारी दोस्ती को आठ साल हो गये।

मैं उसकी शादी में गया था। सबके सामने वह अपनी नयी-नवेली दुल्हन का हाथ पकड़कर मेरे पास ले आया और बोला, ''कैसी लगती है? सच बताना.... आँखों में ढेर सारा काजल सजाकर... नकली बालों की चोटी बनाकर मुझे इन लोगों

ने धोखा दिया । लड़की देखने गया था, तभी अगर मालूम होता कि इतनी छोटी आँखें हैं और इतनी पतली चोटी है तो...'' फ़ौरन लड़की ने जवाब दिया, ''आधा इंच क्रीम लगाकर, तख़्ते पर खड़े होकर आपने हमें धोखा नहीं दिया था? क्या मैं जान पाई कि आप इतने काले हैं और इतने नाटे हैं?'' यह किस्सा मैं कभी नहीं भूल सकता ।

कृष्णमूर्ति के बेटे के अन्नप्राशन के दिन ही गंगाधरम जी ने अपने नये घर का गृह-प्रवेश उत्सव भी मनाया । आंध्रप्रदेश में मिलने वाले पाँच प्रकार के चंपक फूलों के पौधे अपने स्वगृह में लगाने की इच्छा गंगाधरम जी के मन में कई सालों से थी । वह इच्छा भी पूरी हो गई । मैं जब उनके नये घर में उनसे मिलने गया तो पौधों को पानी देते हुए उन्होंने ही मुसकराहट के साथ मेरा स्वागत किया ।

''यह क्या? आप क्यों पानी दे रहे हैं? नौकर कहाँ गया?''

''नौकर को काम से हटा दिया, अब उसकी क्या जरूरत है? प्रैक्टिस छोड़ने के बाद मैं घर में बेकार ही बैठा हूँ । बेटा दफ़्तर चला जाता है । बहू तो दिनभर पिछवाड़े में काम करती रहती है । मेरी पत्नी के बारे में तो तुम्हें अच्छी तरह मालूम है । उम्र हो गयी पर घर में उसका मन एक पल के लिए भी नहीं लगता । बस.... इस बग़ीचे में रह जाते हैं, यह दादा और वह पोता । किसी को फ़िक्र हो या न हो मुझे तो फ़िक्र करनी पड़ती है न?''

मुसकराते हुए उन्होंने जब ये आखिरी वाक्य कहे, तब हमें ज़रा भी आशंका नहीं थी कि ऐसी नौबत भी आ सकती है । सपने में भी नहीं सोच सकते थे कि ऐसा होगा । पर हुआ ऐसा ही था! कुछ दिन पहले जब उस शहर में इन्फ्लूएन्जा का प्रकोप तूफ़ान की तरह घर-घर को हिलाकर थमा तो उसके बाद न ही वह माँ बची न वह बेटा ।

''देखो बेटे, यह ड्राइंगरूम है । यह मेरे बेटे का बेडरूम है । उसके बाद आंगन है, यह हॉल है... इससे ज़रा हटकर हमारा बेडरूम है... पूछोगे क्यों?.... अभी-अभी नई शादी है.... कुछ आपस में प्यार-व्यार होगा... खुसुर-पुसुर करेंगे... रात को दूसरा कोई सुनेगा तो अच्छा लगेगा क्या?.... इसलिए हमारा बेडरूम दूर....''

''यह क्यों नहीं कहतीं कि तुम दोनों के झगड़े-लड़ाई हमें सुनाई न दे, इसीलिए अपना बेडरूम हमारे कमरे से दूर बनवाया?''

इस तरह झूठ-मूठ लड़ने वाले माँ-बेटे अब नहीं रहे ।

पढ़ाई ख़त्म करने के बाद हमारे रास्ते अलग हो गये थे । हम अपने-अपने पारिवारिक झंझटों में उलझे रहे । फिर भी, जब मुझे इस बात का ख़्याल आता

है कि कृष्णमूर्ति हम सबको हमेशा के लिए छोड़कर चला गया, तब मेरा कलेजा फटने लगता है। इस कड़वे सच को मन बिल्कुल मान नहीं पाता। फिर गंगाधरम जी का इकलौता बेटा... पच्चीस साल का नवयुवक... अचानक उन्हें छोड़कर चला गया... तो उन्हें कैसा आघात पहुँचा होगा! उनकी इस वेदना को बाँटने के लिए उनकी धर्मपत्नी भी नहीं रहीं। अपने बेटे से लड़ने-झगड़ने के लिए वह भी उसी के साथ इस दुनिया को छोड़कर चली गईं। इतना सबकुछ हो जाने के बाद भी उन्होंने कैसे अपने आपको सँभाला, यह मेरी समझ में नहीं आया। एक बार काम के सिलसिले में उनके शहर गया था, पर उनके घर तक जाने की हिम्मत नहीं हुई। पर उसी गली में मेरे रिश्तेदार रहते थे इसलिए मुझे एक बार वहाँ जाना ही पड़ा। गंगाधरमजी की नज़र मुझ पर पड़ी और उन्होंने मुझे पास बुलाया। उन्हें देखते ही आँखों से आँसू बहने लगे।

"मैंने सोचा था कि तुम मुझे तसल्ली देने आये हो। पर यह क्या? तुम्हीं पहले रो पड़े?" उन्होंने कहा, तो मैंने आँख उठाकर उन्हें देखा।

"देखो बेटा! यह हमारा शरीर जो है, किराये के घर जैसा है। पर अजीब बात यह है कि यह किराये का घर सदा अपना कहलाने वाले घर की खोज में रहता है।

सच है। उनकी बातें बड़ी अजीब हैं। उनका एकमात्र सहारा, बेटा और छाया बनकर रहनेवाली पत्नी दोनों को खो देने के बाद भी उनके होठों पर पुरानी मुसकराहट अभी तक वैसी ही है, यह बात मुझे हैरान कर गई।

"मनुष्य का स्वभाव स्वार्थी होता है, बेटा! स्वार्थ के कारण ही मन भी रोगी हो जाता है। बेटे को खोने के दुख में, स्वार्थ के कारण, मैं अंधा हो गया। मैं और कितने दिन जिऊँगा? उस लड़की को देखो! कौन? मेरी बहू की बात कर रहा हूँ। बस, अठारह-उन्नीस साल की है। उसके आगे सारा जीवन पड़ा है। उसका क्या होगा?"

घर की रौनक जैसे बेटे और पत्नी को एक साथ खोने का पहाड़ सा दुख झेलने वाला यह बूढ़ा अपनी वेदना को भूलकर दूसरों के बारे में सोच रहा है। यह कैसी महान हस्ती है। इस प्रकार के लोगों को सुख या दुख ज़रा भी हिला नहीं पाते। मुझे थोड़ा-थोड़ा अब समझ में आने लगा कि हमेशा दूसरों के दुख देखकर स्पंदित होनेवाले मनुष्य अपने सुख-दुख से विचलित नहीं होते।

"जी हाँ! कृष्णमूर्ति की पत्नी! अब कहाँ है?"

"कहाँ रहेगी? यह जहाँ होता है, उसी के साथ लगी रहती है..."

मैंने ध्यान नहीं दिया था। दादा जी के पीछे छिपकर खड़ा था... कृष्णमूर्ति का बेटा। दो साल के बाद देख रहा था। काफ़ी बड़ा हो गया। बड़ा प्यारा बच्चा था।

''कौन सी क्लास में पढ़ रहे हो?'' पूछने को और कुछ भी तो नहीं सूझा।

''पेपरेतरी'' उसने कहा। मेरी समझ में कुछ भी नहीं आया। गंगाधरम जी ने मुसकराते हुए बताया कि किसी मिशनरी स्कूल में 'प्रिपरेटरी' में है।

मैंने उनसे विदा लेते हुए पीछे मुड़कर देखा। सारे कमरे खाली-खाली लग रहे थे। घर के अंदर सन्नाटा और सूनापन था। इतने बड़े घर के पिछवाड़े में वह लड़की क्या करती रहती है, यह भगवान ही जानता है। दादाजी किसी पौधे के लिए क्यारी बना रहे थे। पोता उनकी पीठ पर चढ़कर झूल रहा था। उन्हें इस तरह देखकर मेरे मन में वात्सल्य की भावना उमड़ आई। ''चाहे कोई करे या न करे, हमें तो फिक्र करनी ही पड़ेगी न?'' मुझे वह पुरानी बात याद आ गई।

○ ○ ○

और दो साल बीतने के बाद ईश्वर ने एक बार फिर गंगाधरम की परीक्षा ली। शायद कुछ ऐसा हुआ था-

दिन बीतते गंगाधरम जी को बाग़वानी की लत-सी लग गई। उनके बग़ीचे में हर प्रकार के फूल खिलते थे। शाम को वे खुद सारे फूल तोड़कर उनकी मालाएँ गूँथते थे। पोते के हाथों वे मालाएँ, पड़ोसियों के घर भिजवाते थे। वही उनके अनुसार पूजा थी। कभी आँख उठाकर देखते तो घर के सामने, चबूतरे पर खड़ी, आँसू बहाती, बहू दिखाई देती थी। उन्हें वह लड़की फूलों की माला सी लगती थी।

सिर्फ़ फूल ही नहीं, घर के सामने के विशाल आँगन में हरे-भरे लॉन भी लगाना पसंद करते थे। लगाया भी था।

'दादाजी, बचके!'' चिल्लाता हुआ पोता उस लॉन पर तिपहियेवाली साइकल पर आता था।

एक बार उस बच्चे ने किसी को रेनकोट पहनकर जाते देखा। उसने ज़िद पकड़ ली कि उसे भी रेनकोट चाहिए। उसकी माँग उस घर में हुक़्म के बराबर थी। अगले ही क्षण सीमेंट के रंग का कोट और रंग-बिरंगे फूलों के डिजाइनवाला हैट आ गए।

फौरन बच्चे ने वे दोनों चीज़ें पहन लीं।

''मैं। अभी जाकर स्कूल में अपने दोस्तों को दिखाऊँगा। बच्चे ने कहा।

“नहीं बेटे! बारिश न हो तो इन्हें नहीं पहनते। सब हँसेंगे।”

बच्चा उदास हो गया, उसने दोनों चीज़ों को उतार फेंका।

“माँ! बारिश कब आयेगी माँ?” माँ की ठोड़ी पकड़कर बच्चे ने पूछा।

“जब आयेगी तो बता दूँगी न? तब पहन लेना, अच्छा?”

माँ ने कहा। पर उसने बताया नहीं। उसी रात को बारिश आई और खिड़की से पानी की बौछार अंदर आने लगी तो उसने खिड़की बन्द कर दी और सो गई।

“माँ! रात को बारिश हुई थी?” जागते ही बच्चे ने पछा। उसने बाहर गड्ढों में ठहरा हुआ पानी देखा था।

“हाँ, मुन्ना!”

“तुमने कहा था मुझे बताओगी। फिर जगाया क्यों नहीं?”

“आधी रात को उठकर क्या करते, मुन्ना?”

“पर बारिश आते ही रेनकोट पहनना था न?”

माँ हँस पड़ी और बोली, “तू भी बेटा! भीगोगे तो पहनोगे न? बेकार क्यों पहनोगे?”

“क्या? पहनकर नहीं भीग सकते?”

मुन्ने ने माँ को माफ़ नहीं किया। ठीक है, अगर पहनकर सबको नहीं दिखा सकता तो कोई बात नहीं। पर एक बार उसे पहनकर बारिश में खड़ा हो जाता तो कितना मज़ा आता।

बरसात का मौसम था, पर अगले चार दिनों तक बारिश नहीं हुई पाँचवें दिन बारिश हुई तो मुन्ना स्कूल में था। उस दिन वह रेनकोट साथ नहीं ले गया। छुट्टी होने तक तो बारिश थम चुकी थी।

वह रोज़ बड़ी आशा से आकाश को देखता था कि कहीं कोई बादल का टुकड़ा ही दिख जाये।

“दादाजी! अब फिर कभी बारिश नहीं होगी?” उसने एक दिन गंगाधरमजी से पूछा।

उन्होंने पोते की आँखों में झाँककर देखा। आँखों में बारिश के सपने थे। बड़ी-बड़ी बूँदें ग़िरें। टप-टप करती हुई बूँदें। आड़ी-तिरछी बौछार पड़े। सब भीगने के डर से इधर-उधर भागने लगें। उनके बीच में से, चक्रव्यूह में जाने वाले अभिमन्यु की तरह, मैं अकेला, बिल्कुल निडर होकर, रेनकोट पहनकर, टोपी पहनकर निकल जाऊँ। सब मेरी निडरता देखकर चकित रह जायें।

इतनी सारी इच्छाएँ थी उन आँखों में... इतने सारे रंग ।

अगले दिन दस बजे के करीब मुन्ना दादाजी के पास दौड़ता हुआ चला आया । बाहर बूंदा-बाँदी हो रही थी ।

"दादाजी! दादाजी! रेनकोट पहनाइये न? मुझे पहनना नहीं आता । ये बटन ज़रा लगा दीजिये न?"

उसका इस तरह मचलना देखकर गंगाधरमजी का मन वात्सल्य से भर गया। कोट पहनाते हुए उन्होंने मुन्ने का बदन छुआ । बदन जल रहा था । दो बटन बन्द किये थे, पर उन्हें खोल दिया । कोट उतारा । गोद में उठाकर बच्चे को उसकी माँ के पास ले गये ।

"देखना बेटी! इसे शायद तेज़ बुखार है ।" उनकी आवाज़ में डर समाया था । टेम्परेचर देखा 102° था ।

बच्चा ज़िद करने लगा कि कोट पहनकर बाहर जायेगा । पर दोनों ने मना कर दिया । उस दिन की वह बारिश एक हफ्ते तक बिना रुके बरसती रही । मुन्ना खिड़की में से बारिश को देख रहा था । उसका रेनकोट हैंगर पर टँगा था । वह एक हफ्ते तक कभी बारिश को और कभी रेनकोट को देखता लेटा रहा । हफ्ता बीत जाने के बाद, आख़िरी दिन वहीं चला गया जहाँ से ये बूँदें आती हैं ।

o o o

कृष्णमूर्ति के बेटे की मौत की ख़बर सुनकर मैं स्तब्ध रह गया । इससे पहले कि मैं पागल हो जाऊँ या आत्महत्या कर लूँ, मैंने चाहा कि फौरन गंगाधरम जी से जाकर मिलूँ । मैं यह नहीं समझ पाया कि प्रकृति की गोद में, प्रशांत, पवित्र जीवन बिताने वाले उस सहृदय व्यक्ति को भगवान क्यों एक के बाद एक विषम परीक्षा लेकर दुख पहुँचा रहा है । जिसके सहारे आदमी जी रहा है, वही छिन जाये तो वह कैसे जी पायेगा? मैं जानना चाहता था कि ऐसी हालत में आदमी ज़िन्दा कैसे रह पाता है । इसीलिए जल्द से जल्द वहाँ पहुँच गया ।

गेट के अंदर दाखिल होते हुए मेरी नज़र दूर खड़े गंगाधरमजी पर पड़ी तो मैं हैरान रह गया । वे छड़ी की मदद से गुलाब के फूल तोड़ रहे थे । मुझे कतई इस बात का अंदाजा नहीं था कि इस बार भी मेरे दुख को दूर करने के लिए वे ही मुझे सांत्वना देंगे । "आओ बेटा । वहीं क्यों खड़े हो ? अंदर आ जाओ..." आवाज़ में वही आत्मीयता थी । मैंने स्पष्ट देखा, सुना । वही आवाज़ वही मुसकराहट! मैं समझ नहीं पाया कि उनके अंदर इनसान का दिल है या वह कठोर पत्थर का

बना है । वह सन्नाटा, वह सुनसान मकान मुझे काटने को दौड़ा । मैं सहन नहीं कर सका । नहीं, नहीं.... उस महान् व्यक्तित्व के सामने मैं खड़ा नहीं रह सकता। यह मनुष्य किस लिए जिन्दा है, यह मेरी समझ में नहीं आया । उनकी वही पुरानी बात, "चाहे कोई करे या न करे, मुझे तेरी फिक्र करनी ही पड़ेगी ।" याद आई। इस सोच के सहारे कोई कहाँ तक, कब तक सहता रहेगा ? इस जीवन दर्शन के साथ निर्विकार होकर कैसे जी सकेगा ? इन प्रश्नों का उत्तर मेरे पास नहीं था । "फिर कभी आऊँगा" कहकर मैं वहीं से वापस लौट गया ।

इकलौते बेटे को खोकर दुर्भर वेदना में डूबी कृष्णमूर्ति की पत्नी को ले जाने के लिए उसके पिता आये थे । उनके दोनों हाथों को थामकर गंगाधरमजी ने कहा था, "..... मुन्ना आपके पास होता तो शायद आज ज़िन्दा होता..... बेटी का दुख देखा नहीं जाता...... अभी बहुत कमसिन है..... यह समझ लीजिये कि शादी हुई ही नहीं..... बच्चा हुआ ही नहीं..... उसे ढाढ़स बँधाइये.... घुमाने ले जाइये.... उसकी ज़िन्दगी बना दीजिये... ये पाँच सौ रुपये कबूल कीजिये........ बेटी को अपने हाल पर छोड़ दिया तो भगवान हमें कभी माफ़ नहीं करेगा । जल्द से जल्द उसकी शादी करा दें । भारी रकम दहेज में देनी पड़े तो भी कोई बात नहीं । सारी दुनिया हमारे ख़िलाफ हो जाये, तो भी परवाह नहीं ।"

मैं विश्वास कर सकता हूँ कि गंगाधरमजी ने ऐसा कहा होगा ।

आठ साल की उम्र में शंकराचार्य ने अपनी माँ से कहा था, "यह क्या माँ? किसी के मरने पर इतना क्यों रो रही हो? नवरंध्रों वाली इस चमड़े की थैली में प्राणवायु ठहरती है तो उस पर अचंभा होता है, अगर वह बाहर निकल जाती है तो उसमें आश्चर्य की क्या बात है?"

इस किंवदंती को भी मैं सच मान सकता हूँ ।

परन्तु, इस उम्र में, अकेलेपन में, सब कुछ खोकर भी गंगाधरम जैसा व्यक्ति मुसकराता हुआ जी रहा है, इस सच्चाई को जानते हुए भी उसे हज़म करने में मुझे दिक्कत हो रही है । क्योंकि मैं आम आदमी हूँ ।

शुतुरमुर्ग

गिड्डुगु राजेश्वर राव

कई दिनों से गर्मियों में बंगलौर जाने की इच्छा मन में थी, जो पूरी नहीं हो रही थी । अपनी जेब से पैसे खर्च करने से हिचकिचा रहा था । बंगलौर में कोई काम भी तो नहीं था । लेकिन मेरे साथ 'आम के आम, गुठलियों के दाम' वाली बात हो गई ।

एक दिन सुबह बॉस ने मुझे बुलाकर कहा, "डिपार्टमेंट ने तीन दिन की ट्रेनिंग के लिए हमारी ब्रांच से किसी को भेजने की माँग की है । ट्रेनिंग बंगलौर में है । आपको ही जाना पड़ेगा ।"

मन ही मन खुश होते हुए भी मैं माथे पर बल लाकर बोला, "ठीक है । आप कहेंगे तो चला जाऊँगा ।" उसी दिन दोपहर को मेरे दफ़्तर के कार्यकर्ताओं ने मुझे बुलाया । मुझसे कहा गया कि बंगलौर में मुझे एक छोटा-सा भाषण भी देना है। मुझे टिकट की रकम भी थमा दी ।

अगले दो दिन छुट्टी थी । अपनी जेब से एक पैसा भी खर्च किए बिना बंगलौर जाने की मेरी इच्छा इस तरह पूरी हो रही थी । यह मेरी खुशकिस्मती ही थी ।

गाड़ी निश्चित समय पर बंगलौर नहीं पहुँची । शहर मेरे लिए अजनबी था। जल्दी में स्टेशन के नज़दीक एक लॉज में घुस गया और एक कमरे की माँग की। "ऑडनरी या डीलक्स कमरा?" - काउंटर पर बैठे लड़के ने पूछा । सामने टँगे बोर्ड पर बड़े-बड़े अक्षरों में कमरों का किराया लिखा हुआ था । मैंने ऑडनरी कमरा लेना ही ठीक समझा । बचे हुए पैसे सिगरेट खरीदने के काम आएँगे । एक ही कमरा खाली था । एक छोकरा चाबी लेकर मेरे साथ चला ।

चौथी मंजिल पर एक कोने में था यह कमरा। कमरा काफ़ी छोटा था। जल्दी से नहा-धोकर, कपड़े बदल कर, चाबी काउंटर पर छोड़कर मैं बाहर निकला।

शाम को देर से वापस आया और काउंटर पर अपनी चाबी माँगी। "आपका कमरा बदल दिया गया है। यह लीजिए, दूसरी मंजिल पर बाईस नंबर के कमरे की चाबी।" - लड़के ने मुझे चाबी दी।

मैं झल्ला उठा, "मेरे कमरे को क्यों बदल दिया?" कहते हुए नए कमरे का दरवाज़ा खोला।

कमरा बड़ा था। खिड़कियों पर परदे थे, नीचे कॉयर मैट बिछा था, टेलीफोन भी था। यह सब देखकर मुझे लगा कुछ गड़बड़ है, गलती से मुझे यह कमरा दिया गया है। मेरा सारा सामान इस कमरे में सलीके से सजाया गया था। फिर भी मैंने काउंटर पर फोन करके पूछा, "आपने किससे पूछकर मेरा कमरा बदल दिया? इसका किराया कितना है? किराया कौन देगा?" मैं चिल्लाने लगा, तो काउंटर का लड़का सकपका कर बोला, "ठहरिए...अभी बताता हूँ।"

इतने में फोन पर कोई दूसरी आवाज़ स्पष्ट सुनाई दी। - "बस भी करो बिज्जू... इतना गुस्सा ठीक नहीं होता। मैं हूँ.....तुम्हारे बचपन का लंगोटिया यार, गौरीश! अभी आया!" कह कर उसने फोन रख दिया।

खुले दरवाजे पर हल्की-सी दस्तक हुई और गौरीश अंदर आ गया। मुसकराहट के साथ मैं उसे देखने लगा। शहद के रंग का कुर्ता, सफेद पाजामा पहने गौरीश को बड़ी मुश्किल से पहचान पाया। पर पहचानते ही मेरे मन में हल्का-सा ईर्ष्या-भाव कौंध गया।

"सुबह रजिस्टर में एंट्रीज़ देख रहा था। मेरी आँखें एक नाम पर अटक गईं। उम्र भी लिखी हुई थी। नाम और उम्र देखकर मुझे लगा कि यह तुम भी हो सकते हो। रूम ब्वॉय को बुलाकर पूछा, तो उसने तुम्हें दिखाया। तुम ऑटो रिक्शा में बैठ रहे थे। तुम्हें पहचान लिया, तो पुरानी दोस्ती की खातिर मैंने तुम्हारा कमरा बदल डाला। इससे ज्यादा मैं कुछ कर भी नहीं सकता था।" गौरीश ने कहा।

मैं हैरान होकर उसकी ओर देखने लगा, तो वह फिर बोला, "मैं असल में तुम्हारा सामान अपने घर ले जाने के बारे में सोच रहा था। पर तुम्हारा प्रोग्राम मुझे मालूम नहीं था - किस काम से आए हो, कितने दिन रुकोगे - कुछ भी तो मालूम नहीं था। इसलिए सामान नहीं उठवाया।"

"मैं अगले तीन दिन बहुत व्यस्त रहूँगा । दफ़्तर के काम से आया हूँ प्रतिनिधि बन कर । एक छोटा-सा भाषण तैयार करना है, नोट्स भी बनाने हैं । शनिवार को मैं खाली हो जाऊँगा ।" मैंने यह जताने की कोशिश की कि मेरा काम बड़ा महत्वपूर्ण है । इसका गौरीश पर क्या असर हुआ, यह जानने के लिए मैंने उसकी तरफ़ देखा ।

"मुझे बंगलौर आए पाँच साल हो गए । यह लॉज हाल ही में बनाया गया था । शुरू में मैं किचन विभाग देखता था । अब मुझे जनरल सुपरविज़न का काम दिया गया है । जो मुझे यहाँ बुला लाया था, मेरा दोस्त, अब कहता है कि मुझे इसमें भागीदार बनाएगा," गौरीश ने बड़े उत्साह से अपने बारे में बताया ।

मैं चुप न रह सका, बोला, "तो यह कहो कि तुम कैपिटलिस्ट हो गए हो ।" अब तक खुश दिखने वाले गौरीश का चेहरा एकदम उतर गया । फिर अपने आपको संभालकर कहा, "ठीक है, तुम अपना काम करो । शनिवार सुबह मैं तुम्हें अपने घर ले जाऊँगा । तुम्हें चलना ही होगा ।" और चला गया ।

रात को मैं सो न सका । मेरी अपनी कॉलेज की पढ़ाई, किताबों से जूझना, परीक्षाएँ पास करना, नौकरी पा लेना, नौकरी में प्रमोशन का न मिलना, कर्मचारियों की माँगों को अनसुनी करने वाले अधिकारीगण, ये सब याद आते ही नींद हवा हो गई ।

गौरीश खास पढ़ा-लिखा तो है नहीं, फिर इतना खुश कैसे है? बार-बार यही सवाल मेरे मन में उठने लगा । पंखा चल रहा था, उसकी आवाज़ भी ज्यादा नहीं थी । तो क्या मन में उठने वाले ये विचार ही मुझे सोने नहीं दे रहे हैं?

आठवीं कक्षा के बाद गौरीश मुझे स्कूल में दिखाई नहीं दिया । उसके बाद मैंने आज ही उसे देखा है । मन में एक हलचल-सी उठी । उस छोटे-से गाँव में हम दोनों ने जो दिन साथ-साथ बिताये थे, वे सब दृश्य और घटनाएँ फिल्म की रील की तरह आँखों के सामने घूमने लगीं ।

मैं तब छोटा था । खेलने निकला था । एक गली में मेरे ही जितने लड़के को पेड़ से बाँध कर, एक औरत उसे बेंत से पीट रही थी । औरत की आँखें बड़ी-बड़ी और डरावनी थी । "घर का काम छोड़कर पतंग उड़ाता है?" उसे मारते हुए वह चिल्ला रही थी ।

इतनी क्रूरता । और मार खाकर भी न रोने वाले बच्चे का अभिमान! मैंने कभी पहले ऐसा दृश्य नहीं देखा था । मैं खड़ा का खड़ा रह गया । लोग तमाशा देखने के लिए जमा हुए थे । उनमें से एक बूढ़ा आगे आया और उस औरत को

रोकते हुए कहा, "बस भी करो न! देवर तो तुम्हारा ही है, पर इस तरह पीटोगी, तो क्या हम चुपचाप देखते रहेंगे?" फिर उसने उस बच्चे को छुड़ाया और अपने साथ कहीं ले गया।

इस घटना के एक हफ्ते बाद मैं अपनी किताबों पर जिल्द चढ़ा रहा था तो बरामदे से आती कुछ आवाजें सुनीं।

"मैं चौथी पास हूँ, जी! मेरी भाभी ने कह दिया कि आगे वह मुझे नहीं पढ़ा सकेगी। अगर गाँव वाले बारी-बारी से मुझे खाना खिलाकर मदद कर सकें, तो ही मैं पढ़ाई जारी रख सकूँगा।"

"तो तुम्हारी मदद करने को कोई आगे नहीं आया?"

"जी कुछ लोग मान गए, पर वह काफी नहीं होगा। अगर आप भी......" उस लड़के की आवाज़ में दीनता थी।

"अच्छा......तुम्हारे हाथ पर यह निशान कैसा?"

"गर्म तेल गिर गया था।"

"कैसे?"

"मैं खाना बना रहा था, तो......"

"तुम खाना भी बनाते हो?"

"जब भाभी बीमार होती है, तो मैं ही खाना बनाता हूँ। अगर भाभी मान जाती है, तो दूसरों के घरों में भी खाना बनाने जाता हूँ।" वह बोला।

"तुम्हारा भाई क्या करता है?"

"इमली के पेड़ के नीचे बैठकर ताश खेलता रहता था। एक दिन कोई उसे खूब पीटकर हमारे घर के सामने फेंककर चला गया। कुछ समय तक वह चलने-फिरने के काबिल न रहा, और फिर मर गया।"

"तुम्हारे माँ-बाप नहीं हैं?"

"वे पुष्कर नहाने गए थे और नाव डूबने से मर गए।"

"हाय राम! कितनी तकलीफें सही हैं, तुमने! ठीक है, मैं तुम्हारी मदद कर दूँगी। बिज्जू के साथ तुम भी पढ़ाई कर लेना।" माँ कह रही थीं। तब मैंने खिड़की से झाँककर देखा वही लड़का, जो हफ्तेभर पहले मार खा रहा था, बाहर माँ से बातें कर रहा था।

चार दिन बाद क्लास में वह मेरे पास आकर बैठ गया और बोला, "आज ही मैंने दाखिला लिया है। पी.टी. मास्टर जी ने मेरी फीस भरी है।" वह बड़े गर्व से बोल रहा था। इस तरह गौरीश का मेरे जीवन में प्रवेश हुआ था।

फिर एक दिन हमारे टीचर हमें देश का नक्शा दिखा रहे थे कि पूरब में बंगाल की खाड़ी और पश्चिम में अरब सागर हमारे देश की सीमाएँ हैं, तभी स्कूलों में निरीक्षण करने वाले इंस्पेक्टर हमारे हेडमास्टर के साथ क्लास में दाखिल हुए ।

उन्होंने पूछा, ''इन बच्चों को सीमाओं का मतलब मालूम भी है कि नहीं? अपने गाँव की सीमाओं के बारे में जानते हैं? कौन-सी दिशा किस तरफ है, जानते हैं?'' फिर मुसकराते हुए एक-एक बच्चे को खड़ा किया और पूछने लगे, ''तुम्हारे गाँव की सीमाएँ कहाँ तक हैं, बताओ?''

हम सब घबराए हुए एक के बाद एक उठ खड़े हुए । गौरीश की बारी आई । वह कुछ सोचते हुए खिड़की से बाहर धूप को देखते हुए दोनों हाथों को छूकर बोला, ''पूरब की ओर तालाब है, पश्चिम दिशा में चिंतामणि मेड़, उत्तर में छोटा सरोवर...''

हमारे टीचर का चेहरा खिल उठा । इंस्पेक्टर भी संतुष्ट होकर बच्चे की पीठ थपथपा कर बोले, ''होशियार हो बच्चे!'' और चले गए । उस दिन गौरीश हमारी क्लास का हीरो बन गया । हम सब शर्मिंदा थे ।

इतना होशियार गौरीश आठवीं पास करने के बाद फिर स्कूल नहीं आया । हमारे घर आना भी छोड़ दिया । हमारी गली के नुक्कड़ पर एक दुकान थी, उस दुकानदार की बेटी वरालु ने मुझे बताया कि गौरीश पी.टी. मास्टर के साथ रहता है । वे रिटायर होकर अकेले रहते थे, गौरीश उनके घर खाना पकाता था, वहीं खाता था और खाली वक्त में सड़कें नापता था ।

जब से गौरीश का हमारे घर आना बंद हुआ, तब से मेरी माँ ने मुझे डाँटना छोड़ दिया । वरना हमेशा उसकी मिसाल देकर कहती रहती थीं, ''जरा उसे देखकर अक्ल की बातें सीख ले!'' और हमेशा मुझे नीचा दिखाती रहती थीं ।

एक दिन माँ ने दही-बड़े बनाने के लिए दाल भिगोई । उस दिन मेरा जन्मदिन था । सुबह-सुबह माँ के हाथ में मोच आ गई । ''अब क्या होगा? वरालु भी कहीं दिखाई नहीं दे रही है । ज़रा गौरीश को बुला ला ।'' माँ ने कहा । मैंने कहा, ''वह नहीं मिलेगा ।''

ठीक उसी वक्त गौरीश गली में जाते हुए माँ को दिख गया । उन्होंने उसे बुलाकर कहा, ''बेटे! मेरे हाथ में मोच आ गई है । ज़रा यह दाल पीस दोगे?''

वह हाथ-पैर धोकर आया और मिनटों में दाल पीस दी । माँ को कोई काम करने नहीं दिया । बड़े भी उसी ने बनाए । उनका स्वाद इतना अच्छा था कि माँ बहुत खुश हो गई । बहुत सारे बड़े प्लेट में रखकर गौरीश को खाने को दिए ।

वह उन्हें उस समय न खाकर घर ले जाना चाहता था। माँ ने जाते हुए गौरीश को रोककर संदूक से मेरी एक पतलून निकालकर दे दी। उसी के सामने मैं जिद करने लगा कि मुझे वह पतलून चाहिए। गौरीश ने उसे ले तो लिया, पर जाते-जाते गली की तरफ खुलने वाली खिड़की में से अंदर डाल गया। माँ ने बाद में उस पतलून को देखा तो दिन-भर मुझे कोसती रहीं।

मैं जब कॉलेज में पहुँच गया, तो पिताजी ने उस गाँव से तबादला करवा लिया। हम गाँव छोड़कर चले गए, तो मानो गाँव से नाता ही टूट गया था। फिर इतने साल बाद यहाँ गौरीश से मेरी मुलाकात हुई।

गौरीश का जीवन इस हद तक कैसे बदल गया, यह जानने के लिए मुझे शनिवार को उसके घर जाना ही पड़ेगा। तब तक मुझे सब्र करना होगा।

रीजबल इंस्टीट्यूट में दो दिन के ट्रेनिंग कोर्स के बाद शुक्रवार को एक सभा आयोजित की गई। मैं वहाँ गया। ''कर्मचारी एकता जिंदाबाद! वेतन बढ़ाना होगा! ब्यूरोक्रेसी डाउन डाउन, हमारी माँगे पूरी हों!'' इस तरह के नारे गूँजने लगे। जब मेरी बारी आई, तो पहले से लिखकर तैयार किया गया भाषण मैंने सबको सुनाया। इन पिछले चार दिनों में जो थोड़ा-बहुत समय मिला, वह मैंने शहर घूमने में लगा दिया।

शनिवार को गौरीश के साथ उसके घर गया। वह बोला, ''अगली बार अपनी माँ को जरूर साथ लाना!'' मैंने जब कहा कि माँ चल बसीं, तो अविश्वास-भरी नज़रों से मेरी तरफ़ देखने लगा।

मेरी शादी के दो साल बाद ही माँ का स्वर्गवास हो गया था। शादी बड़ों ने ही तय की थी। ये सब बातें करते हुए हम चल रहे थे कि गौरीश के घर पहुँच गए। घर छोटा-सा था और लॉज के पास ही था। घर के अंदर कदम रखते ही दीवार पर टंगी तस्वीर देखकर मैं घबरा-सा गया। वही आँखें, वही गुस्से से भरी दृष्टि! उन आँखों में एक प्रकार की क्रूरता थी! वह तस्वीर गौरीश की भाभी की थी।

''अंदर आओ न, वहीं खड़े क्यों रह गए?'' गौरीश ने मुझसे कहा, तो मैंने तस्वीर से आँखें हटाई। एक और धक्का मेरा इंतजार कर रहा था। अंदर से गोद में नवजात शिशु लिए वरालु बाहर आई। मैं हैरान रह गया।

फिर हम बैठकर बातें करने लगे। तभी एक आदमी आया और कन्नड़ भाषा में गौरीश से कुछ कहा। ''सुनो बिज्जू....तुम दोनों बातें करो, मैं अभी गया और अभी आया।'' कहकर गौरीश चला गया।

''वरालु! मैं बड़ा हैरान हूँ ।'' बचपन से उसे जानता था, इसलिए अपने मन की हैरानी उसे बता ही दी ।

''हाँ! तुम बहुत दिनों के बाद मिल रहे हो न, तो ऐसा ही लगेगा ।'' उसके चेहरे पर निर्मल हँसी थी ।

''गौरीश ने अपनी भाभी की तस्वीर दीवार पर टाँगी, यह देखकर मैं घबरा-सा गया । बचपन की वह भाभी याद आ गई ।'' मैं गौरीश के बचपन से लेकर अब तक की जिंदगी के बारे में जानना चाहता था ।

''दो साल पहले गाँव से चिट्ठी आई थी कि गौरीश की भाभी बीमार हैं । गौरीश फौरन गाँव गया, भाई के मकान को भतीजी के नाम करके भाभी को अपने साथ यहाँ ले आया । हाल ही में भाभी चल बसीं,'' वरालु ने कहा ।

''पर यह तो बताओ कि तुम दोनों की शादी कैसे संभव हुई? उस गाँव में दो अलग-अलग जात वालों का ब्याह लोगों ने कैसे होने दिया?''

''हाँ! तुम्हें तो वह कहानी बतानी ही पड़ेगी । मेरे पिताजी के बारे में तो तुम जानते हो । जो थोड़ा-बहुत पैसा था, उसी से मेरे चाचा जी के गाँव में मेरी शादी की सारी तैयारियाँ कर लीं । शादी में गौरीश को ही खाना बनाने का काम सौंपा था । रात को शादी होते ही बाराती सारा पैसा और सामान लेकर फरार हो गए । उनकी पूरी टोली धोखेबाज़ों की निकली । यह जानते ही मेरे पिताजी निढाल हो गए । न किसी से बोलते, न चलते! गौरीश ने उन्हें हिम्मत दी । बस स्टैंड के पास एक चाय की दुकान खोलकर शादी में बचे दाल-चावल आदि से इडली, डोसा बनाकर कुछ पैसे कमाए । अपने गाँव लौटकर न जाने की जिद पर अड़े मेरे पिताजी को और मुझे उस गाँव में अपने पैरों पर खड़ा होने में मदद की ।'' वरालु अपनी कहानी कहते-कहते रुक गई और बोली, ''अरे! मैंने तुम्हें कॉफी तक नहीं पिलाई...जरा ठहरो!'' कहकर वह अंदर गई और कॉफी लेकर आई ।

मैं कॉफी पीते हुए वरालु की बातें सुनने लगा । वह फिर कहने लगी, ''बस इसी तरह हमारा गुजारा हो रहा था । एक दिन बंगलौर से एक आदमी आया । अपने धंधे के सिलसिले में वह निकला था और 'बंद' के कारण हमारे गाँव में उसे रुकना पड़ गया । हमारी दुकान में उसने नाश्ता किया । गौरीश से उसने कहा कि मेरे साथ बंगलौर आओगे, तो मैं मदद कर सकता हूँ । पिताजी ने पूछा, ''क्या मुझे और वरालु को छोड़कर चले जाओगे?'' गौरीश ने कहा कि वह कभी भी हमें छोड़कर नहीं जाएगा । फिर मुझसे बात की और हम दोनों ने कोर्ट में शादी कर

ली । फिर हम तीनों उस बंगलौर वाले भले मानुष को ढूँढ़ते हुए यहाँ पहुँच गए । अंदर कमरे में सोए हैं मेरे पिताजी ।''

इतने में गौरीश लौट आया । दोपहर मैंने उनके साथ गुजारी । शाम को कब्बन पार्क में गौरीश के साथ टहलते हुए मैंने पूछा, ''क्या तुम्हें याद है कि तुम्हारी भाभी पेड़ से बाँधकर तुम्हें पीटती थीं? बचपन में एक बार देखा था मैंने! आज तक वह दृश्य मेरी आँखों के सामने उसी तरह है ।''

गौरीश शून्य में देखते हुए बोला, ''बेचारी! उस हालत में कर भी क्या सकती थीं? मेरे भाई ने कभी परिवार की जिम्मेदारी नहीं ली । ज़मीन-जायदाद देने की उम्मीद तो थी नहीं । ऊपर से एक बेटी देकर चला गया । भाभी के साथ बहुत नाइंसाफी की उसने । उसी का गुस्सा मुझ पर उतारती थीं । वे मुझे कैसे पढ़ा सकती थीं? उन्होंने मुझे जो रसोई का काम सिखाया, वही मुझे आज यहाँ तक ले आया । मैं कुछ बन पाया ।''

वह फिर कहने लगा, ''इस दुनिया में मुझसे भी गए गुजरे कुछ लोग हैं । उनके जीवन में दुख ही दुख हैं । जलाने वाली धूप-सी उनकी जिंदगी है । उनके जीवन में कभी आग बरसती है, तो कभी सिर पर ओले । उनसे अपने सिर को बचाने में ही उनका सारा जीवन निकल जाता है । उनकी दयनीय स्थिति उन्हें यहाँ तक ले जाती है कि वे यह भी देख नहीं पाते कि जहाँ वे शरण लेना चाहते हैं, वह छाँव अच्छी है या बुरी!'' मुझे लगा कि ये बातें मेरे बारे में ही कही गई हैं । मैं चुप रह गया ।

उस रात गौरीश मुझे छोड़ने मेरे कमरे तक आया । नीचे हॉल में कुछ कार्यक्रम चल रहा था । ''चल, दो घड़ी हम भी बैठते हैं'' - गौरीश ने कहा । एक भारी-भरकम शख़्स, रेशमी कुर्ता पहने, माइक के सामने खड़ा भाषण दे रहा था । भाषण समाप्त कर वह बैठ गया । हॉल तालियों की गड़गड़ाहट से गूँज उठा । कन्नड़ भाषा मुझे समझ में नहीं आई । मैंने गौरीश से पूछा, ''उन्होंने अपने भाषण में क्या कहा?'' गौरीश ने शांत स्वर में बताया, ''यह व्यवस्था ठीक नहीं है, इसे बदलना है । साहित्य का उत्थान करना है, उसका दर्जा गिरता जा रहा है । जनता को ही आगे आकर उसकी रक्षा करनी है ।''

मैंने पूछा कि वह आदमी कौन था? गौरीश ने जवाब दिया, ''कन्नड़ फिल्मों में गीत लिखता है । उसके ब्रेक डांस के गाने बड़े लोकप्रिय हैं । जनता उन गानों की दीवानी है । मैंने सुना है कि एक गाने के लिए वह हजारों रुपए लेता है ।''

गौरीश की उदासीनता को देखकर मैंने पूछा, ''क्या तुम नहीं चाहते कि यह व्यवस्था बदले?''

गौरीश ने कहा, ''मेरे जैसे आदमी को या मुझसे ज्यादा बदनसीब आदमी को सामाजिक व्यवस्था के बदल जाने से कभी डर नहीं लगता । पर वह आदमी, जो एक जून भी खाना न मिलने के कारण भूख से न तड़पा हो, अगर भूख के बारे में कविता लिखता है, या जनता को कुछ करने को उकसाकर खुद पीछे हट जाता है, तो फिर हमें डर लगता है । जिस व्यवस्था का वह आह्वान करना चाहता है, उसके बारे में संदेह होने लगता है ।'' गौरीश कभी कॉलेज नहीं गया । ऊँची विद्या प्राप्त नहीं की । जीवन के बारे में इतनी गहराई से सोचने वाले गौरीश के दिल को अपने प्रश्नों से मैंने दुःख तो नहीं पहुँचाया, यह सोच कर मैं दुःखी हुआ ।

उस रात मुझे फिर नींद नहीं आई । रात-भर सोचता रहा । सुबह होने से पहले जरा-सी आँख लगी । नींद में सपना देख रहा था कि गौरीश और मैं खुले मैदान में साथ-साथ चल रहे थे ।

सफेद बादलों को देखते हुए अपनी ही धुन में चलने वाले गौरीश की चाल में एक प्रकार की लय थी, राजसी ठाठ था, जैसे अच्छी नस्ल के घोड़े की चाल में होता है । जमीन पर किसी ने अनेक बिंदु बनाए थे । मैं उन पर पैर रखते हुए चल रहा था ।

मेरी चाल में हड़बड़ाहट थी । मुझे शर्म महसूस हो रही थी कि जैसे मैं शुतुरमुर्ग की तरह टेढ़ी चाल चल रहा हूँ । रूम ब्वॉय की दस्तक से मेरी नींद टूटी और मैं इस सपने से छुटकारा पा गया ।

मैंने कमरा खाली कर दिया । गौरीश मुझे कहीं दिखाई नहीं दिया । काउंटर पर बैठे लड़के ने मुझे रसीद पकड़ाते हुए कहा, ''गौरीश जी ने कमरे का किराया चुकाया है, साहब!''

गाड़ी चल पड़ी, तो गौरीश दौड़ता हुआ आया । मेरे डिब्बे के साथ चलते हुए कहने लगा, ''मेरी बदनसीबी है कि तुम्हारी माँ गुजर गई । मैंने सोचा था कि वे मुझे और वरालु को साथ देखेंगी ।'' गाड़ी की चाल तेज़ होने लगी और गौरीश हाथ हिलाते हुए पीछे और पीछे लोगों की भीड़ में ओझल हो गया । मैं सोचने लगा, ''गौरीश ने मेरे प्रति इतना आदर जो दिखाया था, वह मेरे लिए था या मेरी वजह से उसके मन में उठी मेरी माँ की यादों की वजह से था?''

नेमेसिस

ताडिगिरि पोतराजु

पहाड़ों के उस पार से सूरज ऊपर चढ़ आया । टीलों और चट्टानों के बीच फैली मिट्टी... उस मिट्टी में जन्म लेकर आकाश की तरफ़ बढ़ने वाले टीक के पेड़ और बाँस के झुरमुट । शिशिर ऋतु के कारण सारे पत्ते झड़ गए । नंगे खड़े पेड़ बारिश की एक बूँद के लिए तरसने लगे ।

उन बड़ी-बड़ी चट्टानों पर से उतरते हुए मल्लारेड्डी पटेल अपने खेत में उतर गया । दस एकड़ ज़मीन में उसका मक्के का खेत था ।

''क्यों कोमुरय्या, पौ फटने से पहले ही खेत के लिए चल दिए थे, पौधों में पानी क्यों नहीं दिया, रे?''

''बिजली हो तब न? स्टार्टर के पास लगे बलब को देखता बैठा रहा । बिजली पल में आती, पल में चली जाती, मैं क्या करता, बोलो?'' कोमुरय्या ने जवाब दिया ।

''इस बिजली की तो... शहर में देखो तो रातभर ऐसे चमकती है कि दिन जैसा उजाला होता है । हमारी कौन सुनता है? न जाने इस देस में किसानों के लिए कब अच्छे दिन आएँगे... अरे, अरे... आ गई बिजली... बल्ब जल रहा है, स्टार्टर दबा... जल्दी करना भई!'' कहकर पटेल डिलिवरी के नल पर नज़रें गड़ाकर देखने लगा ।

मोटर से ज़ोर की आवाज़ आई... नल थरथराने लगा, पर पानी नहीं आया ।

''बंद करो... बंद करो, मोटर जल जाएगी । शायद पानी नीचे चला गया

है । यह देख, गोबर मिलाकर पाइप में पानी डाल... पानी कहीं पूरी तरह नीचे न चला जाए...''

''अब इस वक़्त गोबर कहाँ मिलेगा? घर तक जाना पड़ेगा फिर से!'' कुएँ से बाहर निकलकर कोमुरय्या ने कहा ।

''अरे खेतों की मेड़ पर देख, कल बैल यहाँ चर रहे थे ।''

''वह तो कल ही मैंने खेत में डाल दिया था, पटेल! मैं घर जाकर गोबर लाता हूँ, तब तक तुम बाल्टी से पानी निकालकर कुंड में भरते रहो, ताकि पाइप के अंदर पानी डाल सकें ।''

''क्या पानी बिलकुल नहीं है?'' पटेल खीज गया ।

''जंगली जानवर, बेचारे प्यास के मारे सारा का सारा पानी पी गए । पिछले तीन बरसों से बरसात नहीं हुई तो पानी के लिए कहाँ जाते? नदी-नाले सूख गए । रेत ट्रकों में भरकर शहरों में भेजी जाती है । सब जगह गड्ढे और उनके आस पास उग आए-झंखाड़ ।

''बेज़ुबान प्राणी प्यास से तड़पते हुए, पानी की तलाश में हमारे गाँवों में आ जाते, क्या किया जाए?''

''तो पानी पीकर चले जाते, मक्के के खेत में क्यों घुस आते, भई? बेचारे समझकर हम उन पर तरस खा रहे हैं, पर भैया हम पर तरस खाने वाला कोई दिखाई नहीं देता ।... ठीक है, तू घर जा और गोबर लेकर आ, बिजली चली गई तो आफ़त आ जाएगी... जा दौड़कर जा और जल्दी आ ।''

कोमुरय्या चला गया । पटेल अपने लहलहाते खेत को देखने लगा । सुबह की किरणों की रोशनी में खेत और भी सुंदर दिखाई दे रहा था । भुट्टों के दाने पकने लगे थे । ऐसा लग रहा था कि किसी पाठशाला में सुबह की प्रार्थना के लिए हरे रंग के कपड़े पहनी छोटी बच्चियाँ खड़ी हों । पत्तों के बीच भुट्टे ऐसे लग रहे थे, जैसे कंगारू बच्चे, अपनी माँओं के पेट की थैलियों में बैठे बाहर झाँक रहे हों । और दानों का रंग कितना साफ़ । छोटे बच्चों के दूध के दाँतों जैसे... उसने दानों को नाखून से दबाकर देखा । वे भर चुके थे । काटने से अंदर का रस अँगुली पर लगा । पटेल ने उसे चखकर देखा और ख़ुश हुआ ।

बस कुछ दिन और पानी देने से भुट्टे तैयार हो जाएँगे । पर पानी की ही तो दिक्कत है । कुएँ के नीचे थोड़ा-सा पानी है, जो काफ़ी नहीं है । पानी

हो तो बिजली नहीं होती और जब बिजली आती है तब कुँए में पानी नहीं होता । इस बीच एक बार पानी जमकर बरस जाए, तो बस! सुना है बरसात गाँवों से मुख मोड़कर हैदराबाद की तरफ़ चली गई । वहाँ इतना पानी बरसा कि सड़कें नदियों में बदल गईं । वहाँ कौन सी फसलें सूख रही हैं जो इतना पानी बरसने लगा है? अजीब बात है!

पटेल पहाड़ों की ओर देखने लगा । टीलों को काटती हुई मिट्टी की पगडंडियाँ दिखाई दीं । लाल मिट्टी से भरी मिट्टी की सड़कों पर बैलगाड़ियाँ आती जाती हैं । उन सड़कों के दोनों ओर ढाक के पेड़ खड़े हैं । टीलों के हृदय को भेदकर बाहर निकली जंगल की संतान हैं वे । कोई उनकी देखभाल नहीं करता फिर भी उन पर हज़ारों लाल फूल खिले हैं । वसंत ऋतु का स्वागत करते जंगल-माँ के गहने जैसे ढाक के फूल! तेलंगाना के संघर्ष में हथियार बंद वीरों की तरह ख़ून की लाली से भरे ढाक के फूल!

पटेल के बदन में सिहरन दौड़ गई । जल्दी-जल्दी कुंड में पानी भरने लग गया ।

* * *

"स्विच दबा दूँ?" पटेल ने पूछा ।

"ज़रा रुकना पटेल! हवा पूरी तरह से अभी बाहर नहीं निकली ।" कोमुरय्या बोला । थोड़ी देर बाद उसने पटेल से कहा कि मोटर चला दे ।

"कोमुरय्या मैं एक बार खेत में घूमकर देख आता हूँ कि उस तरफ़ कल जो पानी दिया था उसकी नमी अभी तक है या नहीं । तुम दाँईं तरफ़ पानी मोड़ देना," पटेल वहाँ से चला गया ।

पटेल भुट्टों को देखने लगा । पत्ते हटाकर देखा तो भुट्टे पूरी तरह पक चुके थे । सुबह की किरणों में सोने की तरह चमक रहे थे । देखकर पटेल ख़ुश हो गया । अपने हाथों से उन्हें तोड़ने की इच्छा नहीं हुई तो कोमुरय्या से कहा, "अरे, कोमुरय्या! कुदाली छोड़ और दस-बारह भुट्टे तोड़ ला । घर ले जाएँगे । तेरी मालकिन इन्हें पीसकर बड़े बनाएगी । इधर ही सूखे पत्तों, टहनियों में आग सुलगाकर चार भुट्टे भून ले! खाएँगे । यह लो दियासलाई की डिबिया ।"

भुट्टे खाकर नाले में हाथ धोए और सीधा खड़ा हो गया । मूँछों में फँसे दानों को और राख को साफ़ किया । पेट भर पानी पीकर फिर से खेत के अंदर गया ।

"इस तरफ़ के भुट्टों की पत्तियाँ अभी हरी हैं। ये अभी पूरी तरह से नहीं पके। ...अरे, इधर देख... ये दाने ज़मीन पर कैसे बिखरे हैं? अरे, किसी ने इन भुट्टों को काटकर रख दिया है। कुत्ते तो नहीं है, भालू भी पहाड़ उतरकर इतनी दूर नहीं आते। फिर जंगली सुअर होंगे..." उसने कीचड़ में खुरों के निशान ढूँढ़े।

"बाप रे! कोमुरय्या, वह काम छोड़ इधर आ ज़रा। इन खुरों के निशान किसके हैं, पहचान तो सही! अरे इस तरफ़ के खेत का सत्यानाश कर डाला, रे! देख, आधा खाकर, आधा मिट्टी में फेंककर चले गए।" मिट्टी में गिरे भुट्टों को उठाकर देखा पटेल ने।

"पटेल भाई! यह तो जंगली सुअरों का ही काम है, कोई शक नहीं!" खुरों के निशान देखते हुए कोमुरय्या ने कहा।

"तो फिर कोई उपाय बता जिससे इन सुअरों को खेत में घुसने से रोका जा सके।"

"उपाय मतलब... शाम ढलने से पहले खाना खाकर, यहाँ मचान पर आकर बैठना होगा। टीन के बक्से, या थालियाँ बजाकर शोर मचाएँगे तो ये जानवर डरकर इस ओर नहीं आएँगे। चार-पाँच दिन लगातार ऐसा करोगे तो वे इनसानों के डर से वापस जंगल में चले जाएँगे।"

कोमुरय्या कुछ और कहता, इससे पहले ही पटेल गुस्से से बोल पड़ा, "तेरा सर! मैं मचान पर बाजा-गाजा बजाता बैठा रहूँ? वाह! क्या दिमाग पाया तूने! अरे, बकवास राय देना तो कोई तुझसे सीखे!"

"जी! मुझे जो सूझा बता दिया। इससे बड़ी सोच मेरे दिमाग में क्या आएगी?"

"इसीलिए तो तेरे जैसे लोग तरक्की नहीं करते। हम ऐसा करते हैं। शहर जाकर मोटी प्लास्टिक की रस्सियाँ ख़रीद लाते हैं और चिड़ीमारों से जाल बुनवाते हैं। जानवर का सिर या पैर फँसेगा तो फंदा कस लेगा और वह वहीं छटपटाता रह जाएगा।"

पटेल ने सिगरेट सुलगा ली। सिगरेट पीते हुए कुछ सोचने लगा। अचानक बोल पड़ा, "अरे कोमुरा! मेरे दिमाग़ में एक आइडिया आया रे! सुअरों को मूँगफली बहुत पसंद है। जाल बिछाकर, उन पर मूँगफली के लड्डू इधर-उधर रखेंगे। मूँगफली के लालच में सुअर जाल में फँस जाएँगे। प्लास्टिक रस्सी के लिए शायद हज़ार रुपये खर्च भी हो जाएँ तो कोई बात नहीं। एक सुअर

भी फँस गया तो भी हमारा फायदा ही होगा!'' सिगरेट का धुँआ उड़ाते हुए पटेल नफ़ा-नुकसान के हिसाब में डूब गया ।

''अरे पटेल भैया! भुट्टे तो पक चुके हैं । ज़्यादा से ज़्यादा एक हफ़्ते बाद फसल कटेगी । आप गुस्सा न हों तो एक बात कहूँ? हफ़्ता, दस दिन में जानवर कितने भुट्टे खाएँगे? पेट भर जाए तो फिर इस तरफ़ देखेंगे भी नहीं । हमारी तरह जमा करके तो नहीं रखते वे । भूख की वजह से या प्यास के मारे आने वाले उन गूँगे प्राणियों को जाल बिछाकर फँसाना, मारना, यह तो पाप है न, पटेल?''

पटेल ने सिगरेट का टुकड़ा फेंका और दाँत निपोरते हुए कहा, ''अगर पाप-पुन्न की बात सोचते बैठेंगे तो पैसे डूब जाएँगे, रे! जितनी पूँजी लगाई सब मिट्टी में मिल जाएगी ।''

''पूँजी, नफ़ा, कहते हुए साहूकारों की तरह हिसाब लगाना हमारे लिए ठीक नहीं होगा, पटेल भाई! हम ज़मीन के सहारे जीने वाले लोग हैं । खाना-कपड़ा तो मिल ही जाता है । हर साल एक ही जैसी फसल तो नहीं हो सकती! अनाज से हमारा पेट भरता है । घास-फूस से हमारे भरोसे जीने वाले चौपायों का पेट भरता है ।

''शहर के लोगों की देखा-देखी हम खेती करना बंद करके गाँव छोड़ देंगे तो लोगों को खाना कहाँ से मिलेगा?''

''तो तेरे कहने का मतलब है कि मैं सुअरों को न मारूँ? अरे, बेकार की बात मत कर... यह सब मैं भी जानता हूँ । चुपचाप बैलों को पानी पिला और मोटर बंद कर दे । बैलों को इमली के पेड़ से बाँध । मैं चलता हूँ ।''

धमाके की आवाज़ हुई । पहाड़ों में बारूद फटने से हुई आवाज़ । आसमान में उड़ते धुएँ के बादल । पहाड़ों के सीनों में डायनामाइट के विस्फोट! अपने रूप को खो देने वाले पहाड़ । हर कहीं छितरे पत्थरों के टुकड़े । उन्हें कंकड़ के रूप में बदलने वाले क्रशर । ज़मीन को उखाड़ने वाले प्रोक्लैमर्स! प्रकृति का विध्वंस करने वाले इनसान के हाथों में लोहे से बनी मशीनें ।

शहर में बनाई जाने वाली बहुमंज़िली इमारतों को कंकड़ यहीं से सप्लाई किये जाते हैं । उसी काम के लिए तैनात ट्रकों में से एक आकर पटेल के सामने रुका । पटेल उसमें चढ़कर बैठ गया ।

*   *   *

चाँद निकल आया । उस रोज़ रात को...

कंबल कंधे पर डाले कोमुरय्या आगे-आगे चल रहा था और मुलायम ऊनी चादर काँख में दबाए, टॉर्च की रोशनी में रास्ता पहचानते हुए पटेल धीरे धीरे कुँए की तरफ़ बढ़ने लगा । हालाँकि वह मन ही मन कुछ बुदबुदा रहा था, पर कोमुरय्या को रात के सन्नाटे में सबकुछ सुनाई दे रहा था -

''जाल बनाने के लिए वह तीन दिन की मियाद माँग रहा था... इस बीच हमारे खेत का कबाड़ा हो जाएगा । ''...कोमुरा! वहाँ बिजली के खंभे के पास कौन बैठा है, रे? काला और बड़ा तगड़ा दिखाई दे रहा है ।''

''श्श्... चुप हो जाइए...'' हाथ के इशारे से पटेल को पास बुलाकर कोमुरय्या खेत में छुपकर बैठ गया । होठों पर अँगुली रखकर चुप रहने को कहा, ''बैठ जाओ, पटेल! जांबवान है ।''

भालू के चले जाने तक जान हथेली पर रखकर बैठा रहा पटेल । उसके जाने के बाद ही उसने मुँह खोला, ''हमने कुँए के पास पानी की टंकी बनवाई, इसी लिए जंगली जानवर हमारे कुँए के आसपास घूमते रहते हैं । अभी कुछ देर यहीं बैठे रहते हैं,'' कहकर पटेल ने टॉर्च जलाई ।

टॉर्च लाइट खरगोशों पर पड़ी । नाले के किनारे बैठकर घास के मुलायम तिनके खा रहे थे । टॉर्च की रोशनी उन पर पड़ते ही आँखें मूँदकर बिना हिले डुले वहीं बैठे रहे । एक गेहुँए रंग का और दूसरा सफ़ेद रंग का जिस पर काले रंग के धब्बे थे । दोनों खरगोश मोटे ताज़े थे ।

पटेल ने कंधे पर लाठी रखी और पीछे से जाकर उन पर लाठी से वार किया । दोनों खरगोश भागने की कोशिश करते रहे, पर कीचड़ में पैर फँस जाने से वहीं छटपटाकर जान दे दी । उनकी चीखों से जंगल गूँज उठा । इनसान की तरफ़ रहम की भीख माँगती सी देखने वाली आँखें अगले पल ही मुँद गईं ।

टॉर्च की रोशनी खरगोश के बिलकुल पास ले जाकर पटेल ने उन्हें ग़ौर से देखा । फिर ख़ुशी के मारे हँसते हुए उन लहूलुहान प्राणियों को उठा लिया । उन्हें उलट-पलटकर देखा और कहा, ''अरे, इनमें एक नर है और एक मादा । बच्चे तो भाग निकले । फिर कभी आएँगे तो पकड़ लूँगा । खरगोश का मांस खाए बहुत दिन हो गए, कोमुरा!''

*   *   *

एक हफ़्ता गुज़र गया ।

सुबह के सात बजे थे । भुट्टों में लगे सारे पत्ते सूखकर लाल हो गए, जैसे जंग लग गया हो । भुट्टे पककर पूरी तरह कटने को तैयार दिखाई दे रहे थे । नए साल के आगमन का संकेत देते हुए नीम के फूलों की ख़ुशबू हर तरफ़ फैली हुई थी ।

''आज एक भी सुअर नहीं फँसा रे, कोमुरा! क्या करें? लोगों ने पेशगी के पैसे भी हमें दिए । वे समझते हैं कि जंगली सुअर का मांस खाने से जोड़ों का दर्द और कमर का दर्द ठीक हो जाता है । पागल साले! बढ़-बढ़कर पैसे हाथों में डालकर गए । अब क्या किया जाए? पैसे वापस करने पड़ेंगे या मामूली सुअर को काटकर जंगली सुअर कहकर बेच दें?'' पटेल कहता गया ।

कोमुरय्या ने जवाब नहीं दिया तो थोड़ा रुककर पटेल ने फिर कहा, ''हमने जाल बिछाकर मूँगफली के लड्डू रखे थे न? पेट भर उन्हें खाकर, जाल को दाँतों से टुकड़ों में काटकर रख दिया सुअरों ने! मेरे दिमाग़ में एक और आइडिया आया रे, कोमुरा! हम खेत के चारों ओर बिजली के तार लगाएँगे । खेत में घुसने की कोशिश करने वाला जानवर बिजली का झटका लगने से वहीं ढेर हो जाएगा, मूँगफली पर बेकार खर्च कर रहे हैं हम ।''

''अरे, पटेल भाई! बिजली से खेलना ठीक नहीं । कभी भूले से हम खेत में पैर रखने की कोशिश करेंगे तो जान जोखिम में पड़ जाएगी । और एक बात कहूँ? सरकार ने हमें फसल उगाने के लिए बिजली दी है, सुअर मारने को नहीं!''

''अरे चुप कर पागल कहीं का! क्या मैं यह सब नहीं जानता? जा... जाकर पानी बंद कर! बड़ा आया मुझे सिखाने वाला!'' पटेल गुस्से से लाल-पीला हो गया । धोती को ऊपर करते हुए कुँए की जगत की ओर चला ।

वहाँ पानी की टंकी पर एक वानर बैठा था और बंदरिया पानी पी रही थी । उसके पेट पर छोटी बच्ची चिपकी हुई थी । उन दोनों की रक्षा के लिए वानर पिछले पंजों पर खड़ा चारों ओर देख रहा था ।

बंदरिया पानी पीकर नीचे उतरी और रेत पर आराम से लेट गई । बंदर की बच्ची माँ से अलग होकर टंकी से पानी पीकर, वापस माँ के पास चली गई ।

आख़िर बंदर झुककर पानी पीने लगा और बीच-बीच में सिर उठाकर देखने लगा कि कोई उसकी तरफ़ आ तो नहीं रहा है ।

पानी... सबसे ज़रूरी चीज़... ज़िंदा रहने के लिए खाने से ज़्यादा ज़रूरी पानी...

इतने में भुट्टे के सूखे पत्ते आवाज़ करने लगे। बंदर के कान खड़े हो गए। कोई उसकी तरफ़ आ रहा था। बंदर को इस बात का आभास हो गया। वह सतर्क हो गया। उसकी भौंहें ऊपर उठ गईं।

"इन बंदरों का सत्यानाश हो! इन्हें यहाँ से भगाना पड़ेगा..." पटेल ने यह कहते हुए लाठी टंकी की तरफ़ फेंकी। पर बंदर बचकर नीचे कूद गया। वह 'किच किच' की आवाज़ करते हुए नुकीले दाँत दिखाने लगा। आरी जैसे दाँत। उसकी आँखों में बदले की आग। पूँछ ऊपर उठी और वह उसे ऐंठने लगा। यानी, वह हमले के लिए तैयार था। अचानक बंदर पटेल पर कूद पड़ा।

इनसान और बंदर के बीच घमासान शुरू हो गया। कुछ ही देर में इनसान ने घुटने टेक दिए। "बाप रे... मैं मर गया रे... हाय! उसके दाँत तो देखो..." पटेल तेज़ी से पीछे मुड़कर सरपट भागा। "अरे, दो पल और रुकता तो मुझे मार ही डालता, कमबख़्त!" पटेल हाँफते हुए पाँच-दस मिनट खड़ा रहा। उसका दिल ज़ोरों से धड़कने लगा।

बंदर जीता... इनसान की हार हुई... अपमान हुआ। एक बंदर के हाथों हार जाना इनसान हजम नहीं कर पा रहा था। अहंकार ने सिर उठाया। वह प्रतिकार चाहता था। बदले की आग भभक उठी।

खेत से थोड़ी दूर हटकर एक झोंपड़ी थी। उसमें तेल का कनस्तर था और उसमें डीजल आयल था। पटेल ने पास पड़ी पुरानी धोती को एक लकड़ी पर बाँधा और उस पर तेल डालकर मशाल जलाई। दूसरे हमले के लिए तैयार हो गया।

मशाल हाथ में पकड़कर बड़े ही आत्मविश्वास के साथ बंदरों को ढूँढ़ने निकल पड़ा। बंदरों ने देखा कि इस बार दो पैर वाला जानवर हाथ में आग की ज्वाला पकड़कर उनकी ओर चला आ रहा है। आग की लपटों से डरना प्राणी का स्वाभाविक गुण है। बंदर फ़ौरन पीछे मुड़कर भागने लगा। बंदरिया अपनी बच्ची को छाती से चिपकाए उसके पीछे भागी।

पटेल ने उनका पीछा किया। खेत की मेड़ पर इमली का बड़ा पेड़ था। बंदर उछलकर पेड़ पर चढ़ गए और छलाँग लगाते हुए ऊँची टहनियों में पहुँच गए। वहाँ से अपने दाँत दिखा-दिखाकर क्रोध प्रकट करने लगे।

इनसान इतनी आसानी से पेड़ पर नहीं चढ़ सकता । पटेल लाचार था । पर वह होशो हवास खो बैठा था । बस, बंदरों को सबक सिखाने की धुन में काफ़ी ऊपर तक चढ़ गया । जहाँ दो डालियों की संधि थी, उस जगह पैर टिकाकर मशाल को ऊपर की टहनियों तक उठाने की कोशिश करने लगा । बंदर एक डाली से दूसरी डाली पर कूदते-फाँदते ज़मीन पर उतर गए और जंगल की ओर भाग गए ।

फिर एक बार पराजय और अपमान! पटेल डालियों के बीच फँसे अपने मोटे शरीर को नीचे उतारने का प्रयास करने लगा । पैर कहाँ रखना सुरक्षित होगा इसी धुन में वह नीचे देखने लगा ।

ऊपर की टहनियों में आग लगी और धुँआ उठने लगा । इतने में बूँदा बाँदी होने की आवाज़ आई । ऊपर से नीचे की ओर... थकावट और श्रम के कारण पटेल पसीने से तर-बतर हो रहा था । उसे बूँदें घेरने लगीं... ऊपर की डालियों से नीचे आने वाली काली बूँदें... नहीं... नहीं... जंगली मधुमक्खियाँ थीं ।

दुश्मन उनके राज्य में घुसा था, उस पर हमला करना ज़रूरी था । उन छोटे कीड़ों का समूह पटेल को घेरकर उसके कान, नाक और चेहरे पर बैठने लगा... जीभ और आँखों की पुतलियों को छोड़कर उसके शरीर के हर हिस्से पर मधुमक्खियों का हमला शुरू हो गया । बदन पर हज़ारों सुइयाँ चुभने लगीं और जलन पैदा करने लगीं ।

मशाल नीचे गिर गई । पटेल हाथों से चेहरे पर चपत मारने लगा । पर उस 'सेना' के आगे वह असहाय-सा होकर रह गया । उसकी आँखें मुँदी जा रहीं थी । वह नीचे की डालियों को नहीं देख पा रहा था । पैर काँपने लगे । अगले पल वह उस ऊँचाई से ज़मीन पर गिर पड़ा । फिर भी मधुमक्खियों ने उसे नहीं छोड़ा । नीचे पड़े उसके बदन पर बैठकर उसे काटने लगीं ।

हाथों में चेहरे को छिपाकर पटेल चिल्लाने लगा, "ऐ, कोमुरा... कहाँ मर गया? इधर आ, रे...!"

कोमुरय्या दौड़ता भागता आ पहुँचा । चित पड़ा था पटेल पेड़ के नीचे । कंबल की तरह मधुमक्खियाँ उसके शरीर पर बिछी थीं । पटेल चिल्लाता, चीखता मिट्टी में लोट रहा था । उसकी चड्डी फट गई थी । पटेल के लोटने से कुछ मधुमक्खियाँ मर गईं । युद्ध में कुछ सैनिक मरे और कुछ घायल होकर, पंख टूटने के कारण रेंगने लगे ।

कोमुरय्या की समझ में पहले तो कुछ भी नहीं आया । पटेल ने हाथ के इशारे से ऊँची डालियों पर लगा छत्ता दिखाया । पटेल को काटने के बाद मधुमक्खियाँ वापस अपने छत्ते की ओर उड़ने लगीं । कोमुरय्या ने देखा कि पटेल की धोती डालियों में अटक गई थी ।

पटेल का पूरा बदन सूजकर लाल हो गया । कहीं-कहीं ख़ून भी निकल रहा था । ''पानी...पानी,'' कहते हुए पटेल हाँफने लगा ।

''हाय, पटेल! आपने क्या कर डाला? राम जी के भक्त हनुमान जी को गुस्सा दिलाया । वे आपका रास्ता काट दें तो फल-फूल देकर प्रणाम करना चाहिए । उन्हें मारने की कोशिश की... पाप किया । क्या आप यह नहीं जानते? जानकर भी उनका पीछा किया? वे तो हमसे भी अक्लमंद प्राणी हैं । हे, राम जी! अब मैं क्या करूँ?'' घबराते हुए कोमुरय्या पानी लाने कुँए के पास गया ।

चार घूँट पानी पीकर पटेल की हिचकियाँ निकलने लगीं । बोलती बंद हो गई और गर्दन एक तरफ़ को झुक गई । कोमुरय्या ने पटेल की नाक के पास अँगुली ले जाकर देखा कि साँस चल रही है या बंद हो गई । बस, दूर हट गया और छाती पीटते हुए गाँव की ओर दौड़ पड़ा ।

* * *

''अरे, अब तो उठा दो, जी...'' चारों ओर फैली खामोशी में गंभीर स्वर सुनाई दिया ।

''और पाँच मिनट देखते हैं...''

''अरे, पाँच मिनट कहते हुए छः घंटे बीत गए । बेटी और दामाद को अमेरिका से आना है । दो-तीन हवाई जहाज बदलना पड़ेगा । यह भी कोई जिंदगी है? बाप मरा तो आख़िरी बार देखने भी नहीं आ सकते? अमेरिका गए तो समझो वे इस दुनिया से चले गए! रिश्तेदार कल से बैठे हैं । और कब तक बैठे रहेंगे? और देर मत करो, उठाओ लाश को...'' बुज़ुर्ग आदमी ने हुक्म दिया ।

भूत-प्रेतों के आहार के रूप में मुरमुरे और फूले भुट्टे के दाने लाश पर डालते हुए, डफली बजाते हुए चल पड़े । सारा गाँव डफलियों की आवाज़ से गूँज उठा । शवयात्रा में भाग लेना अपना सामाजिक और नैतिक कर्तव्य मानते हुए पीछे चलने लगे गाँव के लोग । सगे-संबंधी सहानुभूति दिखाते हुए कहने लगे,

"बेचारा, मल्लन्ना... शेर का बच्चा था... पर मधुमक्खियों के हाथों मारा गया । तीन दिन अस्पताल में रखकर इलाज करवाया तो भी फायदा नहीं हुआ ।"

"खेत-खलिहान हमारे लिए हैं । टीले, पहाड़, जंगल इन मूक प्राणियों के लिए । जब हम उन्हें रहने के लिए जगह ही नहीं देंगे... पूरी ज़मीन पर हमीं कब्जा कर बैठेंगे तो यह धरती माँ चुप नहीं रहेगी! जो हालत पटेल की हुई, वही होगा । अब बताओ, यह अपने साथ क्या ले जा सकेगा? एक मटका और कुछ लकड़ियाँ ही न?"

"हर बात में हिसाब करता था । अपना फ़ायदा देखता था । अगर खाने वाला मिलता तो बंदर का मांस भी बेचता!"

डफलियों की आवाज़ बंद हो गई । चिता तैयार की गई । लाश को उस पर रखा गया ।

चारों ओर घुप्प अंधेरा था । उस अंधेरे में चिता की लपटें आसमान की ओर उठने लगीं । पंचभूतों के साथ एक हो रहा था मृत शरीर । आख़िर चिता की ज्वालाएँ बुझने लगीं । मुट्ठी भर राख बची रह गई ।

लोग गाँव की ओर चल पड़े । इनसान का जन्म, मृत्यु, अस्तित्व, बुढ़ापा, आत्मा-परमात्मा जैसे समझ में न आनेवाले रहस्यों के बारे में लोग वैराग्य की बातें करने लगे ।

किसी ने कहा, "इसमें समझ में न आने वाली बात क्या है? यह विधि का लेख नहीं, इनसान से हुई ग़लती है । पटेल बंदरों का पीछा न करता तो आज जिंदा होता ।"

अनंत आकाश । उसमें अनुशासन का पालन करते हुए नियमानुसार चलने वाले ग्रह, नक्षत्र, सूर्य और चंद्रमा । सूरज के चारों ओर घूमती पृथ्वी । उस पर जन्म लेने वाले समस्त प्राणियों में श्रेष्ठतम प्राणी मनुष्य । फिर भी अनुशासनहीन है । विस्तृत विज्ञान को अर्जित करने के बावजूद ज्ञान को विस्मृत कर बैठा । मानवता को छोड़कर दानव बनता जा रहा है, इनसान।

स्वार्थ, लोभ, क्रूरता से ग्रस्त होकर अपनी मेधा को विध्वंस करने में इस्तेमाल कर रहा है । अपने ही अस्तित्व के लिए ख़तरा पैदा करने वाली अपनी ही इस संतान को देखकर धरती माँ फूट-फूटकर रोने लगी । रो-रोकर उसकी आँखें लाल हो गईं । उसकी पलकें पूरब दिशा में खुलने लगीं ।

सूरज किरणों को फैलाता उग आया ।

माँ का दिल

डॉ. जे. भाग्यलक्ष्मी

मैं दोपहर का खाना खा रही थी, तभी सरोजिनी आई। "खाना खाएगी?" मैंने पूछा।

"नहीं, खाकर आई। तू क्यों इतनी देर से खा रही है?" उसने पूछा।

"सारे काम निपटाते-निपटाते देर हो गई।" मैंने कहा। मैं खाना खाकर उठी तो उसने पूछा, "माँ क्या कर रही है?"

"अभी-अभी आँख लगी है।"

"इसी कमरे में है न?" पूछती हुई कमरे में गई और फौरन पल्लू से नाक बंद करके बाहर निकल आई।

"बाप रे! कितनी बदबू आ रही है? फिनाइल डालकर कमरा धुलवाती नहीं?" उसने पूछा।

"रोज दो बार गीले कपड़े से पुँछवाती हूँ। माँ को स्पॉन्ज-बाथ देकर कपड़े बदलती हूँ।"

"सबकुछ बिस्तर पर ही न?"

"हाँ! हर बार चादर वगैरह धुलवाती हूँ। शायद कुछ बीमारियाँ ही ऐसी होती हैं कि बदन से बदबू आने लगती है।"

नाक-भौं सिकोड़ते हुए उसने कहा, "न जाने तुम लोग कैसे बर्दाश्त कर लेते हो! मुझसे तो एक पल के लिए भी कमरे में रहा नहीं गया, जी मचलाने लगा।"

सरोजिनी बचपन में भी ऐसी ही थी। जरा भी गंदगी बर्दाश्त नहीं कर सकती थी। हम दोनों जब छोटी थीं तो माँ के हाथ में चोट आई। घाव दिखाई दे रहा

था। इसलिए माँ के हाथों नहाने से सरोजिनी ने मना कर दिया था। नहलाने की कोशिश करने पर गला फाड़कर रोती थी।

"कॉफी पीना है?" मैंने पूछा।

"अब कॉफी पेट में कहाँ ठहरेगी? नींबू पानी पिला। पर 'रसना' नहीं, असली नींबू पानी।"

मैंने नींबू पानी और एक केक का टुकड़ा उसके सामने रखा।

"केक नहीं, डॉक्टर ने वजन कम करने को कहा है। ब्लड प्रेशर ज्यादा है।"

"फिर क्या खाएगी? उपमा बनाऊँ?"

"अभी कुछ नहीं। माँ को जागने दे..."

"तुझे मालूम है न, माँ ये सब चीजें नहीं खाती। दो दिन से बदन फूला हुआ है। कल अस्पताल भी ले गए। एडमिट करने के लिए। पर उन लोगों ने वापस घर भेज दिया।"

"अच्छा, यह बता, अस्पताल और दवाइयों का खर्चा जीजा जी के दफ़्तर से मिल जाता है?"

"दफ़्तर वाले क्यों देंगे? माँ उनके परिवार के तहत नहीं आती है न?"

वह चुप रही।

"बच्चे कहाँ हैं? स्कूल गए क्या? फिर भी, कुमारी कहाँ जा सकती है? घर में ही होगी।"

"आज स्कूल की छुट्टी है। पार्क में खेलने गई।"

"कुमारी को भी जाने दिया?"

"दोनों छोटी बहनें साथ हैं न, बेचारी चौबीसों घंटे घर में बंद रहती है। जरा उसे भी बाहर की दुनिया की जानकारी मिलनी चाहिए कि नहीं?"

"कुमारी की इतनी समझ कहाँ? बदनसीब बच्ची! बेचारी कितनी नासमझ है।"

मैं कुछ नहीं बोली। ये सब बातें पहले भी सैकड़ों बार सुन चुकी थी। हर एक समस्या के समाधान नहीं होते। कुछ को चुपचाप स्वीकार करना पड़ता है। उनके साथ ही जीना सीखना पड़ता है। रोज-रोज उस समस्या के बारे में सोच सोचकर, भगवान को कोसते हुए, अपने भाग्य पर रोते हुए जीने से क्या मिलता है?

मैं बातचीत को दूसरी तरफ मोड़ना चाहती थी, इसलिए पूछा, "विश्वम कैसे हैं? राजा और रघु कैसे हैं? इस तरफ आना ही छोड़ दिया।"

"सब मजे में हैं। अपने-अपने काम में बिजी! मैं भी दफ़्तर से आई।" उसने साड़ी की सिलवटें ठीक की और बैठ गई। तब उसकी अँगुली में जो अंगूठी थी वह एक बार चमक उठी। जैसे मेरी नजर को भाँप गई हो, वह बोली "परसों हमारी शादी की सालगिरह थी। विश्वम ने मेरे लिए खरीदी। अच्छी है?" उसने अपना हाथ मेरे सामने किया। वह हीरे की अँगूठी थी। नौ हीरे उसमें लगे थे। बिल्कुल नये डिजाइन वाली अँगूठी।

"बहुत सुंदर है।" मैंने कहा।

"क्यों नहीं होगी? पंद्रह हजार की है। सिर्फ अँगूठी इतनी महँगी है। पूरा सेट - यानी टॉप्स और पेंडेंट के साथ। पचास हजार रुपए! विश्वम ने खरीदा नहीं, पर वादा किया था कि एरियर्स मिलेंगे तो मेरे बर्थ-डे पर खरीदकर देंगे।" उसके चेहरे पर खुशी की झलक थी।

इतने में माँ की खाँसी सुनाई दी तो मैं कमरे के अंदर गई। मैंने पूछा - "कुछ चाहिए, माँ?"

माँ ने पानी माँगा। पानी पीकर पूछा, "कोई आया है क्या?"

मैंने कहा, "सरोजिनी आई है।"

माँ फिर आँखें मूँदकर लेट गई।

मैं कमरे से बाहर निकली तो सरोजिनी ने पूछा - "क्या माँ जाग गई? तूने बताया कि मैं आई हूँ?"

"अभी लेटी है।" मैंने कहा।

"हाँ, हाँ! मैं जानती हूँ। मुझसे बात करनी हो तो उसे नींद आ जाती है। तू है न, उसकी लाड़ली बेटी! इसीलिए तो अपना सारा पैसा तुझी पर लुटाती रहती है।"

"ये कैसी बातें करती है सरोजिनी? माँ बीमार है। बहुत बीमार है। शायद आखिरी साँसें गिन रही है। उसके बारे में ऐसी बातें? और मुझे कौन-सी जागीर दे दी उसने? तुझे क्या नहीं दिया?"

"छः महीने से तेरे पास ही तो है। अपने घर का जो किराया मिलता है, उसका क्या कर रही है माँ?" इस तरह पूछा मानों सफाई माँग रही हो।

मेरा सिर घूम गया। माँ के कोई बेटा नहीं है। बहुत समय से बीमार होकर तकलीफ सह रही है। जब बिस्तर से न उठने की नौबत आई तो अस्पतालों का चक्कर लगाकर, इलाज कराकर मैं अपने घर ले आई। अस्पताल, इलाज, तरह-तरह के टेस्ट वगैरह कराने की जिम्मेदारी मैंने अपने ऊपर ले ली। बेहद पैसा भी

खर्च हो रहा है। अगर मुरली साथ न देते और हाथ नहीं बँटाते तो मैंने हरगिज यह जिम्मेदारी अपने ऊपर नहीं ली होती। मुरली ने कहा था, ''बुढ़ापे में माँ-बाप बीमार पड़ते हैं तो उनकी सेवा बच्चे नहीं करेंगे तो और कौन करेगा? बेटे नही हैं तो क्या हुआ, तुम दो बेटियाँ तो हो न? दोनों में से किसी को तो माँ की जिम्मेदारी उठानी ही पड़ेगी!''

मैं उस समय सरोजिनी से मिली और माँ के बारे में बात की। मेरी बात सुनकर पहले तो उसने कहा, ''अब क्या करें? माँ दामाद के घर में कैसे रह सकती है?''

''आजकल ये सब बातें बेमानी हो गई हैं। बेटे हों या बेटियाँ, सब बराबर हैं। हम देखभाल नहीं करेंगे तो माँ की सेवा कौन करेगा?''

''मुझसे नहीं होगा सौंदर्या! हम मियाँ-बीवी दोनों काम पर जाते हैं। मेरे दोनों बेटे हैं, घर के काम में मदद क्या करेंगे? अपना घर सँभालना ही मुझसे नहीं हो पा रहा है। ढंग के नौकर भी तो नहीं मिलते आजकल! एक बीमार की सेवा करने के लिए चौबीस घंटे उसके साथ रहना पड़ता है। मैं कैसे कर सकूँगी, बोलो?''

''जब जिम्मेदारी ऊपर आ जाती है तो उससे मुँह कैसे मोड़ सकते हैं? कोई न कोई रास्ता तो ढूँढ़ना ही पड़ेगा न? माँ की देखभाल के लिए नौकर रखना पड़ेगा। खर्च हम दोनों आधा-आधा बाँट सकती हैं।'' मैंने कहा।

कुछ देर तक मेरी तरफ चुपचाप देखने के बाद उसने कहा, ''देख सौंदर्या! तू तो घर में ही रहती है। माँ को अपने पास रखना। तू ही माँ की अच्छी देखभाल कर सकेगी। ये सब काम मुझे ठीक से करने भी नहीं आते, यह तू भी जानती है। हमारे घर में तीन ही बेडरूम हैं। एक हमारा, एक बच्चों का और तीसरा स्टडी 'कम' गेस्टरूम। माँ को कहाँ रखूँ? ड्राइंग रूम में तो वह नहीं रह सकती है न? विश्वम सीनियर अफसर हैं। लोग अक्सर मिलने आते हैं।''

मैं सोचने लगी, वैसे हमारा घर भी कोई बड़ा बंगला तो नहीं है। छोटा-सा ड्राइंग रूम और दो कमरे। तीन बेटियाँ, बड़ी ग्यारह साल की है, दूसरी नौ की और सबसे छोटी सात साल की। बड़ी बेटी कुमारी मानसिक रूप से दो साल की बच्ची जैसी है। उसे एक पल के लिए भी अकेले नहीं छोड़ा जा सकता। कब क्या कर बैठेगी, कुछ नहीं कहा जा सकता। सबको उसकी हालत का अंदाजा नहीं है, कुछ लोग उस पर हँसते हैं, हैरान होकर देखने लगते हैं और कुछ तो उसका मज़ाक भी उड़ाते हैं। बाहर गई तो मिट्टी खाने लग जाती है। गली के कुत्तों की पूँछ पकड़कर खींचती है। दाँत निपोरती हुई गैरों के पास भी चली जाती है। उसकी छोटी बहनें ही उसकी दीदी बनी हुई हैं।

हमारे खर्च भी कुछ कम नहीं हैं । कमानेवाला अकेला मुरली है । मैं ग्रेजुएट हूँ । बी.ए. करने के बाद शादी हो गई । फिर बच्चे, घर गृहस्थी संभालना, इन कामों में पड़कर नौकरी करने का ख्याल ही नहीं आया । मुरली और मैं एक-दूसरे के रास्ते में कभी नहीं आते, एक-दूसरे की जिम्मेदारी को खूब समझते हैं - डिविजन ऑफ लेबर! बाहर के काम वह करते हैं और घर के काम मैं करती हूँ । दोनों मिलकर तय करके भी कुछ काम करते हैं । हमारे बाप-दादा हमारे लिए दौलत भी छोड़कर नहीं गए हैं । इस हालत में मेरी छोटी बहन कहती है, ''तू तो घर में ही रहती है, माँ को अपने पास रख!'' उसने एम.बी.ए. किया है । प्राइवेट कंपनी में नौकरी करती है । उसका पति तो और भी अच्छी नौकरी करता है । फिर भी वह अपनी समस्याओं के बारे में ही सोचती है ।

उस दिन रात को मुरली ने मुझसे कहा, ''हमने सोचा था कि पीछे के बरामदे को कवर करके कमरा बनाएँगे? याद है न? अब वह काम पूरा करके माँ को घर ले आएँ?'' उसका दिल बहुत बड़ा है । वह हमेशा सही निर्णय लेता रहता है, जिससे मुझे बड़ी ताकत मिलती है । बड़ी बेटी की मानसिक अपरिपक्वता को चुपचाप स्वीकार कर लेना भी मुरली ने ही सिखाया । न अपने भाग्य को मैंने कभी कोसा, और न समाज में चार लोगों के सामने सिर नीचा करने की जरूरत समझी । कुमारी को एक नाजुक फूल की तरह पाल रही हूँ । बाकी बच्चों से ज्यादा ध्यान और प्यार देती हूँ ।

माँ को घर ले आने के बाद उनके काम करने के लिए एक नौकरानी रख ली । करना चाहूँ तो भी मुझसे उनकी सेवा ठीक से नहीं हो सकेगी । तीन नौकरानियाँ बदल चुकी हूँ । कोई भी एक-दो महीने से ज्यादा टिकती नहीं है । उनके लिए भी इस तरह के काम करना मुश्किल ही लगता होगा । किसी तरह गाड़ी खींच रही हूँ । मुश्किल लगने पर भी माँ की सेवा करने से हाथ तो नहीं खींच रही हूँ ।

''सरोजा! थोड़ा सा उपमा बनाती हूँ, खाकर चली जाना ।'' मैं यह कहकर उठने लगी ।

''उपमा तो रहने दो । मैं तो यह जानने के लिए चली आई कि माँ अपना मकान किसके नाम कर रही है । 'बड़ी बेटी मेरी कितनी सेवा कर रही है' यह सोचकर तेरे नाम कर देगी तो? ऐसा हरगिज नहीं होने दूँगी । उसमें आधा हिस्सा मेरा है । मुझे मकान नहीं चाहिए, तू ही ले लेना । मेरे हिस्से का पैसा मुझे दे दे

- बस! हमारे घर के पास ही एक प्लॉट बिक रहा है। मुझे पैसों की सख्त जरूरत है। दो बच्चे हैं तो दोनों को एक-एक मकान चाहिए कि नहीं? हमारे माँ-बाप ने हमारे लिए कुछ किया या नहीं इस बात को छोड़ दें। पर हमें अपने बच्चों के बारे में तो सोचना होगा न?''

''हमारे माँ-बाप को क्या करना चाहिए था? क्या उन्होंने कभी हमसे छुपाकर संपत्ति जोड़कर कहीं रखी? जितना उनसे हो सका उन्होंने किया।''

फिर माँ की आवाज आई। मेरे साथ सरोजिनी भी अंदर आई। ''बेटी, जरा बेड पैन रखना। न जाने नौकरानी कहाँ चली गई।'' माँ ने कहा।

''वह अपने घर गई है, माँ! अभी आ जाएगी। बेड पैन मैं रखती हूँ, ठहरो!'' मैंने कहा।

''कैसी हो माँ?'' सरोजिनी ने पूछा।

माँ ने सिर हिलाया। कुछ बोली नहीं।

सरोजिनी बाहर चली गई।

मैंने बेड पैन रखा, निकालकर साफ किया और माँ के बिस्तर को ठीक किया। फिर हाथ धोकर बाहर आई।

''देखा, चेहरा कितना सूज गया है? डॉक्टर को बुला भेजती?'' सरोजिनी ने कहा।

''तुझसे कहा तो था। कल अस्पताल में भर्ती कराने ले गए थे। उन लोगों ने दवाई देकर घर वापस भेज दिया।''

उसने धीमी आवाज में कहा, ''लगता नहीं, अब ज्यादा दिन रहने वाली है।''

यह तो सब जानते हैं। माँ भी जानती है। इसीलिए मैं चुप रह गई।

थोड़ी देर के बाद हम दोनों फिर अंदर गए। सरोजिनी ने माँ से कहा, ''मैं तो तुम्हें देखने के लिए ही आई, माँ! दफ़्तर में काम जरूर था लेकिन कई दिनों से तुमसे मिलने नहीं आई थी न, इसीलिए चली आई। फोन पर सौंदर्या से तुम्हारा हालचाल पूछती रहती हूँ। मेरे पति भी हमेशा तुम्हारे बारे में पूछते रहते हैं।''

माँ ने फिर सिर हिलाया। लेटे ही लेटे हम दोनों को देखने लगी।

''माँ, थोड़ी देर उठकर बैठोगी?'' मैंने पूछा।

माँ ने हाँ में सिर हिलाया।

''सरोजिनी जरा मदद करना। तकियों को उठाकर माँ की पीठ के पीछे टिकाना।''

''इतने में बेल बजी। सरोजिनी दरवाजा खोलने गई। नौकरानी थी। हम दोनों ने मिलकर माँ को बिस्तर पर बिठाया।''

“चाय बना दूँ?” नौकरानी ने पूछा। माँ ने हाँ कहा। हम दोनों माँ के सामने कुर्सियों पर बैठ गईं।

“माँ, तुम्हारी तकलीफ हमसे देखी नहीं जा रही। न जाने तुम कैसे बर्दाश्त कर लेती हो!” सरोजिनी ने कहा।

“बच्चे ठीक हैं न?” माँ ने पूछा।

“हाँ, माँ! हम सब अच्छे हैं। बच्चे बड़े हो रहे हैं। उनकी पढ़ाई और बाकी जरूरतों के खर्चे बढ़ते ही जाते हैं। बहुत सारी समस्याएँ हैं, क्या करें?”

माँ ने सिर हिलाया।

“माँ! तुम तो सबकुछ जानती हो। अपने मकान के बारे में भी कुछ सोचा ही होगा? किसी वकील से बात करूँ?”

माँ ने सिर हिलाकर मना किया।

“कोई बात नहीं, माँ! अगर वसीयत नहीं लिखनी है, तो रहने दो। तुम्हारी वारिस तो हम दो बेटियाँ ही हैं, हमें नहीं दोगी तो किसे दोगी?”

नौकरानी चाय ले आई। “ये दोनों बाहर बैठकर चाय पिएँगी। इनकी चाय बाहर ले जाओ!” माँ ने कहा।

मैंने माँ को चाय का प्याला पकड़ाया। माँ ने कहा, “वह मकान तो मेरे नाम है। मैं जिसे चाहूँ दे सकती हूँ।”

“तुम्हारा मतलब, सौंदर्या को? अगर ऐसा करोगी तो मैं अपना हक माँगने कोर्ट जाऊँगी। मैं घुमा-फिराकर बात नहीं करती। जो बोलना है मुँह पर साफ-साफ बोलती हूँ।” बड़ी ही कड़क आवाज में सरोजिनी ने कहा।

“तुम दोनों अब जाओ। मेरी साँस फूल रही है, “इतना कहकर माँ ने लेटने की कोशिश की।” मैं माँ की मदद करने लगी। सरोजिनी तेजी से कमरे से बाहर निकल गई। माँ ने हाथ के इशारे से मुझे भी जाने को कहा।”

“वाह! बड़ी चालाकी से माँ को अपनी तरफ कर लिया तूने। फिर भी मैं छोड़ूँगी नहीं।” चाय का प्याला हाथ में लेते हुए सरोजिनी ने कहा।

“मैं इन सब बातों के बारे में कुछ नहीं जानती सरोजा! मैंने कभी माँ से इसके बारे में बात नहीं की।” मैंने कहा, पर उसे मेरी बातों पर विश्वास नहीं हुआ।

रात को माँ ने मुरली को अपने पास बुलाया और कहा, “बेटा! मैं अपना मकान बेचना चाहती हूँ। जरा मेरी मदद करना। सबकुछ जल्दी निपटाना पड़ेगा।”

“अब इसकी क्या जल्दी है, माँ जी? बाद में देखा जाएगा।” मुरली ने कहा।

"नहीं, बेटे! मैं अब ज्यादा दिन टिकने वाली नहीं हूँ। मुझे इसकी उम्मीद नहीं है। न ही इच्छा है। कर्म का फल भोग रही हूँ, बस! मेरे जिंदा रहते ही उस मकान के मामले का निपटारा हो जाना चाहिए।"

रातभर मैं माँ के बारे में सोचती रही। इस बात का अंदाजा पहले से कोई नहीं लगा सकता कि बुढ़ापा कैसे बीतेगा और किस तरह की बीमारियाँ ले आएगा। जब आफत आती है, तब डटकर उसका सामना करने के सिवा और कोई रास्ता भी नहीं होता। उस वक्त कोई साथ रहकर हिम्मत बँधाता है तो अच्छा लगता है। जब हम छोटे बच्चे थे तो माँ ने हमारे लिए क्या-क्या न किया? कितने प्यार से पाला-पोसा? माता छू जाती, बदन पर फोड़े निकल आते, दस्त लग जाते तो कितनी बार बिस्तर खराब कर देते थे। उस वक्त माँ ने हमें अपने से दूर नहीं रखा, झिड़ककर कोसा तो नहीं, हमेशा शांत रहती। हमारी यादों में उसका हमेशा शांत रहने वाला चेहरा और प्रेम की ज्योति की तरह चमकने वाले नकफूल ही बसे हैं। तब क्या उसने हमें बोझ समझा था? अब वही माँ असहाय स्थिति में है और हमने उनकी जरा-सी सेवा की तो कौन-सा तीर मार दिया? उसके लिए हम प्रतिफल माँगें? उसकी सेवा करके उसका पैसा लेने की इच्छा करें?

अगले दिन मैंने माँ से अपने मन की बातें कहीं। मुरली भी वहीं था। माँ ने समझाने के अंदाज में कहा, "नहीं, सौंदर्या! यह मत समझना कि ये पैसे तुझे सेवा करने के बदले में दिए जा रहे हैं। मनुष्यों के बीच के संबंध को पैसों से नहीं तौला जा सकता। मैं ये पैसे तुझे नहीं दे रही हूँ। तेरे बच्चों को देना चाहती हूँ। खासकर कुमारी को। उनके भविष्य के लिए मेरी तरफ से जरा-सी मदद, बस!"

मुरली ने कहा, "आप बच्चों को देंगी या सौंदर्या को, बात तो एक ही है न? सरोजिनी को आप खाली हाथ कैसे छोड़ सकती हैं? यह तो सरासर अन्याय होगा न, माँ जी?"

कमजोरी के बावजूद माँ हँस पड़ी। "मैं भी माँ हूँ, बेटा! अपने बच्चों की जरूरतों को क्या मैं नहीं जानती? सरोजिनी को बचपन से ही अपनी भूख का अंदाज नहीं रहता था। खाते रहना उसकी आदत थी। पेट भरने के बाद भी खाती रहती थी। हमेशा उसे बदहज़्मी रहती थी। मैं डाँटकर जबरन खाने से रोकती थी। वह अब भी ऐसी ही है।" इतना कहकर माँ साँस फूलने के कारण दो पल के लिए चुप रही। फिर कहने लगी, "अगर लड़कियों के पास पैसा होगा तो वह आर्थिक शक्ति उन्हें समाज में सिर उठाकर चलने की ताकत देगी। मैं जो ठीक समझती हूँ, वही कर रही हूँ।" इतना कहकर वह थक गई और आँखें मूँदकर लेट गई।

मुझे मेरा बचपन वापस दो!

तोलेटि जगन्मोहन राव

''चिन्ना, उठो बेटा... छः बजने को हैं ।''

आठ साल के रांबाबू को माँ की आवाज़ नींद में कुँए से आती हुई प्रतीत हुई । उसकी आँखें नहीं खुलीं । उसकी सीप-सी पलकें ज़रा-सी हिलीं, पर वह सोता ही रहा ।

''उठो न, सवा छः बज गए ।'' पंद्रह मिनट बाद बाप की कठोर आवाज़ सुनते ही उसने चौंक कर आँखें खोलीं । पलंग के पास खड़े होकर हज़ामत करते हुए प्रभाकर ज़ोर-से बोला, ''यह रोज़-रोज़ का तमाशा हो गया । घंटों तुम्हें जगाने में लग जाते हैं, हमारे पास इतना समय नहीं है । चल, उठ जा...''

रांबाबू ने अँगड़ाई लेकर हाथ-पैर हिलाए, पर उठने की लाख कोशिश करने पर भी उसे अपना शरीर भारी लगा और वह उठ नहीं सका । उसकी आँखें फिर बंद होने लगीं । प्रभाकर और ज़ोर-से चिल्लाया । उसकी आवाज़ सुनकर विमला दौड़ती आई । उसने बेटे को गोद में उठाकर पलंग से उतारा और वॉश-बेसिन के सामने ले जाकर ब्रश पकड़ा दिया ।

''वह अपने आप मुँह धो लेगा । तुम जाकर उसका बैग तैयार करो...नहीं उसका बैग मैं तैयार करता हूँ...तुम उसका खाना और पानी की बॉटल पैक करो'' - प्रभाकर ने कहा ।

मुँह धोकर रांबाबू खाने की मेज़ पर बैठा तो विमला ने उसे ब्रेड और दूध का गिलास पकड़ा दिया ।

''मुझे भूख नहीं है माँ! ब्रेड नहीं चाहिए, दूध पी लूँगा ।'' आठ घंटे सोने

के बाद भी उसका शरीर उसकी बात नहीं मान रहा था। नींद का भारीपन और कमज़ोरी अभी भी थी। उसे खाने की नहीं, फिर से सो जाने की इच्छा हो रही थी।

"भूख कैसे नहीं है? स्कूल में भूख लगेगी तो? लंच पीरियड तक बिना कुछ खाए कैसे रहेगा? ज़िद मत करो, खा लो", विमला ने कहा।

घड़ी के साथ दौड़ना रांबाबू के बस की बात नहीं थी; अभी वह छोटा है न! पैर हिलाता, खिड़की से बाहर देखता वह आराम से दूध पी रहा था।

"क्या कर रहे हो चिन्ना? दूध पीने में आधा घंटा लगा रहे हो, जल्दी-जल्दी पी लो, स्कूल का वक़्त हो रहा है।" विमला ने यह कहते हुए उसे अपने हाथ से दूध पिलाया। उसे ड्रेस पहनाई, बूट पहनाए, टाई बाँधी और कंघी करके पाउडर लगाते हुए कहा, "चिन्ना, सामने वाले कमरे की चाबी बैग में है - सँभाल कर रखना, कहीं गिराना नहीं। मेज़ पर नाश्ता और फ्लास्क में दूध रख के जाऊँगी। स्कूल से आकर हाथ-मुँह धो लेना और कपड़े बदलकर नाश्ता कर लेना। होमवर्क भी पूरा कर लेना। तब तक हम दोनों दफ़्तर से आ जाएँगे।"

रांबाबू ने "ठीक है।" कहा और थोड़ी देर रुक कर बोला, "माँ...माँ..."

"क्या है बेटा?"

वह दाएँ हाथ की दो अँगुलियाँ दिखाने ही वाला था कि बाहर से प्रभाकर चिल्लाया, "स्कूल बस आ जाएगी, अब क्या देरी है?"

"हो गया, बस!" कह कर विमला ने बेटे से पूछा, "क्या बात है? जल्दी बता! देर हो रही है।"

"कुछ नहीं माँ", रांबाबू ने जल्दी से हाथ नीचे कर लिया।

"कुछ नहीं है, तो फिर बैग उठा और चल!"

रांबाबू बैग उठाकर बाहर की ओर दौड़ा। प्रभाकर स्कूटर पर तैयार बैठा था। वह चिढ़ रहा था। रांबाबू आगे खड़ा हो गया तो स्कूटर चल पड़ा। बस स्टॉप पहुँचते ही बस भी आ गई।

"बेटे, कल से और भी जल्दी उठना पड़ेगा। ज़रा देर हो जाती तो बस चली गई होती।"

रांबाबू ने सिर हिलाया, बाप को 'टा-टा' किया और बस में चढ़ गया।

वह घर लौटा तो दो बज गए थे। अंदर आते ही किताबें और पानी की बोतल फेंक दी। जूते उतार कर सोफ़े पर थोड़ी देर लेट गया। बाद में वॉश-बेसिन

में हाथ-मुँह धोते हुए उसने अपने चेहरे की तरफ़ देखा। उसका बायाँ गाल लाल था। उस पर टीचर की अंगुलियों के निशान थे।

क्लास में उस दिन टीचर ने प्रोग्रेस कार्ड दिया था। रांबाबू का क्लास में आख़िरी स्थान था। वह एक कारण था। टीचर ने प्रोजेक्ट दिया था, ताजमहल की तस्वीर पर रंगीन शीशे चिपका कर लाना था। रांबाबू ने माँ को बताया। माँ ने कहा, 'मुझे फ़ुरसत नहीं है, बाद में देखेंगे।' वह काम पूरा नहीं कर सका। यह दूसरा कारण था। इन दोनों कारणों से टीचर को ग़ुस्सा आया। उसने उसे ज़ोर का तमाचा लगाया और दो पीरियड तक बेंच पर खड़ा रहने को कहा। उसे इतना ग़ुस्सा आया कि टीचर को मार डाले, पर कुछ भी नहीं कर सकता था। अपमान को सहते हुए वह दो पीरियड वैसे ही खड़ा रहा।

'मैं कल से स्कूल नहीं जाऊँगा। आराम से घर में बैठूँगा।' उसने मन-ही-मन तय किया। घर की बात सोचते ही बाप की याद आई। उन्हें प्रोग्रेस कार्ड दिखाना पड़ेगा। अच्छी रैंक नहीं मिली तो उन्हें ग़ुस्सा आएगा। वैसे भी उन्हें बात-बात पर ग़ुस्सा आता है। पता नहीं, वह क्या पूछेंगे और मैं क्या जवाब दूँगा। उसे बहुत डर लगने लगा। इस बार अगर वे डाँटेंगे तो मैं घर छोड़ कर भाग जाऊँगा। पर कहाँ जाऊँगा? कहाँ रहूँगा? खाना कौन देगा?

स्कूल जाने में डर लगता है, घर जाने में भी डर लगता है - उसे रोना आ गया। रोते-रोते होमवर्क की किताबें निकालीं।

"The Planets revolve around the Sun...The earth spins on its Axis"... Axis का मतलब क्या होता है?

साइंस की किताब फेंक कर मैथ्स की किताब निकाली।

"The side of a square is twice as long as the side of another square. How many times is the perimeter of the first square than the perimeter of the second square?"

The side of a square...perimeter of the square...यह पढ़ाई मुझसे नहीं होगी। मुझे तो कुछ भी समझ में नहीं आता है। स्कूल में टीचर मारती है, घर में पिताजी डाँटेंगे तो मैं घर से भागूँगा नहीं...मर जाऊँगा...मैं मरना चाहता हूँ... 'I want to dye' होमवर्क की कापी में मन की बात बिना सोचे लिख डाली। वह रोने लग गया। रोते-रोते वह सो गया। पाँच बजे के क़रीब उसकी आँख खुली। सोने के बाद उसका मन थोड़ा हल्का हुआ। उसे भूख लगने लगी। मेज़

पर रखा नाश्ता खाया और दूध पी लिया। नीचे बच्चे खेल रहे थे, वह खिड़की में से उन्हें देखने लगा। बच्चे हँस रहे थे, एक-दूसरे को धक्का देते हुए, गिरते-दौड़ते मज़े में खेल रहे थे। उन्हें देखने में रांबाबू को बड़ा मज़ा आ रहा था। वह खिड़की पर चढ़कर सलाखों को पकड़ कर झूलने लगा। तभी घंटी बजी।

"माँ आ गई।" कहते हुए खिड़की से उतरा और दरवाज़ा खोलने दौड़ा।

"नाश्ता किया?" पूछते हुए विमला ने कमरे में नज़र दौड़ाई। किताबें एक तरफ़, पानी की बोतल एक तरफ़, कमरे में सब चीज़ें तितर-बितर थीं।

"घर को कैसा बना दिया चिन्ना, साफ़ रखना चाहिए न!" कहकर चीज़ों को अपनी-अपनी जगह पर रखने लगी।

"माँ, थोड़ी देर के लिए खेलने जाऊँ?" धीरे-से माँ के पास आकर उसने पूछा।

"होमवर्क ख़त्म कर लिया?"

"आके कर लूँगा।"

"जा, पर जल्दी आ जाना। कपड़े गंदे न करना।" माँ की अनुमति मिलते ही वह दौड़कर बाहर चला गया।

रात के आठ बज रहे थे। प्रभाकर आँधी की तरह आया। आते ही ग़ुस्से से पूछा, "कहाँ है तुम्हारा लाड़ला?"

"क्यों, दूसरे कमरे में टी.वी. देख रहा है।"

"बुलाओ उसे। मालूम है, उसकी वजह से मुझे क्या-क्या सुनना पड़ा? उसके प्रिंसिपल ने दफ़्तर में फ़ोन करके भला-बुरा कहा। कह रही थीं कि हम उसकी पढ़ाई की तरफ़ ध्यान नहीं दे रहे हैं। अगर उसने काम में सुधार नहीं किया तो टी.सी. देकर स्कूल से बाहर कर देंगी। छिः छिः, दौड़-धूप करके दो हज़ार डोनेशन देने के बाद साहबज़ादे को अच्छे स्कूल में दाख़िला मिला। हमने उसी की भलाई के लिए तो यह सब किया था, पर यह बेवकूफ़ तो..." बाप की आवाज़ सुनकर रांबाबू हॉल में आया। ग़ुस्से से लाल होते हुए प्रभाकर ने पूछा, "तेरा प्रोग्रेस कार्ड कहाँ है रे?"

खेल और टी.वी. में खोकर रांबाबू स्कूल को थोड़ी देर के लिए भूल गया था। अब याद आते ही उसकी आँखें भर आईं। उसके चेहरे का रंग उड़ गया।

"बैग में है", उसने दबी आवाज़ में कहा। पिता के क्रोध के डर से उसका दिल ज़ोर-ज़ोर-से धड़कने लगा।

“...32वीं रैंक!” प्रभाकर ने कार्ड को ज़मीन पर पटक दिया। बच्चा चौंक पड़ा।

“पहले पाँच नंबरों में आने को कहा था या नहीं? हर रोज़ जो स्कूल में पढ़ाया जाता है, उसे दुबारा घर पर पढ़ने को कहा था न?”

डरते हुए रांबाबू ने सिर हिलाया।

“सिर मत हिलाओ, मुँह से बोलो।”

“बताया था।”

“वैसे ही पढ़ाई कर रहे हो?”

“हाँ, कर रहा हूँ?”

“आज का होमवर्क किया?”

“अभी नहीं किया।”

“क्यों नहीं किया?”

“....”

“तुम्हारी कापियाँ कहाँ हैं?” प्रभाकर गला फाड़कर चिल्लाया। रांबाबू ने काँपते हुए किताबें निकालीं। प्रभाकर पन्ने पलट कर देख रहा था तो देखा - 'I want to dye' लिखा हुआ था।

“ 'डाइ' की स्पेलिंग क्या है?” प्रभाकर को उस वाक्य में हिज्जे की ग़लती ही दिखाई दी। बच्चे ने कॉपी में ऐसा क्यों लिखा, इसके बारे में तो उसने सोचा ही नहीं।

...रांबाबू फिर काँपने लगा, पर मुँह नहीं खोला।

“बता!” दाँत चबाते हुए प्रभाकर फिर चिल्लाया।

“डी...वाइ...ई...”

“तेरा सर...डी...आइ...ई...इसे सौ बार लिख के दिखा।”

बच्चे को थर-थर काँपते देखकर विमला को तरस आ गया। उसे गोद में लेकर प्यार करने की इच्छा हुई। पर उसने सोचा कि जब प्रभाकर डाँट रहा है तो उसे ऐसा नहीं करना चाहिए। फिर बच्चे के मन में उनके लिए आदर नहीं रहेगा। फिर भी उसने बात बदलते हुए कहा, “आते ही आप उसे लेकर बैठ गए? हाथ-मुँह धो लीजिए, फिर आराम से उससे पूछ लेना, जो कुछ पूछना है।” यह कहकर वह पति के ग़ुस्से को ठंडा करने की कोशिश करने लगी। प्रभाकर अंदर चला गया।

खाना खाते वक़्त भी प्रिंसिपल की बातें याद करके वह आग-बबूला होने लगा। 'स्कूल में क्या पढ़ा देते हैं, क्या यह पढ़ाई है? यह तो एक रैकेट है, सैकड़ों रुपए फ़ीस देने के बाद भी रोज़ चार घंटे उसका होमवर्क कराने में बीत जाते हैं। यह कैसा तरीक़ा है, बच्चे का होमवर्क हम क्यों कराएँ? वह तो उसी का काम है। उसे ही करना चाहिए। न जाने इसके सिर में अक्ल नाम की चीज़ है भी या नहीं...' फिर बेटे पर ग़ुस्सा आया। एक-दो बार ग़ुस्सा न रोक पाने के कारण वह फिर बेटे को डाँटने के लिए मुँह खोलने लगा तो विमला ने इशारे से मना किया कि खाते वक़्त ग़ुस्सा न करें।

रांबाबू सिर झुका कर खा रहा था। माँ-बाप की ओर देखने की उसमें हिम्मत नहीं थी। खाना उसके गले से नीचे नहीं उतर रहा था। वह जानता था कि अभी यह तूफ़ान थमा नहीं है, यह फिर से उठने वाला है। खाने के बाद प्रभाकर कमरे में टहलने लगा और बीच-बीच में बेटे की ओर घूरने लगा। पर रांबाबू पिता की आँखों से आँखें नहीं मिला पा रहा था। वह इधर-उधर देख रहा था और धड़कते दिल से ज्वालामुखी के फूटने के इंतज़ार में घड़ियाँ गिनता हुआ बैठा था।

"नंबर कम क्यों आए?" टहलना बंद करके प्रभाकर बेटे के सामने खड़ा हो गया और धीमी आवाज़ में पूछा। तब रात के साढ़े नौ बजे थे। विमला भी काम ख़त्म करके वहीं आकर बैठ गई।

अचानक बाप को सामने खड़ा देखकर बच्चा हड़बड़ाया। हाथों को मसलते हुए वह घबराहट में माँ की ओर देखने लगा। माँ ने जब कुछ नहीं कहा तो रोनी-सी आवाज़ में बोला, "पता नहीं।"

"पेपर ठीक किया था?"

"हाँ, ठीक किया था।"

"ठीक करने पर भी तुझे नंबर नहीं मिले?"

"...."

"अच्छा, यह तो बता कि पाठ तेरे समझ में आ रहे हैं या नहीं?...जब बाकी सब बच्चों को समझ आ रहा है तो इसे क्यों नहीं आता? अहमक कहीं का!" प्रभाकर को फिर ग़ुस्सा चढ़ गया, "तेरी भलाई के लिए, तुझे अच्छी शिक्षा दिलाने के लिए पैसे फूँक रहा हूँ। हम लोगों को ऊँची पढ़ाई करने का मौक़ा नहीं मिला था। इसीलिए अपने से भी कम दिमाग़वालों को सलाम करने की नौबत आ गई है। इस प्रकार की छोटी नौकरियाँ करनी पड़ रही हैं। तुझे ऐसी नौकरियों में सड़ना

न पड़े, इसीलिए तो हम तुझ पर इतना ध्यान दे रहे हैं। पर तू है कि तुझे पढ़ाई की कोई चिन्ता नहीं है। हम दोनों कमा रहे हैं, इसीलिए तो घर में टी.वी., फ्रिज़, स्कूटर वग़ैरह हैं, नहीं तो हमारे पास क्या है। बस, मैरिट में आ गए तो ज़िन्दगी बन जाएगी, नहीं तो भीख माँगने के क़ाबिल भी नहीं रहोगे।'' अपना सारा फ्रस्ट्रेशन प्रभाकर ने बेटे पर उतार दिया।

प्रभाकर की बातें रांबाबू की समझ में नहीं आईं। वह ऐसे बैठा था, मानो काँटों पर बैठा हो। वह इस अग्नि-परीक्षा की समाप्ति का इंतज़ार करने लगा। इस भाषण के बाद प्रभाकर का जोश थोड़ा शांत हो गया। वह अपने कमरे में गया और सिगरेट पीने लगा। विमला ने रांबाबू के बिस्तर को ठीक किया और उसे सोने को कहकर अपने कमरे में जाने लगी तो उसने माँ का आँचल पकड़ लिया। बाप को कहीं सुनाई न दे, इसीलिए वह दबी आवाज़ में बोला, ''माँ, आज तुम मेरे पास सोओगी?''

स्कूल में उसके साथ किया गया सलूक, पिता का क्रोध, सबकुछ वह माँ की गोद में दुबक कर भूल जाना चाहता था। वह इस तरह अपना अपमान और दुख भूल जाना चाहता था।

''ठीक है'', कहकर विमला उसके पास लेट गई। उसे बहुत खुशी हुई। एक हाथ और एक पैर माँ के ऊपर डालकर उससे लिपट गया। विमला उसके सिर पर हाथ फेरते हुए कहने लगी, ''देख बेटे, पिताजी तेरी भलाई के लिए ही डाँटते हैं। तू यह मत समझना कि वे तुझसे प्यार नहीं करते। तेरे लिए कितने खिलौने और किताबें खरीदकर लाते हैं - है न?''

बच्चा इस आशा में था कि माँ उसे तसल्ली देगी, उसका दुख दूर करेगी। पर जब उसने माँ की बातें सुनीं तो उसे बहुत दुख हुआ। उसने माँ पर से अपने हाथ और पैर हटा लिए और दूर सरक कर लेट गया। विमला ने ध्यान नहीं दिया, और बोलती गई, ''हर रोज़ अपने पाठ याद कर लेना। स्कूल में टीचर जो पढ़ाती हैं, उसे ध्यान से सुनना। अच्छा ट्यूटर मिलने पर ट्यूशन लगवा दूँगी। स्कूल में पढ़ाया पाठ समझ में न आए तो ट्यूटर से पूछ लेना। तुम अच्छी तरह पढ़ो, पढ़कर जीवन में कुछ बनो, यही हमारी इच्छा है, पढ़ोगे न?''

'जीवन में कुछ बनकर ऊँचा उठने का मतलब तो मैं नहीं जानता, पर मुझे बहुत-सी बातें जानने की बड़ी इच्छा होती है। यह दुनिया बड़ी अनोखी, एक सुंदर पहेली-सी लगती है। कल जो बीज बोया, उससे आज जब पौधा फूटता है तो मुझे

यह बात विचित्र लगती है, अचरज होता है। मैं तारों के बारे में, कार, स्कूटर, हवाई जहाज़, रॉकेट, इन सबके बारे में जानना चाहता हूँ। यही नहीं, पड़ोस में रहने वाली दीदी जब 'चंदामामा' पढ़कर कहानियाँ सुनाती है तो मुझे बहुत आनंद आता है। इच्छा होती है कि मैं भी ऐसी कहानियाँ उसे सुनाऊँ। शाम को जब गलियों में शोर मचाते बच्चे पतंग उड़ाते हुए, गेंद से खेलते दिखाई देते हैं तो मन करता है कि मैं भी उनके साथ खेलूँ। मेरा मन बिल्कुल नहीं करता कि मैं अकेला घर में बैठकर होमवर्क करूँ। किताबों में पढ़कर बहुत-सी बातें जानने की इच्छा तो है, पर स्कूल की किताबों में लिखे पाठ रट कर टेपरिकॉर्डर की तरह उन्हें दोहराने में या कॉपियों में प्रश्नों के सही उत्तर उतारने में कोई मज़ा नहीं आता। पढ़ाई के नाम पर मेरी छोटी-छोटी इच्छाओं को मसल कर मुझे नंबर स्कोर करने के कंप्यूटर की तरह मत बदल डालिए। मेरे बचपन को मुझसे मत छीनिए।' अपने मन में उठनेवाली भावनाओं को ऐसे साफ़ शब्दों में बताने के लिए उसके पास भाषा नहीं थी, क्योंकि वह बहुत छोटा था। मुँह खोलता तो रोना ही आता। इसलिए होठों को दाँतों में दबाकर वह 'हाँ' कहकर चुप हो गया। माँ के पास लेटने का आनंद ग़ायब हो गया। माँ का स्पर्श उसे तसल्ली नहीं दे रहा था। वह माँ की निकटता को सह नहीं पाया।

"मैं अकेले सोना चाहता हूँ। तुम अपने कमरे में जाकर सो जाओ।" उसने कहा।

"क्यों, क्या हुआ, अपने पास सोने को कहा था न? क्या मुझसे रूठ गए?" विमला ने कहा, "ठीक है, फिर गुड नाइट बोलो।" कहकर विमला ने उसका गाल चूम लिया।

"गुड नाइट" कहकर उसने भी माँ को चूमा, पर उसमें प्यार नहीं था।

विमला ने उसे चादर ओढ़ाई और प्रभाकर के कमरे में चली गई। दरवाज़ा बंद करके वह प्रभाकर से बोली, "देखिए, वह कितना घबराया हुआ है! वह भी क्या करता, मन लगाकर पढ़ तो रहा है न! शुरू से ही वह पढ़ाई में एवरेज था, यह तो हम जानते ही हैं। अंग्रेज़ी माध्यम में वह पाठ समझ नहीं पा रहा है। सबका दिमाग़ एक जैसा नहीं होता। कुछ बच्चे एक ही बार में बात समझ लेते हैं; कुछ बच्चों को दस बार समझाना पड़ता है। वैसे भी स्कूल जीवन का एक अंग है, वही जीवन नहीं है। स्कूल में अव्वल आने वाले कितने ही लोग आगे चलकर असफल रहे। पढ़ाई में एवरेज रहनेवाले भी ऊँचे ओहदों पर पहुँचने में समर्थ रहे। न जाने

इसमें कौन-सा कलाकार, वैज्ञानिक छिपा है। मैरिट में न आने पर उसे डाँटने-पीटने से वह नर्वस हो जाएगा, पर क्या वह अव्वल आ सकेगा?'' विमला को भी रोना आ गया।

प्रभाकर चुप रहा। वह भी यह सब जानता था। अगर शिक्षा का लक्ष्य विकास है तो उसके लिए इतनी दौड़-धूप करने की ज़रूरत नहीं है। वह धीरे-धीरे ज्ञान प्राप्त करके अपनी शक्ति के अनुसार किसी-न-किसी क्षेत्र में अपना सामर्थ्य दिखा सकता है। पर...उसके लिए तो यही पढ़ाई रोज़ी-रोटी कमाने का साधन है। वह आने वाले कल का नागरिक है। यह जीवन एक दौड़ है। जो दौड़ना न जाने, वह पिछड़ जाता है। जो पिछड़ जाए, वह नष्ट हो जाता है। उसकी थकावट पर माँ-बाप भले ही तरस खाएँ, दुनिया तरस नहीं खाएगी। वह क्रूरता से उसे पैरों से रौंदती हुई आगे बढ़ जाएगी। अगर वह क़दम-क़दम पर, स्कूल में, कॉलेज में, यूनिवर्सिटी में, नौकरी में, प्रतिस्पर्धा में भाग लेकर विजय हासिल करना चाहता है तो अभी से उसे इस 'रैट रेस' और 'अपजयों' का आदी बनना पड़ेगा। पर...कली तो समय आने पर ही फूल बनती है, अगर ज़बर्दस्ती उसे फूल बनाया जाए तो क्या होगा?

प्रभाकर इन विचारों से परेशान हो गया। बेटे के भविष्य की चिन्ता उसे बेचैन कर रही थी। अभी दस साल का भी नहीं हुआ, विमला सही कह रही है, न जाने बड़ा होकर किस क्षेत्र में प्रतिभावान बन जाए। मैं बेकार अभी से परेशान होकर उसे सता रहा हूँ। यह विचार भी उसे खाए जा रहा था। बच्चे को बड़ी परेशानी हो रही है। स्कूल बदल कर तेलुगु माध्यम में डाल दिया जाए, तो? पर कॉम्पिटीशन तो सब जगह रहेगा ही। उसकी उलझन दूर नहीं हुई। सोच में डूबा वह बेटे के कमरे में गया और पलंग पर सोते हुए बच्चे के मासूम चेहरे की ओर देखता खड़ा रहा। उसके मन में दया और प्यार के भाव उमड़ पड़े। झुककर उसने बच्चे के गाल को चूम लिया और अपने कमरे में चला गया।

रांबाबू तब तक सोने का नाटक कर रहा था। पिता के चले जाने के बाद उसने राहत की साँस ली। दूसरे कमरे की बत्ती बुझ गई। तब...उस अँधेरे में...अकेले में उसके मन का दुख फूट पड़ा। चादर से मुँह ढँककर, बिना आवाज़ किए वह सिसक-सिसक कर रोने लगा। 'मैं मूर्ख हूँ, मुझे पाठ याद नहीं रहते। अच्छे नंबर नहीं मिलते, मैं क्या करूँ?' वह अपने आपसे बड़ी मासूमियत से सवाल करते-करते, जवाब भी खुद ही देते थोड़ी देर के बाद सो गया।

नींद में भी परेशानियाँ, तरह-तरह के डर, बीच में बिजली की चमक जैसी खुशियाँ...ट्रिन...ट्रिन...ट्रिन...ओपन युवर बुक्स...रीड लेसन नंबर फ़ाइव...मैं अपनी पेंसिल दूँगा । मुझे कंचे दोगे?...What is Photo-synthesis स्टैंड अपॉन दि बेंच...When we multiply the Numerator...बस आ गई... चढ़ो-चढ़ो...The green colouring matter which is present is स्टैंड अपॉन दि बेंच...दीदी क्या सचमुच राक्षसों के सींग और बड़े-बड़े दाँत होते हैं?...To compare a mixed Numeral with an improper Fraction...

मेरी तो कुछ भी समझ में नहीं आ रहा है...रांबाबू, लास्ट रैंक...स्टैंड अपॉन दि बेंच...तेरा प्रोग्रेस कार्ड कहाँ है?...मैं भाग जाऊँगा...प्रोग्रेस कार्ड...मैं मर जाऊँगा...मैं मरना चाहता हूँ...आई वांट टू डाइ...डी...आइ...ई...डी...आइ... ई...डाई...डी...वाई...

"चिन्ना, उठ जा बेटा, छः बजने को हैं ।"

नींद में रांबाबू को माँ की आवाज़ ऐसे सुनाई दी, मानो कहीं दूर कुँए से आ रही हो । उसकी नींद नहीं टूटी । उसकी सीप-जैसी पलकें थोड़ी हिलीं, पर...

एक गाँव की मौत

ऐता चंद्रय्या

"मेरा तेलंगाना करोड़ों रत्नों से जड़ी वीणा" - महाकवि का आशय तो "सुपर" है, पर प्रकृति इस महान कल्पना का आचरण करने में चूक जाती है। मेतुकु (मेदक) से अन्न का दाना ऐसे ग़ायब हो जाएगा, यह तो किसी ने सोचा भी न होगा।

चट्टानों के दिलों को भी तोड़ देने वाली गर्मियाँ दिनभर ऐसे आग बरसाती हैं कि लगता है जैसे किसी निर्बल पर ब्रह्मास्त्र का प्रयोग किया जा रहा है। बरसात के मौसम में मूसलाधार वर्षा होती रहती है, सर्दियों में बदन जकड़ जाता है। चार साल से यही क्रम रहा है। गर्मी तो साल दर साल ज़ोर पकड़ती जा रही है। जान निकाल लेती है। बिना चप्पल पहने बाहर निकलो तो ऐसा लगता है कि आग पर चल रहे हैं।

"एक समय था जब वसंत ऋतु में सारे वृक्ष पीतांबर पहने-से हरे-भरे, सुहागिनों से लगते थे।"

"हमारे बचपन में तो तालाबों और कुओं में गंगा बसती थी। गर्मियों में दिनभर तैरते रहते थे। जब कभी जाते, आम के बाग़ों में खेलने चले जाते।"

"समय को क्या हो गया है? कहाँ गए वे दिन? पता नहीं किस देवता का शाप है। वैसे दिन कभी फिर से देखने को मिलेंगे?"

राघवपुरम में रहनेवाले किसी भी बुजुर्ग को छेड़ो तो ये ही बातें सुनने को मिलती हैं।

सूखे कुँए राक्षसों के खुले मुँह जैसे दिख रहे थे। आधे परिवार पानी की खोज में गाँव छोड़कर चले गए। बाक़ी लोग जन्मस्थान को छोड़कर जाना नहीं चाहते

थे, इसलिए वहीं रहकर परिस्थितियों से लड़ने को तैयार हो गए ।

पेट में चूहे दौड़ रहे हैं पर चिलचिलाती धूप में बाहर निकलने की हिम्मत नहीं हुई । गर्मी के थपेड़ों से मुरझाए लोग घरों में ही दुबके रहे ।

सूखे पेड़ों और हड्डियों के ढाँचे जैसे मवेशियों के कारण निर्जीव-सा, शापग्रस्त-सा वह गाँव मरुभूमि लग रहा था । जो पानी तालाबों और कुओं से ग़ायब हो गया था, वह लोगों की आँखों में दिखाई देने लगा । मांसहीन, रक्तहीन मनुष्यों की तरह सूखी बाल्टियाँ अपना अस्तित्व खो बैठी थीं ।

चारा न मिलने की यातना में मवेशी जब चिल्लाते हैं तो लोगों के दिल दहल जाते हैं । खेतों की सूखी फटी ज़मीन सूरज से पूछ ही रही थी कि हमसे तुम्हारी क्या दुश्मनी है, इतने में सूरज पश्चिम के पहाड़ों के पीछे छुपता हुआ अस्त हो गया । मकानों के साये अँधेरे में घुलने लगे और लोगों के घरों के बाहर निकलने का समय हो गया ।

दरवाज़ा खोलकर जगदांबा बाहर आई । आँगन से अंबा! अंबा! की आवाज़ आ रही थी । पचास साल की जगदांबा उसी ओर चल पड़ी । सबकुछ ख़त्म हो जाने के बाद बस राम-लक्ष्मण ही बचे हैं । उनकी दर्द भरी पुकार सुनकर जगदांबा का कलेजा मुँह को आ गया । सुबह से ही इन दोनों को न दाना दे सकी न पानी । दोनों के पेट पिचक गए हैं ।

आग-बरसाती धूप की परवाह न करते हुए बेटा मुरली पानी की खोज में गया है । गाँव में तो पानी मिलना नामुमकिन है । कहीं दूर ही गया होगा । वह पानी नहीं लाया तो शायद पशुओं की जान नहीं बचेगी । रात का खाना पकाने के लिए भी पानी की ज़रूरत पड़ेगी । जब पति जीवित थे तब की बात और थी । तब और अब में कितना फ़र्क है । सिर्फ़ दस साल में समय की गति इतनी बदल कैसे गई? उस समय ऐसी हालत होती तो चार-चार बेटियों की शादियाँ, उनके बच्चों के जन्मोत्सव सब इतनी धूम-धाम से मना सकते थे क्या? बेटियाँ क़िस्मत की सीढ़ियाँ चढ़कर निकल गईं तो मुरली बड़ा हुआ । पढ़ाई पूरी करने से पहले ही पिता का स्वर्गवास हो गया ।

बस रह गए तो ये दो बैल, राम और लक्ष्मण । अपने ही आँगन में पैदा होकर बड़े हुए । जब उनकी माँ प्यार से उनकी पीठ को जीभ से सहलाती थी तो देखते ही बनता था । लक्ष्मी घड़ों दूध देती थी । बच्चे दोनों वक़्त थनों से निकाला गया ताज़ा दूध पीते थे । तीनों वक़्त मलाईदार दही खाने को मिलता था । अंजुली भर

घी डालकर चावल खाते थे। वह तो एक स्वर्ण युग था। अब लक्ष्मी बूढ़ी होकर एक कोने में पड़ी रहती है।

''यह गाय तो बूढ़ी हो गई है। मुझे क्यों नहीं बेच देतीं?'' चमार बालय्या ने एक दिन पूछा। वह चिढ़ गई। बालय्या को वहीं काट फेंकने का मन हुआ। पर बेचारा क्या करे, पेशा उससे ऐसे बुलवा रहा है, सोचकर शांत हो गई। ''यह तो मेरे घर की लक्ष्मी है बालय्या। इसे बेचने का मतलब है, अपनी माँ को बेचना।''

''क्या कह रही हो माई! यह तो कल-परसों में मरने वाली है, तब तो बाहर निकालने के लिए मुझी को बुलाओगी न?''

बालय्या कुछ आगे कहने वाला था, पर जगदांबा का चेहरा देखकर रुक गया। ''मरने के बाद इसे क्या करना चाहिए, यह मुझे अच्छी तरह मालूम है। अब मुँह खोला तो मार भगाऊँगी। चले जाओ यहाँ से।'' वह गरज पड़ी।

लक्ष्मी के निर्जीव शरीर को खेत में ही दफ़नाया गया। राम-लक्ष्मण उसकी यादगार के रूप में रह गए। बीते दिनों की यादें जगदांबा के मन में आँख-मिचौनी खेलने लगी।

''माँ तुम्हारे लिए पानी ले आया,'' मुरली इतना ख़ुश था मानो शत्रुओं के दुर्भेद्य क़िलों पर विजय पाकर लौटा हो। उसके दोनों कंधों पर पानी से भरे घड़े थे। अड़ोस-पड़ोस की स्त्रियों की जान में जान आई। ''पानी कहाँ मिला मुरली?'' उत्सुकता से सबने एक ही स्वर में पूछा।

''गाँव के बाहर दूर लिंगारेड्डि पल्ले के धुनियों के कुँए में बोरिंग लगाया गया है। मोटर भी दो दिन पहले लगवाई...उन्हीं से माँग कर लाया हूँ।''

अपने गाँव में भी कुछ लोगों ने बोरिंग लगाए हैं। कुछ चले ही नहीं, और कुछ दो-एक महीने काम करने के बाद ख़राब हो गए। घरों से स्त्रियाँ घड़े लेकर चल पड़ीं। सबको अपनी-अपनी पड़ी थी। सब ऐसे दौड़ रही थी मानों घड़ों की रेस चल रही हो।

''अच्छा किया बेटा पानी ले आए। नहीं तो प्राण ठहरते नहीं दिखाई दे रहे थे।'' कह कर जगदांबा ने एक घड़े का पानी दो प्लास्टिक की बाल्टियों में उड़ेल कर बैलों के सामने रख दिया। राम-लक्ष्मण कानों को हिलाते हुए पानी पी गए। दूसरा घड़ा रसोई में काम आया।

''माँ, तू दादी बन गई।''

“अच्छा, सचमुच? मामा ने चिट्ठी डाली क्या रे?”

“हाँ माँ... मुझे बेटा हुआ है...हो हो हो...”

“तो इसका मतलब है अब इस जगदांबा के सूने घर में बच्चा खेलेगा ।”

“फ़ौरन जाकर बहू और बच्चे को देख आ ।”

“इतनी दूर उस गाँव में जाऊँ कैसे?”

“हाँ रे, शादी के बाद जानकी को लेकर गाड़ी में आए । तब राम-लक्ष्मण हाथी जैसे थे, गाड़ी खींच लेते थे । अब देखो कैसे हड्डियों के ढाँचे भर रह गए । गाड़ी नहीं खींच पाएँगे । बस में जा ।”

“माँ क्या तू बच्चे को देखना नहीं चाहती?”

“क्यों नहीं बेटे! गाँव को ग़रीबी ने जकड़ रखा है । नहीं तो तुझसे पहले ही ख़िलौने वग़ैरह लेकर उसे देखने दौड़ न पड़ती? मेरे प्राण तो जानकी और बच्चे में ही अटके हैं । हम दोनों ही चले जाएँगे तो राम-लक्ष्मण की देखभाल कौन करेगा?”

“तो तुम मुझसे ज़्यादा मेरे बच्चे को चाहती हो! ठीक है, मैं हो आऊँगा, उसके बाद तुम जाना ।”

“बाप रे! कितना उतावला है । अपने बच्चे को पहले तू ही देखना चाहता है न? अपना ख़ून है न, उसके सामने तो सबकुछ भूल जाता है । ठीक है, तू हो आ!”

प्रातःकाल का समय, पृथ्वी पर फैला अंधकार हल्का पड़ने लगा ।

“माँ, जगदांबा माँ!” गाँव के मुखिया कृष्णा रेड्डि की आवाज़ । जगदांबा दरवाज़ा खोल कर बाहर आई । कृष्णा रेड्डि के साथ दो अपरिचित थे । उन्हें पहले कभी नहीं देखा था ।

“क्या है रेड्डि?”

“कुछ नहीं माँ...बस...बस...” वह कहते हुए हिचकिचा रहा था । जगदांबा को हँसी रोकनी पड़ी ।

“जिस काम के लिए आए हो, बताते क्यों नहीं?”

“आप बुरा तो नहीं मानेंगी?”

“नहीं, बोलो न!”

“ये दोनों मवेशी ख़रीदने आए हैं । कल रात ही गाँव में आए । मवेशी ख़रीद रहे हैं । बहुत से लोगों ने बेच डाले ।”

''हाँ, माँजी! भैंस, गाय, बैल...ट्रक तो आधा भर चुका है। एक घंटे में गाँव छोड़ देंगे।'' दोनों में से एक आदमी बोला। बात समझ में आ गई। ऐसा लगा मानो किसी ने पेट में हाथ डालकर आँतें हिला दीं।

यह सूखा भूत की तरह हमारे गाँव को ही पकड़े हुए है। मनुष्यों को खाना और पानी मयस्सर नहीं है तो ऐसे में जानवरों को कैसे बचाएँ? कृष्णा रेड्डि दलाली कर रहा था।

''सुना है आपके पास भी दो बैल हैं,'' पिछवाड़े की ओर झाँकते हुए दूसरे आदमी ने कहा। जगदांबा को ऐसा लगा जैसे उसकी नसों में बल पड़ रहे हैं।

''आप कहाँ से आए?'' उसने पूछा।

''हम कृष्णा ज़िला में मचिलीपटनम् के रहने वाले हैं।''

क़िस्मत वाले हैं। कृष्णा और गोदावरी नदियाँ कोस्ता ज़िले के लिए वरदान सिद्ध हुईं। इन नदियों के होते हुए बरसात की ज़रूरत ही नहीं पड़ती। वहाँ के लोगों ने सूखे का नाम भी नहीं सुना! खेतों में सोना उगता है। गाय-बैल हमेशा खुशहाल रहते हैं। वहाँ जाने के बाद मेरे राम-लक्ष्मण को दाना-पानी के लिए तरसना नहीं पड़ेगा। अपने पास रखकर मार डालने से तो अच्छा है इनके हाथ बेच दूँ, जगदांबा ने सोचा।

''तो...आपके बैलों को...'' इतना बोलने के बाद कृष्णा रेड्डि की हिम्मत टूट गई और वह बीच में ही रुक गया।

प्रताप रेड्डि वहाँ से निकला तो उसे आवाज़ देकर बुलाया। सत्तर साल का बूढ़ा प्रताप रेड्डि लाठी टेकता हुआ आया।

''इन्होंने भी गाय और बैल बेचे हैं।'' कृष्णा रेड्डि की मुसकराहट बीच में ही छूट गई।

जगदांबा की भौहें उठ गईं। वह मानो पूछना चाहती हो कि क्या यह सच है!

''बेचे थे, बेटी! धरती के अंदर एक बूंद पानी भी नहीं रहा। पशुओं के लिए चारा नहीं रहा। इतने साल खेत जोत कर इन पशुओं ने हमें पाला था। अब खुद बेचे जाकर हमारी रक्षा कर रहे हैं। चार पैसे हाथ में आएँगे तो शहर से खाने की चीज़ें ख़रीद कर ला सकते हैं न?'' प्रताप रेड्डि बोला।

''पता नहीं ताऊ! देश को आज़ाद हुए इतने साल हो गए। हमारी हालत तो वैसी की वैसी ही है,'' जगदांबा ने लंबी साँस ली।

प्रताप रेड्डि के चेहरे पर दुख के साये दौड़ गए ।

''हाँ बेटी! मुझे देखो, अंग्रेज़ों का ज़माना देखा । निज़ाम का ज़माना देखा । अब यह ज़माना भी देख रहा हूँ । कोई आए या जाए, हमारे गाँव का सूखा तो वैसा का वैसा ही रहा । वोट माँगने तो आ जाते हैं पर उन्हें हमारी हालत सुधारने में कोई दिलचस्पी नहीं है । पहले कम से कम प्रकृति हमारा साथ देती थी । अब वह भी नाराज़ है । यही सब देखने के लिए शायद मैं पापी अभी तक ज़िन्दा हूँ । इस सूखे का बुरा हो! नन्हे शिशु भूख से तड़प रहे हैं । जो पशु हमारे बच्चों के समान थे उन्हें बेच डाला,'' प्रताप रेड्डी की आवाज़ बैठ गई । दिल धड़कने लगा ।

आँखों की नमी को पोंछते हुए बोला, ''मवेशी को न बेचने का निर्णय भी तो नहीं ले सकते । उन्हें मारने का पाप लग जाता । ऐसे में कोई क्या करे?'' ठंडी साँस भरते हुए प्रताप रेड्डि ने कहा ।

सवेरे की धूप की तरह जगदांबा के मन में एक निर्णय ज़ोर पकड़ने लगा । पहले सोचा, मुरली होता तो अच्छा था । बाद में अपने मन को समझाया, उसके भाई जैसे राम और लक्ष्मण की जान बचाने के लिए मैं कुछ करूँ तो क्या वह मना करेगा? उसके आने तक ये लोग रुकने वाले नहीं हैं ।

''इनको बेचते हुए ऐसा लगता है कि मैं अपने ही बेटों को बेच रही हूँ । पर क्या करूँ, मजबूरी है । अपने पास रखूँ तो ये ज़िन्दा नहीं बचेंगे ।'' जगदांबा ने कृष्णा रेड्डि से कहा । कृष्णा रेड्डि मन ही मन खुश हुआ । कमीशन की रक़म आँखों के सामने दिखाई देने लगी ।

''दाना-पानी न मिलने पर जब ये भूख से छटपटाने लगते हैं तो इच्छा होती है कि ख़ुद अपने ही हाथों से उनका गला घोंट कर मार डालें ।'' प्रताप रेड्डि की आवाज़ में वेदना थी ।

सौदा हो गया । जगदांबा राम-लक्ष्मण के पास जाकर उनकी पीठ पर हाथ फेरने लगी । मन दुख के भार से पीड़ित था, आँखों में आँसू उमड़ आए । ''बस हमारा साथ यहीं तक था रे ।'' दोनों हाथों से बैलों को गले लगाकर वह फूट-फूट कर रोने लगी । मानो राम कुछ कहना चाहता था, उसने अपना सिर जगदांबा के कंधे पर रख दिया । लक्ष्मण ने ''अंबा'' की आवाज़ दी तो लगा कि वह ''माँ'' कहकर पुकार रहा है ।

''इस पापी को माफ़ कर देना रे! तुम्हारी जान बचाने के लिए ही मैं यह सब कर रही हूँ ।'' वह पीठ सहलाती हुई धीमी आवाज़ में बोली ।

"बस, अब इन्हें ले जाओ," कहती हुई घर के अंदर चली गई और दरवाज़ा बंद कर लिया ।

ट्रक पूरा भरने तक दिन के नौ बज गए । सूरज चढ़ आया था । पशुओं की आवाज़ चारों ओर गूँज रही थी । सब जानवर अपने-अपने मालिकों की तरफ़ निरीह दृष्टि से देख रहे थे । लोगों के मन की पीड़ा आँसुओं के रूप में पिघल कर बह रही थी ।

कृष्णा रेड्डि का कमीशन जोड़कर सबके पैसे चुका कर ट्रक चला गया ।

तकिये में मुँह छिपाकर जगदांबा बहुत देर तक बिलखती रही । अपने दिल को समझाना मुश्किल जान पड़ा । शाम को किसी तरह उठी और घड़े लेकर पानी लाने चल पड़ी । रास्ते में चार-पाँच स्त्रियाँ और मिल गईं । सबकी मंज़िल धुनियों का कुआँ ही था । सब पशुओं के बेचे जाने की बाते करने लगीं । "अपने प्राणों के समान प्यारे पशुओं को क़साई के हाथ बेचना पड़ गया ।" कृष्णा रेड्डि की पत्नी पछतावे के स्वर में बोली ।

जगदांबा को ऐसा लगा जैसे किसी ने चाबुक मार दिया हो । बोली, "कौन क़साई? नहीं सुगुणा! वे तो मचिलीपट्नम से आए थे ।"

"ख़रीदने वाले तो वहीं से आए । पर हमारे गाँव के पशुओं को रूद्रारम् ले गए । वहाँ के 'अल कबीर फैक्टरी' में ले गए । सुना है वह बहुत बड़ा कारखाना है जहाँ पशुओं का वध करके उनके मांस को विदेशों में भेजा जाता है," सुगुणा हाथ हिलाती हुई बोली ।

जगदांबा के दिमाग़ में जैसे बम फूटा । उसके पैर काँपने लग गए, मुश्किल से होंठ हिले, "तो क्या मेरे राम और लक्ष्मण को भी..." "तो फिर क्या समझा तुमने? अब तक हमारे पशुओं के मांस को हवाई जहाज़ में चढ़ा दिया गया होगा," हवा में उड़ती ज़ुल्फ़ों को सँवारती हुई प्रताप रेड्डि की बहू बोली ।

जगदांबा को लगा कि वह पागल हो जाएगी । नसों में ख़ून खौलने लगा । जल्दी-जल्दी पानी लेकर घर पहुँची । घड़ा नीचे रखकर खाट पर लुढ़क गई । "मेरे हाथों को लकवा मार जाए । ...इन्हीं हाथों से अपने राम और लक्ष्मण को यमदूतों को सौंप दिया । अपने ही हाथों अपने बच्चों का खून किया? पता नहीं किस जन्म में कौन-सा पाप किया था । भगवान! यह किस पाप की सजा दे रहे हो मुझे?" आँखों से पानी की धारा बहने लगी । दिल का बुरा हाल था ।

अल कबीर फ़ैक्टरी की कटारें राम और लक्ष्मण के गलों को निर्ममता से काट रही हैं । वे दोनों "अंबा! अंबा!" चिल्ला रहे हैं । "यह क्या कर दिया जगदांबा माँ...तुझे भी दया नहीं आई?" कहते हुए चीख-पुकार मचा रहे हैं । सिर से अलग होकर धड़ छटपटा रहे हैं । उनके शरीर का क़तरा-क़तरा मुझे कोस रहा है । कटे सिर...

"हमें यहाँ भेजने की बजाय तूने गला घोंट कर क्यों नहीं मार डाला?" पूछ रहे हैं । वे शाप दे रहे हैं कि इसका फल तू ज़रूर भुगतेगी । पाप का डर पूरे शरीर में फैल गया और हृदय को कचोटने लगा । दर्द...असहनीय पीड़ा!

"राम! लक्ष्मण!" ऐसे चिल्लाई मानो दिल फटा जा रहा है और गिर पड़ी।

आज भी दिनभर सूखे का कराल नृत्य देख-देख कर थका सूरज पश्चिम दिशा में विश्राम करने चला गया । प्रकृति की निर्दयता का विरोध करते हुए काले पर्दे पृथ्वी पर उतर रहे हैं ।

"माँ! माँ तुम्हारा पोता इतना सुंदर है कि बिल्कुल तेरे जैसा ही है ।" मुरली ससुराल से लौट आया तो सीधे माँ की खाट के पास पहुँचा । वह बेटे के नन्हे हाथ-पैर और पोपली हँसी को याद करके फूला न समा रहा था । बार-बार बेटे का नन्हा रूप आँखों के सामने आ रहा था ।

माँ ने कोई जवाब नहीं दिया ।

"अरे, इस वक़्त ऐसी भी क्या नींद," कहकर माँ के पैर को हिलाया । फिर भी वह नहीं बोली तो घबराकर हाथ पकड़कर देखा । माँ का बदन ठंडा...बहुत ठंडा...बर्फ़ के समान हो गया था ।

हमजोली

अरि सीतारामय्या

जब मैं स्कूल में पढ़ता था, तब मेरे दोस्त खेलने आते, तो माँ मुझे पुकारकर कहती, ''बेटे! तेरे हमजोली आये हैं ।''

उनके साथ मैं गाँव के बाहर इमली के बाग में जाकर शाम के वक्त कबड्डी वगैरह खेलता था ।

फिर कॉलेज के दिनों में जब भी छुट्टियों में मैं घर आता, तो अपने दोस्तों के साथ खेतों से होते हुए गाँव के पास फैले पहाड़ की तरफ घूमने जाता । घंटों कॉलेज के जीवन के बारे में, नये उपन्यासों के बारे में और खासकर लड़कियों के बारे में बातें करते बीतते ।

हाँ, असल में मैं आपसे यह कहना चाहता हूँ कि 'हमजोली' या 'दोस्त' शब्द से मैं वाकिफ हूँ । यह बड़ा सुंदर शब्द है, मन को खुश कर देने वाला । शायद यह 'साथी' या संगत से भिन्न है । 'बुरी संगत' कहते हैं न?

पर हमारी कमला तो यही कहती है कि हमजोली का अर्थ दोस्त होता है, साथी साथ रहने वाले को कहते हैं । जो हमजोली होते हैं, जरूरी नहीं कि वे साथ रहकर जीवन गुजारें । उसी तरह साथ जीने वालों के बीच दोस्ती का रिश्ता होगा, यह भी निश्चित रूप से कहा नहीं जा सकता । उसने यहाँ तक कहा था, ''साथ जीने वालों के बीच दोस्ती बहुत कम दिखायी देती है । हमजोली को प्रेमी और साथी को पति कहना शायद ठीक होगा ।''

उसकी ये बातें मुझे कुछ ठीक नहीं लगीं । पर मैं उसके साथ बहस नहीं करना चाहता था, इसलिए चुप रहा ।

उसके कुछ ही दिन बाद कमला ने मुझे अपने घर खाना खाने का न्यौता दिया। जब मैं वहाँ पहुँचा, तो उसने अपने 'हमजोली' सुब्बाराव से मेरा परिचय कराया। मैं जानता था कि कमला की शादी रामाराव नामक व्यक्ति से हुई और वह उसके साथ अमेरिका चली आयी। फिर वह रामाराव कहाँ गया? यह सुब्बाराव कहाँ से टपक पड़ा? इन प्रश्नों का जवाब जानने की बड़ी इच्छा हो रही थी, पर मैंने पूछना मुनासिब नहीं समझा। न जाने कमला को मेरे मन की बात कैसे मालूम हो गयी। उसने कहा, "तुम सोचते होगे न कि यह सुब्बाराव कौन है?"

मैं सकपका गया। कहने को कुछ सूझा नहीं, तो बोल पड़ा, "शायद तुमने इनसे शादी की है।"

"नहीं! हम दोनों हमजोली हैं, जीवन-साथी नहीं।" कमला ने साफ-साफ कहा। एक क्षण के लिए रुककर फिर पूछा, "क्यों, शादी किये बिना हम दोनों दोस्तों की तरह नहीं रह सकते?

"यह तो गलत बात होगी। एक औरत और एक आदमी के बीच सिर्फ पति-पत्नी का रिश्ता ही हो सकता है। दोस्ती नहीं। दांपत्य जीवन एक पवित्र बंधन है। हमारे रीति-रिवाजों के अनुसार..."

मेरी बात को काटते हुए कमला ने ऊँची आवाज में कहना शुरू किया, "पवित्र का अर्थ भी जानते हो? वीज़ा के लिए की जाने वाली शादी क्या पवित्र होती है? दौलत के लिए, दहेज के लिए, मृत्यु-शैया पर पड़ी नानी या दादी की आत्मा की शांति के लिए किये जाने वाले विवाह क्या पवित्र कहलायेंगे? शादी का असली मतलब क्या है? रसोई बनाने के लिए, घर के कामकाज के लिए, या शरीर की भूख मिटाने के लिए एक औरत की जरूरत को तुम पवित्र बंधन कहते हो? कोई कहता है कि मुझे हर महीने पचास हजार कमाने वाली पत्नी चाहिए। क्या वह पवित्र बंधन की बात कर रहा है? एक अजनबी से शादी कराके माँ-बाप बेटी को पराये देश में भेज देते हैं; वह आदमी दो-तीन महीनों में उस लड़की से ऊब जाता है और उसे घर से निकाल देता है; इंडिया में बैठे माँ-बाप यह खबर सुनने के बाद भी अपनी बेटी को फोन पर सब्र करने की सीख देते हैं, इन सब बातों को ही तुम पवित्र विवाह का बंधन और पुराने रीति-रिवाज कहते हो?" बोलते-बोलते कमला का पारा चढ़ता गया। महाकाली-सा उसका यह रूप देखकर मैं अवाक् रह गया।

न जाने मेरे चेहरे पर कैसा भाव था कि वह सहसा झेंप गयी, "एक्सक्यूज मी!" कहकर उठी और रसोईघर में चली गयी।

उसकी बात बिलकुल सही है । अमेरिका से लड़के भारत आते हैं, शादी करते हैं और वापस जाकर उस पत्नी को छोड़ देते हैं । फिर वह लड़की क्या-क्या तकलीफें सहती है, इसकी कल्पना भी कोई नहीं कर सकता । आजकल ऐसे मामले बढ़ते जा रहे हैं । मैं यह भी जानता हूँ कि कमला ऐसी लड़कियों की भरसक मदद करती है ।

लेकिन सब लड़के तो ऐसे नहीं होते । कुछ लोग गलत काम कर रहे हैं, तो सबको बुरा कहना ठीक नहीं होगा । मन में यह सब कहने की इच्छा हुई, पर कमला के गुस्से के डर से चुप रह गया ।

खाना खाने के बाद मैंने हिम्मत करके पूछा, ''फिर आपके जीने का जो तरीका है, जिस तरह का आपका रिश्ता है, क्या वह सही है?''

''हाँ, सही है । कम से कम मैं इसी को सही मानती हूँ । शायद तुम नहीं जानते, इस देश में पली-बढ़ी लड़कियों में से आधी लड़कियाँ इसी तरह के रिश्ते निभा रही हैं । शादी के पवित्र बंधन में नहीं बँध रही हैं ।'' कमला ने कहा ।

इस बीच सुब्बाराव उठकर अंदर गया और हम दोनों के लिए गिलासों में पानी भर लाया । पति, पत्नी के लिए पानी लाकर दे, यह मैंने पहले कभी नहीं देखा था । इन दोनों का रिश्ता दूसरों से अलग और विचित्र जरूर है ।

कमला ने कहा, ''एक आदमी और एक औरत को अगर साथ रहना है, तो इसके लिए कुछ जबर्दस्त कारण होने चाहिए । उन दोनों के मन में एक-दूसरे के प्रति गौरव का भाव होना चाहिए, प्यार होना चाहिए, भावनाओं में एकता होनी चाहिए । यानी ऐसी स्थिति में वे दोनों हमजोलियों की तरह रहेंगे । जब हमजोली एक ही छत के नीचे साथ रहना चाहें, तो इसके लिए महूरत, पार्टियाँ, तड़क-भड़क, रस्म-रिवाज, इन सबकी जरूरत महसूस नहीं होती ।''

थोड़ा रुककर मैंने सवाल किया, ''तो क्या तुम्हारा यह मतलब है कि प्रेम-विवाह ही अच्छे होते हैं?''

''लगता है, मेरी बात अब तक तुम्हारी समझ में नहीं आयी । प्रेम-विवाह की बात किसने की है? 'प्रेम' हो, तो फिर 'विवाह' की क्या जरूरत? प्रेम पर यकीन नहीं है, इसीलिए विवाह की रस्म चाहिए, है न? सारे विवाह एक जैसे होते हैं । मोल-भाव, कॉन्ट्रैक्ट, धोखाधड़ी ।''

कुछ देर तक हम दोनों चुप बैठे रहे ।

“ठीक है, मैं मान भी लूँ कि तुम दोनों का जो रिश्ता है, वही सबसे अच्छा है, पर हमजोलियों के बीच में अनबन हो सकती है, भेदभाव सिर उठा सकता है। ऐसी हालत में आप दोनों क्या करेंगे?”

“सभी दोस्त क्या करते हैं? हम भी वही करेंगे। बात करना बंद कर देंगे। सुब्बाराव दूसरे अपार्टमेंट में चला जायेगा। मैं किसी दूसरे शहर जाकर नौकरी कर लूँगी।” अब तक कमला की आवाज में जो दृढ़ता थी, वह कम हो गयी। उसकी आवाज में हल्का-सा कंपन मुझे सुनायी दिया।

“फिर तुम किसी दूसरे के साथ शादी कर लोगी?”

“शादी करना बहुत आसान है। हमजोली का मिलना बहुत मुश्किल है।” कमला ने कहा। कमला ने सुब्बाराव की ओर देखा। दोनों की आँखें मिलीं और दोनों के होठों पर मुसकराहट कौंध गयी।

कमला कहती है कि जीवन-साथी का मिलना आसान है, हमजोली का मिलना ही मुश्किल है। मुझे अब तक उसकी बात पूरी तरह हज़म नहीं हुई। इसके बारे में ज़रा गहराई से सोचना पड़ेगा।

चमेली का फूल

के. वरलक्ष्मी

तश्तरी में रखे चमेली के फूलों पर हाथ रखते ही मणिरत्नम को खांसी का दौरा पड़ गया । चमेली की खुशबू अब उसके लिए निषिद्ध है । टी.बी. ने बड़ी निर्दयता से उसके दोनों फेफड़ों को जर्जर कर दिया है । खांसी से आँखों में पानी आया । उसे पोंछकर हाँफते हुए उसने चमेलियों की तश्तरी पर नज़र डाली ।

उसे बीते दिन याद आ गए...

मणिरत्नम चमेली के फूलों को बहुत चाहती थी । पर न जाने उसका भाग्य कैसा है कि वे फूल कभी उसे रास नहीं आए ।

नई-नई शादी थी । उसने दो चोटियाँ बनाकर जूड़ा बांधा और जूड़े को घेरकर चमेली के फूलों की वेणी पहनी । सफेद साड़ी और सफेद ब्लाउज पहनी । देखकर पति ने कहा, 'क्या सुंदर लग रही है, वेश्या जैसी! कप वाली ब्रा भी पहन लेती तो और भी ठीक होता!' पति के मुँह से यह सुनकर उसका दिल चूर-चूर हो गया था ।

नर्स की ट्रेनिंग पूरी होते-होते मणिरत्नम बीस साल की हो गई थी । पिता का देहांत हो गया था । उसकी माँ ने यह सोचकर कि अपना आखिर अपना होता है, अपने दूर के एक रिश्तेदार से उसकी शादी कर दी ।

उसे अब तक याद था...नानी के गाँव से शादी में बहुत सारे रिश्तेदार आए थे । सब गँवार लग रहे थे । आदमी कमीज़ नहीं पहने हुए थे । केले और गुड़ लेकर डफली बजाते हुए वे बारात लेकर आए थे । मणिरत्नम के बदन पर स्त्रियों ने खूब सारी हल्दी मली और गोद में कच्चा नारियल रखकर

सगाई की रस्म पूरी की थी । सारे मेहमानों को आँगन में बिठाकर पत्तलों में अंडे और सूखी मछली का बनाया व्यंजन परोसा गया था । खूब सारा चावल भी परोसा गया था । उसके बाद लड़कीवाले, लड़केवालों के साथ उनके गाँव पैदल चलकर गए थे । जंगल का रास्ता जाना-पहचाना था, इसलिए वह जल्दी-जल्दी चलने लगी तो हम उम्र लोगों ने मज़ाक किया था ।

उस समय मणिरत्नम शादी का सही मतलब नहीं जानती थी । बाद में भी हमेशा सोचती थी, एक साल नौकरी करने के बाद शादी होती तो कितना अच्छा होता । अब पछताए होत का जब चिड़िया चुग गई खेत ।

आग बरसाने वाली गर्मी के मौसम में ब्याह हुआ था । उसे किसी ने सिर उठाने ही नहीं दिया । रस्म के अनुसार मामा के रिश्ते का एक आदमी उसे उठाकर घोड़े पर बिठाने के लिए चार कदम चला और हाँफकर पूछा, 'क्यों गुड्डी! हॉस्टल में पत्थर निगलती थी क्या जो इतनी भारी हो गई?' उसने यह बात मज़ाक में ही कही थी । मणिरत्नम ने सोचा, 'ये लोग कितने सीधे-सादे और भोले हैं । उन्हें असभ्य समझना उसे अच्छा नहीं लगा ।'

शादी के एक महीने के अंदर उसे जिला केन्द्र के सरकारी अस्पताल में नौकरी मिल गई ।

पता नहीं, किस तरह उस जंगली याकूब के साथ पाँच साल उसने गुज़ारे थे । प्यार क्या चीज़ होती है, यह तो वह जानता ही नहीं था । वह उससे नफरत करती थी, इसलिए उन पाँच सालों में एक बार भी उसने चमेली के फूल दुबारा नहीं पहने । उस अनमने दांपत्य-जीवन की निशानी थे दो बच्चे, डेविड और रोजी । पहले ही उस पर बहुत सारा बोझ था । माँ, नानी, बेकार घूमनेवाला पति । इन तीनों के पोषण का भार वह अकेली ढोती थी । अब छः लोगों के खाने के लिए भी उसकी तनख्वाह कम पड़ रही थी । सारा दिन चुरूट पीते हुए पूरे घर में थूकती रहती थी उसकी नानी । रात को शराब पीकर आना और ऊधम मचाना याकूब का काम था । क्वाटर्स में रहने के कारण पड़ोसी 'यह कैसा न्यूसेन्स है!' कहकर झल्ला उठते थे । गाँव में पैदा होकर खेतों में आजादी से घूमनेवाला याकूब शहर की जिंदगी में बंध न सका । उसका दम घुटता था । और मणिरत्नम उससे पन्द्रह साल छोटी थी । उसे देख-देखकर वह जलता था । वह भी, हफ्ते में एक बार नहानेवाले उस आदमी को बर्दाश्त न कर सकी । हर महीने पैसा भेजने का वादा करके मणिरत्नम ने नानी और याकूब को गाँव वापस भेजकर पिंड छुड़ाया । माँ ने बहुत शोर मचाया था । नानी ने अनाप-शनाप बका । याकूब चुपचाप अकेला वापस चला गया । उसकी एक रखैल पहले से ही गाँव में थी । वह भी कुली का काम करके उसे खिलाती थी ।

चमेली के फूलों के हार खरीदकर मणिरत्नम मदर मेरी के फोटो को पहनाती थी। उनकी खुशबू कमरे में फैल जाती तो उसके मन को सुकून मिलता था। माँ बड़बड़ाती थी, 'शौहर से तो नाता टूट गया फिर इन फूलों से यह कैसा लगाव?'

'पत्थर सा शौहर पास नहीं है, इसीलिए।' कहकर वह हँस देती थी।

उसके बाद मणिरत्नम का पूरा ध्यान बच्चों पर केन्द्रित हो गया। नौकरी में और ड्यूटी टाइमिंग वगैरह में ज्यादा पैसा कमाने के अवसर मिलने के बावजूद उसने बच्चों का ख्याल करके इनकार कर दिया था। वह सिर्फ बच्चों को ही सबकुछ मानकर जीने लगी।

मणिरत्नम की माँ इसी दुख में चल बसी कि बेटी की गृहस्थी बस नहीं पाई।

डेविड ने बी.टेक कर लिया।

रोजी डिग्री करने लगी। उसका परिचय एक हाउस सर्जरी करनेवाले डॉक्टर लड़के से हो गया। दोनों शाम को कॉलेज से लौटकर बाहर पौधों के बीच कुर्सियाँ डालकर बैठ जाते और देर तक बातें करते रहते।

मणिरत्नम ने एक दिन डेविड से कहा, 'बेटे! रोजी उसी लड़के से शादी करने की जिद कर रही है। लड़केवाले पचास हज़ार रुपये मांग रहे हैं। बैंक में जो आर.डी. है और मेरे लोन के पैसे सब मिलाकर पैंतालीस हज़ार तक मिल जाएँगे। बाकी पैसों के लिए तेरी बाइक बेचनी पड़ेगी।'

इंजीनियरिंग कॉलेज में सबके पास बाइक थी, इसलिए डेविड ने भी लेना चाहा तो मणिरत्नम ने बुलेट खरीदकर दी थी। न जाने डेविड को कैसा लगा, माँ की बात सुनकर दो मिनट उसने माँ के चेहरे की तरफ देखा। फिर पूछा -

'अभी ही शादी करनी क्या इतनी जरूरी है?'

कभी न कभी तो करनी ही पड़ेगी न, बेटे?'

'चादर देखकर पैर पसारना चाहिए।'

'बेटे! उसकी इच्छा है तो ना कैसे कहूँ?'

डेविड चुपचाप वहाँ से चला गया। बाइक बेचकर पैसे माँ को दे तो दिए पर चेहरे से नाखुशी साफ-साफ झलक रही थी।

शादी के खर्च के लिए बाहर से सूद पर रुपये उधार लेने ही पड़ गए। डेविड माँ के साथ बेरुखी से पेश आ रहा था। लड़का है, पूरी जिम्मेदारी उसे नहीं सौंपी, इसलिए शायद बुरा मान गया है। यह सोचकर मणिरत्नम ने

बेटे से कहा, 'बेटे! मैं इन मामलों में अनाड़ी हूँ। तुमको ही सबकुछ संभालना पड़ेगा।'

'अच्छा! तुम अनाड़ी हो? अरे तुम्हारे जैसा समर्थ तो हम में से कोई भी नहीं है! डॉक्टर दामाद मिल गया है, इससे ज्यादा सामर्थ्य और क्या हो सकता है? तुम तो बड़ी चालाक हो!' डेविड ने कहा। इन बातों में छिपा व्यंग्य सीधे जाकर मणिरत्नम के दिल में तीर-सा चुभा। चोट खाई चिड़िया की तरह वह छटपटाई।

शादी होते ही लड़केवालों ने पलंग, अलमारी आदि के साथ लड़की को ससुराल भेजने की मांग की। जहाँ से भी उधार मिला, लेकर मांगें पूरी की। अब उसके पास फूटी कौड़ी भी न थी। ससुराल जाते समय रोजी ने कहा, 'क्या माँ! इतनी भी कंजूसी क्या? इस पुराने सूटकेस में कपड़े रखकर ले जाऊंगी तो वहाँ मेरा मान क्या रह जाएगा? वे लोग मेरे बारे में क्या सोचेंगे? मेरे लिए वी.आई.पी. खरीदो। यह सूटकेस तो तुम अपने पास ही रखो। हाँ, हाँ! बेटे के लिए तो तुम कुछ भी करने को तैयार रहती हो! मेरे लिए क्यों करोगी? लाखों का दामाद मुफ्त में मिल जाए तो कोई भी ऐसा ही बर्ताव करेगा!' ये बातें कहते-कहते रोजी का चेहरा लाल पड़ गया। उसने सूटकेस खोलकर सारे कपड़े जमीन पर डाल दिए।

एक और चोट! एक और तीर चुभा।

डेविड को हैदराबाद में एक पार्ट टाइम नौकरी मिल गई।

मणिरत्नम ने बेटे को पत्र लिखा। माँ ने बेटे का हालचाल जानना चाहा था।

बेटे का जवाब आया। उसने लिखा था, "मैं अपने पैरों पर खुद अपने प्रयास से खड़ा होना चाहता हूँ। तुम्हें तो हमेशा अपनी बेटी ही प्यारी रही। मैं हमेशा पराया ही रहा। तुम्हारे पास जो कुछ है, उसी को देना। अब हम दोनों के बीच कोई संबंध नहीं रहा। मुझे चिट्ठी मत लिखना।"

बड़े घर की बहू बनने के बाद रोजी माँ को बिल्कुल भूल गई।

अपने जीवन में पहली बार मणिरत्नम को अकेलापन महसूस हुआ।

धीरे-धीरे शरीर की ताकत कम होती गई। स्वास्थ्य भी खराब होने लगा। उसने भी लापरवाही बरती। अपना ख्याल नहीं किया।

मुट्ठी खोलकर देखा। सूखकर काले पड़ गए थे चमेली के फूल...मानो बड़े दुखी हैं...।

उसने सोचा, 'इन महकते फूलों को इतनी कोमलता क्यों दी, भगवान!'

प्रवाह

वि.वि.न. मूर्ति

गोदावरी बोल नहीं सकती ।

गोदारी का भी वही हाल है । पर वे दोनों अक्सर मिलते रहते हैं । बातें करते हैं । जिन्हें उनकी बातें समझ में नहीं आतीं, वे उन्हें गूँगे कहते हैं ।

गोदारी के लिए तो गोदावरी ही माँ-बाप है ।

गाँव वाले उसकी उम्र का अंदाजा नहीं लगा पाते ।

जब गोदारी को बुखार चढ़ता है तो वह एक कोने में जाकर लेट जाता है । गोदावरी हवा के हाथों से उसे सहलाती है ।

वह जब खुश होता है तो पागलों की तरह हँसता है । उसका बर्ताव भी पागलों जैसा हो जाता है । नदी में कूद पड़ता है । नदी उसे अपनी गोद में ले लेती है । उसकी खुशी देखकर खुश होती है ।

उन दोनों के इस आपसी संबंध के बारे में गाँव के बच्चे-बच्चे को मालूम है ।

''अरे, गोदारी! जरा चार घड़े पानी भर ला रे! आज नौकर कहीं नजर नहीं आ रहा है, न जाने कहाँ मर गया है ।'' पिछवाड़े से एक अधेड़ स्त्री उसे आवाज़ देती है ।

''इस बोरी को उठाने में तनिक मदद करो, भैया!'' एक किसान गोदारी को मदद के लिए बुलाता है ।

''नारियल पत्ते से सीटी बनाकर दो न, चाचा!'' बहती नाक को पोंछते हुए, नीचे खिसकती चड्डी को ऊपर खींचते हुए एक छोटी बच्ची उसके पीछे पड़ जाती है ।

"निखट्टू सांड की तरह इधर-उधर बेकार फिरता रहता है । मेरा हाथ क्यों नहीं बंटाता रे?" बढ़ई ब्रह्मम झिड़क देता है ।

ब्रह्मम का रंग काले कौए जैसा है । उसकी जबान कैंची की तरह चलती ही रहती है । उसे छोटे-बड़े की भी परवाह नहीं रहती । पर इसी वजह से वह सबको अपना आदमी जैसा लगने लगा । उसका दिल गाँव के हर एक के दिल के साथ जुड़ा था । दुख-सुख में वह हमेशा आगे आता था । उसकी कड़वी बात से किसी को चोट पहुँचती तो वह हँसकर टाल देता था । वह निरंकुश था, हँसमुख था और सबके साथ उसकी आत्मीयता थी ।

गोदारी उस गाँव की सभी माँओं का लाड़ला था । बहनों का प्यारा भई था । उसे भूख लगने पर गाँव उसे खाना खिला देता था ।

किसी को फूटी कौड़ी भी न देने वाला मद्रासी साहूकार, अगर गोदारी उसकी दुकान पर जाकर किसी चीज़ की ओर इशारा-भर कर देता, तो उसे वह चीज़ दे देता था । गोदारी अपने खाने का आधा हिस्सा अपने कुत्ते को खिला देता था । वह कुत्ता मानो उसकी दुम हो!

"अच्छा, यह बताइए कि वह किसका बेटा है? उसकी क्या कहानी है?"

यह सवाल सुनकर गोदावरी नदी हँस देती थी । गाँव भी हँस पड़ता था।

"अरे अहमक! वह किसी का भी बेटा हो, क्या फर्क पड़ता है? पेट है, तो खाना चाहता है । शरीर है, तो मेहनत करता है । वह कितना खाता है, कितना काम करता है, ये सब आंकड़े हमारी समझ से बाहर की चीज़ें हैं । उनका मोल-भाव हम नहीं कर पाते ।" एक दार्शनिक कहता है ।

"गाँव में भले लोग हैं । वह अनाथ है । जब जी करे, काम करता है, जब चाहे खाना खाता है । खेलना चाहे तो खेलता है । वह एकदम आजाद है । किसकी जायदाद का वारिस है? किसके पाप का फल है? इस तरह के बेकार सवाल मत पूछो । अगर उसकी आज़ादी को बर्दाश्त कर सकते हो तो करो, उसकी राह पर चलना चाहते हो तो चलो । अगर इसे असंभव समझते हो, तो रुककर सोचो! हमने ज्ञान अर्जित करके जिसे खो दिया है, उसने अज्ञान की मदद से उसे कैसे हासिल कर लिया है, इसके बारे में सोचो । आदिमानव की स्थिति से अनेक दशाओं से गुजरते हुए आदमी जिस सुरक्षा को प्राप्त नहीं कर पाया, उस पर ध्यान दो । आदमी की दौड़ कहाँ के लिए है? विचार करो!" एक भावुक कवि कहता है ।

इन सवालों और जवाबों को सुनकर युगों से बहने वाली गोदावरी फिर वही अपनी पुरानी हँसी हँसती है । आज का गोदारी भी खिलखिलाकर हँस पड़ता है ।

माँ को गुस्सा आ गया ।

'आर्थर काटन के बाँध को मैं सह नहीं पाऊंगी ।' माँ ने कहा, 'उस सज्जन ने जो नहरें निर्देशित की हैं, उनमें नहीं बहूँगी ।' यह कहकर वह उद्वेलित हो उठी । द्वीपों को उसने प्लावित कर दिया । गाँवों में प्रवेश किया । 'माँ! माँ!' की विह्वल पुकार चारों ओर गूंजने लगी । हाहाकार मच गया । हाथ जोड़ने वाले अपने बच्चों पर वह बरस पड़ी ।

एटिपोलमूरू गाँव भय से थर्रा गया ।

गाँव नदी से ऊँचे स्थान पर था ।

पर मनुष्य एक विचित्र प्राणी है । उद्वेग से उमड़ती, उफनती उस नदी माई को देखना भी एक अनुभव था । डर के मारे तन-मन काँपने लगता, फिर भी उस भीषणता को देखने के लिए मनुष्य उत्सुक हो जाता है । नदी के किनारे खड़ा होकर देखता है, क्या उसने नहीं सुना था कि कभी-कभी किनारे की मिट्टी पानी के वेग से कटकर, वहाँ खड़े लोगों को अपने साथ बहा ले जाती है? सुना था । फिर भी नदी और मनुष्य के बीच का यह संघर्ष युगों से चला आ रहा है । क्रोध से भरी उस माँ को देखने का कौतूहल! मनुष्य की यादों में प्रशांत गोदावरी नहीं, उद्वेग से भरी गोदावरी ही बसी रहती है ।

पिंजरे में बंद शेर की तरह, किनारे पर खड़े लोगों को देख रही है, गोदावरी।

उस दिन गोदारी का उत्साह भी उमड़ रहा था । सारा गाँव उसे चेतावनी देता रहा, फिर भी वह आम की उस डाल पर चढ़ गया जो गोदावरी पर झुकी थी । वह डाल पर बैठ गया और लाल रंग के बाढ़ के पानी को देखने लगा । वह इसी इंतजार में था कि कब बाढ़ का पानी और ऊपर उठकर उसके पैरों को छूने लगेगा । यह इच्छा गोदावरी और गोदारी, दोनों के मन में समान रूप से थी ।

ऊपर से बाढ़ के साथ बहकर आने वाली चीज़ों को किनारे पर लाने के लिए बड़े-बड़े तैराक पानी में कूद पड़े । न जाने किसकी किस्मत में क्या लिखा है । कोई कीमती चीज़ ही हाथ लग जाए ।

ऐसे सामान को खरीदने के इंतजार में कुछ लोग बैठे थे । बहुत फायदे

का सौदा हो सकता है। सस्ते में खरीदना और अच्छे दामों में बेचना तो साहूकारों की नीति होती ही है ।

गोदारी जिस डाल पर बैठा था, वह अचानक चटककर टूट गई और नदी में गोदारी को साथ लेकर गिर गई । गोदावरी तेज़ रफ्तार से उसे बहा ले जाने लगी । बहुत कोशिश करने के बावजूद तैराकों को गोदारी नहीं मिला । सारा गाँव असहाय होकर गोदारी को पुकारता रह गया ।...

बाढ़ का पानी उतरने लगा ।

गोदावरी फिर से अपनी सीमा में सिमटने लगी ।

गाँव नुकसान का लेखा-जोखा करने में लग गया ।

संभल-संभलकर कीचड़ में पाँव रखते हुए गाँव खेतों पर पहुँचा । बाढ़ की चपेट से तहस-नहस हुए खेतों को ठीक करने के लिए गाँव ने कमर कस ली । गिरी दीवारों को फिर से खड़ी करने के लिए, टूटे चबूतरों को दोबारा बनाने के लिए, गाँव इंतजाम करने लगा ।

"गोदारी कहाँ गया?" गाँव ने पूछा ।

"गोदावरी उसे उठा ले गई ।" गीली आँखों से खुद गाँव ने ही इस सवाल का जवाब भी दे दिया ।

हफ़्ते भर बाद...

"वह देखो, गोदारी आ गया!... वह जिंदा है!"

जैसे सूखी घास के ढेर में किसी ने चिनगारी लगा दी हो, यह खबर ऐसे फैल गई ।

"कोई माँ अपने ही बच्चे को उठाकर ले जाती है कहीं?" एक माँ ने कहा ।

गोदारी से मिलकर, उसकी वापसी की कहानी सुनने के लिए पूरा गाँव बेचैन था । पर गोदारी कैसे बताता? मूक जो ठहरा! उसने इशारों से जो भी कहा, उसके गाँव ने कई अर्थ निकाले ।

पानी के बहाव के साथ बहते जाने वाले गोदारी को एक पेड़ का सूखा तना मिल गया । उससे लिपटकर वह कोसों दूर बहता चला गया और कहीं दूर किसी किनारे पर पहुंच गया । वहाँ भी एक गाँव था । लोग थे । पर गोदारी को अपने गाँव वापस जाना था । कभी गाँव से बाहर कदम न रखने

वाला गोदारी क्या जानता था कि उसका गाँव किस दिशा में है? बेचारा गूँगा भी तो था, कैसे पूछता कि एटिपोलमूरू किस तरफ है?

"भूत और वर्तमान के बीच के सफर में मनुष्य ने कुछ नाम संकेतों का आविष्कार कर लिया था । पर समय का ज्ञान ही नहीं था गोदारी के पास । वह अभी आदिम दशा में ही था । उसे काल-स्थान नाम का ज्ञान क्या रहेगा?" एक शंकालु व्यक्ति कहता है ।

"आदिमानव भी कहीं थोड़े समय के लिए ठहर जाता तो उस जगह को आसानी से छोड़ नहीं पाता था । एक ही जगह रुकना मनुष्य को सभ्यता से दूर रखता है । प्रगति के लिए प्रवास जरूरी है । वह सभ्यता की निशानी है । मनुष्य बीते दिनों के और स्थानों के नाम याद करना सीख गया । गोदारी भी ऐसा ही था । जैसे ही बाढ़ का पानी उतरने लगा, वह उस तने को उठाकर नदी के किनारे-किनारे चलता गया । अपने गाँव को उसकी नाक ने पहचान लिया । हवा के स्पर्श ने उसे पता बता दिया । गोदावरी के पानी के स्वाद से उसने अपने गाँव को पहचान लिया । गाँव की आवाज़ उसके कानों ने सुनी । आँखों को गाँव दिखाई दिया ।" एक समाजशास्त्री यह विवरण देता है ।

गाँव में एक नई चीज़ आ गई - गोदारी का, पेड़ का सूखा तना । पेड़ से कटकर गिरा वह तना एक फुट मोटा और ढाई-फुट लंबा था । उसका एक बड़ा हिस्सा खोखला भी था । उसका आकार भी अजीब था । हर किसी को उसमें अलग-अलग रूप दिखाई देते थे । वह तना गोदारी के जीवन का मुख्य अंग बन गया ।

वह उस पर सोता था, बैठता था, फूल पत्ते लाकर उस पर सजाता था। उसके सामने खड़े होकर अजीब-सी आवाजें निकालता था । उसे प्रणाम करता था । उसके कुत्ते ने उस तने पर एक बार पेशाब कर दिया तो उसने कुत्ते को खूब पीटा ।

एक जिज्ञासु पूछता है - "जीवन से भरपूर मनुष्य उस निर्जीव लकड़ी को प्यार कैसे कर सकता है?"

उसे जवाब देते हुए एक चतुर व्यक्ति कहता है - "जैसे तुम निर्जीव पैसों से प्यार करते हो और उसके लिए जीवित मनुष्य को सताते हो! ठीक उसी तरह..."

"तुम्हें ताजमहल प्यारा लगता है। हिमालय से प्यार है, नदियों से लगाव है, शहर तुम्हें अच्छे लगते हैं - क्यों? उनमें तुम्हें कुछ सुंदरता नज़र आती है। वह तुम्हें आनंद की अनुभूति कराते हैं। बार-बार तुम्हें आनंद की अनुभूति कराने वाली ऐसी निर्जीव चीज़ों से तुम रिश्ता जोड़ते हो। उन्हें तुम प्यार करने लगते हो। इसमें आश्चर्य की क्या बात है?" एक तात्त्विक कहता है।

गाँव और गोदारी का इन चर्चाओं से कोई मतलब नहीं होता था।

एक दिन एक आदमी को शरारत सूझी तो वह उस तने को ले जाने की बात करके गोदारी को चिढ़ाने लगा। गोदारी उसके पीछे भागने लगा और उसे भगाने लगा। गाँव हँसने लगा।

उस दिन के बाद से गाँव के लड़के उसे सताने लग गए। उनके लिए यह एक खेल था। बड़े बुजुर्ग हँसते हुए उन्हें ऐसा करने से रोकते थे। गोदारी पर इस बात का यह असर हुआ कि वह तने से और भी चिपक गया। तने को लेकर वह गाँव के सिवानों की तरफ़ चल पड़ा। एक पल के लिए भी वह तने को अपने से अलग नहीं होने देता था।

ब्रह्मम यह सब तमाशा देख रहा था।

"लोहड़ी के दिन यह तना जलाने के काम आएगा।" लड़के तने के पास जाकर कहने लगे।

गोदारी ने एक लड़के को पकड़कर उसकी खूब पिटाई की। ब्रह्मम ने उसे छुड़ाया।

एक दिन किसी ने उस तने पर टट्टी कर दी। गोदारी की आँखें अंगारे बरसाने लगीं। इशारों में कहने लगा कि जिस किसी ने भी यह काम किया है, उसे जान से मार डालूँगा। ब्रह्मम ने उसे चुप कराया। पर गोदारी सारा दिन उस तने को धोता ही रहा।

ब्रह्मम के अंदर जो कारीगर था, उसे उस तने में एक अद्भुत तिपाई दिखाई दी।

सोने को उसके स्वाभाविक रूप में हिफाजत से रखकर खुश होने वाला आदिम मानव था, गोदारी। हीरे को चमकता मामूली पत्थर समझकर गले में पहनकर घूमने वाला भोला-भाला इंसान था, गोदारी। पर उस सोने को पिघलाकर और हीरे को तराशकर गहनों के रूप में उनकी सुंदरता को और मूल्य को बढ़ाने वाला आधुनिक मनुष्य था, ब्रह्मम।

उस दिन चादर ओढ़कर चुरुट मुँह में दबाए, हाथ में लोटा लिए ब्रह्मम घर से निकला । कार्तिक माह की चाँदनी ठंडक पहुंचा रही थी । गाँव सर्दी के मारे सिकुड़कर सोया था ।

ब्रह्मम ने पेड़ के तने को और उससे सटकर लेटे गोदारी को देखा। गोदारी ठंड के मारे काँप रहा था । इससे पहले सर्दी के मौसम में वह गोशाला में या पुआल के ढेर में दुबककर सोता था । उसके बदन पर सिर्फ एक फटा हुआ कच्छा था । शायद आजकल वह खाना मांगने किसी के द्वार पर नहीं जाता था । उसकी हड्डियाँ निकल आई थीं ।

ब्रह्मम का मन पसीज गया । वह देख रहा था कि गोदारी का उस तने से लगाव पागलपन की हद तक बढ़ चुका था। उस तने से गोदारी का फायदा होना तो दूर, नुकसान ही ज्यादा था। उसी के कारण वह गाँव से दूर रहने लगा और भूखा रहने लगा । ठंड में ठिठुरने लगा, फिर भी उसे नहीं छोड़ता।

ब्रह्मम ने मन ही मन कुछ ठान लिया । धीरे से उसने गोदारी का हाथ तने पर से हटाया । तने को कंधे पर रख लिया। न जाने क्यों कुत्ता जाग गया और गुर्राते हुए ब्रह्मम के नज़दीक आया। ब्रह्मम ने उसके सिर पर हाथ फेरते हुए कहा - "जा जा! तेरा गोदारी मेरा भी दोस्त है ।"

कुत्ता जाकर अपनी जगह पर लेट गया ।

ब्रह्मम ने सुबह होने से पहले ही तने को आरी से काट डाला। वह उसके हाथों में मोम की तरह कटने लगा और नया रूप लेने लगा ।

सुबह हुई ।

तिपाई बनाते समय ब्रह्मम ने खोखले को वैसा ही रहने दिया। वह एक सुंदर कलाकृति बन गई । किसी कला-प्रेमी अमीर के घर सजने लायक बन गई । न जाने कितने रुपए मिलेंगे? किस्मत अच्छी हो तो काफी पैसा मिल सकता है ।

गोदारी ने सुबह उठकर देखा तो तना गायब! वह पागल-सा हो गया । पेड़-पौधों से तने के बारे में पूछने लगा । जहाँ भी लकड़ी दिखाई देती छूकर पहचानने की कोशिश करता ।

'मेरे दोस्त को, जो मेरा सबकुछ था, किसी ने देखा?' गूँगे गोदारी की आँखों में यही सवाल था । हमेशा उसे चिढ़ाने वाले लड़कों को भी उसकी हालत पर दया आने लगी और वे हैरान थे कि अचानक तना कहाँ गायब हो गया ।

तीन दिन गुज़र गए ।

एटिपोलमूरू, ऐसी माँ थी जो माँगने पर खाना देती थी । पर बच्चे का पेट टटोलकर खाना खिलाने वाली माँ वह नहीं थी । जबसे वह तना गोदारी के जीवन में आया, गाँव ने उसे दूर ही रखा, जिस तरह बहू के आने के बाद माँ अपने बेटे को दूर रखती है । तीन दिन हुए गोदारी के मुँह में एक बूँद पानी भी नहीं गया ।

...तीसरे दिन शाम को ब्रह्मम नाव में बैठकर कहीं से आया । उसका चेहरा खुशी से खिला हुआ था । गाँव में कदम रखते ही उसने पूछा - ''गोदारी कहाँ है?''

गाँव ने जवाब नहीं दिया ।

ब्रह्मम थका हुआ था । उसे जोर की नींद आ रही थी । फिर भी उसने दोबारा गोदारी के बारे में पूछा ।

''गोदारी? हाँ... उसे कहाँ देखा था?... याद आया...इस तरफ...अरे, नहीं...उधर...!'' गाँव ने कहा ।

''गोदारी बड़ा किस्मत वाला निकला, भई! उसे जो चीज़ मिली, वह लकड़ी का तना नहीं । यूं समझो सोने की खान थी...सोना, मेरे भाइयो...सोना! हाँ! हमने उस बेचारे को रूखा-सूखा खिला दिया था, फटे-पुराने कपड़े दे दिए थे । पर यह देखो...नई धोतियाँ, चादर-बनियान...ये सब उसी के लिए लाया हूँ । ढूँढ़ो उसे, नए कपड़े पहनाओ । सर्दी की मार से बचाओ । ढूँढ़ो न उसे, भाई?'' ब्रह्मम ने कहा ।

आखिर गाँव को और ब्रह्मम को गोदारी मिल ही गया । गोदावरी के किनारे वह सोया पड़ा था । लोगों ने उसे उठाया ।

''देख, गोदारी! तेरे लकड़ी के तने को काफी मेहनत करके एक सुंदर चीज़ बना डाली मैंने । दिखाऊंगा तो दंग रह जाएगा । ले, यह कुर्ता पहन ले और यह धोती बाँध ले । देख, तेरे लिए ही लाया हूँ । यह चादर भी ओढ़ ले । उस तने के बारे में चिंता न कर । उसका महत्व तेरे लिए कुछ और था और मेरे लिए कुछ और । चोर ले जाता तो काटकर चूल्हे में डाल देता । लड़के ले जाते तो लोहड़ी में जला डालते । किसान देखता तो हल बनाने की सोचता । इन सब लोगों से बचाकर तू उसे कैसे रख पाता, गोदारी?'' ब्रह्मम ने गोदारी से कहा ।

उसे जबरन कुर्ता पहनाया गया। धोती बाँधी गई। चादर ओढ़ाई गई। शहर से लाई पोटलियाँ उसके हाथ में दे दी गईं। उसके बाद ब्रह्मम हँसते हुए वहाँ से चला गया।...

चार दिन तक गोदारी को किसी ने नहीं देखा। पेड़ की डालियों पर गिद्धों का झुंड आकर बैठने लगा। उस तरफ से गुजरने वालों की नाक बदबू से भरने लगी तो गाँव ने सिर उठाकर देखा। पेड़ की ऊँची डालियों पर मनुष्य का शरीर झूल रहा था। उसे नीचे उतारा गया। वह शरीर नंगा था। गिद्धों ने उसे नोंच खाया था। उसके गले में नई सफेद धोती बँधी थी।

दिन बीतते गए। कोई कहता है कि उसने गोदारी को उसी पेड़ के नीचे नंगा खड़ा रोते देखा था। किसी को चादर ओढ़कर पीछा करता गोदारी दिखाई दिया। किसी को गोदारी की पगलाई हँसी आधी रात को नदी के पास सुनाई दी।

ब्रह्मम और गाँव यह नहीं समझ सके कि आखिर गोदारी ने आत्महत्या क्यों की।

उसकी मृत्यु तो बस एक याद बनकर रह गई। किसी ने उस मृत्यु से कुछ भी नहीं सीखा।

विरासत

चोप्पदंडी सुधाकर

नांपल्ली जम्हाई लेते हुए नींद से जागा ।

तब सुबह के सात बजे थे । अगर इमली के पेड़ की छाया खिसककर दूर न जाती और चेहरे पर धूप न पड़ती तो वह सात बजे भी जागता नहीं

"चाय बनाऊँ?" उसकी घरवाली, रंगशायी ने पूछा ।

"हाँ, बना दे! मैं जरा मुँह धो के आता हूँ," आलस छोड़कर वह उठ खड़ा हुआ । फिर धोती को दोहरा करके घुटनों के ऊपर मोड़कर बाँध लिया । मुँह में दातून दबाई और एक फर्लांग की दूरी पर बहने वाले नाले की ओर चला गया ।

नांपल्ली लगभग पच्चीस साल का युवक था । देखने में ख़ास सुन्दर तो नहीं था पर ठीक था । उसके वंशज बैल नचाने की वृत्ति करते आए थे । (आंध्रप्रदेश के गाँवों में खासकर संक्रांत त्योहार के दिनों में और वैसे साल-भर बैल को रंग-बिरंगे वस्त्रों और छोटी-बड़ी घंटियों से सजाकर घर-घर घूमकर पैसा कमाने की वृत्ति करने वाले । यह वृत्ति पीढ़ी-दर पीढ़ी परिवारों में चली आती है ।) नांपल्ली भी यही करता था । कहीं एक जगह टिककर नहीं रहता था । साल-भर गाँव-गाँव घूमना, और जो मिलता उसी से पेट पालना, बस! न घर, न द्वार! न ढंग की कमाई और न ही कोई ठौर-ठिकाना!

आजकल वह जहाँ पत्नी के साथ रहता है, वहाँ तीन दिशाओं के तीन रास्ते आकर मिलते हैं । रास्तों के दोनों तरफ इमली और आम के पेड़ हैं । उन पेड़ों के नीचे ही उनकी गृहस्थी है!

वह जगह पूरी तरह से जंगल भी नहीं कही जा सकती । सुबह आठ बजे से रात के आठ बजे तक लोगों का आवागमन रहता है । बसें आती-जाती रहती हैं और लोग उनके इंतज़ार में खड़े रहते हैं । काफी चहल-पहल रहती है । पर रात के आठ बजे के बाद वहाँ उन दोनों के सिवाय कोई और नहीं होता ।

नांपल्ली हाथ-मुँह धोकर आ गया । रंगशायी ने चाय की गिलास थमायी । "आज किधर जाओगे माँगने?" नांपल्ली के बग़ल में बैठते हुए उसकी पत्नी ने पूछा ।

वह कुछ नहीं बोला ।

चाय पीकर गिलास पत्नी को दिया ।

"किधर जाओगे, बोलो?" उसने फिर से पूछा ।

नांपल्ली ने उसास भरी ।

"पता नहीं! बस गाँव के अंदर चला जाता हूँ। कोई धर्मात्मा शायद कुछ दे दे!" उसने कहा ।

"पता नहीं कुछ मिलेगा भी या नहीं! न बैलों को चारा मिलता है, न हम ही कुछ जुटा पाते हैं । भूख से मर रहे हैं!" रंगशायी गुस्से में आकर बोली ।

"क्या करें, भई! उस देवता को हम पर दया ही नहीं आती!"

"गलती तो हमारी है, दूसरे को दोष काहे को दें?" उठकर अँगीठी के पास जाते हुए रंगशायी ने कहा ।

नांपल्ली चुप रहा । पुराना कंबल कंधे पर डालकर वह गाँव की ओर चला । सच्चाई तो यह है कि उसे ज़रा भी आशा नहीं थी कि कोई उसे कुछ देगा । फिर भी जाना जरूरी था । उसके भरोसे उसकी पत्नी के अलावा चार बैल और एक गाय भी थी!

सड़क पर वह चल तो रहा था पर मन किसी उधेड़बुन में था ।

छीः! मेरी जिन्दगी भी कैसी जिन्दगी है? जिसे देखो वही घर - बार बसाकर, परिवार के साथ बसा है! तरक्की भी कर रहा है! मैं तो कुछ बन ही नहीं पाता! मेरे रिश्ते के लोग, जान-पहचान के लोग इस बैल नचाने का धंधा छोड़कर शहर में जा बसे । कुछ होटलों में काम करके वेतन पाते हैं तो अनेक लोग रिक्शा चलाकर शान से जी रहे हैं ।

क्या यह धंधा छोड़ देने से मेरी भी ज़िन्दगी बन जाएगी?

यह सवाल नांपल्ली के मन में अब तक हज़ार बार उठ चुका है । पर वह कभी भी इससे आगे नहीं सोचता! क्योंकि सपने में भी इस धंधे को छोड़ने की बात उसे अच्छी नहीं लगती ।

उसे अभी तक अच्छी तरह याद है । बैल नचाने में उसका पिता, राजन्ना, पूरे जिले में बड़ा विख्यात था ।

अल्लीपुर के अधिकारियों के समक्ष, पूडूरु जमींदारों की शादियों में, कहाँ तक गिनाएँ? राजन्ना जब बैल नचाता था तो मानेरू के दस गाँवों के लोग मंत्रमुग्ध होकर देखते थे । कोई भी त्योहार या शादी हो राजन्ना के बैलों का नाच अवश्य होता था । जलसों में तो उसके खेल का होना अनिवार्य था । खेल में दो सौ रुपयों से कम नहीं मिलते थे । उन दिनों में दो सौ तो काफी बड़ी रकम मानी जाती थी ।

इतने पैसों से तो एक शादी की जा सकती थी । साल भर की कमाई थी ।

अब गाय के दूध के लिए होटल वाले हर महीने पचास रुपये देते हैं तो भी एक हफ्ते में खत्म हो जाते है ।

पैसा, सोना, धान, बैल, सबकी भरमार रहती थी । और राजन्ना का रूप भी तो राजा जैसा था । बड़ी-बड़ी मूँछे, कानों में तोले भर सोने के कुंडल, पांचों अंगुलियों में अँगूठियाँ । राजन्ना को सभी चाहते थे । वह भी लोगों के साथ प्यार से पेश आता था । उसे लड़की देने के लिए लोगों में होड़-सी लग गई थी ।

राजन्ना को अपने बैलों से बहुत प्यार था । उन्हें नचाने में उसे बड़ा मज़ा आता था । उस खेल को वह अपनी जान से भी अधिक चाहता था । राजन्ना से उसके बैलों के खेल को अलग करके देखा नहीं जा सकता था ।

राजन्ना हमेशा कहता था, "मेरे दादा-परदादाओं के समय से ये बैल खुद उस देवता के रूप बने हुए है । हमारे लिए तो ये कुल के देवता है । जीना और मरना इन्हीं की छाया में है!" वह बड़ी शान से मूँछों पर हाथ फेरते हुए कहता था ।

नांपल्ली को उसकी ये बातें बड़ी मीठी लगती थीं । वह सपने देखता था कि एक दिन वह भी बड़ा होकर पिता की तरह बनेगा । नाम

कमाएगा। बैलों को नचाने की कला में भी माहिर होगा। राजन्ना भी अपने चार बेटों में से नांपल्ली को ही ज़्यादा चाहता था।

वह हमेशा दोस्तों से कहता था, ''मेरे बाद मेरा यह खेल नांपल्ली ही करा सकेगा!''

उसके साथी उसे समझाते थे, ''अरे, दस एकड़ ज़मीन ख़रीद! बुढ़ापे में काम आएगी। समय का क्या भरोसा? कब क्या हो जाए!''

''मैं घर बनाकर क्या करूँगा चाचा? यह सारी धरती मेरी ही तो है! किसी एक घर से भीख मिल जाती तो गुज़ारा हो जाता! हर रोज़ नये घर से भीख माँगूँगा तो भी गारंटी है कि और दस साल तक ज़िन्दा रहूँगा।'' राजन्ना बड़े गर्व से कहता था।

सच है! उन दिनों भीख माँगना शर्म की बात नहीं मानी जाती थी न भीख देना बहुत बड़ी बात मानी जाती थी।

सबका अपना-अपना धंधा था।

अब मरने वाले के ऊपर भी कोई एक पैसा नहीं फेंकता।

नांपल्ली ने उदास होकर सोचा, ''न जाने वे दिन कहाँ चले गए।''

''कहाँ चला, रे, नांपल्ली?'' रास्ते में सरपंच ने पूछा।

''जी, हजूर! आपके घर ही आ रहा था, जी!'' वह अपनी ही धुन में जा रहा था, सवाल सुनकर सरपट जवाब दिया।

''क्या कोई काम था, रे?'' सरपंच ने प्यार से पूछा।

नांपल्ली हिचकिचाया। फिर बड़े अदब से कहा, ''हजूर! बैल घास के बिना मर रहे हैं। मैं उनके लिए घास और अपने लिए थोड़ा-सा धान माँगने आ रहा था।''

सरपंच ने लंबी साँस ली। फिर कहा, ''इस सूखे में घास कहाँ मिलेगी, रे? जा, जाके मालकिन से माँग। थोड़ा-बहुत खाने को होगा तो दे देंगी! कहना कि मैंने कहा है।''

''बड़ी मेहरबानी, मालिक!'' नांपल्ली की चाल तेज़ हुई।

शायद बस पकड़ने की धुन में, सरपंच भी जल्दी-जल्दी कदम बढ़ाता चला गया।

माई! जरा-सी घास देना, जी! उसी हाथ से थोड़ा-सा धान भी दे दें। मालिक ने कहलवाया है'' नांपल्ली ने सरपंच की पत्नी से कहा।

उसने नांपल्ली को गुस्से से देखा और झिड़क दिया, ''घास-वास नहीं मिलेगी! उनकी अक्ल मारी गई थी, जो तुझे मेरे पास भेजा! बड़े आए हुक्म चलाने वाले!''

नांपल्ली की आशा जो सिर उठाने लगी थी, उसे काट दिया गया था!

''ठीक है, माई! तो चला!'' आँखों में उमड़नेवाले आँसुओं को रोककर नांपल्ली ने कहा ।

सरपंच की पत्नी ने निर्दयता से सिर हिलाया ।

''अरे, नांपल्ली! उन बैलों को छोड़ दे! वे तो बेकार हैं । तू अपनी पत्नी के साथ हमारे घर में नौकर का काम कर ले । खाना, कपड़ा और साल में दो हज़ार रुपए दे देंगे!'' गेट से बाहर जाते हुए नांपल्ली से सरपंच की पत्नी ने कहा ।

उसने मुड़कर देखा और पूछा, ''फिर मेरे बैलों का क्या होगा माई?'' नहीं पूछना चाहता था पर पूछ बैठा ।

''हमें बेच दे! पाँच हज़ार रुपए दे देंगे!''

नांपल्ली के मन को ठेस पहुँची ।

बच्चों की तरह जिन्हें पाला था उन बैलों को बेच दूँ? वह भी खेत जोतने के लिए? और उनमें से एक का नाम तो उसके पिता का नाम था - राजन्ना!

''जल्दी कोई नहीं! आराम से सोच के बता!'' उसने बड़े इतमीनान से कहा ।

''अच्छा, माई!'' उसने सिर झुकाकर कहा ताकि आँसू कहीं दिखाई न दे जाएँ ।

उसके बाद चार-पाँच घरों में जाकर दाना-पानी की भीख माँगी पर हर जगह से लगभग ऐसा ही जवाब मिला । सूरज भी नांपल्ली के दिल की तरह डूबने लगा तो वह अपने इमली के पेड़ के नीचे बने घर पर वापस लौट गया।

''तेरी गिरस्ती को आग लगे! कल का कोई भरोसा नहीं! इस ज़िन्दगी से तो अच्छा है कहीं डूब मरें! बीः.....!'' गालियाँ बकते हुए रंगशायी ने जो थोड़ा-सा दाना बचा था उसे अँगीठी पर चढ़ाया ।

नांपल्ली उदासीन होकर सुन रहा था ।

''ये बैल तेरे किस काम के? सरपंच की बात मानकर इन्हें बेच डाल और उनके घर नौकर लग जा, ज़िन्दगी बन जाएगी! शरीर पर, पूरा कपड़ा, पेट-भर खाना तो मिलेगा?

"हमारे ब्याह को चार बरस हो गए। एक दिन भी पेट-भर खाना खाया? अच्छा कपड़ा पहना? बैल नचाकर बिल्डिंग बनवाई है किसी ने? मैं पूछती हूँ, तेरा बड़ा भाई या छोटा भाई यह काम काहे नहीं करते हैं? तुझे अकेले को क्या पड़ी है? तू इन बैलों को क्यों नहीं छोड़ता?" रंगशायी ज़ोर-ज़ोर से चिल्लाती रही।

नांपल्ली चुपचाप नाले की ओर चला। रात के आठ बज रहे थे। जहाँ तक नज़र जाती चाँदनी छिटकी हुई थी। वह रेत में पीठ के बल लेट गया। ठंडी रेत माँ की गोद जैसी लगी। अनायास ही नांपल्ली की आँखों से आँसू बहने लगे।

"सब कहते हैं कि बैल नचाना छोड़ दूँ? क्या मैं सचमुच पागल हूँ जो अपना ही नुकसान कर रहा हूँ? अगर इन्हें बेचकर सरपंच के यहाँ नौकरी कर लूँ तो सब मुश्किलों से छुटकारा मिल जाएगा? पर उन्हें बेचूँ कैसे?"

"अपने दादा-परदादाओं से मिली इस विद्या को मिट्टी में कैसे मिलाऊँ? हाँ, बहुत सारे लोगों ने इस खेल को बंद कर दिया है और दूसरी नौकरी कर रहे हैं। आस-पास के गाँवों में मैं अकेला ही हूँ जो अब तक यह धंधा कर रहा हूँ। तो फिर मैं भी इसे छोड़ दूँगा तो यह खेल खत्म हो जाएगा न? हाँ, ज़रूर हो जाएगा! जब अपने ही हाथों उसका किरया-करम कर दूँगा तो कैसे नहीं खत्म हो जाएगा? तो क्या पीढ़ियों से चली आ रही कला को दफना दूँ? छी! धिक्कार है मेरी जिन्दगी को!" नांपल्ली का दुख यह सब सोचकर उमड़ पड़ा। वह वैसा ही लेटा न जाने कब तक रोता रहता! जब पत्नी ने खाने के लिए बुलाया तो उठकर पेड़ के नीचे गया।

खाना खाने के बाद रंगशाची नांपल्ली के पास आकर बोली, "मेरी बात मान ले! तेरे पाँव पड़ती हूँ! आजकल यह खेल कोई नहीं देखता। कल हमारे बच्चे होंगे। परिवार बड़ा होगा। हमारा खुद कोई ठिकाना नहीं तो फिर बच्चों को कैसे पालेंगे? हमारे रिश्तेदारों ने, दोस्तों ने, सबने यह खेल छोड़ दिया है। तुझ अकेले को क्या पड़ी है? बैलों को बेच देंगे और उस पैसे से अच्छे कपड़े ख़रीद लेंगे। सरपंच के घर में खाने की कोई कमी नहीं! एक साल में वे जो दो हज़ार रुपए देंगे, उन्हें बचाकर रखेंगे। ज़िन्दगी भर उनके यहाँ नौकरी करना इस तरह जीने से तो बेहतर है!" रंगशायी ने बड़े जतन से नांपल्ली को समझाया।

नांपल्ली ने उसे बाँहों में भरकर कहा, "ठीक है, जैसे तेरी मर्जी!"

रंगशायी का शरीर फूलों के जहाज-सा हवा में उड़ने लगा। थोड़ी देर बाद वह निश्चिंत होकर सो गई। पर नांपल्ली जागता रहा। साफ आकाश में चमकते चाँद को निहारता हुआ सोच में डूब गया। रंगशायी झूठ नहीं बोल रही थी। आज के ज़माने में मेरे खेल की परवाह कौन करता है? कौन पसंद करता है? जहाँ भी जाता हूँ मेरी बोली और वेश का लोग मज़ाक उड़ाते हैं। ऊपर से मुझे डाँट भी देते हैं कि मैं आलसी और कामचोर हूँ। कोई इस बात की ओर ध्यान ही नहीं देता कि बैल नचाना भी एक कला है, एक विद्या है, जिसकी प्रशंसा की जा सकती है। इन लोगों की वजह से मेरी भी इस खेल में रुचि कम हो गई हैं। कभी मुझे यह खेल दिखाने पर दस रुपये भी नहीं मिले!

"बस इस खेल को अब छोड़ देना ही बेहतर है!"

यह तय करने के बाद उसका मन हल्का होने की बजाय और भी उदास हो गया।

अब इन बैलों को बेच देना पड़ेगा!

चाँदनी में दूर खड़े बैलों को देखा! हड्डियाँ बाहर निकल आई हैं! बारिश के मौसम में कितने सुन्दर दिखते थे! गर्मियों में चरने को घास भी नहीं मिल रही है!

'कल ही बेच डालूँगा! मेहनत तो करनी पड़ेगी पर पेट भर उन्हें खाना तो मिल जाएगा!' उसने सोचा।

"अरे, नांपल्ली!" राजन्ना की आवाज़ सुनकर नांपल्ली चौंक गया।

"बाबा, तुम!" हैरान होकर उसने पूछा।

"हाँ, मैं! खेल दिखाना छोड़कर बैल बेचने की बात सोच रहा था, क्या तू?" राजन्ना सिसक-सिसककर रोने लगा।

"नहीं, बाबा! नहीं! जब तक जान है, बैल नहीं बेचूँगा!"

नांपल्ली चौंककर जाग गया।

'क्या यह सपना था? हाँ, सपना ही था! नहीं तो बाबू जी कब के मर गए थे! आधी रात को यहाँ कैसे आते?"

उस रात नांपल्ली बहुत देर के बाद सोया।

सुबह होते ही नांपल्ली का छोटा भाई यादगिरी आया। चार साल के बाद भाई को देखकर नांपल्ली पहचान न सका। इस्त्री किया गया पतलून और

कमीज़ पहने था । बाल सुन्दर ढंग से कटे थे । बोली भी बदल गई थी । एक बात हो तो कहें, वह काफ़ी बदल गया था । हैदराबाद में किसी प्राइवेट कम्पनी में चपरासी का काम कर रहा था । खाना मुफ़्त मिलता था और हर महीने एक हज़ार रुपये का वेतन भी मिलता था । रंगशायी देवर को देखकर फूली नहीं समाई ।

भाभी को उसने चार सौ रुपये देकर 'दावत' करने को कहा ।

चार सौ! बार-बार नोट उलट-पलटकर देखने लगी ।

अपनी ज़िन्दगी में नांपल्ली ने भी कभी इतने सारे पैसे हाथों में लेकर नहीं देखे थे । इन रुपयों का मज़ा लेना तो वह सपने में भी नहीं सोच सकता था । भाई की तरक्की पर उसे विश्वास ही नहीं हो रहा था ।

''काफ़ी अच्छा खाना बना है, भैया! इन पेड़ों के नीचे बैठकर खाने में तो और भी मज़ा आया!'' डकार लेते हुए यादगिरी ने कहा ।

नांपल्ली उदास होकर मुसकराया और बोला, 'मैं तो रोज़ ही इन पेड़ों के नीचे बैठकर खाता हूँ!''

नांपल्ली के हज़ार छिपाने के बावजूद यादगिरी ने भाई की आवाज़ की उदासी को पहचान लिया ।

''भैया, क्यों नहीं इस ग़रीबी से पीछा छुड़ाते? मेरे साथ शहर चलो! तुम्हें भी नौकरी दिलवा दूँगा । शान से जी सकते हो! वहाँ हमारे कुल या जाति को कोई नहीं पूछता! हाँ, मेरा नाम वहाँ यादगिरी नहीं है, श्रीनिवास है! सब मुझे 'वासू' बुलाते हैं । कोई भी मुझे 'अरे!' या 'ओय' कहकर नहीं बुलाता!'' उसने बड़े गर्व से कहा ।

रंगशायी ने देवर को प्रशंसा और गर्व से देखा ।

पर नांपल्ली को लगा कि वह धरती में धँसता जा रहा है!

''भैया! जल्दी से तैयार हो जाओ! करीमनगर जाकर फिल्म देख आते हैं । भाभी तुम भी!'' यादगिरी ने हुक्म ज़ारी किया ।

''कैसे जा सकते हैं, रे! हमारा कोई घर भी तो नहीं! यह सामान, बैल, इन सबको यूँ ही छोड़कर कैसे जा सकते हैं?'' नांपल्ली ने धीरे से कहा!

रंगशायी का पारा चढ़ गया । नाक-भौं सिकोड़ती हुई चिल्लाने लगी, ''ये मुए बैल! टूटी-फूटी खाट! ये मिट्टी के बरतन! इन सबकी रखवाली तू कर! इस इमली के पेड़ पर फाँसी लगाकर मर! बला टलेगी! तेरा पिंड छूट जाएगा तो मेरी भलाई होगी!''

आधे घंटे तक कोशिश करके यादगिरी ने भाभी को शांत कराया।

"तू भाभी के साथ फिल्म देख आ! मेरा मन नहीं है!" नांपल्ली ने भाई से कहा।

थोड़ी मिन्नत के बाद रंगशायी मान गई और देवर के साथ फिल्म देखने करीमनगर चली गई।

नांपल्ली खाट पर लेटकर सोच में डूब गया।

"रात को बाबा की आत्मा सपने में आकर कितना रोई थी! छीः! मेरा भी दिमाग घास चरने गया था। मर जाऊँगा पर इस कला को नहीं छोड़ूंगा। छोड़ूंगा तो बाबा की आत्मा को दुख होगा! सिर्फ यही नहीं यह पाप जन्मो तक मेरा पीछा करता रहेगा।"

देर रात गए कोई जगाने लगा तो नांपल्ली उठ गया।

"अरे, नांपल्ली! मैं, सरपंच! आखिरी बस पकड़कर आ रहा हूँ। करीमनगर में तेरी पत्नी और छोटे भाई से मुलाकात हुई।"

"अच्छा!" नींद में डूबा नांपल्ली जम्हाई लेते हुए सुनने की कोशिश कर रहा था।

"कहा है कि कल सुबह तक यहाँ का सारा कूड़ा-करकट यहीं छोड़कर तू करीमनगर चला गया तो तीनों मिलकर हैदराबाद जा सकते हैं। अगर नहीं जाना चाहते तो तुझे यहीं मरने को कहा है। तेरी बीवी तेरे भाई के साथ चली जाएगी तेरे साथ यहाँ नहीं रहना चाहती। उसी के साथ घर बसाना चाहती है।"

"कल सुबह तक अच्छी तरह सोच लेने को कहा है। दोपहर दो बजे तक तेरा इंतज़ार करेंगे, फिर दोनों हैदराबाद चले जाएँगे!" सरपंच ने दुखी होकर यह संदेश दिया।

नांपल्ली की नींद हवा हो गई।

तो क्या रंगशायी अपने देवर के साथ भाग गई?

मतलब तो यही निकलता है!

सरपंच चला गया। नांपल्ली सारी रात जागता रहा।

सुबह उठते ही बैल को सजाया और गाँव की ओर बढ़ा।

अब उसका मन हल्का था। जैसे उसे आज़ादी मिल गई थी!

अब तक अपनी ज़िद के लिए बेकार ही पत्नी को तकलीफ पहुँचाई । अब वह अपनी राह चली गई! अब किसी को मेरे कारण कोई तकलीफ़ नहीं होगी । जब तक जिऊँगा बैल नचाकर गुज़ारा कर लूँगा ।

बाप के खून और परंपरागत लक्षणों के साथ यह खेल भी मेरे व्यक्तित्व का एक अंग बन गया है । जिस तरह दो हाथों से दीप की रक्षा की जाती है, उसी तरह इस कला की रक्षा करने का मैं भरसक प्रयत्न करूँगा ।

यह कोई कुचिपुड़ी नृत्य या कोणार्क की शिल्प-कला तो नहीं जिसकी रक्षा करने के लिए सरकार आगे आएगी ।

पर नांपल्ली नहीं जानता था कि वह जिस कला की रक्षा करना चाहता है, वह भी एक महान कला है । वह स्वयं महान है क्योंकि वह सबकुछ त्यागकर भी उस मरती हुई कला की रक्षा करना चाहता है । कोई भी प्रलोभन उसे झुका नहीं सका । वह इस कला का सच्चा वारिस है!

पानी के शूल

गंटेड गौरुनायुडू

'खेत जोत लिया है, पानी बरसता, तो अच्छा होता!' सत्यम नायुडू ने आसमान को देखते हुए मन ही मन सोचा। आसमान साफ था। वह खूब अच्छी तरह जोतकर सपाट किये गये खेत-सा लग रहा था।

मेड़ पर खड़े होकर उसने चारों ओर नजर दौड़ायी। तिल की हरी-भरी फसल ऐसी लग रही थी, मानो किसी ने आशाएँ बिछा दीं हों! सफेद फूलों से भरे तिल के पौधे मानों हँस रहे हों। पास में ही चने की फसल भी उग आयी थी।

'खेत को एक नजर देखने भर से मन खुशी से उछल रहा है। अब अगर बारिश की दो-चार बूँदें पड़ जायें, तो मेरा भाग्य खुल जाए।' ऐसा सोचते हुए उसने फिर आकाश की ओर देखा। उत्तर दिशा में दूर हल्का बादल-सा कुछ दिखायी पड़ा। 'अगर वह बादल जरा-सा रहम कर दे...बस....!' उसने सोचा।

"सतिया, जरा उधर तो देखो...मेह दिख रहा है न तुम्हें?" कहता हुआ बगल के खेत में से अप्पल नायुडू आ पहुँचा। दोनों ने दोबारा उत्तर दिशा की ओर देखा, तो लगा कि बादल उड़ता जा रहा है।

"थोड़ी-सी ही सही, बरसात हो जाये, बस!" उस बादल को देखते हुए अप्पल नायुडू ने कहा।

"बूँदें गिरने में देर ही कितनी लगती है? बस, मेघों की दया चाहिए!"

"रोज यही तो होता है! मेघ घिर आते हैं और हवा आकर उन्हें रुई

के फाहों की तरह उड़ा ले जाती है । फिर बारिश कहाँ से होगी, बोलो?''

''हाँ! रोज कम से कम बादल तो दिखते थे, आज वे भी नहीं दिखायी देते ।''

''फसल तो खूब हुई है । न जाने बरसात क्या करेगी!''

इस तरह दोनों थोड़ी देर तक बतियाते रहे । फिर अप्पल नायुडू को लगा कि उसके खेत में जानवर घुस आये हैं, तो वह उस ओर चल दिया ।

सत्यम नायुडू अपने खेत को और आसमान को बारी-बारी से देखता, कुछ सोचता हुआ, वहीं खड़ा रहा ।

'सारा गाँव कहता है कि मेरा भाग्य अच्छा है । हिम्मत करके तिल की खेती की, और फसल अच्छी हुई । इस बार तो तेरे सारे कर्जे चुक जायेंगे - सब लोग यही कहते हैं ।' सोचते-सोचते उसे अपनी जवान बेटी याद आयी, 'हाँ...इस साल उसके हाथ पीले कर देने चाहिए ।' उसने मन ही मन तय कर लिया ।

अप्पल नायुडू दोबारा सत्यम के पास आया और बोला, ''अरे, सतिया! मैं तो कहना ही भूल गया था । तुम्हारी बेटी के लिए एक रिश्ता है मेरी नज़र में । यहीं पड़ोस के गाँव में ही रहता है, लड़का ।''

''अच्छा! पर वे लड़की देखने आयेंगे, तभी तो कुछ हो सकता है न!''

''भई! तुम लड़की का ब्याह करना चाहते हो न? फिर लड़की देखने क्यों नहीं आयेंगे? वह सब तुम मुझ पर छोड़ दो ।''

''पर...क्या इस साल मेरे हाथ में पैसे होंगे?'' सत्यम नायुडू ने संदेह प्रकट किया ।

''अरे, हमारे हाथ में पैसे कब होते हैं, बताओ? क्या कभी अलमारी से नोटों की गड्डियाँ निकालकर लड़की का ब्याह करने का मौका मिलेगा हमें? कहीं से कर्ज ले लो और उसे विदा कर दो!''

''यह भी ठीक कहा तुमने । हमारे खजाने कभी भरे भी होते हैं? रात को तुम्हारे घर आऊँगा, फिर मिलकर सोचेंगे ।''

हामी भरकर अप्पल नायुडू चला गया ।

शाम ढलने लगी । ठंडी हवा नागावली नदी पर से होकर रेतीली चट्टानों पर बह रही थी । उस हवा में तिल के पौधे धीरे-धीरे सिर हिला रहे थे । सफेद फूल मानो दोनों हाथ जोड़कर आसमान से विनती कर रहे हों, 'क्या हम पर दो-चार बूँद पानी नहीं बरसाओगे?'

नायुडू ने दोबारा आकाश को देखा और निराश होकर सिर हिलाया। "लगता है, आज तो बरसात नहीं होने वाली। वह दूर आसमान में जो हल्का-सा बादल दिखा था, वह भी गायब हो गया।" कहता हुआ वह वहाँ से चल पड़ा। जाते-जाते बुदबुदाया, "ज्यादा नहीं...दो-चार बूँदें गिर जायें।"

*   *   *

"बिटिया को देखने पड़ोस के गाँव वाले आ रहे हैं। तुम्हें तो पसंद है न यह रिश्ता?" खाने के लिए बैठते हुए सत्यम ने पत्नी से पूछा।

सोमुलम्मा सवाल सुनकर भी चुप्पी साधे रही।

"क्या बात है? जवाब क्यों नहीं देती?"

"मैं क्या कहूँ? रिश्ता तो अच्छा है। लड़का हमारे लड़के के साथ ही पढ़ा था न? जान-पहचान वाले हैं...पर सौदेबाजी पर उतर आयेंगे, तो...? पैसे कहाँ से लाओगे? न जाने उनकी क्या माँगें हों। क्या हम उनकी सब माँगें पूरी कर पायेंगे?"

भारती ने जब देखा कि माँ-बाप उसके ब्याह की बात कर रहे हैं, तो रसोईघर से बाहर ही नहीं निकली।

"पैसा उधार ले लेंगे। इस साल उसके हाथ पीले कर ही देने चाहिए। तिल की फसल भी अच्छी हुई है। चने की फसल को तो कीड़ों ने चौपट कर दिया। फिर भी दस-ग्यारह सौ रुपये हाथ लग जायेंगे।'

"हाँ-हाँ! तुम तो हवा में पुल बाँधते रहो। फसल कटकर हाथ में आने तक इंतजार तो करो।"

पत्नी की बात से सत्यम चिढ़ गया। उसने कहा, "शुभ-शुभ बोलो, भागवान! क्या तुम्हारे मुँह से कभी कोई अच्छी बात नहीं निकलती? मुँह से निकली बात कभी-कभी सच भी हो जाती है। शायद, इसीलिए हमारी हालत ऐसी है।"

"अरे, मैंने ऐसा क्या कह दिया? बस, फसल हाथ में आने के बाद सोचने को ही कहा था न? उसके भरोसे उधार लेना क्या ठीक होगा? बाद में जमीन ही गिरवी रखनी पड़ जाये, तो?"

"भई, किसान मिट्टी और फसल पर भरोसा न करे, तो फिर किस पर करे? बोलो? क्या तुम चाहती हो कि मैं बेटी के ब्याह की चिंता न करूँ? उसे अपने घर में कुँआरी ही बिठाये रखूँ?"

"भला मैं ऐसा क्यों कहने लगी? क्या मैं नहीं चाहती कि समय पर उसका ब्याह हो जाये? पर चादर देखकर पाँव पसारने को कह रही हूँ, बस!"

"तुम्हारा कहना तो ठीक है, पर फसल के कटने तक मैं कैसे हाथ बाँधे बैठा रह सकता हूँ?...छी! मेरी जिंदगी भी क्या जिंदगी है । इस तरह जीने से तो..." सत्यम को अपनी जिंदगी पर जैसे घिन आ गयी ।

भारती बाहर चारपाई डालकर उस पर गद्दा और चादर बिछा रही थी। सत्यम ने बेटी को गौर से देखा । उसे लगा, जैसे सब पूछ रहे हों - "बेटी सयानी हो गयी है । और कितने दिन घर बिठाये रखोगे?" चारपाई पर बैठते हुए उसने ठान लिया कि जैसे भी हो, बेटी की शादी इसी साल करा दूँगा ।

शुक्ल पक्ष का चाँद फूल-सा खिला था । उड़ती रुई के फाहों जैसे बादल आसमान में दिखायी पड़ रहे थे । उन सफेद हल्के बादलों को देखते हुए सत्यम ने चुरुट जलायी ।

"बाबूजी!" बेटे ने पुकारा । सत्यम ने बेटे की ओर देखा ।

"अन्नामलै यूनिवर्सिटी से बी.एड. करना चाहता हूँ ।" बेटे ने सिर झुकाकर कहा ।

"कितने पैसे चाहिए होंगे?" यह पूछते हुए सत्यम का दिल धड़कने लगा ।

"कम से कम दस हजार..." बेटे ने दबी आवाज में कहा, फिर भी सत्यम के कानों को वह चिल्लाहट-सी लगी । 'दस हजार! कहाँ से लाऊँ? बेटी की शादी...और बेटे की पढ़ाई...पैसे के लिए क्या करूँ?' वह उधेड़बुन में पड़ गया ।

दोनों में से कोई एक ही काम हो पायेगा । वह भी उधार लेने के बाद ही । बेटी की शादी हो जायेगी, तो वह एक बड़ी जिम्मेदारी से मुक्त हो जायेगा । अब छोड़ देंगे, तो ऐसा रिश्ता फिर कभी मिलेगा या नहीं, कह नहीं सकते । पर दूसरी तरफ बेटे के भविष्य की चिंता भी बाप होने के नाते करनी जरूरी है । वह बी.एड. कर लेगा, तो किसी एम.पी. या एम.एल.ए. के पैर पकड़कर नौकरी हासिल की जा सकती है ।

सत्यम सोच में पड़ गया ।

गर्मी के दिन थे। सब लोग खुले आसमान के नीचे, चाँदनी का आनंद लेते हुए चारपाइयों पर लेटे थे। धीरे-धीरे सब नींद में डूब गये। मौसम बड़ा सुहाना था। नहर पर से ठंडी हवा बह रही थी और चाँदनी छिटकी हुई थी। रात बीतने लगी।

सत्यम के दिमाग में तरह-तरह के विचार आ रहे थे। उसे नींद नहीं आ रही थी। आसमान को देखते हुए लेटा था।

न जाने कब बादल घिर आये...बादलों की ओट से निकले चाँद की तरह नायुडू का चेहरा चमक उठा।

अचानक उसके होंठों पर पानी की एक बूँद गिरी। फिर बूँदा-बाँदी शुरू हुई और बरसात होने लगी। उन बादलों के बीच में से चाँदनी की एक किरण नायुडू के चेहरे को छू गयी। बरसात में भीगे पत्ते की तरह उसका चेहरा चमकने लगा।

देखते ही देखते बरसात तेज हो गयी। सोने वाले लोग उठकर चारपाइयाँ अंदर ले जाने लगे। चारपाइयाँ हट जाने के बाद गलियाँ कटे हुए खेत जैसी लग रही थीं।

चबूतरे पर लेटी सोमुलम्मा ने पति से कहा, ''अभी तक सोये पड़े हो? उठो, बरसात हो रही है।''

सत्यम नायुडू वहाँ से उठना नहीं चाहता था। बोला, ''होने दो बरसात! कुछ देर पहले तक शोर मचा रहीं थीं कि पानी बरस नहीं रहा है। अब बरसात होने लगी, तो भी शोर मचा रही हो? भीग जाऊँगा, तो क्या हो जायेगा?''

नायुडू ने गद्दे को तह करके अंदर फेंक दिया और खुद वहीं बैठा रहा। फिर कहा, ''मेहमान को आते देखकर अगर हम घर के अंदर चले जायेंगे, तो क्या वह हमारे घर आयेगा? उलटे पाँव लौट नहीं जायेगा? बरसात भी उस मेहमान की तरह ही होती है। थोड़ी देर बरसने तो दो, फिर अंदर चला आऊँगा।''

सत्यम बहुत खुश था। उसे लगने लगा, मानो आसमान से बूँदें नहीं, रुपयों के सिक्के गिर रहे हैं। वे बूँदें 'पानी के फूल' बनकर उसका अभिषेक कर रहीं थी। थोड़ी देर वहीं बैठकर पानी में भीगता रहा। फिर अंदर चला और दरवाजे के पास खड़ा होकर बरसात को देखता रहा।

थोड़ी-सी बरसात हुई। किसानों के मन में उसने खुशियाँ भर दीं। सबने

कहा, "ये बूँदें नहीं रे...रुपये हैं ।" फिर बरसात थम गयी और आसमान साफ हो गया ।

तिल के फूलों जैसी चाँदनी झर रही थी । दोबारा अपनी चारपाई गली में डालकर, चाँदनी का सुख लेते हुए, सत्यम नींद में डूब गया ।

*　　*　　*

बरसात की रात गुजरी और सुबह हुई ।

मुर्गे की बाँग से सत्यम की नींद टूटी । उठकर वह खेत की तरफ चल दिया । सुबह की गुनगुनी धूप में तिल के पौधे सिर उठाकर खड़े थे । उन्हें देखकर उसे संतोष हुआ । बड़े प्यार से उसने पौधों को छुआ । पत्ते रुपयों के नोटों जैसे लगे ।

मन ही मन उसने सोचा, "देवता की मदद के बिना कहीं खेती हो सकती है?"

*　　*　　*

सत्यम नायुडू का पूरा परिवार बैठा हुआ था । सत्यम ने प्रश्न भरी दृष्टि से एक-एक को देखा ।

"एक साल तक मैं इंतजार करता हूँ । बहन की शादी हो जायेगी, तो अपने बारे में सोचूँगा । इस बीच मैं खाली नहीं बैठूँगा । खेती का काम जानता हूँ । इस साल बहन की शादी करना ही ठीक रहेगा ।" बेटे ने अपनी राय बतायी ।

"मेरी शादी की क्या जल्दी है? रिश्ता कोई भी हो, दहेज तो देना ही पड़ेगा । शादी इस साल नहीं, तो अगले साल हो जायेगी । अभी जो रिश्ता आया है, ये भी दहेज माँगेंगे । यह रिश्ता हाथ से निकल गया, तो कोई दूसरा मिल जायेगा । भैया की ट्रेनिंग पूरी हो जायेगी, तो कोई नौकरी मिल जायेगी । फिर कोई दिक्कत नहीं होगी ।" बेटी ने अपनी बात कही ।

दोनों की बातें सुनकर सोमुलम्मा ने पति से कहा, "इनसे क्या पूछना? ये तो बच्चे हैं । ये क्या जानें? जो कुछ करना है, सोच-समझकर, हमीं को करना है । मेरी तो राय यही है कि बेटी की शादी पहले हो जानी चाहिए । सब दिन एक समान नहीं होते । भगवान की कृपा से इस साल बरसात अच्छी हुई है । फसल भी खूब हुई है । अभी इसके हाथ पीले कर देंगे, तो इस जिम्मेदारी से निपट जायेंगे ।"

सत्यम ने 'हाँ' में सिर हिलाते हुए कहा, "साहूकार ने सात सौ में बोरी लेने की बात कही थी। आज वह आयेगा, तो मोल-तोल करके भाव पक्का कर लूँगा। सात सौ से तो कुछ नहीं होगा। जो खर्च किया, वह वापस मिल जायेगा। कुछ भी तो नहीं बचेगा।"

"इन हिसाब-किताबों से खेती का काम नहीं चलता है, जी! नफा-नुकसान कुछ भी हो, खेती का काम छोड़ा जा सकता है भला? वही हमारा पेशा है न!" सोमुलम्मा ने कहा।

"तुम तो यही कहोगी। पर आजकल कितने लोग अपने पेशे के भरोसे जी रहे हैं, बताओ? सब लोग आराम की जिंदगी चाहते हैं।" बेटे की इस बात का वह जवाब दे सकती, इसके पहले ही बाहर से उसके लिए आवाज आयी।

दरवाजे पर नयी टोकरियाँ लिये एक लड़का खड़ा था। बोला, "तिल भरकर रखने के लिए टोकरियाँ मँगायी थीं न, माँ? लो, ले आया!"

"हाँ-हाँ! बोलो, एक टोकरी कितने की है?"

"छह रुपये की, माँ!"

"अरे! परसों ही तो चार में दी थी। अभी के अभी दाम बढ़ा दिया तूने? अच्छा, चलो, पाँच लगाओ।"

"बाँस की कीमत बढ़ गयी है, माँ! मुझे भी तो चार पैसे कमाने हैं।"

यह सौदेबाजी काफी देर तक चलती रही।

लड़के ने सत्यम से कहा, "बाउजी! सुना है, तिल की फसल खूब हुई है। बोरी के छह-सात सौ से ऊपर ही पैसे मिल जायेंगे। दीदी का ब्याह करा दो और चैन से बैठो!"

लड़के की इस बात से सोमुलम्मा बहुत खुश हुई और बोली, "तेरे मुँह में घी-शक्कर! उसकी शादी हो जाये, तो और कोई इच्छा नहीं रह जायेगी... अच्छा, सुन, मेरे पास पैसे नहीं हैं, चावल दे दूँ?"

"क्यों नहीं, माँ! चावल भी तो पैसा ही है।" कहकर लड़के ने अपना गमछा बिछा दिया और उसमें चावल डलवाकर ले गया।

पति को सोच में डूबे बैठे देखा, तो सोमुलम्मा ने पूछा, "अच्छा, यह तो बताओ कि इतनी देर से किस सोच में डूबे बैठे हो?"

पत्नी की बात से सत्यम मानो नींद से जाग गया। बोला, "उस लड़के

को देखो । टोकरियाँ बनाता है । अपनी बनायी टोकरियों की कीमत खुद लगाता है । सिर्फ यह लड़का ही नहीं, किसान खेती करने में जिन-जिन चीजों का इस्तेमाल करता है, जैसे फावड़ा, कुदाल, खाद, कीड़े मारने की दवा, उन चीजों को बनाने वाले ही सबकी कीमत तय करते हैं । उसी दाम पर बेचते भी हैं । लेकिन किसान जो बनाता है, उसकी कीमत वह खुद तय नहीं कर सकता । दूसरा कोई उसका दाम लगाता है । बस, यही तो सारी परेशानी है । देखा जाये, तो अपनी मेहनत की और लागत की कीमत लगाने का अधिकार हमीं को मिलना चाहिए । इस तरह हिसाब लगाओ, तो बोरी के बारह सौ से ऊपर मिलने चाहिए...है कि नहीं?''

सोमुलम्मा ने हामी भरी, ''हाँ, बात तो तुम्हारी ठीक है ।''

''हाँ, बाबूजी! इस दिशा में लोग सोचने लगे हैं...'' बेटे की बात को बीच में ही टोककर सत्यम ने कहा, ''हाँ-हाँ, क्यों नहीं! बात-बात पर हड़ताल और बंद करने वाले नेता एक तरफ और शोर मचाने के लिए हरदम तैयार तुम जैसे विद्यार्थी दूसरी तरफ! पर किसानों का दुख समझने वाला कोई भी नहीं । पैसे के मामले में तो हर बार वही मारा जाता है । लेकिन सबकी जिंदगी उस किसान की खेती के बूते पर ही चलती है ।''

बेटे ने प्रतिवाद किया, ''तो तुम भी हड़ताल करो । फसल मत बेचो ।''

''हाँ-हाँ, करेंगे! पर...पेट की आग कैसे बुझेगी, बेटे?''

''तो फिर बड़ी-बड़ी बातें क्यों करते हो? हमसे भी बड़े किसान बैठे हैं । वे कुछ नहीं कर पाते, तो हमारी क्या बिसात? हम क्या कर सकते हैं?'' सोमुलम्मा ने पति से कहा और रसोईघर में घुस गयी ।

''मैं जरा मास्टरजी के घर ही जाता हूँ ।'' कहकर सत्यम बाहर निकल गया ।

* * *

''ठीक पच्चीस दिन रह गये हैं ब्याह को ।'' सत्यम ने कहा ।

सोमुलम्मा का दिल यह सुनकर धक-धक करने लगा, ''क्या? इतनी जल्दी?''

''हाँ! उसके बाद कोई महूरत नहीं है । है भी, तो उतना अच्छा नहीं है । इतना घबराने की क्या बात है? पैसे आ जायेंगे, तो सारे काम अपने-आप पूरे हो जायेंगे ।''

''घर की मरम्मत करवानी है । तिल की फसल पक गयी है, उसे काटकर

घर ले आना है । चने की फसल को कीड़ा लग जाने पर दवाई छिड़कवायी थी, न जाने उसका कितना खर्चा आया है । चने की फसल भी घर लानी है । यह सब करना बाकी है, तो फिर शादी के काम कैसे हो पायेंगे?'' मुहूर्त पास आ गया है, यह सुनकर सोमुलम्मा ने चिंता प्रकट की ।

''भई, सारे काम हो जायेंगे । अब घबराना छोड़ो और ये रुपये ले जाकर अंदर बक्से में रख दो ।'' तौलिये में लपेटकर लाये उधार के रुपये सत्यम नायुडू ने पत्नी को पकड़ाते हुए कहा । सोमुलम्मा ने बेटी को वे रुपये देकर कहा कि उन्हें सँभालकर रख दे ।

वे रुपये मुश्किल से दस मिनट के लिए बक्से में रहे होंगे । सत्यम का समधी आ पहुँचा । बोला, ''दहेज के पैसे अभी दे दें, तो ठीक रहेगा । आपके दामाद की बी.एड. की ट्रेनिंग में काम आयेंगे ।'' वह रुपये लेकर ही वापस गया ।

सत्यम चने की फसल काटने से पहले ही किसी से सौदा करके आया था । लेकिन वह रकम शादी के खर्च के लिए काफी नहीं थी । तिल की खेती पर तो वह पहले ही बहुत रुपये उधार ले चुका था ।

वह सोच में पड़ गया । अब और रुपये कहाँ से मिलेंगे? कैसे मिलेंगे? पैसों की चिंता के अलावा शादी के और भी कई काम करने थे । अचानक उसे कुछ सूझा । तौलिया झाड़कर कंधे पर डाला । 'किसी तरह बेटी का ब्याह हो जाये, तो उसकी जिंदगी ठिकाने लग जायेगी । पड़ोस के गाँव में ही ससुराल हो, तो जब जी चाहे, मिलना भी हो जायेगा । कुछ भी हो जाये, यह रिश्ता हाथ से जाने नहीं देना चाहिए ।' ऐसा सोचते हुए वह बाहर चला गया ।

* * *

रात को खाना खाने के बाद सत्यम का परिवार बाहर चारपाइयाँ बिछाकर, चाँदनी का आनंद लेते हुए बैठकर बातचीत कर रहा था ।

आसमान खिले तिल के खेत के समान लग रहा था । तारे तिल के फूलों की तरह झिलमिला रहे थे । सुहानी ठंडी हवा बह रही थी ।

''देखा, मेरी बेटी कितने नसीबों वाली है । उसके ब्याह की बात छेड़ते ही सब काम आसानी से होने लगे हैं । साहूकार 'आज-कल' कहते दस चक्कर लगवाता था । इस बार माँगते ही उधार दे दिया । यह सब मेरी बेटी की

ही खुशकिस्मती है ।'' नायुडू ने बेटी को देखते हुए कहा । शर्म से आँखें झुकाये बैठी भारती उसे अभी से दुल्हन नजर आने लगी ।

बहुत समय बातों में बीत गया, तो नायुडू ने कहा, ''चलो, सो जाते हैं ।... पौ फटते ही मकान की मरम्मत करने वाले आ जायेंगे । जल्दी उठना है ।'' और खुद अपनी चारपाई पर लेट गया । छिटकी चाँदनी को देखते हुए धीरे-धीरे नींद में डूब गया । सपनों में खो गया । चाँदनी-सी सफेद धोती पहने वह शादी के कामों में व्यस्त है, यही सपना वह देखने लगा ।

आधी रात को...

सत्यम चौंककर उठ बैठा ।

खेत में जिस तरह जानवरों का झुंड घुसकर फसल को तहस-नहस कर देता है, ठीक उसी तरह आसमान में घनघोर घटाएँ घिर आयी थीं ।

एक पल के लिए उसके दिल की धड़कन रुक गयी ।

उसके माथे पर पानी की एक बड़ी बूँद टपक पड़ी । दूसरी बूँद छाती पर गिरी । बूँद-बूँद गिरने वाला पानी कुछ ही पलों में मूसलाधार वर्षा में बदल गया । बादलों की गरज और बिजली की कड़क के साथ बरसात और भी तेज हो गयी । बारिश के साथ बड़े-बड़े पत्थरों जैसे ओले भी गिरने लगे । ओले ऐसे कि जैसे सड़क बनाने के लिए किसी ने कंकड़ बिछा दिये हों । सड़कें ओलों से भरकर सफेद रंग की हो गयीं ।

छत का फूस उड़ गया । घर के अंदर पानी रिसने लगा । मिट्टी से बनी छत पानी में भीग जाने से गलने लगी । बाहर तेज बारिश हो रही थी । हवा शोर मचा रही थी । ओले ताल दे रहे थे । कहीं पर गाज गिरने की आवाज आयी । पौ फटने तक इसी तरह मूसलाधार बारिश होती रही । फिर धीरे-धीरे उसका जोर कम होने लगा ।

डर के मारे कोई भी मुँह नहीं खोल पा रहा था । सिकुड़कर बैठे रहे । सबके चेहरे पानी से भरे गड्ढों जैसे लग रहे थे ।

कल तक जो बरसात की राह देख रहे थे, आज उसे कोस रहे थे, ''यह कैसी बरसात है निगोड़ी!'' जिन बूँदों को 'पानी के फूल' समझकर खुशी मना रहे थे, वे ही अब 'पानी के शूल' बनकर तड़पाने लगीं ।

'' 'सिर मुँड़ाते ही ओले पड़ने लगे' वाली कहावत मेरे लिए सच साबित हुई ।'' सत्यम अपनी बदनसीबी के आगे बेबस था ।

अँधेरा छँटने लगा। रोशनी फैलने लगी। पर नायुडू के जीवन पर छाया अंधकार दूर नहीं हुआ।

भारी वर्षा के कारण सड़कों के ऊपर की मिट्टी बह गयी और कंकड़-पत्थर बाहर निकल आये। झोंपड़ियों की छतें तेज हवा में उड़ गयीं और नंगी दीवारें वर्षा की भीषणता की साक्षी बनकर खड़ी थीं।

सूरज निकल आने से पहले ही सत्यम अपने खेत की ओर चल पड़ा। वहाँ पहुँचकर चारों ओर नजर दौड़ायी।

ओलों की मार खाये तिल के पौधे टूटे पड़े थे। एक भी पौधा नहीं बचा था। खेतों में पानी भर गया था। उस पानी में तिल के पौधों के टुकड़े तैर रहे थे, जैसे खून की नदी में मुर्दे तैर रहे हों! अचानक हमला करने वाले शत्रु से मात खाकर चोट खाये सैनिकों की तरह! तिल का खेत नहीं, मानो भीषण रणभूमि हो! अधर्मयुद्ध में हारे हुए राजा की तरह सत्यम नायुडू निढाल होकर जमीन पर बैठ गया। हाँ, 'किसान राजा'! लगातार प्रकृति के हमलों को झेलने वाला किसान राजा! लागत और घर के खर्च के लिए लिये गये उधार, प्रकृति की मार और बेपरवाह सरकार के बीच संघर्ष से भरा जीवन जीने वाला, अपने हाथों से उगायी फसल पर किसी प्रकार का हक न पाने वाला किसान राजा!

सत्यम नायुडू वहीं बैठा रह गया। उसकी आँखों के सामने अनेक दृश्य घूम गये, वह खेत जोत रहा है। शरीर से पसीने की धाराएँ बह रही हैं। बैल, बीज, साहूकार, उधार, रातों को जागना, ये सब बातें याद आने लगीं। 'पानी के शूल' चुभ जाने से घायल उसकी आँखें पानी के घड़े बन गयीं।

उससे जरा-सी दूरी पर ओलों की चोट से मरा एक गीदड़ पड़ा था।

नहर के उस पार गाँव में किसी की शादी हो रही थी। बेसुरे बैंड के हल्के-से सुर सुनायी दे रहे थे।

बगल में अपने खेत के पास खड़ा अप्पल नायुडू किसी से मजाक कर रहा था, "जरा इधर तो देखो, भैया...तेल कैसे बह रहा है...तिल का तेल...!"

सत्यम नायुडू ने हैरान होकर उसकी ओर देखा। 'अप्पल नायुडू की फसल को तो मुझसे भी ज्यादा नुकसान पहुँचा है, फिर भी मज़ाक कर रहा है। वह कैसे हँस पा रहा है? हाँ, और करे भी क्या? रुलाई को ही हँसी में बदलना

पड़ता है । वरना कभी किसानों को दिल खोलकर, खुशी से भरकर, हँसने का मौका कहाँ मिलता है?' उसने मन ही मन सोचा । उसके होठों पर भी खुद-ब-खुद हँसी आ गयी ।

"धरती और बादलों के भरोसे जीने वाले हम! रहम दिखायें या कहर ढायें, उनकी मर्जी! हवा में जलने वाला दीपक है, किसान । किसान की मेहनत का लाभ उठाने को सब तैयार हैं । पर उसके आँसू देखने वाला कोई नहीं । रोने पर भी अपने ही हाथों अपने आँसू पोंछने पड़ते हैं । फिसलकर गिर पड़ने पर भी खुद ही सँभलकर उठना पड़ता है । न जाने हम जैसों की जिंदगियाँ कब सुधरेंगी! वह दिन कब आयेगा, जब किसान खुशी से भरकर हँस पायेगा?

"कब आयेगा? यह कैसा सवाल है? यूँ बैठे रहने से कभी नहीं आयेगा । बूँदें गिरती हैं, तो डरना...नहीं गिरती हैं, तो भी डरना...माल बेचने से डरना...खरीदने से डरना...इस तरह डर के मारे कब तक जीना? बस, सब किसान इकट्ठा होकर तय कर लें...तय करने के बाद उस पर अमल करें...एक आवाज की जगह सौ आवाजें मिलकर उठेंगी, तो...! देश में कितने सारे किसान हैं! सब मिल जायेंगे, तो...बाजार क्या...सरकार क्या...सबको बदल डालेंगे...बस, यही एक रास्ता है!" ऐसा सोचते हुए बायें हाथ को घुटने की टेक देकर, दायें हाथ की लाठी के सहारे शरीर की समूची शक्ति को बटोरकर, सत्यम नायुडू धीरे-धीरे उठकर खड़ा हो गया ।

पहाड़ों के पीछे से लाल किरणों को फैलाते हुए सुबह का सूरज ऐसे निकल आया, जैसे वह नायुडू की इस नयी सोच का समर्थन कर रहा हो ।

उसका सपना

कोंडवीटि सत्यवती

सुन्दरम्मा फिर एक बार अपनी कलाई पर बँधी घड़ी को देखकर फूली नहीं समायी । न जाने उसने अब तक कितनी बार उस घड़ी को देखा है । और बार-बार दरवाजे की तरफ भी देखने लगती कि कोई अन्दर तो नहीं आ रहा है । फिर उसने दरवाजा बन्द कर दिया और कलाई को घुमा-घुमाकर घड़ी की सुन्दरता को निहारने लगी । उसका दिल एक ओर जहाँ खुशी से उछल रहा था, वहीं दूसरी ओर मन में उदासी और डर भी था ।

कुछ ही देर में बच्चे आ जाएँगे। बेटा या बेटी इस घड़ी को देखेंगे तो गजब हो जायेगा । और बहू से तो सुन्दरम्मा को और भी ज्यादा डर लगता था । उनके आने से पहले इसे कहीं छिपा देना चाहिए । हाँ, बक्से में, बाकी चीजों के नीचे रख दूँगी।

पर, अभी कलाई पर पहने आधा घंटा भी नहीं हुआ । बक्से में कैसे रख दूँ? कहीं खराब हो गयी तो?

इस तरह सोचते-सोचते आखिर घड़ी को उसने बक्से में ही छिपाकर रख दिया ।

कभी मैं जोर से हँस पड़ती हूँ तो बेटे को बुरा लगता है । डाँट देता है, "क्या है, माँ! इतने जोर से क्यों हँसती हो?" मेरे पेट से जन्म लेने वाला, मेरा ही बच्चा! तो क्या हुआ! मुझे बोलने ही नहीं देता । यह मत करो, वह मत करो, दिनभर हिदायतें देता रहता है ।

बच्चों के आने का वक्त हो गया है । कुछ न कुछ खाने के लिए बनाना

पड़ेगा । सुन्दरम्मा जल्दी-जल्दी रसोईघर में घुसी । बेसन घोलकर कच्चे केले के पकौड़े बनाये । फिल्टर में कॉफी पाउडर डालकर, खौलता पानी भी डाल दिया । रसोईघर में यह सब कर तो रही थी, पर उसका मन अभी भी बक्से के अन्दर पड़ी सुनहरे रंग की घड़ी में ही अटका था। न जाने यह सपना कितने वर्षों पुराना था । कलाई घड़ी की चाह को पचास साल पूरे हो गये। चाह तो बूढ़ी हो गयी पर मन की आशा अभी जिन्दा है ।

सुन्दरम्मा अपने बचपन और शादी को याद करने लगी । चौदह-पन्द्रह साल की थी जब उसकी शादी रंगाराव से हो गयी थी, पति सरकारी दफ़्तर में बाबू था । रंगाराव का जीवन पूरी तरह नौकरी को ही समर्पित था । हमेशा काम से दूसरे शहरों में जाता रहता था । सुन्दरम्मा से उम्र में वह काफी बड़ा था, इसलिए वह उससे डरी-डरी रहती थी। अब याद करने की कोशिश करती है, तो बस बच्चे पैदा करना, उनका पालन-पोषण, सास-ससुर की सेवा, ये ही बातें याद आतीं ।

अपनी बीती हुई जिन्दगी के बारे में सोचते हुए उसका ध्यान कहीं और था । कालिंग बेल का बजना उसे फौरन सुनायी भी नहीं दिया । चौंककर उठी और दरवाजा खोलने गयी । बेटी सुभद्रा आयी थी । वह बहुत थकी हुई थी । उसने माँ को झिड़क दिया, "क्या है, माँ! क्या कर रही थी? बेल नहीं सुनाई दी?"

सुन्दरम्मा चुपचाप रसोईघर में चली गयी । सुबह से लेकर शाम तक अकेली घर में पड़ी रहती हूँ । मुझसे जरा प्यार से बात करने का खयाल इनके मन में आता ही नहीं । ऊपर से घर आते ही खीझ दिखाने लगते हैं । चलो कोई बात नहीं...उनकी भी अपनी कुछ परेशानियाँ होंगी । ऐसा सोचते हुए उसने बेटी के सामने पकौड़े और कॉफी रख दी । सुभद्रा खा-पीकर अपने कमरे में चली गयी । सुन्दरम्मा फिर से अकेली हो गयी ।

तभी फोन की घंटी बज उठी । सुन्दरम्मा ने फोन उठाकर 'हैलो' कहा।

बड़ा बेटा...यह खबर देने के लिए फोन किया था कि पत्नी के साथ वह कहीं जा रहा है और रात का खाना वे दोनों बाहर खाकर आयेंगे । बस इतना कहकर बेटे ने फोन रख दिया । कहाँ जा रहे हैं, रात को कितने बजे घर आयेंगे, इसके बारे में बताना वह कभी भी जरूरी नहीं समझता । काम के बाद फिल्म देखने या शॉपिंग वगैरह करने जाना तो उनकी आदत थी । सुबह दफ़्तर के लिए जाते वक्त भी बता सकते थे । सुन्दरम्मा को बुरा लगा ।

आधे घंटे बाद सुभद्रा अपने कमरे से बन-ठनकर बाहर आयी । माँ से बोली, ''माँ! मेरी सहेली की बेटी का जन्मदिन है । मुझे खाने पर बुलाया है । चलती हूँ ।''

सुन्दरम्मा को खाना बनाने की इच्छा नहीं हुई । अकेली जान के लिए क्या बनाये । बच्चों के लिए केले के पकौड़े जो बनाये थे, ठंडे हो गये । बहू देखेगी तो कहेगी कि बेकार क्यों इतनी चीजें बनाती हैं? नहीं बनाया तो कहेगी, खाने के लिए कुछ नहीं बनाया । करो तो आफत, न करो तो भी आफत।

सुन्दरम्मा ने दरवाजा बन्द किया और टीवी के सामने बैठ गयी । टीवी चलाया । तेलुगु भाषा का कोई सीरियल आ रहा था । उस सीरियल की हीरोइन हमेशा रोती रहती है । सुबकते हुए, रोते हुए डाइलॉग बोल रही थी । रोना देखती तो सुन्दरम्मा को गुस्सा आने लगता है । हँसी-मजाक वाले सीरियल क्यों नहीं बनाते हैं, टीवी वाले? उस तरह के सीरियल वह रिमोट दबा-दबाकर कुछ देर ढूँढ़ती रही । पर सभी तेलुगु सीरियल रोने वाले ही थे । उसने टीवी बन्द कर दिया और अपने कमरे में चली गयी । बक्सा खोलकर चमकती घड़ी को बाहर निकाला । बेटी मुझे भी पार्टी में ले जा सकती थी । इस घड़ी को पहनकर पार्टी में जाती तो कितना अच्छा लगता । मुझे कोई भी नहीं बुलाता पर क्या यह घड़ी पहनकर मैं किसी के सामने जाने की हिम्मत कर सकूँगी?

एक बार सुभद्रा नहाने जा रही थी । अपनी घड़ी उतारकर मेज़ पर रखकर वह नहाने चली गयी । सुन्दरम्मा ने उसे हाथ में ले लिया और हथेली में रखकर देखने लगी । वह मन ही मन कल्पना करने लगी कि अगर इसे कलाई पर बाधूँगी तो कैसी लगूँगी । तभी बेटी नहाकर बाहर आयी ।

''अरे! क्या, माँ? इस उम्र में तुम्हें घड़ी पहनने की इच्छा होने लगी है?'' कहते हुए उसने माँ के हाथ से घड़ी छीन ली । सुन्दरम्मा को बुरा लगा । उसके बाद घर में कभी भी किसी की घड़ी को उसने नहीं छुआ ।

न जाने कब और कैसे सुन्दरम्मा को घड़ी के प्रति यह लगाव हो गया था । वह इच्छा दिन-ब-दिन बढ़ती हुई पागलपन की हद तक पहुँच गयी थी । लेकिन वह इच्छा अधूरी ही रह गयी ।

कभी पति की घड़ी को हाथ से जरा-सा छू भी लेती तो वह भड़क उठता था ।

एक बार साथ-साथ लेटे थे, तो उसने बड़े प्यार से कहा, "सुनिए तो! आप मुझे एक घड़ी खरीदकर दीजिए न ।"

"घड़ी? क्यों? उससे तुझे क्या काम? क्या तुम कोई अफसर हो? टाइम से दफ़्तर पहुँचना है, तुझे? अरे पगली! यह कैसी बेकार की इच्छा है? चाहो तो साड़ी खरीदकर देता हूँ, बोलो?" कहकर पति ठहाका मारकर हँसने लगा था । सुन्दरम्मा का सारा उत्साह ठंडा पड़ गया । वह जानती थी कि पति उसकी इन कोमल भावनाओं को नहीं समझता, पर इस तरह उसका मज़ाक उड़ायेगा, इस बात की उम्मीद नहीं थी । उस दिन से घड़ी की इच्छा एक सुन्दर सपना मात्र बनकर रह गयी थी ।

रंगाराव की नज़र में वह घर के काम करने वाली एक मशीन थी । वक्त-बेवक्त खाना बनाकर भेजने का हुक्म जारी करता रहता था । कभी कोई मिनिस्टर या कलेक्टर आ जाता तो सुन्दरम्मा को कहला भेजता कि कैरियर में खाना भेज दे । कभी-कभी तो अचानक दस-बारह लोगों का खाना बनाने का हुक्म भी जारी किया जाता । जबसे रेवेन्यू इन्स्पेक्टर बन गया, जैसे घर को पूरी तरह भूल गया था । पाँच बच्चों की परवरिश उसने अकेले ही की । बच्चों के बारे में वह किसी तरह की जिम्मेदारी नहीं लेता था । सुन्दरम्मा को उसने कभी इन्सान समझा ही नहीं । वह समझता था कि उसकी और बच्चों की सेवा करना ही सुन्दरम्मा के जीवन का लक्ष्य है । वह सपने में भी नहीं सोचता था कि सुन्दरम्मा के शरीर में एक दिल भी है और उस दिल में इच्छाएँ भी हो सकती हैं ।

सुन्दरम्मा घड़ी को हाथ में पकड़कर अपने ही खयालों में खो गयी । इस छोटी सी इच्छा को पूरी होने में चालीस साल लग गये । हाँ, घड़ी तो आ गयी । पर क्या मैं उसे पहनकर बाहर घूम सकूँगी?

छोटी बहू प्रसन्ना ने अपने भाई के हाथ यह घड़ी और एक खत भेजा था । दोपहर को जब प्रसन्ना का भाई आकर यह पैकेट दे गया तो उसने उसे खोलकर देखा । उसमें घड़ी देखकर अवाक् रह गयी । फिर खुशी से पागल हो गयी ।

सुन्दरम्मा ने बहू का खत खोला और उसे पढ़ना शुरू किया,

"आदरणीय माँ जी,

नमस्कार। यह घड़ी मैं आप के लिए ही भेज रही हूँ। कुछ दिन पहले ही मुझे मालूम हुआ था कि आपको घड़ी बहुत पसन्द है। आपके बेटे ने बातों-बातों में आपकी इस इच्छा का मज़ाक उड़ाते हुए बताया था। मैं जब यह घड़ी खरीदने लगी, उस वक्त भी उन्होंने हँसते हुए कहा, "इस उम्र में माँ यह घड़ी क्या पहनेगी?" मैंने जवाब दिया, "हाँ! आप लोग सौ साल की उम्र में भी अपने आपको जवान ही समझते हैं, सूट-बूट पहनकर इतराते हैं। हमारी छोटी इच्छाएँ भी आपको अजीब लगती हैं और आपके लिए मज़ाक का विषय बन जाती हैं।" तो मेरा मज़ाक करने लगे कि बाप रे! सास से इतना प्यार? आप इस घड़ी को जरूर पहन लीजिए। किसी प्रकार का संकोच मत कीजिए। कोई क्या सोचेगा, इसकी फिक्र मत करना। कलाई में घड़ी बाँधकर फोटो खिंचवाकर मुझे जरूर भेजना। भूलना नहीं।

आपकी बहू

प्रसन्ना

दूर अमेरिका में बैठी बहू ने मेरी इच्छा जानकर फौरन मेरे लिए घड़ी भेजी। यह सोचकर सुन्दरम्मा को बेहद खुशी हुई और खत पढ़ने के बाद उसकी आँखों में आँसू भी आ गए। पति को, बेटे को, यहाँ तक कि बेटी जो औरत है, उसको भी कभी यह समझ में नहीं आया कि मेरी इच्छा मेरे लिए कितनी अहम है। और ये सब मेरे अपने हैं। कल जो शादी करके आयी, वह लड़की... मेरी बहू ने मेरे मन की इस इच्छा को कितनी अच्छी तरह समझ लिया। उसके मन में बहू के प्रति असीम प्रेम उमड़ पड़ा।

उस रात को सुन्दरम्मा घड़ी को कलाई में बाँधकर ही सो गयी। उसके मन में संतोष भरा था। वह मीठी नींद में खो गयी।

अनामिका वाच कंपनी के भूत

गोरुसु जगदीश्वर रेड्डी

अमावस से तीन दिन पहले की एक रात ।

दस और ग्यारह बजे के बीच का समय ।

शहर में खामोशी छाने लगी थी ।

मेरे मन के अंदर एक खलबली मची थी । बार-बार न जाने क्यों वही जगह याद आने लगी । ऐसा लग रहा था कि पाँच साल पहले बंद किये गये उस फाटक के पास मुझे कोई इशारे से बुलाने लगा है ।

पर...यह सपना भी नहीं था । मैंने अपने हाथ पर चुटकी काटकर तसल्ली कर ली । हाँ, सपना कहने से याद आया, इन पाँच सालों से एक बुरा सपना लगातार मेरा पीछा कर रहा है । एक बड़ी नाव में कई लोग बैठकर समुद्र पर सफर कर रहे हैं । मझधार में पहुँचते ही भयानक तूफान आ गया । नाव उलट गयी । कुछ लोग डूब गये, पर हम में से कुछ किनारे पर पहुँचने की उम्मीद के सहारे रात-दिन तैरते रहे ।....जब भी मुझे यह सपना आता है, मैं कभी किनारे पर नहीं पहुँच पाता....हम सब डूबते-उतराते तैरते ही रहते हैं...

मेरे विवेक के लाख मना करने के बावजूद मेरा मन पैरों को कंपनी की तरफ ले गया ।

नेशनल हाई-वे पर एक तरफ खड़ी अपनी कंपनी को देखते ही दिल की गहराई से दुख उमड़ आया । उन विगत दिनों के वैभव की एक भी निशानी नहीं बची थी । वह इमारत ऐसी लगी, जैसे सदियों पुराने किले का कोई खंडहर हो । हमेशा ट्यूबलाइट्स की जगमग के बीच शीशे के पीछे चमकने वाला 'अनामिका

वाच कंपनी' का बोर्ड एक तरफ को झूल रहा था। शीशे टूट गये थे और अक्षर फीके पड़ गये थे।

मैंने आँखें फेरकर दूसरी तरफ देखा। जाकर कंपनी की दायीं ओर खड़े बरगद के पेड़ के नीचे खड़ा हो गया।

हाई-वे पर रह-रहकर ट्रक और लॉरियाँ जा रही थीं.... पास की श्रमिक बस्ती से दूसरी पारी खत्म होने की सूचना देता सायरन बजने लगा था।

उसके तुरंत बाद साइकिलों और स्कूटरों पर या पैदल जाने वाले मजदूरों का शोर सुनायी दिया।

फाटक की बायीं ओर बने सिक्युरिटी के छोटे-से कमरे में जीरो वॉट का बल्ब जल रहा था। मैं धीरे-धीरे कदम रखता हुआ गेट के पास पहुँचा।

इतने सालों के बाद उस गेट को छूते हुए मैं सिर से पाँव तक सिहर उठा...दिल जोर से धड़कने लगा।

हजारों बार इस फाटक से होकर गुजरा था! कुर्सी पर लेटा हुआ-सा बैठकर, पैरों को फैलाये हुए सिक्युरिटी गार्ड कुछ नया-नया-सा लगा। मैंने इस कंपनी में बीस साल काम किया था। लगता नहीं कि इसे पहले कभी देखा था।

मैंने उसे जगाना नहीं चाहा। बड़े फाटक की बगल में बना छोटा फाटक अधखुला था। बिना आहट किये मैं दबे पाँव अंदर चला गया। तारों की रोशनी में फाटक से अंदर जाने के लिए बनी सीमेंट की सड़क साफ दिखायी नहीं दे रही थी, फिर भी रास्ता दिखायी दे रहा था।

एक समय था, जब इस रास्ते के दोनों तरफ सुंदर गुलाब और क्रोटन के पौधे हुआ करते थे। अब जंगली पौधे, झाड़-झंखाड़ उग आये हैं। सबकुछ बड़ा ही बेतरतीब है।

दायीं ओर बड़ा-सा घास का मैदान था...वह अब कहाँ है? वहाँ बबूल के पेड़ और कँटीले झाड़ उगे हैं। इसी मैदान में तो हमारी आखिरी मीटिंग हुई थी!

"मेरे प्रिय मजदूर भाइयो और बहनो! यह कंपनी हमारी ही है। इसका निजीकरण कराना या इसे बंद कर देना किसी के भी बस की बात नहीं है। किसी को इसका अधिकार नहीं दिया गया है। यह सरकार जो चाल चल रही है, उस पर आप यकीन मत कीजिए। आपके साथ मैं हूँ। आइए, लड़ाई शुरू करें! अपने खून की आखिरी बूँद के बह जाने तक मैं आपके लिए लड़ूँगा..."

अब भी वे बोल कानों में गूँज रहे हैं। पता नहीं उसने अपना खून-पसीना बहाया कि नहीं, पर पैसे के आगे उसने घुटने टेक दिये और मजदूरों की जिंदगियों से खिलवाड़ ज़रूर किया।

कितनी लड़ाइयाँ लड़ीं....

कितने सारे नारे लगाये...

गला फाड़ते हुए, सड़कों पर चलते हुए....सचिवालय के सामने पुलिस की लाठियाँ खाकर दम तोड़ते हुए....

अब उनमें से एक भी क्यों नहीं दिखायी देता?

तीन हजार मजदूर। हमेशा मिल-जुलकर रहते थे। अब छितराकर कोई कहीं तो कोई कहीं....यह क्या हो गया? कहाँ हैं सब?

झींगुरों की आवाज कानों में बजने लगी।

बायीं ओर के इमली के पेड़ों के झुरमुट की तरफ देखा। मेरी आँखों को कुछ भी नहीं दिख रहा था। वहाँ एक अँधेरी गुफा जैसा कुछ था। उस अँधेरे में जुगनू मँडराते दिखायी दिये, बस। मेरे सिर के ऊपर से एक तीतर चीखता हुआ उड़ गया और उसी वक्त मेरे पैरों के बीच से सरसराता एक साँप झाड़ियों में गायब हो गया।

घबराकर, उछल पड़ा मैं।

बादाम के सूखे पत्ते मेरे पैरों तले चरमराने लगे। दिन में पेड़ से गिरे लाल-लाल बादाम के पत्ते उस सड़क पर लाल दरी बिछा देते थे। न जाने उन्हें ऐसा सुंदर रंग कैसे मिला? अब भी यह सवाल मेरे मन में वैसे का वैसा है!

दोपहर को खाना खाने के बाद सायरन बजने में दस मिनट बचे रहते थे, तो...इस पेड़ के साये में चहलकदमी करते हुए, बादाम के फल तोड़ने के लिए कंकड़ फेंकते हुए, गपशप और चुटकुलों के बीच हँसी के फूल खिल जाते थे।

मैं चलता गया...

सबसे पहला ऑफिस 'टाइम' का था। उसके साथ ही था कार्मिक विभाग। उन दीवारों और दरवाजों पर मैंने हाथ फेरा।

महीने में सिर्फ दो दिन दफ़्तर आने वाले यूनियन के कुछ आदमी यहीं पर हमेशा दिखायी देते थे...इस विभाग को अपनी मुट्ठी में रखकर पूरे महीने की ड्यूटी की हाजिरी लगवा लेते थे...यहाँ पर न्याय चार हाथों से चलता था!

फिर दूसरे फाटक पर पहुँचा...सिक्युरिटी वाले दो अनजान आदमी ऊँघते बैठे थे... बीच में रह-रहकर आँखें खोलते और होठों से टपकती लार को पोंछकर फिर से नींद में डूब जाते ।

पाँच साल से कंपनी बंद पड़ी है । कर्मचारियों को बाहर कर दिया गया था, लेकिन कंपनी किसी दूसरे के हाथों नहीं सौंपी गयी...मशीनें जंग खा रही हैं...समझ में नहीं आता कि फिर किसकी हिफाजत के लिए इन पहरेदारों को यहाँ बिठाया गया है?

मैं उस फाटक को भी पार करके आगे चला । दूर से ही गलियारा दिखायी दिया । उसके दोनों तरफ घड़ियों के केस बनाने वाली तरह-तरह की कर्मशालाएँ थीं । मैं उस गलियारे में घुसा...दोनों तरफ दो कार्ड पंच करने वाली मशीनें थीं । पाँच साल पहले रुकी घड़ी दिखायी दी...धूल से भरी...सारे नंबर धुँधले पड़ गये थे...

ड्यूटी का समय खत्म होते ही हम सब जल्दी-जल्दी आकर यहाँ लाइन लगाते थे, ताकि हमारी बस कहीं छूट न जाये । वह...क्या नाम था उसका...? हाँ, गोपीनाथ...वह कभी भी लाइन में नहीं खड़ा होता था । खलनायक की तरह आगे निकल जाता था और अपना कार्ड पंच कर लेता था । उसके मुँह से निकलने वाली गंदी गालियों के डर से सब उसे रास्ता दे देते थे ।

बेचारा! अब न जाने वह कहाँ है? देस में है या परदेस में...कार्ड पंच करने वाली मशीनों से आगे यूनिट एसेंबली सेक्शन था । हमेशा यहाँ ए.सी. चालू रहता था । शीशों में से झाँककर देखा...अंदर घुप्प अंधेरा था । यहीं से आगे जाकर घड़ियों के केसों में दूसरे पुर्जे जुड़ते थे । उसके बाद थी पॉलिशिंग की कर्मशाला । यहाँ जितनी भी मशीनें थीं, धूल की चादर ओढ़े ऊँघ रही थीं ।

अब मैं पहुँचा टूल रूम के पास । उसके अंदर सी.एन.सी. मशीनें थीं, जो हाथियों की लाशों-सी पड़ी हुई थीं । पहले यहीं से हरेक औजार बनकर तैयार होता था और बाकी कर्मशालाओं में पहुँचाया जाता था...पर बाद में क्या हुआ...? न जाने क्यों, ये औजार बाहर से बनवाये जाने लगे! ऐसा क्यों हुआ? हाँ...याद आया...टूल रूम में काम करने वाले मैनेजर ने अपना एक निजी उद्योग खोल लिया और सारे औजार खुद बनवाकर यहाँ बेचने लगा था । इससे कई कर्मचारियों की नौकरियाँ चली गयीं । मैनेजर ने परचेज और अकाउंट्स वालों को अपनी तरफ कर लिया था...

कर्मचारियों को सड़क पर लाने में उनकी भूमिका के बारे में जानते हुए भी न जाने क्यों किसी ने मुँह नहीं खोला था।

अच्छा चलो! अब मैं आ पहुँचा उस कर्मशाला के सामने, जिसमें मैं काम करता था। आठ फुट ऊँचे, बड़े दरवाजे के मोटे किवाड़ बंद थे, पर उन पर ताला नहीं लगा था। काँपती अँगुलियों से दबाकर मैंने दरवाजा खोला। किवाड़ आवाज करते हुए खुल गये...उनके पीछे शायद एक चमगादड़ लटक रहा था...दरवाजा खोलते ही वह फड़फड़ाकर बाहर अंधेरे में उड़ गया।

अंदर कदम रखते हुए मुझे सिहरन-सी महसूस हुई। बायीं ओर पड़ी लेथ मशीन से स्पर्श हुआ, तो मैं उस पर यूँ हाथ फेरने लगा, जैसे कोई खोयी हुई आत्मीय चीज दोबारा मिल गयी हो। हाथों में गोंद और धागों के रेशे चिपक गये। मशीनों के बीच में मकड़ी के जाले मजबूती से फैले थे।

इस अँधेरे में भी, कौन-सी मशीन कहाँ रखी है, मैं पहचान सकता था। हर मशीन का नाम भी जबानी याद था। यहाँ हमेशा मशीनों का शोर होता रहता था। कर्मचारियों की चीख-पुकार...मैनेजरों और सुपरवाइजरों की भाग-दौड़ मची रहती थी...कहाँ गये वे सब?

अरे, इस मशीन पर तो मियाँ काम करता था। उत्पादन बढ़ाने की धुन में वह कितने ही नमूनों को फेंक देता था। उसकी मशीन तो कभी रुकती ही नहीं थी। जल्दी-जल्दी कंपनी का काम निपटाकर अपना निजी धंधा शुरू करता था। शायद अब बाहर कहीं छोटे-मोटे काम कर रहा होगा।

सारी मशीनें मुझे मरघट की समाधियों जैसी दिखायी देने लगीं। हमने कभी सपने में भी नहीं सोचा था कि ऐसे भी दिन आयेंगे।

आसमान में चाँद निकल आया। चाँदनी की पतली-सी किरणें दीवार के ऊपरी हिस्से में बनी गोल-गोल खिड़कियों में से अंदर आने लगीं। धीरे-धीरे कमरे में रोशनी फैलने लगी। खिड़कियों में बैठे कबूतर गुटरगूँ करते हुए उड़-उड़कर फिर अपनी जगह पर बैठने लगे। एक तरफ रखी काँच के दरवाजे वाली अलमारी में ताला लगा था। उसमें जर्मनी से लायी गयी मशीनें थीं। श्रीकांत, जयपाल, श्रीनिवास और दूसरे कुछ लोगों को इन मशीनों पर काम करना सीखने के लिए जर्मनी भेजा गया था। लाखों रुपये खर्च किये गये...जापान के 'सीको' में ट्रेनिंग के लिए जाने वालों को मुख्यमंत्री से लेकर दिल्ली के मंत्रियों तक की सिफारिशों की जरूरत पड़ी थी।

एक बार लोगों ने शोर मचाया कि आनंद और संतोष को भी भेजा जाना चाहिए । काफी बहस के बाद आंदोलन छिड़ गया कि सिर्फ ऊँची जात वालों को ही इस तरह बाहर के मुल्कों में भेजा जा रहा है और दलितों की बारी कभी नहीं आती । अब तक सभी लोग मिलकर रहते थे, पिकनिक मनाते थे, जात-पाँत की कभी कोई बात ही नहीं उठी । अब लोग गुटों में बँट गये ।

रह-रहकर जात-पाँत, मजहब और यूनियन के निर्णयों को लेकर विवाद खड़े होने लगे ।

यादों में घिरा मैं पागल की तरह मशीनों पर हाथ फेरता उस अँधेरे में घूमता रहा ।

मैं अचानक ठिठक गया...लगातार बोलने वाले झींगुरों की आवाज़ भी एकदम बंद हो गयी...न जाने अब क्या होने वाला है? तभी एक पतली, ऊँची सीटी-सी आवाज़ सुनायी दी...मेरे रोंगटे खड़े हो गये...मैं चारों ओर नज़र दौड़ाने लगा और सोचने लगा, यह आवाज़ कहाँ से आ रही है?

अचानक मेरे पीछे किसी चीज़ के तेजी से घूमने की आवाज़ आयी... मैं चौंककर पीछे मुड़ा...

चूड़ी काटने वाली मशीन...अपने-आप घूम रही थी...मैं देखता ही रह गया । इतने में मशीन की बत्ती जल उठी । डरते-डरते मैं झुककर देखने लगा कि भला यह अपने-आप कैसे चल पड़ी? फिर मैं सीधा खड़ा हो गया...डर के मारे मेरे मुँह से चीख निकल गयी ।

सामने गोपाल खड़ा था । मैं टकटकी लगाये उसकी तरफ देखने लगा।

''गोपाल भाई!'' मेरे मुँह से अनायास ये शब्द निकल पड़े । मेरा मुँह सूख गया । मशीन रुक गयी । गोपाल ने मेरी ओर देखा और कहा, ''चंद्रम! ये लोग इस मशीन को बेचने की बात कर रहे हैं । तुम उनसे कहो कि इसे न बेचें । तुम जानते हो न, मैं इसे जान से भी ज्यादा चाहता हूँ? इस पर मैंने कितना सारा काम करके उत्पादन को बढ़ाया था । और काम कराना चाहेंगे, तो भी करने के लिए तैयार हूँ...बस, इसे बेचने न देना, भाई! इसे बेचने से मेरी रोजी-रोटी छिन जायेगी । जिस दिन इस मशीन पर काम नहीं करता, मुझे बेचैनी महसूस होती है, भाई!''

''गोपाल भाई! मैंने तो सुना था कि...तुमने...हाल ही में खुदकुशी...'' मेरे मुँह से ये शब्द बड़ी मुश्किल से निकले ।

अचानक गोपाल के मुँह से भयानक हँसी निकली, मानो कमरे की सारी मशीनें एक साथ चल पड़ी हों!

उसकी हँसी से मेरे बदन में सिहरन दौड़ गयी। धीरे-धीरे वह हँसी अँधेरी रातों में कुत्तों के मुँह से निकलने वाले रुदन में तब्दील हो गयी।

''अरे, चंद्रम भाई! किसने तुमसे कहा कि मैं मर गया? इस दुनिया में जब तक जिंदा था, रोज-रोज मरता रहा...मरने के बाद ही तो आराम से जी रहा हूँ!''

''पर खुदकुशी करना पाप है न, भैया?''

''अरे, पाप और पुण्य कौन जाने? कंपनी बंद करके हमें सड़क पर धकेल दिया गया था...तब पाप-पुण्य की बात याद नहीं आयी? मेरी उम्र पचास साल से ऊपर हो गयी है, इस बात का भी लिहाज नहीं किया। मेरी बेटियाँ शादी के लायक हैं। वी.आर.एस. के पैसों से कब तक काम चला सकूँगा? काम की तलाश में इधर-उधर भटक रहा हूँ...सब यही पूछते हैं कि इस उम्र में तुझसे क्या काम होगा। एक भी आदमी ने मेरी हालत पर तरस खाकर काम नहीं दिया, चंद्रम भाई!...

''लड़कियाँ बोझ बनी हुई हैं। मेरी बीवी ने इसी दुख से चारपाई पकड़ ली थी। दवा खरीदने के लिए पास में फूटी कौड़ी भी नहीं है। जो नौकरी थी, वह भी चली गयी। दूसरी जगह काम भी नहीं दिलाया...फिर जिंदगी कैसे चलायी जाये?

''कुछ समय बाद बीवी भी चल बसी...नहीं, मैंने ही उसे मार डाला, क्योंकि मैं उसके लिए दवा तक न खरीद सका...'' यहाँ तक बताने के बाद गोपाल रोने लगा।

''मत रोओ, गोपाल भाई! इस दुनिया में जीने के कितने सारे रास्ते हैं। जी कड़ा कर लो...जिंदा तो रहना ही पड़ेगा न?''

''अरे, जी कैसे कड़ा करूँ, भैया? महीने में सौ रुपये के लिए तीस साल काम किया। बीस साल आराम से जीते रहे। हाँ, तनख्वाह कम थी, पर ऐसी दुर्गति नहीं थी।...

''इस कंपनी में आने के बाद ही शादी की। बच्चे हुए। जैसे-जैसे बच्चे बड़े होने लगे, मेरे ऊपर शनि का प्रभाव भी बढ़ता गया...कंपनी मुश्किलों में पड़ गयी। फिर भी पिछले दस सालों से हमने चूँ तक नहीं की।

"पहले मैं फ्रिज बनाने के विभाग में काम करता था । पहले कंपनी के टुकड़े कर दिये गये । फिर हम सबको अलग कर दिया गया। यहीं से तो कंपनी के डूबने की शुरुआत हुई । और कंपनी के टुकड़े करते वक्त तुम भी जानते हो कि कितनी साजिशें की गयी थीं । वी.आर.एस. कहकर कुछ लोगों को चुनकर बाहर कर दिया । बसें बंद कर दी गयीं । किसी प्राइवेट वाले को भी न देकर कंपनी को एकदम बंद ही कर दिया था ।"

"मेरी समझ में बिलकुल नहीं आता था । कंपनी ने किसी बाहर के आदमी से कर्ज क्यों लिया और क्यों वह हमारे देश पर जुल्म करने लगा । तो क्या इसीलिए कंपनियाँ बंद हो गयीं? सुना है, इस तरह के कई काम आजकल होने लगे हैं?"

"सबसे पहले तनख्वाह बढ़ाने पर रोक लगा दी...फिर कैंटीन बंद कर दी । हर महीने तनख्वाह न देकर दो महीने में एक बार देने लगे । वी.आर.एस. के पत्र नोटिस बोर्ड पर लगा दिये । जब पूछा कि कंपनी क्यों बंद की जा रही है, तो बोले, कंपनी को नुकसान उठाना पड़ रहा है, इसलिए । पर यह तो नहीं बताया कि नुकसान क्यों उठाना पड़ रहा था? क्या हमें मालूम नहीं कि ये नुकसान क्यों होने लगे थे? जिसे जितना मिलता, लूटकर खाता रहा । तो कंपनी कैसे ठीक से चल पाती?"

"कभी मैंने काम करने से इनकार किया था? यूनियन वाले, चर्बी चढ़ाकर बैठे रहने वाले, अगर कामचोर थे, तो उन्हें काम से निकाल देना चाहिए था । पर मैंने तो खून-पसीना एक कर दिया था...मेरा क्या दोष था? किसी दूसरे की गलती की सजा मुझ जैसों को क्यों दी गयी थी?"

"अरे, चंद्रम भाई! कभी यूनियन वालों ने हमारे दुखड़े पर ध्यान दिया था? हमारी बातें सुनीं, हमें तसल्ली दी, पर आखिर हमारे मुँह की रोटी छीन ली थी न?"

गोपाल अभी आगे कुछ बोलने वाला था, तभी मुझसे दस गज की दूरी पर पड़ी एबोसा मशीन चलने लगी । उधर देखा, तो राजू दिखायी दिया । एबोसा को चलाने में राजू बड़ा माहिर था । सालों से उस पर काम करता आ रहा था, इसलिए छोटी-मोटी मरम्मत तो वह खुद कर लेता था ।

"देखा, चंद्रम? वहाँ एबोसा पर राजू बैठा है न? मेरे मरने के छह महीने बाद वह भी मर गया । एक दिन मेरे पास आया और अपना दुखड़ा सुनाने

लगा । कह रहा था कि उसकी माँ बहुत बीमार थी । जब तक वह कंपनी में काम करता था, डॉक्टरों ने कुछ नहीं कहा । पर कंपनी बंद होते ही बोले कि बड़ा ऑपरेशन करना पड़ेगा । अरे, जब कंपनी बंद हो गयी, तो फिर ई.एस.आई. कहाँ से मिलेगी? प्राइवेट अस्पताल ले जाने के लिए उसके पास पैसे नहीं थे । माँ तिल-तिलकर मरती रही और वह देखता रहा...बेचारा!''

एक तरफ माँ के इस तरह मरने का दुख और दूसरी तरफ बीवी की पैसों के लिए रोज-रोज की खिचखिच! उसने बहुत जगहों पर नौकरी करने की कोशिश की, पर कहीं भी टिके रहने का मौका नहीं मिला ।

''अचानक राजू की बीवी गायब हो गयी । उसने किसी से कहला भेजा कि अब तेरे साथ नहीं निभा सकूँगी । बस...कुछ दिन पागलों की तरह इधर-उधर भटकता रहा...उसकी याददाश्त भी खो गयी...एक दिन रास्ते पर चला जा रहा था, तो ट्रक के नीचे आ गया और...''

गोपाल की एक-एक बात मेरे दिल पर हथौड़े की चोट की तरह लग रही थी ।

थोड़ी देर में तीसरी मशीन चल पड़ी । उस पर बैठा था दामोदर...

गोपाल उसकी भी कहानी बताने जा रहा था...मैं अपने दोनों कानों पर हाथ रखकर बोला, ''गोपाल भैया! अब मुझे जाना है...'' और जल्दी-जल्दी कदम बढ़ाता हुआ दरवाजे की तरफ चल पड़ा । मुझमें और सुनने की हिम्मत बाकी नहीं रही थी! मैं कमरे से बाहर आ गया ।

पीछे से गोपाल की आवाज़ आयी, ''चंद्रम भैया! मेरी बात याद है न? वे लोग कंपनी किसी को बेचना चाहते हैं...तुम उन्हें रोकना, ठीक है?''

मैं पसीने से तर-ब-तर हो गया । दिल जोरों से धड़क रहा था । दोबारा बादाम के पेड़ के नीचे आकर रुका । मुझे सहज होने में समय लगा । दिल की धड़कन जरा ठीक हुई । इतने में मुर्गे ने बाँग दी...चाँद की रोशनी मद्धिम पड़ गयी थी । ओस गिरने लगी । मैं फिर से चलने लगा ।

हाई-वे पर सन्नाटा पूरी तरह छाया हुआ था । गेट के बाहर खड़े बरगद के पेड़ के पास पहुँचने ही वाला था कि इतने में कहीं से चिल्लाने की आवाज़ आयी...

मेन प्लेट में काम करने वाली रमा मेरे पास से चलकर हाई-वे के बीचों-बीच खड़ी हो गयी और 'रास्ता रोको' का नारा लगाने लगी । मैं उसके पास

गया । उसने मुझे पहचान लिया । अपने अंदर का सारा दुख उसने मेरे आगे उड़ेल दिया ।

"भाई, चंद्रम!... जिंदगी से किसे लगाव नहीं होता? मैंने खुदकुशी नहीं की, भैया! जब मेरी नौकरी चली गयी, तो घर में झगड़े होने लगे । मेरा पति रोज पीता था...अब उसके लिए पैसे कम पड़ रहे थे...तो रोज मुझे मारना-पीटना शुरू कर दिया । जब यह मार-पीट मेरी बर्दाश्त से बाहर हो गयी, तो मैंने विरोध किया...बस, फिर क्या था...उसने मुझ पर मिट्टी का तेल उड़ेल दिया और जलाकर मार डाला..."

रमा दोनों हाथों से मुँह ढाँपकर रोने लगी ।

"क्यों? उस लफंगे को छोड़ देती, तो क्या हो जाता? चार घरों में काम करके जिंदा नहीं रह सकती थी? छी-छी! तुम सब निरे कायर हो...वहाँ...अंदर गोपाल भैया, राजू, दामोदर, और यहाँ तुम..."

रमा अब भी रोये जा रही थी । मैं फिर से हाई-वे पर चल पड़ा । पूरब में सूर्योदय की लाली...पंछी पेड़ों की डालियों पर चहकने लगे...मेरे पैर घर की तरफ तेजी से बढ़ने लगे । मेरे आगे एक भीड़ चल रही थी...धीरे-धीरे भीड़ में गलियों से आकर लोग जुड़ने लगे । पहले दस जनों का जो समूह था, वह अब सैकड़ों, हजारों लोगों की भीड़ में तब्दील हो गया...हाई-वे उन लोगों से पूरी तरह भर गया था ।

उनके हाथों में कुछ कागज थे...मैं उनके पास पहुँच गया...

"यह जमीन हमारी है ।"

"यह पानी हमारा है ।"

"कंपनी हमारी अपनी है...इसे हम खुद चलायेंगे ।"

"इसे प्राइवेट बनाया या बंद किया, तो हम बर्दाश्त नहीं करेंगे!"

"अगर कोई दखल देगा, तो उसकी अर्थी निकालेंगे!"

इस तरह के नारे...हवा में गूँज रहे थे ।

मैं जान गया कि और एक कंपनी डूबने वाली है । पर उनके नारे मेरे कानों में शहद घोलने लगे । मेरा सीना खुशी से फैलने लगा... मुझे शहर में संघर्ष के आसार नज़र आने लगे...लगा कि धरना-प्रदर्शन होने वाला है ।

मैंने जोर से साँस ली । उनके साहस की दाद दी ।

अरे, यह क्या? कोई मेरी बात का जवाब क्यों नहीं दे रहा है? जैसे मेरे अस्तित्व को पहचानते ही न हों!

जब मैं अपने घर पहुँचा, तो देखा कि सुजाता बरामदे में दीवार की टेक लिये बैठी ऊँघ रही थी । बच्चे जमीन पर गहरी नींद सो रहे थे ।

''सुजाता...सुजाता!'' मैंने सुजाता के गालों पर हाथ फेरे । वह वैसे ही बैठी रही...उसमें जरा भी हरकत नहीं हुई । मैंने और जोर से पुकारते हुए उसे झकझोरा ।

फिर भी वह नहीं हिली ।

''सुजाता!'' मैं पूरी ताकत लगाकर चिल्लाया । सुजाता तो नहीं हिली, पर मेरी माँ वहाँ आकर खड़ी हो गयी ।

अरे...माँ, यहाँ कब आयी?...क्यों आयी?

माँ ने भी मेरी ओर ध्यान न देते हुए सुजाता के कंधे पर हाथ रखकर उसे जगाया ।

मेरे साथ ये लोग क्यों इस तरह पेश आ रहे हैं?...मैं पागल जैसा महसूस करने लगा ।

सुजाता मानो कुछ याद करके रोने लगी । वह क्यों रो रही है?

अरे...माँ क्यों छाती पीटने लगी है? माँ कुछ कह रही है...और रो रही है...क्या कह रही है?...

''तेरे बिना कैसे जियेंगे, बेटा? हमें बेसहारा छोड़कर कहाँ चला गया, बेटा? कंपनी बंद हो गयी, तो धरना देने गया था...लाठी की मार खायी, मेरे मुन्ने!... तेरे बदन पर गोलियों की बौछार...हाय! उन हरामखोरों ने तुझे बेरहमी से मार डाला रे!...बेटे...मेरे मुन्ने...!''

खप्पर

टी. संपत कुमार

चाक घूम रहा था । तेजी से घूम रहा था । आगे की तरफ या पीछे की तरफ नहीं, गोल-गोल घूम रहा था । जैसे ही वेग कम हुआ तो लक्कड़ की सहायता से उसे रोककर गंगन्ना ने पूरा जोर लगाकर उसे दोबारा घुमाया । इस तेजी के बावजूद चाक पर स्थित मिट्टी का लोंदा अपना कमाल दिखा रहा था । वह गर्भिणी स्त्री की चाल से चल रहा था । गंगन्ना उकड़ूँ बैठ गया और घुटनों पर कोहनी टिकाकर मक्खन जैसे मिट्टी के लोंदे से घड़े बनाने लगा । ब्रह्मा के बनाये गये जीवों में कितनी विविधता है! आकार भिन्न, रंग भिन्न, बुद्धि में असमानता । सबकुछ विविधता से भरा! लेकिन गंगन्ना के हाथों जन्म लेने वाली हर एक चीज साँचे में ढली-सी लगती है । एक जैसे माप और आकार । वह इतना एकाग्रचित्त होकर मिट्टी का काम करता है । उस गाँव में गंगन्ना नाम के तीन आदमी हैं । इसलिए सब उसके नाम के आगे 'कुम्हार' जोड़कर 'कुम्हार गंगन्ना' बुलाते हैं ।

उस गाँव में ऐसा कोई घर नहीं है, जिसमें कुम्हार गंगन्ना के बनाये मिट्टी के बर्तन न हों । छोटे दीयों से लेकर मनों धान रखने के बड़े-बड़े बर्तनों तक गंगन्ना के हाथों से ही बने होते थे! गर्मियों में पानी ठंडा रखने वाले मटकों से लेकर घरों की छतों के लिए खपरैलों तक गंगन्ना के हाथों ही रूप लेते थे । बच्चों के खिलौने, शादी के लिए इस्तेमाल किये जाने वाले घड़े, सब गंगन्ना के घर से ही आते थे । यहाँ तक कि किसी की अन्तिम-यात्रा में भी उसी के हाथ का बना घड़ा काम आता था । मवेशी को दाना-पानी भी उसके बनाये मिट्टी के भांड़ों में ही दिया जाता था ।

गंगन्ना को अच्छी तरह याद था कि उसके दादा जी भी मिट्टी का ही काम करते थे । उनके जैसे कुम्हार कम ही देखने को मिलते हैं । काम चाहे कितनी भी बारीकी का हो, वे बड़ी आसानी से कर देते थे । गंगन्ना ने काम उन्हीं से सीखा । दादा जी ने उसे काम की सारी बारीकियाँ अच्छी तरह समझायीं । चाक को तैयार करना, मिट्टी को पहचानना, मिट्टी को तैयार करना, चाक चलाना, बर्तनों को सुखाना, भट्टी में ठीक तरीके से बर्तन जमाना, लकड़ियों से ढकना, आग जलाना...हर एक बात को आसानी से समझ में आने वाले तरीके से बताकर उसे अच्छी शिक्षा दी । गंगन्ना अपनी माँ को नहीं जानता था । गंगन्ना ने जैसे ही आँखें खोलीं उसकी माँ की आँखें हमेशा के लिए बन्द हो गयीं । जब वह छह बरस का था तो उसके पिता लकड़ियाँ लाने जंगल में गये और साँप काटने से उनकी भी मृत्यु हो गयी । इस तरह पिता की याद भी उसके मन में बड़ी धुँधली-सी थी । उसकी पूरी परवरिश का जिम्मा दादा जी ने ले रखा था । पेट भर खाना, समाज में आदर था । लेन-देन की जिन्दगी थी ।

एक दिन दादा जी ने गंगन्ना का काम देखा और कहा, ''बेटे गंगन्ना! यहाँ आस-पास कहीं भी तेरी बराबरी करने वाला कारीगर दिखाई नहीं देता रे! तुझे जन्म देने वाला ब्रह्मा खुद तेरे जैसा मिट्टी का काम नहीं कर सकता!'' दादा जी के चेहरे पर प्यार और गर्व की भावना थी । खाट पर लेटे-लेटे वे घंटों गंगन्ना की अंगुलियों की ओर ताकते रहते । खुशी अधिक हो तो कहते, ''तू तो मुझसे भी आगे निकल गया! तेरे हाथों में जादू है, रे!''

दादा जी को भरोसा हो गया कि गंगन्ना अब कुछ बन गया है । उम्र के साथ उसकी योग्यता भी बढ़ी । दाढ़ी-मूँछ उगने लगी तो दादा जी को अपनी जिम्मेदारी याद आयी । 'बिना मिट्टी डाले चाक को कब तक चलायें?' उन्होंने अपने आप से पूछा ।

गंगन्ना की शादी पाँच साल की उम्र में ही हो गयी थी । पत्नी का नाम नरसू था । त्योहार के दिनों में कभी-कभी गंगन्ना ससुराल हो आता था । अब दोनों बड़े हो गये । सयाने हो गये । चाक पर मिट्टी का लोंदा चढ़ा । चाक चलने लगा । गृहस्थी चल पड़ी ।

देश दूसरे पंचवर्षीय योजना के पन्नों को उलट-पलट रहा था । उसमें लिखे अक्षर करोड़ों मनुष्यों का भविष्य बता रहे थे । लुहार के हथौड़े की चोटें कहीं

कलम की चोटों के नीचे दबी पड़ीं थीं। बढ़ई का आरा किसी वाक्य में फँस गया था। हथ-करघे की लय को बदल देने वाले अनुच्छेद भी लिखे जाने लगे।

मोमबत्ती ने आकर दीये की हँसी उड़ायी। प्लास्टिक आ गया और घड़ों और मटकों को नीचा दिखाया। 'न टूटने वाले' एल्युमिनियम ने खूब शोर मचाया। बंगलौर का बना मटका आ गया और स्थानीय मटके पर पीछे से वार करने लगा। बहुत समय तक टिकने वाले टीन के डिब्बे मिट्टी के बड़े घड़ों को खत्म कर गये। कुम्हार के जीवन में साल-भर वर्षा ऋतु ही रहने लगी।

नरसू के पाँव भारी हो गये। दुबली-पतली थी, पर थी समझदार और होशियार। गंगन्ना को जब मालूम हुआ कि पत्नी पेट से है, तो उसकी बहुत देखभाल करने लगा। कच्चे घड़े को जितनी सावधानी से चाक से उतारकर जमीन पर रखता था, उतनी ही सावधानी से वह पत्नी को भी सम्भालता।

पोते की गृहस्थी देखकर दादा जी फूले न समाते थे। नरसू के आ जाने से उस घर में रौनक हो गयी थी। बचपन से ही बहू घर के काम-काज जानती थी, सो ससुराल में आते ही घर को चमका दिया। दादा जी के साथ बड़े प्यार से पेश आती थी। उनकी जरूरत की चीजों का ध्यान रखती। उनके मुँह में दाँत नहीं हैं, इसलिए चावल को ज्यादा देर तक उबालती थी। खाने को नाश्ता और कभी-कभी चाय भी बनाकर देती थी। गंगन्ना के काम में भी हाथ बँटाती थी। दादा जी परदादा बनने की खुशी में नरसू को आराम करने को कहते थे। गंगन्ना से भी कहते थे, "अरे, बेटा! अब उसे आराम करने दो। कुछ काम है तो मुझे बता दिया करो!"

गंगन्ना के पास जमीन नहीं थी, फिर भी खाने की कोई कमी नहीं थी। पैसे लेकर चीज़ देने की जगह वस्तुओं के आदान-प्रदान का रिवाज़ उस समय था। कुम्हार किसानों को घड़े-मटके आदि देकर उनसे धान ले लेते थे। कभी-कभी जरूरत से ज्यादा भी मिल जाता था। बाजार में बाकी बर्तन बेचने से छोटे-मोटे खर्च निकल जाते थे। कभी-कभी बैलगाड़ी पर मिट्टी के बर्तन लादकर गंगन्ना आस-पास के गाँवों में भी बेचने जाता था। त्योहार और शादी जैसे अवसर कमाई की वृद्धि करते थे। नरसू ने एक दिन गंगन्ना से कहा -

"आज एक बड़ा-सा बर्तन बनाना।"

"किसलिए?"

"पैसे जमा करने के लिए । एक-एक पैसा जोड़ने से ही तो रुपया बनता है न?"

"उस कोने में पड़े हैं । उनमें से एक ले ले!"

"ना । ये बहुत छोटे हैं । जल्दी भर जायेंगे । उन पैसों से क्या होगा? मेरे लिए बड़ा-सा बनाना । एक-दो महीनों में भर जायेगा तो सोना खरीद लूँगी", नरसू ने प्यार से कहा ।

पत्नी की अकलमन्दी पर गंगन्ना निहाल हो गया । उसी दिन एक बड़ा-सा बर्तन बनाकर दिया । पौराणिक फिल्मों में दिखाये जाने वाले बर्तनों की तरह उसे बड़ा कलात्मक बनाया था उसने । ऊपर बूटे बनाये । भट्टी में उसे पकाते समय बाकी बर्तनों से अलग रखा भट्टी ठंडी होते ही एक-एक करके बर्तन बाहर निकालने लगा । अच्छे बर्तन एक तरफ और दरारवाले बर्तन एक तरफ रखने लगा । उसकी आँखें राख में छिपे उस बर्तन पर पड़ीं जिसे उसने पत्नी के लिए बनाया । उसे प्यार से बाहर निकाला और उस पर लगी राख फूँक मारकर हटाई । बर्तन बड़ा सुन्दर बना था । पैसे डालने के छेद को परखा। कुछ मिट्टी के टुकड़े उस छेद में से अन्दर गिरे थे । उन्हें बाहर निकालने के लिए बर्तन को उलटा । बर्तन को अच्छी तरह पोंछकर साफ किया और पत्नी को बुलाकर, "यह लो" कहते हुए उसे दिया । पत्नी का चेहरा खिल उठा। "आज दिन अच्छा है, कुछ पैसे डालकर बोहनी करो!" पत्नी ने कहा । खूँटी पर टँगी कमीज़ से उसने एक सिक्का निकाला और बर्तन में डाला । वह 'ठन्न' की आवाज़ करता हुआ अन्दर गिरा ।

नरसू के बदन में परिवर्तन आने लगे । साथ-साथ पैसे वाला बर्तन भी भारी होने लगा । उस गाँव के वैद्यों की सलाह और अनुभवी बुजुर्गों की बातों से नरसू को मदद मिल रही थी । घर में दूसरी कोई औरत नहीं थी । सारा काम खुद करना पड़ता । इसके अलावा गंगन्ना के काम में भी हाथ बँटाती । आराम की कमी से वह बहुत कमज़ोर हो गयी थी ।

एक रात को उसके पेट में जबर्दस्त दर्द उठा । उस असह्य पीड़ा से नरसू कराहने लगी । गंगन्ना और दादा जी घबरा गये । ताक पर एक चूहा इधर-उधर दौड़ने लगा । ताक के किनारे रखा पैसों का बर्तन नीचे गिरा और टूट गया । वह अभी पूरा भरा नहीं था!

सब लोग रो पड़े ।

नरसू ने खाट नहीं छोड़ी । वह वेदना से तड़प उठी । गंगन्ना ने पास बैठकर उसे चुप कराने की कोशिश की । पर वह रोती ही रही । दादा जी अपना दुख किसी से बाँट न सके । अकेले ही बैठे विलाप करने लगे । फिर उठकर नरसू को ढाढ़स बँधाने अन्दर गये तो वह और भी जोर से रो पड़ी।

''चुप हो जा! तू रोयेगी तो मुझे भी रोना आ जायेगा!'' गंगन्ना ने बड़े भोलेपन से कहा ।

''हमने कौन-से पाप किये जो ऐसी तकलीफ झेलनी पड़ गयी? तुम्हारे हाथों एक भी घड़ा टूटता नहीं है । भगवान इतने सालों से मनुष्य बना रहा है । उनके हाथों के मनुष्य क्यों टूट जाते हैं, बताओ?'' नरसू बेहोश होने को हुई।

रात किसी तरह कटी । गंगन्ना ने कुछ दिन आराम करने नरसू को मायके भेजा ।

तीसरी पंचवर्षीय योजना आ गयी । पहली दो योजनाओं के अनुभव को साथ लायी । गंगन्ना के घर में तीन साल का बेटा घर की रौनक को बढ़ा रहा था । दादा जी परपोते को आँख भर देख-देखकर दिन गुज़ार रहे थे । चौथी पंचवर्षीय योजना शुरू होने से पहले ही दादा जी के साथ खेलने एक और परपोता आया । योजना के आखिरी साल में नरसू फिर गर्भवती हो गयी । तीसरी बार लड़की को जन्म देकर नरसू इस संसार को विदा कह गयी ।

दो और योजनाएँ देश के लिए मील के पत्थर बनकर आयीं । देश की उम्र बढ़ी । साड़ी पहनने की उम्र आ गयी । पर साड़ी सलवटों के अंदर फटी हुई थी ।

बच्चे बड़े हो रहे थे । बाप-दादा का काम करने लगे । दादा जी ने परपोतों को भी अपनी कला सिखाई । चाक और मिट्टी पर ही निर्भर रहने का उपदेश देकर वे चल बसे । बचपन से माँ-बाप की तरह देखभाल करने वाले दादा जी के चले जाने से गंगन्ना की मानो कमर ही टूट गयी ।

परिवर्तन अनिवार्य है । विचारों में परिवर्तन, आदतों में परिवर्तन, मच्छर के काटने में परिवर्तन, पानी में, हवा में, ऋतुओं के आने-जाने में, माँ के दूध में, पर्यावरण में, देश के लाखों लोगों के जीवन में परिवर्तन आ गया । गंगन्ना के जीवन में भी उसे आना ही था ।

गाँवों और बस्तियों में प्लास्टिक की चीज़ें चुपचाप आकर जन-जीवन में अपना स्थान बनाने लगीं। हल्के, आकर्षक और सुन्दर। वैज्ञानिकों से अमृत पीकर आ गयीं और इतराने लगीं कि नीचे गिरने पर भी उन्हें कुछ नहीं होगा। हल्के-फुल्के खनिजों ने साथ मिलकर साजिश की। फैक्टरियों में पिघलकर, सब प्रकार की 'अग्नि परीक्षाओं' में से गुजरकर साँचों में ढलकर, रूप पाकर बाजार में आ गईं। घड़ों को वैधव्य प्राप्त हो गया। कोई पूछने वाला ही नहीं रहा।

एल्युमिनियम, हिन्दालियम् ने आकर गंगन्ना के बड़े बेटे को मुम्बई भगा दिया। प्लास्टिक ने दूसरे बेटे को दुबई भेज दिया। दोनों की जन्म-नली दोबारा कटी!

गंगन्ना का जीना दूभर हो गया। चाक दीवार से टिक गया। गंगन्ना समय से पहले बूढ़ा हो गया। क्षयरोग ने शरीर में घर कर लिया। बनाई गयी चीज़ों को खरीदने वाला कोई नहीं था। करन्सी नोटों ने चीज़ों की लेन-देन बन्द करवा दी। कोई रहम खाकर कुछ देता तो गंगन्ना को खाना मिलता था। कभी-कभी अड़ोस-पड़ोस में भीख माँगने की भी नौबत आ गयी। बड़ा लड़का याद आता तो मुम्बई जाने का उसका जी बहुत करता। पर वहाँ सुख से रह पायेगा, यह आशा भी नहीं थी। बेटा सिर में आग देगा तो स्वर्ग में जगह मिलेगी, इसी विश्वास ने मुम्बई जाने की इच्छा को तीव्र बना दिया।

सातवीं पंचवर्षीय योजना के पन्ने पलटने लगे।

अपने ही गाँव में भीख माँगने की नौबत आ गयी है, न जाने मुम्बई में क्या हाल होगा! जब पैदा हुआ था तो उसे मालूम नहीं था कि कब माँ से अलग किया गया था। अब गंगन्ना को ऐसा लग रहा था जैसे वह खुद माँ के शरीर से उसे जोड़ने वाली जन्म-नली को काट रहा है! वह मुम्बई के लिए रवाना हो गया। एक साल पहले बेटे ने जो पता लिख भेजा था उसी को ढूँढ़ने लगा। गन्दी बस्तियों में घूमकर देखा। तेलुगु बोलने वाले रास्ते में मिले तो उनसे पूछा। उस महानगर में एक अदना-सा आदमी था, उसका बेटा। न जाने भीड़ में कहाँ छिपा बैठा है! उसका अता-पता नहीं मिला। उसकी आशा अभी जिन्दा थी, सो पूरी शक्ति लगाकर ढूँढ़ता रहा। साथ जो पैसा लाया था वह जल्दी ही छू-मन्तर होने लगा। बेटा नहीं मिला तो उसे घबराहट होने लगी। मन बहुत उदास हो गया। उसे लगा कोई कायरता को धीरे-धीरे उसके रक्त में घोल रहा है! जो पैसा बचा था, उसे कमर के पास

धोती में छिपा लिया । थैली में से मिट्टी के खप्पर को सावधानी से बाहर निकाला । खप्पर जिसे उसने खुद बनाया । सिर्फ खाना खाने के लिए ही नहीं...भीख माँगने के लिए भी काम आने वाला खप्पर!

खप्पर हाथ में लिये आशा जहाँ-जहाँ ले गयी वहाँ भीख माँगना शुरू किया । कुछ लोगों ने दुत्कार दिया तो कुछ लोगों ने ऐसी नज़र से देखा मानो वह कोई गन्दी नाली का कीड़ा हो । दान देने वालों की दृष्टि को आकर्षित करने के लिए उसके पास कुछ भी नहीं था । न डफली, न सुरीला गला । न साँप, न बन्दर । अपाहिज भी नहीं था । बोल सकता था, "माई! एक पैसा देना... गरीब पर दया करो बाबा!" कहता हुआ भीख माँग सकता था। वह हड्डियों का ढाँचा-भर रह गया था । उसका सूखा कमज़ोर बदन और दर्द भरी आवाज़ से शायद किसी का मन पसीज जाय! बीच-बीच में खाँसी... काँपते हाथों के कारण हाथों का खप्पर हिल जाता और इसमें पड़े सिक्के आवाज़ करते ।

मुम्बई महानगर । लाखों निराश लोगों को अपने पास खींचने वाला शहर । उनमें से थोड़े-से लोगों को करोड़पति बनाने वाला शहर । उस शहर में रात नहीं होती । जनता का प्रवाह नहीं रुकता । लोगों की भीड़ से बचते हुए, दुकानों के पास गंगन्ना धीरे-धीरे चल रहा था । इतने में कोई भागता हुआ आया और पीछे से गंगन्ना से टकराया । गंगन्ना गिरने को हुआ पर किसी तरह सम्भल गया । पर हाथों से खप्पर छूटकर नीचे गिरा । खप्पर टूट गया । सिक्के बिखर गये ।

गंगन्ना को पैसों की चिन्ता नहीं थी । उन्हें उठाने की उसे जल्दी नहीं थी । टूटे खप्पर के टुकड़ों की ओर दुखभरी नज़रों से उसने देखा । 'शायद मेरे खप्पर को भीख माँगना खराब लगा था ।' उसने सोचा । शायद मुझसे छुटकारा पाने का यही एक रास्ता था । नीचे गिरते ही खुशी से टुकड़े-टुकड़े हो गया । धीरे-से झुककर उसने सारे टुकड़ों को एक जगह पर रखा । अपने देश का 'जिग-सा-पजिल'-सा लगा । उसकी आँखों की कोरों में धीरे-धीरे आँसू उमड़ने लगे । बाहर निकलने से पहले ही आँखों में समा गये । एक और खप्पर की जरूरत है । फौरन चाहिए । भयानक वर्षा में कौंधने वाली बिजली की तरह एक विचार मन में आया । अगर वह भी टूट जायेगा तो...? टूटने से बचाकर तो रखूँगा । पर कभी-न-कभी तो टूटेगा ही ।

एक जोड़ी पैर गंगन्ना के शरीर को ढोते हुए धीरे-धीरे एल्युमिनियम के बर्तनों की दुकान की तरफ चल पड़े ।

मुरली बजानेवाला बालक

दादा हयात

गायें ख़ुशी-ख़ुशी घास खा रहीं थी । थोड़ी दूरी पर एक पेड़ की डाल पर बैठा एक बालक बाँसुरी बजा रहा था । गायें उस संगीत की लय पर सिर हिला रही थीं । हवा में उड़ने वाले पंछी रुककर उस डाल पर बैठने लगे थे । आकाश में तैरने वाले बादल गाना सुन नीचे झुक आए और बूँदें बरसाने लगे थे ।

एक लड़की गाड़ी में बैठी उधर से जा रही थी । गाड़ी रोककर वह नीचे उतर आई ।

लड़के ने बाँसुरी बजाना बंद करके उसकी ओर देखा ।

'बालक, बालक! तुम कौन हो?' चमकती आँखें मटकाते हुए उस लड़की ने पूछा ।

'मैं गायें चराता हूँ ।' जहाँ बैठा था वहीं से बालक ने जवाब दिया ।

'बालक, बालक! गायें चराने वाले बालक! गाना क्यों बंद कर दिया?' लड़की ने पूछा ।

'सूरज पश्चिम में ढलने लगा है । गायों को वापस ले जाना है,' बाँसुरीवाले बालक ने कहा ।

'बालक, बालक! मुरली वाले बालक! मेरे लिए फिर से बजाओ न?' लड़की ने मिन्नत की ।

गाय चराने वाले बालक ने फिर से मुरली बजाई ।

लड़की गाना सुनते-सुनते सुध-बुध खो बैठी ।

'बालक, बालक! मुरली वाले बालक! क्या कल तुम फिर से यहाँ आकर मुरली बजाओगे?' उस लड़की ने पूछा ।

'मैं तो रोज़ यहाँ आता हूँ । पेड़-पौधों के साथ खेलता हूँ । घास के मैदानों में गायें चराता हूँ । इसी डाल पर बैठकर मुरली बजाता हूँ ।' मुरली वाले लड़के ने कहा ।

'बालक, बालक! तो मैं कल फिर आऊँगी ।' लड़की ने कहा ।

अगले दिन वह लड़का फिर उसी डाल पर बैठकर मुरली बजा रहा था । गाड़ी में बैठकर वह लड़की फिर आई ।

बोली, 'बालक, बालक! मुरलीवाले बालक! कोई नया गीत सुना!'

मुरली वाले बालक ने उसे नया गीत सुनाया ।

उसके बाद दोनों पेड़-पौधों के बीच खेलने लगे । घास के मैदानों में दौड़ने लगे ।

शाम को बालक दुबारा पेड़ पर चढ़ गया और मुरली बजाने लग गया ।

'बालक, बालक! मुरली वाले बालक! मैं रोज़ आऊँगी । मेरे लिए तुम रोज़ एक नया गीत बजाना!' लड़की ने कहा ।

उस दिन से हर रोज़ वह लड़की बाँसुरी का गीत सुनने वहाँ आने लगी । मुरली वाला बालक उसे हर रोज़ एक नया गीत सुनाने लगा । दोनों मिलकर खेला करते थे ।

वसंत ऋतु बीत गई । गर्मी के दिन आए । गर्मी भी गई और वर्षा ऋतु आ गई ।

वर्षा ऋतु आई पर बारिश नहीं हुई ।

गायों ने आसमान को देखा, पर बरसात नहीं हुई ।

घास के मैदान सूख गए, पर बरसात नहीं हुई ।

पक्षी प्यास से छटपटाए, पर पानी नहीं बरसा ।

हमेशा की तरह लड़की गाड़ी में बैठकर आई ।

मुरली वाला बालक गुमसुम बैठा था । उसके हाथों में मुरली उदास, चुप थी ।

'बालक, बालक, मुरली वाले बालक! क्यो गुमसुम बैठे हो?' लड़की ने पूछा ।

'घास के मैदान सूख गए । गायों के पेट पिचक गए । मैं अब गा नहीं पाऊँगा!' मुरली वाले बालक ने कहा ।

'बालक, बालक! मुरली वाले बालक! घास के मैदान क्यों सूख गए? गायों के पेट क्यों पिचक गए?' लड़की ने पूछा ।

'बरसात का मौसम तो आया पर बारिश नहीं हुई । ज़मीन फट गई, पर पानी नहीं बरसा । घास के मैदान सूख गए । गायों के पेट पिचक गए । मेरे हाथों की बंसी चुप हो गई । मेरा गाना बंद हो गया ।' मुरली वाले बालक ने कहा ।

'बालक, बालक! घास के मैदान सूख गए तो सूख जाने दो! गायों के पेट पिचक गए तो पिचक जाने दो! पर तुम अपना गाना बंद मत करो!' लड़की ने कहा ।

'गायों के पेट पिचक गए तो मेरी बंसी बोल नहीं सकेगी । इसीलिए मेरा गाना भी बंद हो गया । तुम अब यहाँ मत आना । मुझसे गाने की बात मत करना!' मुरली वाले बालक ने कहा ।

उस लड़की का नन्हा-सा दिल दर्द से कराह उठा ।

भोली-भाली काली आँखें आँसुओं से भर गई ।

'बालक, बालक! मुरली वाले बालक! ज़मीन क्यों फट गई? पानी क्यों नहीं बरसा?' उस लड़की ने पूछा ।

'पेड़ों और झाड़ों को काट रहे हैं । बादलों को गुस्सा दिला रहे हैं । इसीलिए बारिश नहीं हो रही है । ज़मीन इसीलिए फट रही है ।' मुरली वाले बालक ने कहा ।

'बालक, बालक! पेड़ों और झाड़ों को क्यों काट रहे हैं? बादल को गुस्सा क्यों दिला रहे हैं?' लड़की ने पूछा ।

'यह मैं क्या जानूँ? तुम उन लोगों से पूछो, जो पेड़ों और झाड़ों को काट रहे हैं । वे तुम्हारे अपने लोग ही हैं । उनसे पूछो । बादल को गुस्सा वे ही दिला रहे हैं,' मुरली वाले बालक ने कहा ।

'अच्छा? यह बात है? तो फिर, बालक तुम चिंतित मत होना । वे सब मेरे अपने हैं । मेरे पिताजी गाँवों के राजा हैं । उनसे कहकर पेड़-झाड़ काटना रुकवाऊँगी । तुम दुखी मत होना!' कहकर वह अपने पिता से मिलने चली गई ।

'पिता जी! पिता, जी! गाँवों के राजा, मेरे पिताजी! पेड़ और झाड़ क्यों कटवा रहे हैं? बादल को गुस्सा क्यों दिला रहे हैं?' लड़की ने पूछा ।

'पेड़ों और झाड़ों से क्या फ़ायदा होगा? भवन बनवाने से बहुत पैसा मिलेगा । मेरी रानी बिटिया को पहनने के लिए ढेर सारे गहने मिलेंगे!' गाँवों के राजा, पिता ने कहा ।

'पिता जी, पिता जी! गाँवों के राजा, पिता जी! मुझे भवन नहीं चाहिए, सोने के गहने नहीं चाहिए । पेड़ों का काटना रुकवाइए । फिर से बादलों को बरसने दीजिए!' लड़की ने विनती की ।

'ये बातें बच्चे क्या जानें? चार पेड़ नहीं कटवाए तो क्या बरसात होने लगेगी? बादल-बरसात की बातें सोचना छोड़ो और जाकर खेलो! अटपटे सवाल मत करो!' पिता ने कहा ।

पर वह लड़की खेलने नहीं गई । चिंता में डूबी रही ।

अगले दिन जब लड़की मुरली वाले बालक से मिलने गई तो वह कहीं जाने की तैयारी में लगा था ।

'बालक, बालक! मुरली वाले बालक! तुम कहाँ जा रहे हो?' लड़की ने पूछा ।

'जिस पेड़ की डाली पर मैं चढ़कर बैठता था, कल उसे तुम्हारे आदमियों ने काट डाला । यहाँ पत्थर की इमारतें बनेंगी । फिर मेरी मुरली का यहाँ क्या काम? तुमसे मिलकर यही कहने के लिए रुका था । अब मैं जा रहा हूँ' मुरली वाले बालक ने कहा ।

'बालक, बालक! मुरली वाले बालक! तुम कहीं मत जाना । तुम अगर चले गए तो मेरे साथ कौन खेलेगा? मुरली कौन बजाएगा?' लड़की ने कहा।

'पेड़-पौधों के बीच, मैदानों पर हवा में लहराकर गूँजने वाला मेरा गीत पत्थर की इमारतों की दीवारों से सिर टकरा नहीं सकता । मुझे यहाँ से जाना ही होगा । तुम मुझे मत रोकना,' मुरली वाले बालक ने कहा ।

'बालक, बालक! मुरली वाले बालक! तुम फिर कब आओगे?' आँखों में आँसू भरकर लड़की ने पूछा ।

'पेड़-पौधों से यहाँ की ज़मीन फिर से जब लहलहा उठेगी, आसमान में उड़ने वाले बादल जब धरती पर झुक आएंगे, बरसात की बौछारों से जब यह मिट्टी भीगकर पावन हो जाएगी, तभी मैं लौटकर आऊँगा । अपना गीत तुम्हें सुनाऊँगा,' मुरली वाले बालक ने कहा ।

'बालक, बालक! तुम मुझे कभी भूल न जाना ।' हाथ हिलाते हुए लड़की ने कहा ।

धरती पर से पेड़-पौधों का नामो-निशान मिट गया । हर तरफ़ पत्थर की दीवारें खड़ी कर दी गईं । गाँवों के राजा को बहुत पैसा मिला । लड़की के लिए बहुत सारे सोने के गहने आए ।

पर लड़की ने उन्हें नहीं पहना । गहनों को उठाकर दूर फेंक दिया ।

रोज़ वह घर की छत पर लेटकर, फटी आँखों से आसमान को निहारती । दुखी हो जाती कि एक भी बादल का क़तरा कहीं दिखाई नहीं देता! एक बूँद भी पानी नहीं गिरता ।

वर्षा ऋतु बीत गई । एक साल बीत जाने के बाद दुबारा बरसात का मौसम आया । वह भी बीत गया । तीसरी बार बारिश के दिन आए पर बरसात नहीं हुई । मुरली वाले बालक का भी कहीं पता नहीं था ।

एक दिन गाँवों का राजा अपनी बेटी के लिए एक मुरली ले आया ।

मुरली को देखते ही लड़की उठी और 'क्या, वह आ गया?' कहती हुई द्वार की ओर भागी ।

उसके पिता, गाँवों का राजा, ने उसे थाम लिया । कहा, 'कहाँ भागी जा रही हो? भागोगी तो गिरोगी! यह लो बाँसुरी । उसे देखकर अपना दुख भूल जाना । जो गहने फेंक दिए हैं, उन्हें उठाकर पहन लेना ।' उस रात को वह बाँसुरी को बग़ल में रखकर ही सोई । बादल के टुकड़े को ढूँढ़ने के लिए उसने आकाश की ओर देखा । फिर एक अचंभा हुआ । आकाश उसकी आँखों के सामने ही खुल गया! कहीं तारों के बीच में से, आकाश के उस पार, उसे एक सुंदर नंदन वन दिखाई दिया ।

उस नंदन वन में अनगिनत पेड़ थे, असंख्य फूल खिले थे, तरह-तरह के पक्षी चहचहा रहे थे । वहीं पर एक पेड़ पर बैठकर मुरली वाला बालक मुरली बजा रहा था । उसके चारों ओर, सैकड़ों-हज़ारों गायें, उसके गीत की लय में सिर हिलाते हुए, घास खा रही थीं । यह सब देखते ही लड़की पुकार उठी, 'बालक! ओ, मुरली वाले बालक!'

बालक ने बजाना बंद करके लड़की को देखा । उसके होठों पर बहुत ही मधुर मुस्कान खिल गई ।

'बालक, बालक! मुरली वाले बालक! तुम वहाँ आसमान में क्या कर रहे हो?' लड़की ने पूछा ।

'यह आसमान नहीं है । आसमान से भी परे, बहुत दूर है यह देश । यहाँ पत्थर की इमारतें नहीं हैं । हर तरफ़ पेड़ हैं । घास के मैदान हैं । यहाँ

बादल रूठकर चले नहीं जाते । हर रोज़ अमृत की धाराएँ बरसती हैं । यह एक अद्‌भुत प्रदेश है ।' मुरली वाले बालक ने जवाब दिया ।

'बालक, बालक! मुरली वाले बालक! तुम वहाँ कैसे पहुँचे?' लड़की ने पूछा ।

'पत्थर-दिल मनुष्यों के साथ मैं बहुत सारे देश घूमा । हर कहीं पत्थर की दीवारों को उठते देखा । कोई भी न तोड़ सके ऐसी बड़ी-बड़ी पत्थर की दीवारें! लोगों के बीच में बनी पत्थर की दीवारें! एक-दूसरे से झगड़ने में, पैसे कमाने की धुन में कुछ लोग पागल हो रहे थे । जो लोग प्रकृति से प्रेम नहीं कर सकते उनके बीच मेरा और मेरी मुरली का कोई काम नहीं है । यही मेरे लिए सही जगह है । मैं फिर कभी वहाँ लौटकर नहीं जाऊँगा । जीवन भर यहीं रहकर मुरली बजाता रहूँगा!' कहकर मुरली वाले बालक ने फिर से बाँसुरी को हाथ में ले लिया ।

उस अद्वितीय मधुरता से भरे संगीत को सुनकर गायें फिर से सिर हिलाने लगीं । फिर से पंछी अठखेलियाँ करते हुए उड़ने लगे । बादल अमृत बरसाने लगे ।

'बालक, बालक! मैं भी वहाँ आना चाहती हूँ ।' लड़की मचल उठी ।

ठीक उसी समय आकाश फिर बंद हो गया । गाना भी रुक गया ।

'बालक, बालक!' पुकारते हुए लड़की हाथों को पसारे आगे की ओर दौड़ी ।

अगले दिन गाँवों के राजा, उसके पिता ने आकर देखा, तो उसकी बेटी पत्थर की दीवारों के बीच निर्जीव पड़ी थी ।

जो सोने के गहने लड़की ने फेंक दिए थे उनकी चमक फीकी पड़ गई थी ।

गाँवों का राजा, लड़की का पिता, ज़मीन पर बैठ गया ।

जहाँ उस लड़की को दफ़नाया गया था, ठीक उसी जगह पर एक अजीब-सा पौधा उगा । उसे बढ़ने के लिए बारिश की ज़रूरत नहीं थी । वह पौधा अमृत से सिंचकर बढ़ता था ।

इस धरती पर बचा, वह एकमात्र पेड़ था । उस पेड़ की छाया में विश्राम करने को दूर-दूर से लोग आते थे ।

लोगों का कहना है कि उन्हें, उस पेड़ के नीचे बैठने पर, बाँसुरी की एक रहस्यमयी धुन सुनाई देती है ।

अवरोध (ब्लॉक)

विनोदिनी

"अरे, दस दिन पहले ही तो पैसे मांगकर ले गई थी फिर पैसे मांगने लगी, क्या समझ रखा है? तेरे बाप की अमानत हमारे पास पड़ी है?" सत्यनारायण चिल्लाता हुआ बरामदे में आया और दो सिक्के फेंककर पीठ फेरकर घर के अंदर चला गया ।

बहुत देर से बारिश के पानी में भीगती खड़ी जीरम्मा ने पैरों के पास कीचड़ में फेंके गए सिक्के ले लिए और बड़बड़ाई, "ये दो रुपए देने के लिए ही इतनी देर बरसात में मुझे खड़ा किया था?"

दीवार की ओट में रखी खाली टीन की बाल्टी उसने उठाई और घर के बगल की संकरी गली में से पीछे की तरफ गई । उस बाल्टी में मुड़ा-तुड़ा एक लोहे का पत्तर और छोटा-सा, तीलियों वाला झाड़ू था । बाल्टी को नीचे रखकर, पैसे अंटी में खोंसते हुए बड़बड़ाने लगी, "एक महीना पहले पाँच रुपया दिया था । पैसा माँगा तो चेहरा ऐसा बिगड़ जाता है, जैसे गू में कीड़े रेंग रहे हों । पेट फूलने तक खाना खाता है और संडास भरता रहता है...कमीना कहीं का! कभी पैसा हाथ में नहीं देता, ज़मीन पर फेंक देता है..." और साड़ी का पल्लू नाक पर बाँध लिया ।

दो मकानों के बीच की उस सँकरी गली में जीरम्मा ही चल सकती है । उससे आधा किलो मांस भी ज्यादा हो तो कोई उस गली में से गुज़र नहीं सकता । आगे से देखने में मकान जितने सुंदर लग रहे थे, उतने ही गंदे थे पीछे से । आगे की तरफ रंगीन दीवारें, फूलों के पौधे...रंग-बिरंगे फूलों के

झूमते गुच्छे, तीज-त्योहारों के वक्त हरे पत्तों के वंदनवारों से और हल्दी-कुमकुम से, रंगीन कागज़ों से सजाए जाने वाले कमरे। आंगन में सुंदर रंगोलियाँ। फूल बेचने वालों और दूध वालों की हाँकें...बच्चों की किलकारियाँ। तरह-तरह की कागज़ की नावें बनाकर बरसात के पानी में छोड़ने वाली मासूमों की आँखें-जोशीले जवान जो 'सिक्सर' चिल्लाते हुए दौड़ते हैं। ऊपरी मंज़िल में कमरे की खिड़की पर गर्म चादर ओढ़े बारिश में नहाते हुए नारियल के पेड़ों को देखते हुए प्रेम कविता लिखने वाले प्रेमी, कहाँ तक बयान करें? सारा घर खूबसूरती का अड्डा।

घर को इस तरह ख़ूबसूरत बनाए रखने के लिए रेशमी घाघरे, मासूम आँखें, जवान खिलाड़ी और प्रेमीजन सुबह नींद से उठते ही पूरे घर में सबसे छोटा कमरा, जो पीछे की तरफ बना है, उसमें जाकर पाँच-दस मिनट रहकर बाहर आते हैं।

उन छोटे कमरों को साफ करने के लिए ही घरों के पिछवाड़े पहुँची है जीरम्मा। बरसात की वजह से वह जगह कीचड़ से लथपथ थी। जिसे घर के अंदर नहीं रखा जा सकता। वह सारा कूड़ा पिछवाड़े जमा किया गया था। घर बुहारने पर निकलने वाली धूल-मिट्टी, बासी चावल और सब्ज़ी, जो बच्चे इतने छोटे हैं कि संडास में नहीं बैठ सकते, उनके लगाए ढेरों से भरे कागज़, माहवारी के कपड़े, ख़ून और मवाद को पोंछ कर फेंके गए कपड़ों के टुकड़े और रुई, इस्तेमाल किए गए निरोध, छुप छुपकर काटे गए रोएं, सबकुछ-सबकुछ। इन्सानों की सारी गंदगी, घरों के पिछवाड़े में एक के ऊपर एक गिर कर ढेर बन चुके थे। उस मैल के ऊपर बिना चप्पल पहने चलकर गई और तीन फुट ऊँचे एक लकड़ी के दरवाज़े के सामने रुकी जीरम्मा। दरवाज़ा गल कर अधटूटा सा था। उकड़ूँ बैठकर, टूटे दरवाज़े को हटाकर उसने दीवार से टिका दिया। दरवाज़ा खोलते ही गर्मी के साथ भयानक बदबू का भभका थपाक् से आकर उसके मुँह पर तमाचे सा लगा।

अंदर गू का बड़ा ढेर था। घर के सब लोगों ने एक के बाद एक-एक करके एक ही जगह मल-विसर्जन किया था, इसलिए वह चारों ओर से फैल गया था। वहीं पर पानी से धोया भी था। इसलिए वहाँ से पानी के साथ बहकर मल बाहर भी आ गया था। बाहर उसी फैलाव पर उकड़ूँ बैठी जीरम्मा उस मल को पत्तर से उठा-उठाकर बाल्टी में डालती जा रही थी। पत्तर बहुत

गल गया था इसलिए मल के भार से एक तरफ झुक कर आधा मल फिर ज़मीन पर ही गिरता जा रहा था। नीचे गिरे मल को झाड़ू से पत्तर में उठा कर फिर से बाल्टी में डाल रही थी।

मल उठाने के बाद पूरे कमरे को धोकर साफ कर दिया। बरसात होते रहने की वजह से उसका सिर और पीठ पूरी तरह से भीग गए। पत्तर और झाड़ू बाल्टी में रखकर उसने कमरे का दरवाज़ा फिर से लगा दिया। देर तक उकड़ूँ बैठने से घुटने अकड़ गए थे। हथेलियाँ घुटनों पर टिका कर वह धीरे से उठी। दाएं हाथ की कोहनी पर बाल्टी लटकाकर दूसरे घर के संडास की तरफ चल पड़ी।

इस तरह छोटे लकड़ी के कई दरवाज़े खोलती, बंद करती गई। आखिर बाल्टी गू से पूरी भर गयी। भारी लगने लगी। कोहनी पर लगाने से उसे लगा कि मैं इसके बोझ को उठा नहीं पाऊँगी। पत्तर को किसी तरह बाल्टी में एक ओर खोंसकर बड़ी सावधानी से, बड़ी मुश्किल से, उसे दोनों हाथों से उठाकर सिर पर रख लिया। बाल्टी को हिलाए बिना धीरे से झुक कर उसने झाड़ू हाथ में ले लिया। बरसात थमी ही नहीं।

बारिश का पानी झाड़ू को भिगोता हुआ रास्ते पर उस पर लगे गू को बूँद-बूँद गिरा रहा था। जीरम्मा अब बिलकुल उस झाड़ू की तरह नज़र आ रही थी। भरी बाल्टी में भी बारिश का पानी गिर रहा था। बाल्टी के किनारों से बहने वाला मल, थोड़ा जीरम्मा के कंधों पर और थोड़ा ज़मीन पर गिरने लगा।

●

राजम्मा सो रही थी। आवाज़ सुनकर जाग गई...'अरे, तू है, जीरम्मा! मैं तो समझी थी कुत्ता अंदर घुस आया है...अरे, मुँह क्यों उतरा हुआ है? क्या हुआ?'' उठकर खाट पर बैठते हुए उसने पूछा।

जीरम्मा की आँखों से आँसू की बूँदें टपक पड़ीं। बोलीं, ''जिससे भी पैसे माँगती हूँ, खाली हाथ दिखाता है! बस मुँह में जो आता गाली बक देते हैं। कहते हैं हम भंगियों के हाथों में लक्ष्मी नहीं ठहरती...वह 'चवन्नी' तो मेरे मुँह पर थूक रहा था...।''

''क्या? चवन्नी ने तेरे मुँह पर थूक दिया? वही न जिसका बच्चा चवन्नी निगल गया था? और तीन दिन तक तू उसके मल में उसे ढूँढ़ती फिरी थी?

कमीना! वह तुझे क्या समझता है?'' राजम्मा गुस्से से लाल हो गई। फिर बोली, ''अब तक उन लोगों का मल तू खाना खाने वाले हाथ से उठाकर फेंकती रही! फिर भी उनका मन नहीं पसीजता? एक दिन भी नागा करती तो पिछवाड़े में कीड़े हो जाते और घर के लोग बीमार पड़ जाते...'' बात करते करते राजम्मा को लंगड़ा एल्लय्या याद आया। वह ब्लॉक हुए लेट्रिन की मरम्मत करता है।

उसे याद करते ही अचानक राजम्मा का गुस्सा ठंडा पड़ गया। वह जीरम्मा की तरफ सरक कर उसके कंधे पर हाथ रखते हुए बोली, ''सुन...मैं तुझे एक बात बताती हूँ। संडासों में पत्थर डाल दे...वे बंद हो जाएंगे तो लक्ष्मी खुद चलकर आएगी...''

सुनते ही जीरम्मा पहले घबरा गई। फिर उसके दिल में आशा जागी। क्या करना है, कैसे करना है, सबकुछ राजम्मा बताने लगी। जीरम्मा ने पहले मना किया...फिर मान गई। फिर मान गई, तभी बेटी के लिए कपड़ों का ख्याल आया। मान गई।

●

तड़के उठते ही कुछ ईंट के टुकड़े पुराने कपड़े में लपेट लिए और बाँई काँख में रख लिये। उन पर पल्लू डालकर घर से निकली जीरम्मा।

कल-परसों तक सब जगह ड्राई लेट्रिन ही होते थे। सिर पर बाल्टी रखकर पूरे गाँव में तीन चार ट्रिप लगाने पड़ते थे। हाल ही में 'सेप्टिक' लेट्रिन शुरू किए गए। जीरम्मा जब काम शुरू करती तो पहले 'सेप्टिक' लेट्रिन साफ करती है। उसके बाद ड्राई लेट्रिन का मल निकाल कर, बाल्टी में डालती है और गाँव के बाहर उसे डालकर, वहीं से घर जाती है।

हर एक लेट्रिन में ईंट का टुकड़ा कपड़े में लपेटकर हाथ जहाँ तक पहुँच सके अंदर डालकर, उसे नीचे बिठा दिया। तीन दिन बाद उसने कुछ लेाट्रेन बंद कर दिए। वे ब्लॉक हो गए। तीनों दिन वह रोज़ उन लेट्रिनों को धोती रही। ब्लॉक हुए लेट्रिन जल्दी मल से भर गए। बदबू पूरे घर में फैल गई और लोग परेशान हो गए।

चेहरा बिगाड़ कर वे जीरम्मा की राह देखने लगे। पच्चीस साल से वह उन घरों का मल उठा रही है, फिर भी उनकी नज़रों में वह एक अछूत गंदगी का ढेर ही है। अब तक किसी ने ठीक से उसके चेहरे की ओर देखा तक

नहीं था। ज़रूरत पड़ने पर भी उससे एक-दो बातें करके काम करा लेते थे। उसका नाम भी उन्हें मालूम है या नहीं, कहा नहीं जा सकता। जमादारिन, भंगिन, मेहतरानी...इन्हीं नामों से पहचानते हैं उसे।

ऐसे लोग अब जीरम्मा से बात करने लगे। "क्या हुआ होगा?" "अब क्या किया जाए?" सवाल कर रहे थे। मोल-भाव कर रहे थे। चेहरा बिगाड़कर कह रहे थे, "ठीक है, पहले इसे साफ तो कर" जीरम्मा भी उनसे बात करने लगी, "बड़ा मुश्किल काम है, बीबी जी। हाथ को नीचे अंदर तक डालना पड़ेगा...खाना खाने वाला हाथ अंदर डालकर ढूँढ़ना पड़ेगा...बहुत देर लगेगी... मेरा यह हाथ किसी काम का नहीं..." उसने अपना बायाँ हाथ दिखाते हुए कहा। उसका बाँया हाथ बहुत पहले उसके मरद ने तोड़ दिया था।

आखिर सौदा पट गया...महँगा सौदा था। जीरम्मा मन ही मन खुश हो गई। वह सौदा उस 'टिप' जितना महँगा था, जो वह परिवार होटल में खाना खाने के बाद बैरे पर फेंक देता था। पर वही पैसा जीरम्मा को देने के लिए घंटों बहस करके, अंदर जाकर सोच-विचार करने के बाद तय किया गया था। और काम हो जाने के बाद उसे पैसे देते हुए उन्हें इतनी तकलीफ हुई जैसे इस गंदगी से पीछा छुड़ाने के लिए अपनी खाल उतार कर दे रहे हों।

जीरम्मा, राजम्मा से माँगकर एक बोतल में मिट्टी का तेल भरकर लाई। जीरम्मा खुश थी, अब बेटी की शादी के लिए पैसे जुट जाएंगे। बोतल को पिछवाड़े में ले गई और मिट्टी का तेल दाएँ हाथ पर डाल लिया। नाक पर पल्लू बाँध लिया। हर एक लेट्रिन बदबू फैला रहा था। ऊपरी सतह पर सूखे मल के टुकड़े तैर रहे थे। सफेद कीड़े चीटियों की तरह रेंग रहे थे।

उसने एक दम से दायाँ हाथ लेट्रिन के अंदर डाल दिया। देर तक ढूँढ़ती रही और कपड़े में लपेटे ईंट के टुकड़े को बाहर निकाला। रुकावट के हटते ही सारी गंदगी अंदर जाने लगी। तब तक उन सफेद कीड़ों ने उसके पैरों पर चढ़ना शुरू कर दिया था।

उसके हाथ पर गंदगी चिपकी थी, कीड़े भी रेंग रहे थे, पर कोई भी उसके हाथ पर पानी डालने आगे नहीं आया। किसी तरह टूटे हाथ से ही पानी लेकर उसने हाथ धो डाले। लेट्रिन को फिनायल से आधे घंटे तक घिस-घिस कर धोया, पैसे लिए और बाहर आ गई।

इसी तरह कुछ घरों में लेट्रिन से कपड़ा या पत्थर का टुकड़ा निकला। सबने उसे तय किए पैसे दे दिए। जीरम्मा ने पैसे अंटी में खोंस लिए। रुपयों के नोट। लक्ष्मी। नई साड़ी पहनी लक्ष्मी माई जैसे नोट। जीरम्मा को अब अपनी बेटी नई साड़ी पहने दुलहन के वेश में दिखाई देने लगी। घर जाकर बेटी को देखने की इच्छा हुई। राजम्मा को पैसे दिखाने की जल्दी मची हुई थी।

सुबह से इसी काम में पड़कर खाना भी नहीं खा सकी थी। सिर भन्ना रहा था। कनपटी पर नब्ज़ तेज़ चलने लगी थी। इच्छा हुई कि कोई चार बूँद चाय ही पिला देता। पर किसी से माँगने की हिम्मत नहीं हुई। उन घरों में किसी भी तरह का काम हो, उन मज़दूरों को खुशी-खुशी चाय पिलाई जाती है। पर जीरम्मा को जलती गरमी में पानी तक नहीं पिलाते।

आखिर में वह सत्यनारायण के घर आई। शाम के चार बज चुके थे। वहाँ के लेट्रिन से कपड़े का टुकड़ा निकला। एक तरफ भूख से बुरा हाल था। पर अपने आपको यह समझा कर तसल्ली कर ली कि यही आखिरी है। उसने देर तक पाखाने को खूब रगड़-रगड़ कर चमका दिया। जल्दी घर जाकर दो कौर खाकर, लेटना है, ऐसा सोचते हुए हाथ धोकर, मिट्टी के तेल की खाली बोतल लेकर घर के सामने की तरफ आकर पैसों के लिए खड़ी हो गई। वहाँ सत्यनारायण बैठा था, उसके साथ सुब्रह्मण्यम और दूसरे लोग भी बैठे बातें कर रहे थे। इन सबके पाखाने आज जीरम्मा ने साफ़ किए थे।

वे आपस में बातें कर रहे थे...गुस्से से...आवेश में आकर...हाथ चलाते हुए...आँगन में खड़ी जीरम्मा को देखते ही सत्यनारायण उठकर उसके पास आया। पेट पर से फिसलती लुंगी को कसकर बाँधते हुए पूछा, "निकाल दिया?"

"हाँ, साब! निकाल दिया!"

"क्या मिला?" इस अंदाज़ से पूछा जैसे उसकी खिल्ली उड़ा रहा हो।

"कुछ...औरतों का कपड़ा, साब!" उसने दबी आवाज़ में कहा।

इतने में पड़ोसी उठकर आया और पूछा, "और हमारे घर से क्या निकल?"

"पत्थर का टुकड़ा था, साब!" याद करते हुए उसने कहा, सुब्रह्मण्यम ने गंजे सिर पर हाथ फेरते हुए पूछा, "तो फिर हमारे घर में क्या मिला? कपड़ा या ईंट का टुकड़ा?"

सुब्रह्मण्यम से जीरम्मा बहुत डरती थी। वह बहुत गुस्सा करता था। डरते हुए बोली, "कुछ भी नहीं, साब!"

जीरम्मा का जवाब सुनते ही सत्यनारायण आग बबूला हो गया ।

"क्यों री, हरामज़ादी! कमीनी! तू सोचती है कि तू हमें चकमा दे सकेगी? तू सोचती है कि हमें इस बात का पता नहीं कि ये कपड़े और पत्थर के टुकड़े तू अपने ही घर से लाई थी? इस गली के इतने घरों के लेट्रिन एक साथ कैसे बंद हो जाते, बोलो? क्या हमें इतना बुद्धू समझ रखा है तूने?" वह गला फाड़कर चिल्लाने लगा तो उसके गले की नसें फूल गईं, आँखें लाल हो गईं और होंठों के किनारों से फेन निकलने लगा ।

जीरम्मा डरकर दो कदम पीछे हटी । उनकी चिल्लाहट सुनकर घरों के लोग बाहर आ गए ।

"तूने हमें ही चकमा देने कोशिश की, बेशरम, बदजात! बड़ी चालाक है री तू । चल...निकाल पैसे...निकाल!"

सत्यनारायण गुस्से से पागल हो रहा था । दाँत पीसते हुए बोला, "हरामज़ादी कुतिया...निकाल पैसे...कहाँ रखा...निकाल...!" और जीरम्मा को एक लात लगाई । जीरम्मा नीचे गिर पड़ी ।

"गू के कीड़े! पहले पैसे निकाल री!" उसे बालों से पकड़कर उठाकर ताबड़-तोड़ तमाचे लगाने लगा दूसरा पड़ोसी ।

जीरम्मा के होश उड़ गए । वह इतनी बदहवास थी कि मुँह से आवाज़ भी निकालना मुश्किल हो गया था ।

"देखिए न, यह हरामज़ादी कुछ बोल ही नहीं रही है। चोर कहीं की...।" कहकर सुब्रह्मण्यम ने भी उसे लात मारी । लात जाकर जीरम्मा के पेट पर लगी और वह मुँह के बल गिरी । चेहरा ज़मीन से टकरा गया और नाक से खून निकलने लगा । लोग उसे घेरकर खड़े हो गए ।

भीड़ में से कुछ औरतों की आँखें हैरानी से फैल गईं । उन्होंने टिप्पणी करना शुरू कर दिया, "अरे! यह ऐसा काम कैसे कर सकी, जी? शरम नहीं आई इसे? चोरी के पैसे हजम कैसे होते होंगे इन लोगों को? अगर पहले से मालूम होता कि यह ऐसी है तो घर में घुसने ही नहीं देते! औरत होकर कितना बड़ा धोखे का काम किया है इसने?"

किसी ने कहा, "अरे, आदमी हो या औरत, इस जात में पैदा होते हैं तो इनका स्वभाव भी ऐसा ही होता है...न कोई दीन न धरम..."

"अरे, पैसा निकालती है कि नहीं? कमीनी, कहाँ छुपाकर रखा है पैसों को?" सत्यनारायण ने उसकी पीठ पर घूँसा मारा ।

इस बीच सुब्रह्मण्यम ज़मीन पर औंधी पड़ी जीरम्मा पर झुका और बोला, "छीः! इससे तो गू की बू आ रही है।" फिर उसने उसकी छाती को टटोलने की कोशिश की, कमर पर हाथ चलाने लगा तो पता चला कि पैसे अंटी में हैं। जीरम्मा उठकर बैठ गई और हाथ जोड़कर गिड़गिड़ाने लगी कि पैसे मत निकालो। पर सुब्रह्मण्यम का हाथ नहीं हटा।

जीरम्मा ने दोनों हाथों से पैसों को पकड़ लिया। सुब्रह्मण्यम का पारा चढ़ गया। उछल-उछल कर उसे लात मारने लगा और चिल्लाने लगा, "अरे, ये पैसे नहीं छोड़ रही है।" जीरम्मा दर्द से कराह रही थी, छटपटा रही थी, पर पैसों पर से उसकी पकड़ ढीली नहीं हुई। तभी सत्यनारायण ने मौका पाकर उसकी कमर में हाथ डाला और उसकी साड़ी को ज़ोर से खींचा। साड़ी खुल गई और उसके हाथ में आ गई। साथ ही पैसे भी। उसने पैसे ले लिए और साड़ी छोड़ दी।

जीरम्मा ने अंदर पेटीकोट नहीं पहना था। वह बिलकुल नंगी हो गई। वहाँ खड़ी औरतों ने मुँह फेर लिए। ब्लाउज़ में भी सिर्फ एक गाँठ थी जो न जाने कब खुल चुकी थी।

किशोरावस्था के लड़कों ने स्कूल की किताबों में पढ़ा था कि स्त्रियों के स्तन पूर्णकुंभ जैसे होते हैं...उनकी जाँघें केले के तनों जैसी होती हैं...और फिल्म पोस्टरों में भी उन लड़कों ने यही सबकुछ देखा था। पर अब जीरम्मा को देखकर वे असमंजस में पड़ गए।

एक औरत...रेगिस्तान की तरह पूरी की पूरी सूखी दिखाई दे रही थी।

एक औरत...ज़िंदा थी, पर सूखी मछली सी, जिसमें नमी की कहीं चमक नहीं थी।

एक औरत...लोहे की चक्की में से निकली सूखे ईख जैसी थी।

जीरम्मा ज़मीन पर बैठे-बैठे एक तरफ को मुड़ गई और घुटनों को सूखी छाती पर मोड़कर उनमें अपना मुँह छिपाने की कोशिश करने लगी।

तब लोग वहाँ से हिले और अपने-अपने घर जाने को चल पड़े।

सत्यनारायण पैसा गिनने लगा और बाकी लोगों को देने लगा, जिनके पाखाने ब्लॉक हुए थे।

सबको देने के बाद बचे पैसे अपनी जेब में रखते हुए उसने जीरम्मा पर खंखार कर थूका और कहा, "अभी यहीं बैठी है तू? चल उठ...फूट यहाँ से।"

जीरम्मा नहीं उठ सकी। वह पूरे होश में नहीं थी।

सुब्रह्मण्यम को अपने आप पर गुस्सा आया कि इतना पढ़ा-लिखा होने के बावजूद एक जमादारिन ने उसे कैसे ठग लिया । यह सोचते ही उसे इतना गुस्सा आया कि उसने जीरम्मा को चार-पाँच लातें और लगाईं । और जीरम्मा ज़मीन पर लोटने लगी ।

जीरम्मा का बदन मिट्टी से पूरी तरह सन गया । चेहरा खून से लथपथ हो गया ।

सब लोगों के चले जाने के पाँच मिनट बाद वह ज़रा सी हिली । पूरी ताकत लगाकर कोहनियों के बल, साड़ी जहाँ पड़ी थी वहाँ तक गई और उसे बदन पर लपेट लिया । बड़ी मुश्किल से वह उठकर खड़ी हुई । दो कदम चली पर आगे नहीं बढ़ सकी । पूरा ज़ोर लगाने के बावजूद शरीर का कोई भी अंग उसका साथ नहीं दे रहा था । वहीं कुछ देर खड़ी रही । बिखरे बालों को बाँधने के लिए दायाँ हाथ ऊपर उठाया तो ज़ोर की टीस उठी । हाथ सूजा हुआ था ।

''शायद यह हाथ भी टूट गया है...'' ऐसा सोचते हुए नाक से होठों पर बहने वाले खून को पल्लू से पोंछा । वह मन ही मन कहने लगी ''जितना चाहे मारते, पर पैसे वापस नहीं लेते तो अच्छा होता ।'' ऐसा सोचते ही उसके दिल के अंदर से दुःख की लहर उठी । अब तक मार-पीट से लगी चोटों के दर्द की वजह से रो रही थी, पर अब उसे रुलाने वाला दुःख मन की गहराई से उमड़ रहा था । उससे रहा नहीं गया तो ज़ोर से...आसमान को हिला देने वाली आवाज़ में...पूरा मुँह खोलकर...मानो पेट के अंदर की आँतें बाहर निकल आएँगी...वह चीख-चीखकर रोने लगी । उस वक्त वह ऐसी लग रही थी जैसे कोई पेड़ हो जो गाज के गिरने से जलकर राख हो गया हो । अपने प्रिय व्यक्ति के मरने पर भी कोई इस तरह नहीं रोता होगा...इस तरह वह रोई कि अगर कोई सुनने वाला वहाँ होता तो उसका दिल दहल उठता ।

उसके पच्चीस साल का 'कामकाजी जीवन' - उन पिछवाड़ों में...टूटे झाड़ू की तीलियों की नोकों पर...टूटे पत्तर पर गंदगी का ढेर जैसा बनकर रह गया ।

उसकी सारी ताकत, सिर पर ढोने वाली बाल्टी के छेदों से टपक-टपक कर बह गई ।

उधर जीरम्मा की लड़की की शादी ब्लॉक हो गई ।

सामूहिक मृत्युदंड

गोपराजु नारायण राव

सूत से बनी रस्सी ।

छत की धरनी में बँधी, नीचे लेटे इंसान की छाती से कुछ ऊपर तक लटक रही है । मृत साँप की तरह ।

रस्सी में थोड़ी-थोड़ी दूरी पर गाँठें हैं । ये गाँठें खूब कस चुकी हैं और हाथों के स्पर्श से चिकनी होकर काली पड़ गयी हैं ।

पिछले एक घंटे के अंदर उन लोगों ने ऐसी छह-सात रस्सियाँ देख लीं।

सड़क पर किसी की आवाज़ सुनायी दी, शायद । खाट जैसी किसी चीज़ पर लेटा वह आदमी जुलूस को देखने के लिए मचलने वाले बच्चे की तरह उठने की कोशिश में लग गया ।

पहले उसने हाथ उठाकर रस्सी पकड़ ली । सबसे नीचे की बड़ी-सी गाँठ को उसने दायें हाथ की मुट्ठी में इस तरह फटाफट भींच लिया, जैसे वह उसका आदी हो । फिर उसने बायें हाथ से उससे ऊपर वाली गाँठ पकड़ी । जैसे पहाड़ों पर चढ़ने वाले अपनी पूरी ताकत का इस्तेमाल करके रस्सी के सहारे ऊपर चढ़ते हैं, उसके दोनों हाथ एक-एक गाँठ को पकड़कर ऊपर की ओर जाने लगे ।

कमर से लेकर सिर तक एक ही कोण में उसका शरीर ऊपर की ओर उठने लगा । ऐसा लग रहा था, जैसे कोई लोहे की एक छड़ पर निशान लगाकर उसे मोड़ रहा हो ।

''हाय...ओ माँ...ऊँह...बाप रे...'' कराहते हुए वह धीरे-धीरे उठने लगा । शायद इस व्यायाम के कारण ही उसके पैर काँपने लगे । खुद को खाट

पर सीधा बिठाने की कोशिश में उसके हाथ पाँचवीं या छठी गाँठ तक पहुँच गये। इसी वजह से उस आदमी के पूरे बदन में कँपकँपी शुरू हो गयी।

इतना सारा प्रयास करने के बाद वह उठकर बैठने में कामयाब हो गया। दोनों पैरों को उसने ठीक खाट के पास सटे वॉकर के बीचोंबीच रख दिया। उसे इसकी भी आदत थी। वॉकर पर दोनों हाथ रखकर उसने बाहर झाँककर देखा। पहले आँखें और उसके बाद गर्दन से लेकर कमर तक उसका बदन सड़क की ओर मुड़ गया।

"क्यों, चंद्रय्या जी! ठीक तो हो?" उन टूटी दीवारों के बीच में से अंदर कदम रखते हुए सुभाष ने बड़ी आत्मीयता से पूछा।

"ठीक कहाँ हूँ, भैया! तुम्हारे पाँव पड़ता हूँ, कोई गोली दे दो न!" अगले ही पल उसके मुँह से ये शब्द निकल पड़े।

सुभाष के पीछे-पीछे वे दोनों भी आये और चंद्रय्या के अगल-बगल खड़े हो गये। उन दोनों को देखते हुए सुभाष ने हँसते हुए कहा, "मैं गोली दूँगा, तो तुम मर जाओगे!"

"मर जाऊँ, तो अच्छा ही है न!" उस आदमी ने निर्जीव-सी हँसी हँसते हुए कहा। अंतिम साँस का स्वागत करते हुए जीने वाला वह बेचारा आदमी ऐसी हालत में था कि मरने के लिए भी हिल-डुल नहीं सकता था।

"साहब, इनका नाम चंद्रय्या है।" आये हुए लोगों से चंद्रय्या का परिचय कराने के बाद सुभाष उससे बोला, "ये दोनों डॉक्टर साहब हैदराबाद से आपको देखने आये हैं।"

डॉक्टर शेखर ने डॉक्टर राजारेड्डी से कहा, "सुभाष ने इस आदमी को गोलियाँ दे-देकर उनकी खूब आदत डाल रखी है।" दोनों मुस्करा दिये।

गोली का मतलब दर्द निवारक दवाई। हाँ, इन लोगों का दर्द ही ऐसा था कि दर्द निवारक दिये बिना आराम नहीं आता था। इनकी बीमारी छूत की बीमारी नहीं है, फिर भी कुष्ठ रोगी या एड्स के रोगियों की तरह इन्हें खुले में ताड़ के पत्तों की छत के नीचे रहने के लिए मजबूर किया जा रहा है। जिनके दिलों में अभी थोड़ा-सी रहम बाकी है, वे घर के किसी कोने में इन्हें पड़ा रहने देते हैं। कुल मिलाकर यह बात समझ में आ रही है कि यहाँ के लोग इन्हें अपने आसपास नहीं रहने देना चाहते।

चंद्रय्या फ्लूरोसिस का मरीज है। स्केलिटल फ्लूरोसिस रोग के चरम पर पहुँचा हुआ।

डॉक्टर शेखर ने चारों ओर नजर दौड़ायी । अधटूटे घर की टूटी-फूटो दीवारें बची हुई थीं । उन मिट्टी की दीवारों पर चूने की पुताई कई जगहों पर से उतर चुकी थी । काली मिट्टी दिखायी दे रही थी । कहीं-कहीं चूने का जो रंग बचा था, उस पर बारिश के पानी ने काली धारियाँ छोड़ रखी थीं । पत्तों की छत के नीचे जमीन कई जगहों पर ऐसे उखड़ चुकी थी, जैसे जोर लगाकर मिट्टी को खोदा गया हो ।

पिछले साल की भारी वर्षा में पुराना घर ढह गया था । कुछ दिन बाद ही टीन का शेड उस जगह पर खड़ा कर लिया गया था । पुराने घर की टूटी दीवारों पर ही डला था, ताड़ के पत्तों का छाजन । छह बटा छह फुट की इसी छत के नीचे रहता था चंद्रय्या ।

पुराने ताड़ की लकड़ी से बना तख़्ता । उस पर नारियल के रेशों से भरा एक पतला-सा गद्दा । गद्दे पर बिछी अस्त-व्यस्त मैली चादर । सिरहाने पत्थर-सा ठोस तकिया । चंद्रय्या अकेला बैठा हुआ था । कमर में गुलाबी रंग का तौलिया बाँधे, ऊपर सूती बनियान पहने था । काले बदन में पसलियाँ बाहर दिखायी दे रही थीं । बाल सफेद हो चुके थे । पैर सूजे हुए और राख के-से रंग के थे । उसकी उम्र पचास से कम ही होगी, लेकिन देखकर लगता था कि यह सत्तर साल का बूढ़ा है ।

डॉ. राजारेड्डी ने चंद्रय्या की गर्दन पर हाथ रखकर रीढ़ की हड्डी को ऊपर से नीचे तक दबाया । पूरी ताकत लगाकर दबाया, फिर भी चंद्रय्या ने उफ तक नहीं की । डॉक्टर ने दो-तीन बार जोर से दबाकर देखा ।

''शेखर, देखिए, शाप के साथ इन्हें यह वरदान भी मिल जाता है । आप चाहे कितनी भी जोर लगाकर दबाइए, इन्हें जरा भी दर्द महसूस नहीं होता ।'' राजारेड्डी ने अंग्रेजी में कहा ।

बस, वही शारीरिक लक्षण । बदन के सारे अंग जंग लगी मशीन के पुर्जों की तरह ऐंठकर रह जाते हैं । जरा भी हिलने का नाम नहीं लेते । सिर एक इंच भी ऊपर नहीं उठता । पैरों में जरा भी ताकत नहीं होती ।

''यस, सर!'' शेखर ने जवाब दिया । वह राजारेड्डी के साथ काम करने वाला जूनियर डॉक्टर था ।

जब डॉ. राजारेड्डी का हाथ चंद्रय्या के कूल्हों पर पहुँचा, तो उनके होंठों पर जरा-सी मुसकराहट आयी । शेखर उसकी वजह जानता था । जब भी राजारेड्डी

इस मामले में बात करते थे, इसे एक मज़ाक का रूप दे देते थे। कुछ लोगों के साथ ऐसा होता कि उनकी रीढ़ की हड्डी में एनेस्थीसिया की सुई घोंपने की कोशिश में सुई टूट जाती। ऐसी स्थिति में हैदराबाद के डॉक्टर मरीज से एक ही सवाल पूछते हैं - "क्या आप नलगोंडा जिले से हैं?" यही बात राजारेड्डी को इस क्षण याद आ गयी।

राजारेड्डी ने चंद्रय्या के निचले होंठ को ठोड़ी तक खींचकर दाँतों की भी जाँच की। डॉ. शेखर ने भी बड़ी उत्सुकता और ध्यान से देखा। उन्हें इंटर में पढ़ते समय डिसेक्ट किया गया केंचुआ याद आ गया। चंद्रय्या के मसूड़ों पर सुपारी के टुकड़ों की रेखा जैसे दाँत दिखायी दिये। कुछ तो कोयले के टुकड़ों की तरह बिलकुल काले पड़ चुके थे।

"तुम कब गिरे, चंद्रय्या?" राजारेड्डी ने अंगुलियों से उसकी गर्दन को टटोलते हुए पूछा। 'गिर जाने' का मतलब था इस तरह खाट पकड़ लेना। शेखर ने सहानुभूति भरी आँखों से चंद्रय्या को देखा।

चंद्रय्या छह-सात साल और जिंदा रहेगा। भयानक कमजोरी, जोड़ों के दर्द, रक्त के प्रवाह में गड़बड़ी और पेट की बीमारियों के साथ अंततः गुर्दों के खराब होने तक। दस मकान छोड़कर फातिमा नामक एक स्त्री का घर था। उसने कहा था, "जो एक बार गिर पड़े, उसके उठने की कोई उम्मीद नहीं रह जाती!" शेखर को उसकी यह बात याद आ गई।

चिकित्साशास्त्र कहता है कि चंद्रय्या अब कभी खाट से नहीं उठ सकेगा। कई मरीजों को देख चुका शेखर डॉक्टर होने के नाते इस तथ्य को भली-भाँति जानता था, फिर भी इसे स्वीकारना उसके लिए मुश्किल हो रहा था।

डॉ. शेखर हाल ही में अमेरिका से वापस आया था। वहाँ से डॉक्टरी छोड़ भारत वापस आ जाना हैरानी की बात जरूर थी, पर यह सच था कि वह अपने तथा आसपास के गाँवों के लोगों की सेवा करने के उद्देश्य से वापस आ गया था। लेकिन यहाँ के गाँवों में हालात कुछ और थे, इसलिए वह अपने परिवार की बात मानकर हैदराबाद के एक कॉर्पोरेट अस्पताल में काम करने लगा था। वहाँ वह आई.सी.यू. में इंचार्ज था। उसी अस्पताल में न्यूरोसर्जन थे, डॉ. राजारेड्डी। शेखर की डॉक्टरी की पढ़ाई के दौरान वे उसके शिक्षक भी रहे थे।

राजारेड्डी ने जब से फ्लूरोसिस के बारे में सुना था, तभी से, यानी तीन दशकों से, वे इस रोग के बारे में लगातार अध्ययन कर रहे हैं । नलगोंडा और प्रकाशम जिलों के कई गाँवों में उन्हें इस रोग से पीड़ित लोग मिलते रहे । सत्तर वर्ष के हो जाने के बावजूद वे आज भी इस रोग के बारे में और जानकारी प्राप्त करते रहते हैं तथा अंतरराष्ट्रीय पत्र-पत्रिकाओं में इसके बारे में लेख भी लिखते हैं ।

आज पहले से तय करके ये दोनों डॉक्टर फ्लूरोसिस के रोगियों को देखने के लिए वट्टिपल्ली चले आये ।

इस जिले में इस रोग से पीड़ित इलाकों और रोगियों के बारे में सुभाष को अच्छी जानकारी थी । वह 'नलगोंडा फ्लूरोसिस विमुक्ति समिति' नाम से एक संस्था चलाता था । उसका सारा समय इन्हीं लोगों के लिए समर्पित था ।

सुबह के ग्यारह बजे थे । धूप भी काफी थी । अपनी जेब से सफेद रूमाल निकालकर चेहरे को पोंछते हुए डॉ. राजारेड्डी ने चंद्रय्या से पूछा, "खाना खाया?"

"जी, साब! खा लिया।" चंद्रय्या ने कहा ।

"ताकत देने वाली चीज़ें खाया करो । तुम्हें कुछ नहीं होगा, उठकर फिर से चलने-फिरने लगोगे । सब्जियाँ, हरी पत्तेदार सब्जियाँ ज्यादा खानी पड़ेंगी । दूध पीना पड़ेगा ।" शेखर ने चंद्रय्या का कंधा थपथपाते हुए कहा ।

शेखर की बात सुनकर सुभाष हँस दिया । चंद्रय्या चुप रहा । सुभाष ने कहा, "कैसे खायेगा, साहब? इसके दो बेटे हैं । दोनों को इसकी परवाह नहीं है । बस, यह बड़ी बहू ही है, जो इसे दो वक्त का खाना खिलाती है ।"

तभी अंदर से एक औरत दो कुर्सियाँ लेकर आयी । दोनों डॉक्टरों ने बैठने से मना कर दिया । औरत के पीछे-पीछे एक लड़का स्टूल लेकर आया । शायद ये चंद्रय्या की बहू और पोता थे । लड़का पूरे दाँत दिखाकर हँस पड़ा । वह सुभाष को पहचानता था । राजारेड्डी ने इशारा किया, तो शेखर ने सिर हिलाकर बताया कि हाँ, मैंने देखा ।

लड़के के दाँत मक्के के दानों की तरह पीले थे । शेखर को सुबह प्राइमरी स्कूल के खेल के मैदान में खेलते बच्चों के दाँतों को जाँचने की घटना याद आ गयी । तब डॉ. राजारेड्डी ने दुखी होते हुए भी सख्त आवाज़ में कहा था,

''गौर से देखो! कोई भी ऐसा लड़का या लड़की नहीं है, जिसके दाँत पीले न पड़ गये हों ।''

पैंट-कमीज पहने उन दोनों डॉक्टरों को देखकर वहाँ शोर मचाते बच्चे एकदम चुप हो गये थे । दूसरी और तीसरी कक्षा के बच्चे वहाँ खेल रहे थे ।

''ऐ, बच्चो! अपने दाँत दिखाना एक बार!'' सुभाष ने कहा था ।

डॉक्टरों को देखकर जिन बच्चों ने अपने मुँह बंद कर लिये थे, उन्होंने अपने होंठ और भी कसकर भींच लिये ।

''अरे, डॉक्टर साहब आये हैं, भई! जरा अपने दाँत दिखाओ!'' सुभाष ने डाँटते हुए कहा ।

तब जाकर एक-एक बच्चे ने मुँह खोला । एक भी बच्चा ऐसा नहीं था, जिसके दाँतों का इनेमल ठीक हो । दाँतों का रंग तो सबका पीला ही था, कुछ का कम, तो कुछ का ज्यादा ।

डॉक्टर शेखर के दिमाग में जैसे ही यह बात आयी कि यह तो फ्लूरोसिस की पहली दशा है, उसे ऐसा महसूस हुआ, जैसे किसी ने उसे जोर से चाबुक मार दिया हो!

इतने में घंटी बज गयी थी और मौका देखकर सब बच्चे कक्षाओं में भाग गये थे ।

चंद्रय्या से विदा लेकर सुभाष के साथ दोनों डॉक्टर बाहर आ गये । तभी पीछे से चंद्रय्या ने कमज़ोर आवाज में पुकारा, ''सुभाष! भैया...जरा सुन तो!''

''अभी आता हूँ, भैया!'' सुभाष ने तसल्ली देते हुए कहा ।

''एक बात सुनकर जाना, बेटा!'' ढही दीवारों के बीच से उसने फिर आवाज दी । उस आवाज में विनती थी ।

''अभी आता हूँ ।'' हाथ के इशारे से ऐसा कहते सुभाष डॉक्टरों के साथ आगे बढ़ा । डॉक्टरों की समझ में मामला नहीं आ रहा था । सुभाष ने समझाया, ''चलिए, साहब! चंद्रय्या को मुझसे कोई खास काम नहीं है । इन लोगों के साथ बात करने वाला कोई नहीं होता, इसलिए कोई भी दिखायी दे, तो बस, उससे दो-चार बातें करने के इरादे से बुलाते रहते हैं ।''

धूप तेज थी । वट्टिपल्ली तेलंगाना का एक गाँव था । पुराने-नये मकानों के बीच बनी सँकरी गली में तीनों चलने लगे ।

''यहाँ के सब बूढ़े कहते हैं, साहब, कि अगर आज निजाम जिंदा होता,

तो हमें पानी मिल गया होता और तब हम इस तरह अपाहिज न बनते!'' सुभाष ने कहा ।

राजारेड्डी ने कहा, ''सच पूछो, तो निजाम के जमाने में हालात इतने खराब नहीं थे । उस वक्त, यानी 1945 में नलगोंडा जिले में इस रोग को पहचाना गया था । तब की रिपोर्टों में इस रोग से अपाहिज बने लोगों का जिक्र तो है ही नहीं ।''

यह सुनकर डॉक्टर शेखर और सुभाष हैरान रह गये ।

सचमुच, स्केलिटल फ्लूरोसिस के मरीजों को देखकर मन पसीज उठता है । पहली बार देखने पर तो रोंगटे खड़े हो जाते हैं । हॉलीवुड की फिल्मों में दूसरे ग्रहों से आये प्राणियों की तरह इनके शरीर के अंग दिखायी देते हैं । सूखी मोटी लताओं-से हाथ-पैर, जैसे फैंटेसी फिल्मों में कोई मंत्र फूंक देने या दवा खिला देने से अंग सिकुड़कर मुड़ जाते हैं । समूची सृष्टि में विकलांगता के जितने विकृत रूप हो सकते हैं, वे सब फ्लूरोसिस के रोगियों में देखे जा सकते हैं । कहीं-कहीं तो रोगी का शरीर इतना कुंठित हो जाता है कि बीस-पच्चीस साल का आदमी आठ-दस साल के बच्चे जैसा नज़र आता है ।

इतने में किसी की आवाज़ सुनायी पड़ी, ''अरे, सुभाष! हमारी दवाएँ कब मिलेंगी?''

चौराहे के बीचों बीच नीम के दो पेड़ खड़े थे । उन पेड़ों के नीचे जमीन से निकले पत्थरों पर बैठी दस-बारह औरतों में से किसी ने आवाज दी । सुभाष ने दोनों हाथ उठाकर तसल्ली देने के अंदाज में कहा, ''मिलेंगी-मिलेंगी! जरा सब्र करो!''

''कब? हम सबके मरने के बाद?'' एक अधेड़ औरत ने गुस्से में हाथ नचाते हुए पूछा । बाकी सब हँस पड़ीं ।

तभी उधर से एक आदमी गुजरा । डॉक्टरों को छोड़कर बाकी सबने उसकी ओर ऐसे देखा, मानो वह कोई अचंभा हो । सब ऐसे हैरान थे, मानो कोई मृत व्यक्ति जीवित होकर उनके बीच आ गया हो ।

सबसे पहले सुभाष ही सामान्य हुआ । बोला, ''शाबाश! भैया, तुम तो हीरो निकले!'' फिर डॉक्टरों की ओर मुड़ते हुए बोला, ''साहब! इनका नाम नरसिंहम् है । इन्होंने साबित करके दिखा दिया कि पानी के बदलने से ये रोगी भी उठकर चल-फिर सकेंगे ।''

"अकेले इस आदमी को साफ पानी कहाँ से मिला?" शेखर ने जानना चाहा।

"खरीद लेता होगा ।" राजारेड्डी ने कहा ।

"इनका क्या? इनके पास तो गाय-भैंसें हैं ।" एक औरत बोली ।

सुभाष ने कहा, "दूध बेचकर पानी खरीदता है । कुछ और लोग भी यही कर रहे हैं । दूध बेचकर पानी खरीदने की बात सुनकर शेखर और भी हैरान रह गया ।

अचानक सुभाष ने चलना शुरू किया और कहा, "धूप बड़ी तेज है, साहब! चलिए, दफ़्तर चलते हैं ।" तीनों उस गाँव की मिट्टी की सड़क पर चल पड़े। दोपहर के दो बज रहे थे । गाँव यूँ भी बीमार था, इस गर्म दोपहर में और खामोश था ।

"इतना बेकार गाँव पूरी दुनिया में दूसरा नहीं होगा, साहब! अगर भारत और पाकिस्तान के बीच युद्ध छिड़ जाये, तो मैं विनती करूँगा कि पहला बम इसी गाँव पर गिराया जाये! एक साथ हम सब खत्म हो जायेंगे । पिंड छूटेगा! यहाँ मर्द लोग चल नहीं सकते, औरतें बच्चे जनने के लिए नरक भोगती हैं । एक बार गिर गये, तो दस साल खाट पकड़नी पड़ जाती है । न जी सकते हैं और न ही मौत आती है ।

"यह सरकार भी कैसी है, साहब! हाईकोर्ट ने कहा कि इस गाँव में टैंकरों से पानी पहुँचाया जाये । नहीं पहुँचाया गया । ग्यारह महीनों में हैदराबाद में 'सागर' से पानी पहुँचाया गया । फिर हमारे गाँव में क्यों नहीं पहुँचाते, साहब? क्या ये लोग शहरों और बड़े कस्बों में रहने वालों को ही इंसान समझते हैं? चंद्रबाबू ने दस फुट का पाइप डलवाया, तो राजशेखर रेड्डी ने ग्यारह फुट का । वह पाइप लाइन यहाँ से बहुत दूर नहीं है, साहब! मुश्किल से बीस किलोमीटर दूर होगी । इतनी दूर जाने वाली पाइप लाइन इतने पास के हमारे गाँवों में क्यों नहीं आती, साहब?

"हैदराबाद में जितना पानी एक परिवार पाखाने में इस्तेमाल करता है, उतने पानी से यहाँ तीन लोगों की सेहत ठीक हो सकती है, साहब! पाँच प्रधानमंत्रियों और तीन राष्ट्रपतियों के आगे अपनी समस्या रखी थी, साहब! एक बूँद पानी नहीं मिला! हम स्विमिंग पूलों या वॉटर वर्ल्ड के लिए पानी नहीं माँग रहे हैं । अपाहिज लोगों के लिए पीने का साफ पानी माँग रहे हैं । पर यह सरकार बिसलेरी, किनले या एक्वागार्ड वालों को पाँच पैसे में बीस लीटर पानी देती है, जिसे वे बोतलों में बंद करके बेचते हैं!

"वे खेत देखिए, साहब! दस एकड़ जमीन में नवासी, पूरे नवासी, बोर लगाये गये, पर पानी नहीं मिला। सब लोग आते हैं, अपाहिजों के साथ फोटो खिंचवाते हैं और चले जाते हैं। हम तो अजीब जानवर समझे जाते हैं, साहब! बस..." उसका यह आवेशपूर्ण भाषण जारी रहता, पर तब तक वे नलगोंडा फ्लूरोसिस विमुक्ति समिति के दफ़्तर पहुँच गये। सुभाष चाबी के लिए जेबें टटोलता हुआ रुक गया।

ताला खोलकर सुभाष ने दोनों डॉक्टरों को अंदर आने के लिए कहा। गाड़ी का ड्राइवर जल्दी से उनके लिए पानी की दो बोतलें दे गया। तीनों ने पानी पिया, तो जैसे जान में जान आयी। थोड़ा पानी हाथ में लेकर शेखर ने मुँह धोया और रूमाल से पोंछ लिया। फिर लकड़ी की एक पुरानी कुर्सी पर आराम से बैठ गया और आँखें मूँद लीं।

एक छोटे-से शेल्फ से एक खत निकालकर सुभाष ने राजारेड्डी को दिया। हाल ही में नीदरलैंड्स से एक समाज सेविका यहाँ आयी थीं और यहाँ के रोगियों को देखकर जाने के बाद इन लोगों को खत लिखा था। उसके दौरे का विवरण और दिये गये वचन के बारे में सुभाष बताने लगा।

शेखर को यकीन नहीं हो रहा था कि उसने ये सारे दृश्य एक ही दिन में देख लिये हैं। ऐसे मर्द, जिनके पैर नाकाम हो चुके हैं; कुछ औरतें, जो गर्दन घुमाकर नहीं देख पातीं, सड़क पर गिरने से पैर तुड़ा बैठी लिंगम्मा, रीढ़ की हड्डी टूट जाने से अपाहिज हो गया तीन बेटियों का गरीब बाप, हाथ-पैर टेढ़े होकर मुड़ जाने के बाद भी अपने माँ-बाप के दो वक्त की रोटी खिलाने के लिए टेलीफोन बूथ चलाने वाली तिरुपतम्मा, स्कूल के वे बच्चे...सब उसके मन में हलचल मचाने लगे। शायद ही कोई यकीन कर पाये कि ये सबकुछ ही घंटों में देखे गये दृश्य थे। लेकिन यह खरा सच था। ये सब कहानियों के या फिल्मों के झूठे किरदार नहीं थे, जीते-जागते इंसान थे।

सोचते-सोचते शेखर ऊँघने लगा। उसी स्थिति में वह दुःस्वप्न-सा देखने लगा।

स्कूल की घंटी बजी। बच्चे शोर मचाते हुए घर जाने लगे। लेकिन उनके हाथों में किताबें और स्लेट नहीं, बल्कि गाँठों से भरी सूत की रस्सियाँ थीं।

पुराकथा

जी.आर. महर्षि

बहुत समय पहले की बात है । एक जंगल था ।

आकाश को पंखा झलने वाले पेड़ थे, अपने मन में गीतों को भरकर दौड़ने वाली नदियाँ थीं, शोर मचाते हुए हरदम किसी को पुकारने वाले जलप्रपात थे, रंगों में नहाकर पंखों से चित्र बनाने वाले पंछी थे, हवा की फुसफुसाहट को ध्यान से सुनकर विचलित होने वाले फूल थे, इधर-उधर विचरण करने वाले तरह-तरह के जानवर थे ।

ऐसे जंगल में बरसात की एक रात को...

आकाश को चीरकर बिजली ऐसे कड़की कि पूरा का पूरा जंगल रोशनी से जगमगा उठा । मेघ ऐसे गरजे कि सुनने वालों का कलेजा फट जाता । महासैन्य की तरह बारिश की बूँदें आक्रमण करने लगीं । सूखे पत्तों पर गिरकर बूँदें फूटने लगीं । हवा बेसुरी आवाज में चिल्लाने लगी । जंगल बरसात में भीगता, बादल के गरजने से भयभीत होता रहा ।

इस वीभत्स वातावरण में एक पेड़ के नीचे एक बंदरिया प्रसव वेदना से तड़प रही थी । हवा में काँपती, पानी में भीगती, आँसू बहाती, पागलों-सी कराहती बैठी थी । इतने दिन पेट में सुरक्षित रखे हुए बच्चे को इस धरती पर लाने के लिए छटपटा रही थी । पूरी ताकत बटोरकर, पेड़ के तने को नाखूनों से खरोंचते हुए, वह जोर से चीखी । बच्चा जमीन पर गिरा । बंदरिया ने कुछ पल आँखें मूँद लीं । एक अनजानी खुशी...जाना-पहचाना दर्द!

बरसात कम होने लगी और उसने थमते-थमते एक बिजली जमीन पर

फेंकी । उसकी रोशनी में नवजात नन्ही जान को उस बंदरिया ने एक नजर देखा । खून से सने अपने शरीर के ही उस अंश को छाती से लगाकर उसके बदन को चाटने लगी और अपने पेट पर उसे चिपका लिया । उस शिशु ने अभी आँखें भी नहीं खोली थीं, पर माँ को मजबूती से पकड़ लिया । भरपेट दूध पिया । माँ और बच्चा सुख की नींद सो गये ।

सुबह-सुबह पंछी चहकने लगे, तो बंदरिया की आँख खुली । उसके बच्चे ने भी आँखें खोलकर माँ को देखा । दोनों की आँखों में प्यार भरा था ।

बच्चे ने माँ की ओर देखते हुए पूछा, ''मैं कौन हूँ? कहाँ से आया हूँ?''

माँ को थोड़ी-सी हैरानी हुई । बच्चे ने पहली बार बात की, यह देखकर खुश हुई ।

''हम सब बंदर हैं, बच्चे! मैं तेरी माँ हूँ ।'' कहकर उसने बच्चे को पेट पर चिपका लिया और पेड़ पर चढ़ने लगी ।

''माँ, यह दुनिया तिरछी क्यों है?'' बच्चे ने फिर सवाल किया ।

माँ ने बच्चे की ओर शक की नजर से देखा - 'कहीं इसे हवा तो नहीं लग गयी?' ऐसा सोचकर वह उसे 'बंदर बाबा' के पास ले गयी ।

वे पेड़ की सबसे ऊँची डाली पर बैठकर इस संसार के बारे में विचार कर रहे थे । बंदरिया को देखते ही उन्होंने सादर उसका स्वागत किया और कहा, ''नये मेहमान का स्वागत है ।'' बंदर के बच्चे के सिर पर उन्होंने हाथ फेरा ।

माँ ने बच्चे के सवालों के बारे में उन्हें बताया ।

उस नन्हे बंदर को गोद में लेकर पुचकारते हुए बाबा ने कहा, ''अगर पैदा होते ही यह इस तरह के सवाल कर रहा है, तो बड़ा होने पर इसके बहुत मशहूर बनने का खतरा पैदा हो जायेगा ।''

''क्यों, साधु महाराज! सवाल पूछना गलत बात है?'' बच्चे ने पूछा ।

बाबा चौंक उठे ।

''इस संसार में मुँह बंद करके चुप रहने से अधिक हितकारी काम दूसरा कोई नहीं है । इसीलिए तो सब लोग मुझे बड़ा आदमी मानकर आदर देते हैं । यह दुनिया पहले जैसी थी, अब भी वैसी ही है । तुझे यह तिरछी नजर आयी, मुझे तो उलटी दिखायी देती है । मैंने कभी किसी से पूछा क्या कि यह ऐसी क्यों है? क्यों, क्या जैसे प्रश्न पूछना मूर्खता है । तर्क से जीभ जरूर पैनी हो जाती है, पर बुद्धि का विकास नहीं होता । जंगल में बहुत सारे मीठे

फल हैं । उन्हें खाओ । तुम खुद जान लोगे कि खाने से ज्यादा आनंद देने वाला काम दूसरा नहीं है ।'' यह उपदेश देकर बंदर बाबा फिर से संसार के परिशीलन में डूब गये ।

बच्चे को लेकर माँ चली गयी ।

बच्चे की उम्र के साथ-साथ उसके सवालों की संख्या भी बढ़ती गयी ।

वह कभी दोस्तों के साथ नहीं खेलता था । अकेला बैठा रहता था । पढ़ने नहीं जाता था । पेड़, पत्ते, फल, बरसात, धूप, बर्फ, ये सभी चीजें उसे नित नयी लगती थीं । जीवन के तथ्यों में से कम से कम एक की खोज करके उसे जान लेने की उसके मन में बड़ी जिज्ञासा थी ।

एक दिन हवा के साथ एक अखबार जंगल में उड़ आया । उसे काँख में दबाकर बंदर का बच्चा फिर बाबा के पास गया ।

''बाबा! मेरे मन में एक संदेह है ।''

''एक वाक्य में बताओ ।'' बाबा ने कहा ।

''इसमें लिखा है कि बंदर से मनुष्य का जन्म हुआ । क्या यह सच है?''

''अपने-अपने ज्ञान के अनुसार हर कोई कुछ न कुछ लिखता रहता है। उन सब बातों पर हमें विश्वास करने की जरूरत नहीं है ।'' बाबा ने कहा।

''मैं इस बात को खुद कोशिश करके जानना चाहता हूँ ।''

''तुम्हारा मतलब...''

''मैं मनुष्यों के पास जाना चाहता हूँ ।''

''हर एक बात को अनुभव के द्वारा सीखने की कोशिश करना मूर्खता है । तुम नहीं जानते, मनुष्य बड़े दुष्ट होते हैं ।'' बाबा ने भला-बुरा समझाया ।

''मुझे आशीर्वाद दीजिए । मैं जा रहा हूँ ।''

''ठीक है । अन्वेषी के रास्ते में टाँग अड़ाने से क्या वह रुकेगा?'' बाबा ने बच्चे की तरफ करुणा भरी दृष्टि से देखा ।

बंदर निकल पड़ा । माँ ने आँसू बहाये ।

''एक बात मत भूलना, बेटे! तेरी माँ तेरे इंतजार में आँखें बिछाये बैठी रहेगी ।'' माँ ने बच्चे को गले से लगाकर विदा किया ।

मनुष्यों की बस्ती के सिवान पर पैर रखते ही बंदर के गले में फंदा पड़ा।

सामने एक आदमी प्रकट होकर बोला, ''मैं तेरा मालिक हूँ । बिल्ली की तरह पलटी मारकर दिखा ।'' उसने हाथ की लाठी से बंदर पर तीन-चार प्रहार भी किये ।

बंदर की समझ में कुछ नहीं आया । पूछ बैठा, "साहब! मैं तो बंदर हूँ । फिर बिल्ली की तरह पलटी कैसे मार सकता हूँ?"

"तो फिर बंदर की तरह पलटी मार ।" कहकर इस बार मालिक ने उसे दो लाठियाँ जमायीं । उस मार से बचने के लिए बंदर चार बार ऊपर-नीचे उछला ।

मालिक बंदर को गलियों में घुमाकर, बंदर का खेल दिखाकर, पैसा कमाकर घर की ओर चल पड़ा ।

घर जाने के बाद उसने बंदर को थोड़ा-सा खाना खिलाया और खुद भरपेट खाकर खर्राटे लेता हुआ सो गया । बंदर ने फंदा छुड़ाकर भागने की बहुत कोशिश की, पर नाकामयाब हुआ ।

पौ फट गयी । मालिक बंदर को फिर सड़क पर ले आया । उससे तरह-तरह की उछल-कूद करायी । गाल के अंदर सिक्के दबाना भी सिखाया । वह बंदर को रोज उतना ही खाना खिलाता था, जितना उसके जिंदा रहने के लिए जरूरी था । नियमित रूप से रोज चार लाठियाँ मारता था ।

"रोज-रोज अकारण क्यों मारते हो, जी? मुझमें भी तो तुम्हारी तरह जान है । दर्द तो सबको एक जैसा ही होता न?" बंदर ने कहा ।

"मैंने अपने अनुभव से जाना है कि यह संसार लाठी की भाषा को छोड़ कोई दूसरी भाषा नहीं समझता । फिर भी तेरी बातें सुनकर लगता है कि तू दया के योग्य है ।" कहते हुए उस आदमी ने सिर्फ दो बार लाठी से वार किया ।

कुछ दिन बीते । बंदर के लाख उछलने-कूदने के बावजूद पैसा नहीं मिल रहा था । जीने के लिए जब मनुष्यों को ही तरह-तरह के करतब करने पड़ रहे थे, तो फिर बंदर के करतब कौन देखता?

मालिक हताश हो गया । उसने बंदर के खाने में कमी कर दी और लाठियों की मार बढ़ा दी ।

एक दिन गली-गली घूमने के बाद भी पैसे नहीं मिले, तो मालिक सोच में पड़ गया ।

"अब कोई फायदा नहीं । लोगों में हास्य के प्रति रुचि ही मर गयी । अब थोड़ा करुण रस का प्रदर्शन करना पड़ेगा ।" उसने कहा ।

बंदर ने उसकी ओर संदेह की दृष्टि से देखा ।

"देख, दोस्त! यह पापी संसार है । आँखें हैं, इसलिए इसे देखना ही पड़ता है । मैं तो भुगत ही रहा हूँ, तेरे लिए इसे देखना इतना जरूरी तो नही है न?" मालिक ने कहा ।

बंदर उसकी बातों को नहीं समझ सका । मुँह ताकता रह गया ।

"मेरी बात समझने की कोशिश कर । भूख से मरने से तो अच्छा है कि अंधा बनकर जी । लोगों के मन में दया है । अंधे बंदर को देखकर पैसा बरसायेंगे । तेरी आँखें फोड़ देता हूँ । दर्द बिलकुल नहीं होगा ।" मालिक ने कहा । उसके चेहरे पर कोई भाव नहीं था ।

बंदर ने उसे धिक्कारते हुए पूछा, "तू भी कैसा मनुष्य है?"

"मनुष्य हूँ, इसीलिए मेरे मन में यह विचार आया । तू जानवर है । तेरे दिमाग में कभी ऐसा विचार आया था?"

इतने में जोर की आवाज सुनायी दी । लोग इधर-उधर भागने लगे । हाहाकार और वेदना के स्वर सुनायी दिये ।

मालिक ने भय-विह्वल होकर कहा, "जाओ, दोस्त! तुम्हें फिर से इस दुनिया में जीने के लिए छोड़ रहा हूँ । अलविदा!" इसके बाद वह भाग खड़ा हुआ ।

बंदर की समझ में नहीं आया कि किस तरफ भागे ।

हर तरफ भागते हुए लोग दिखायी दिये । बच्चे भाग न पाने के कारण कुचले जा रहे थे । पेट्रोल की बू...मानव शरीरों के जलने की बू...औरतें शिशुओं को छाती से लगाये पागलों की तरह चीख रहीं थी...गिर रहीं थी...जल रहीं थी ।

बंदर को चार आदमियों ने घेर लिया ।

"तू कौन है? हिंदू? मुसलमान?"

बंदर ने हैरानी से उन्हें देखा ।

"मैं बंदर हूँ!" उसने काँपते हुए कहा ।

"चाहे तू कोई भी हो, हमें क्या!" लाठियाँ हवा में उठ गयीं । बंदर ने वार से बचने के लिए पलटी खायी । एक पैर पर जोर की मार पड़ी । 'खट्' करके हड्डी के टूटने की आवाज़ आयी ।

बंदर को जंगल याद आया...माँ याद आयी...उसके बाद कुछ भी याद नहीं रहा ।

* * *

बंदर ने आँखें खोलीं ।

चारों ओर दवाई की बू...घावों की बू...

दर्द न सह पाने के कारण छोटे बच्चे रो रहे थे । दो साल की बच्ची

के सिर पर पट्टी बँधी थी । 'माँ! माँ!' पुकारती वह माँ को ढूँढ़ती इधर-उधर फिर रही थी ।

बंदर के सिर में असह्य दर्द था । एक पैर पर पट्टी बँधी थी । पीडा से तड़प रहा था ।

एक नर्स आकर बोली, "तेरा भाग्य अच्छा है कि तू जिंदा बच गया...पर..." उसने बात पूरी नहीं की ।

बंदर ने निर्लिप्त भाव से उसकी ओर देखा ।

"अब कभी तू दोनों पैरों से चल नहीं सकेगा ।" नर्स ने कहा ।

अपने पैर की ओर देखकर बंदर फूट-फूटकर रोया ।

कुछ दिनों के बाद बंदर को एक बैसाखी पकड़ाकर वहाँ से जाने को कह दिया गया ।

"मैं कहाँ जाऊँ?" बंदर ने पूछा ।

"तेरी मर्जी, जहाँ तू चाहे ।"

बंदर के होठों पर विषाद से भरी एक मुसकान आयी ।

इतने में एक आदमी बंदर के पास आया ।

"मैं एक सर्कस कंपनी का मालिक हूँ । तुझे मैं ले जा रहा हूँ ।" कहकर वह बैसाखी समेत उसे ले गया ।

"साहब, वहाँ मुझे क्या करना होगा?"

"लोगों का मनोरंजन करना होगा ।"

"साहब, दुखी होने पर रो तो सकता हूँ न?"

"हाँ, बिना आवाज किये तू रो सकता है । इतनी आजादी तो तुझे जरूर मिलेगी ।"

सर्कस में उसे पिंजरे में रखा गया ।

उसने देखा कि उसी की तरह वहाँ और भी कई तरह के जानवर हैं ।

उसने उनसे पूछा कि तुम लोग कहाँ से आये हो ।

"किसी दूसरी जगह से क्यों आयेंगे? यहीं पैदा हुए और यहीं पलकर बड़े हुए हैं ।" उन जानवरों ने जवाब दिया ।

"तुम्हें यहाँ रहना अच्छा लगता है?"

"क्यों नहीं! रोज मांस के चार टुकड़े खिलाते हैं । अच्छा, यह तो बता, तू कहाँ से आया है?" जानवरों ने पूछा ।

वह एक अद्भुत लोक है । पेड़, पक्षी, नदियाँ, सूर्योदय! तुम तो सपने में भी कल्पना नहीं कर सकोगे ।'' बंदर ने अपने उस बिखरे सपने को याद किया ।

सर्कस में एक पैर पर चलते हुए बंदर जो करतब दिखाता था, लोग उन पर खूब तालियाँ बजाते थे । एक पैर को घसीटते हुए वह पलटी मारता था, भागता था । पर कुछ ही दिनों में लोग ऊब गये । उन्होंने तालियाँ बजाना बंद कर दिया । मालिक ने सोचा कि बंदर को खिलाना बेकार है, तो उसे सिर्फ एक वक्त का खाना मिलने लगा । एक दिन मालिक आया और बंदर को पिंजरे से बाहर निकाला ।

''अब इसकी उछल-कूद कोई पसंद नहीं कर रहा है । इसे मुरली बजाना सिखाना पड़ेगा ।'' मालिक ने अपने सहायक से कहा ।

सहायक ने बंदर के हाथ में मुरली दी, तो वह हैरान होकर देखने लगा । चाबुक की मार पड़ी । उसे रोना आया । मुरली से संगीत प्रवाहित हुआ । सिर्फ बंदर जानता था कि वह संगीत नहीं, उसका रोना है ।

मुरली से निकलने वाले करुण संगीत से सर्कस में नयी रौनक आ गयी।

जैसे-जैसे बंदर का जीवन दुस्सह होता गया, मुरली से उतने ही नये-नये राग निकलने लगे । माँ की लोरियाँ, जंगल की हवा का गीत, झरने की दुख भरी तान!

अपनी खोयी हुई जिंदगी को वह गीतों में ढूँढ़ता था ।

सर्कस का काम ऐसा था कि आराम करने के लिए बिलकुल समय नहीं मिलता था । रात को नींद से जगाकर घसीट ले जाते थे ।

कुछ समय बीता । बंदर कई गाँव और शहर घूमा ।

सर्कस कंपनी एक बार एक जगह से दूसरी जगह जाते हुए रात के समय एक जंगल में रुकी ।

उस जंगल की हवा लगते ही बंदर में सोयी हुई अनगिनत यादें जाग गयीं । ''यह मेरी मातृभूमि है ।'' इस सोच ने और मिट्टी की गंध ने उसके खून को दस्तक देकर जगाया । जोर से चिल्लाने की इच्छा हुई । रोने का मन किया । पूरा जोर लगाकर पैर में बँधी रस्सी को तोड़ डाला । लँगड़ाते हुए भागने लगा । एक पैर को घसीटते हुए, हाँफते हुए, पसीने से तर-ब-तर होते हुए, आँसू पोंछते हुए; खरोंचों से भरे शरीर से बहते खून की परवाह न करते हुए, गिरते-पड़ते, लोटते हुए वह जंगल के हृदय की ओर भागने लगा।

उसका अपना जंगल, अपनी मिट्टी, अपनी गंध...ये सब उसे प्यार से घेरने

लगे। धरती को उसने बार-बार चूमा। धरती-जिस पर उसकी माँ चली थी...जहाँ एक भी मनुष्य नहीं, ऐसी धरती!

सभी बंदर आश्चर्यचकित होकर देखने लगे कि यह लँगड़ाता अपरिचित कौन है।

सबसे पहले माँ ने उसे पहचान लिया। दूर से ही अपने बच्चे को भाँप लिया। बच्चे के शरीर की गंध के छूते ही माँ का दिल भर आया। उसने मन पक्का कर लिया था कि अब कभी बच्चा दिखायी नहीं देगा। ऐसे बच्चे को सामने पाकर उसकी आँखें आँसुओं से धुँधली हो गयीं। दौड़ती हुई आयी और उसे भींच लिया। टेढ़े पैर को देखकर सिसकियाँ भरकर रोयी। पूरे बदन पर हाथ फेरा। घावों को चाटा। दुख की नदी-सी माँ को देखकर बच्चे ने मन में गोते लगाये।

शब्द दुख के कारण जम गये थे। बच्चे ने उस स्थिति से उबरते हुए माँ के आँसू पोंछे और बिना किसी से कुछ कहे सीधे बाबा के पास गया।

''बाबा!'' वह जोर से चिल्लाया।

बाबा फौरन पेड़ से उतरा और उसने बंदर को गले से लगाया। लँगड़े पैर को देखकर बाबा दुखी हुआ। उसके होठों पर एक करुण मुसकराहट खेल गयी। वह मन ही मन बड़बड़ाया, ''अनुभव से बड़ा गुरु कोई नहीं है।''

''बाबा! मैंने एक सत्य खोज निकाला है।'' बंदर ने कहा।

''हाँ, हाँ! तुमने उसका मूल्य चुकाया है, यह भी दिखायी दे रहा है!'' बाबा ने बंदर पर हाथ फेरते हुए गद्‌गद्‌ होकर कहा।

कुछ देर बाद बंदर ने गंभीर और धीमी आवाज में कहा, ''बाबा! अगर अधम स्तर से उन्नत स्तर को जाना ही परिणामक्रम है, तो उन्नत स्तर के बंधनों से अधम मानव का जन्म झूठ होगा। मानव से ही बंदर का उत्पन्न होना सत्य है। इस संसार में सत्य को जानने की इच्छा करने वाले हर प्राणी को कुछ न कुछ मूल्य चुकाना ही पड़ता है। मैं भी...'' आँसू की एक बूँद फिसलकर उसकी लँगड़ी टाँग के रोयों में गिरी और सूख गयी।

बंदर अपने पैर को घसीटता जंगल के अंदर चला गया। कुछ देर बाद पूरा जंगल मुरली की तान से गूँज उठा।

वह गान ऐसा था, मानो इस धरती के सभी मानवों से सवाल कर रहा हो!

गुलामों की जन्नत

बी. अजय प्रसाद

यदि एक प्राणी को दूसरा प्राणी मारकर खाता है, तो यह प्रकृति का नियम है । शिकार करने वाले प्राणी से शिकार होने वाले प्राणी की रफ्तार ज्यादा होती है, क्योंकि वह अपनी जान बचाने के लिए डरकर भागता है ।

जब प्राणी अपनी सुरक्षा के लिए अपने शारीरिक अंगों और मानसिक लक्षणों का विकास करते हैं, तो वह जीव-परिणाम कहलाता है । जब मनुष्य डर के कारण अपनी सुरक्षा के लिए अपनी जीविका की रक्षा करते हुए जीवन बिताता है, तो उसे क्या कहना चाहिए ।

●

उसे मैंने पहली बार विश्वविद्यालय के पुराने विद्यार्थियों के सम्मेलन में देखा था । उसका नाम नवीन है । तब मैं सिविल इंजीनियरिंग के दूसरे साल में पढ़ रहा था । नवीन उस वक्त देश के गिने-चुने युवा उद्योगपतियों से में एक था । हमारे विश्वविद्यालय के पुराने छात्रों को और उनमें से विभिन्न क्षेत्रों में निपुणता प्राप्त करके नाम कमाने वालों को एक मंच पर लाना उस समारोह का उद्देश्य था । अपने भाषण में नवीन ने पाँच बंदरों की एक कहानी सुनायी। उस कहानी और कहानी के उद्देश्य ने मुझे बहुत आकृष्ट किया था । वह कहानी अब मैं आपको भी सुनाना चाहता हूँ । सुनिए :

एक पिंजरे में पाँच बंदर थे और उसमें केले का एक फल टाँग दिया गया था । उसी पिंजरे में केले तक पहुँचने के लिए एक कोने में सीढ़ियाँ भी थीं । पाँच बंदरों में से जैसे ही कोई एक बंदर सीढ़ियाँ चढ़ने लगता, पाँचों

बंदरों पर ठंडे पानी का छिड़काव किया जाता था। इस तरह एक-दो बंदरों के केले तक पहुँचने की कोशिश के बाद जब भी कोई बंदर केले की तरफ जाता, बाकी चारों ठंडे पानी से बचने के लिए उस पर टूट पड़ते थे।

पाँच बंदरों में से एक को बाहर निकालकर एक नये बंदर को पिंजरे में भेजा गया। अंदर जाते ही उसका ध्यान केले की तरफ जाना स्वाभाविक था। यह केले को लेने जाने लगा, तो पुराने चार बंदरों ने उस पर आक्रमण किया। तब पहले वाले बंदर को दोबारा पिंजरे में लाया गया। वह केले की तरफ जाता, तो नये बंदर के साथ चारों पुराने बंदर उस पर हमला कर देते।

बंदर नहीं जानते थे कि उनकी मनचाही चीज़ हासिल करने से उन्हें क्यों रोका जा रहा है। इसी तरह जो बंदर नया आया है, उसका पुराने बंदर पर आक्रमण करना भी हैरान कर देने वाली बात है। वह प्रकृति का नियम नहीं, बल्कि मैनेजमेंट का सिद्धांत है। नॉलेज एंड विज़डम। ज्ञान और विवेक। नवीन के अनुसार समाज से मनुष्य यही ज्ञान सीखता है।

नवीन की इस कहानी से मुझे बहुत प्रेरणा मिली। कहानी कहने का तरीका और उसका उद्देश्य मुझे इतना अच्छा लगा कि मैंने सोचा, अगर नौकरी करूँगा, तो पहले उसी की कंपनी में करूँगा।

जब मैं इंजीनियरिंग की पढ़ाई खत्म करने जा रहा था, तब उत्पादन के लिए खासतौर से काम करने वाले उद्योग बंद होने लगे थे और उद्योगपति 'रियाल्टरों' में बदलते जा रहे थे। रियल एस्टेट के व्यापार के साथ-साथ आई.टी. पार्क, टेक्सटाइल पार्क आदि भी पनपने लगे। प्राइवेट कंपनियों से होड़ करती सरकार भी व्यापार-धंधों में पहुँच गयी और आई.टी.पार्कों, टेक्सटाइल पार्कों, फाइनेंशियल डिस्ट्रिक्टों, हार्डवेयर पार्कों के निर्माण के लिए जमीनें बेचने लगी। इन जमीनों को हथियाने के लिए तरह-तरह की नयी कंपनियाँ कुकुरमुत्तों की तरह उगने लगीं। इनमें से तीन-चौथाई तो कंपनियाँ ही नहीं थीं। आई.टी. पार्कों के विकास के नाम पर उद्योगपति, शराब के ठेकेदार, सिविल कॉन्ट्रेक्टर, फैक्शनिस्ट आदि सब रियल एस्टेट पर टूट पड़े थे।

मैंने पढ़ाई पूरी करके नवीन की कंपनी में नौकरी के लिए आवेदन पत्र भेजा। उस वक्त नवीन के बेटों ने विरासत में मिले पिता के व्यापार को आगे बढ़ा दिया था और वे रियल एस्टेट के व्यापार में कदम रखने जा रहे थे। इसलिए मुझे नौकरी मिलने में कोई दिक्कत नहीं हुई।

कॉलेज में पढ़ते वक्त बाकी लोगों की तरह मुझमें भी एक तरह का जोश था । देश की सेवा करनी है, जिंदगी में कुछ बनकर दिखाना है, इन आदर्शों के साथ-साथ अच्छाई की रक्षा करने और बुराई का खुलकर विरोध करने की तीव्र आकांक्षा भी थी । जब नवीन की कंपनी में नौकरी में लग गया, तो मैं हर काम को उत्साह के साथ जल्दी और निपुणता से करता था ।

कुछ लोगों का बर्ताव बहुमुखी होता है । ऐसा व्यक्तिगत उद्वेग या मानसिक संतुष्टि के कारण नहीं, बल्कि जरूरत की वजह से होता है । नवीन भी अपनी जरूरत के मुताबिक, यानी अधिक से अधिक मुनाफे के हिसाब से बर्ताव करता था । उसके बर्ताव को देखते हुए यह कहना मुश्किल था कि कब किसकी नौकरी छूट जाये या किसका हिसाब चुकता हो जाये । वह सब उसके मूड पर और काम की व्यस्तता पर निर्भर करता था । यहाँ सिर्फ कंपनियों के नाम शाश्वत होते हैं । हालत ऐसी थी कि घर से लाया गया टिफिन दफ्तर में खायेंगे या वापस घर जाकर खायेंगे, यह किसी को मालूम नहीं होता था ।

अपनी जिंदगी की सोचकर सब डरते हैं । इस भीड़ भरी, जंगल जैसी दुनिया में कभी नौकरी चली जाती है, कभी घर खाली करना पड़ता है, कभी बीवी-बच्चों के साथ सड़क पर आ जाने की नौबत आ सकती है या अपना पूरा अस्तित्व ही उल्टा हो सकता है । ऐसी परिस्थितियों को कौन सह सकता है? इन सबसे बचने की कोशिश में दमन का शिकार होकर, आत्मसम्मान का गला घोंटते हुए जीने वाले कई लोग मिल जायेंगे । धीरे-धीरे मेरी समझ में आने लगा कि नवीन द्वारा सुनायी गयी बंदरों की उस कहानी का सही अर्थ क्या है और वह अपने जीवन में उन सिद्धांतों को किस तरह काम में ला रहा है ।

देखते-देखते उसके प्रति मेरी जो राय थी, वह बदलने लगी । लेकिन यह उसकी गलती नहीं थी । वह पहले से ऐसा ही था । उसे समझने में मुझसे ही भूल हुई थी । वह मेरी नादानी थी । पर जब तक उसे मैं ठीक से समझ पाया, तब तक मेरे अंदर की सारी शक्तियाँ नष्ट हो चुकी थीं और मैं पूरी तरह से उसके वश में हो चुका था । लेकिन जब मैं यह जान गया, तो इस बार नौकरी पाने में मैंने जो जल्दबाजी की थी, वैसी जल्दबाजी नौकरी छोड़ने में नहीं की । मैंने सोचा, मैं चला गया, तो नवीन को कोई दूसरा मिल जायेगा । और इस बात की भी क्या गारंटी है कि मुझे नवीन जैसी ही कोई

दूसरा नहीं मिलेगा? इसलिए मैंने उसी कंपनी में रहते हुए, पहले की तरह नादान न बनकर, इस दुनिया को और साथी मनुष्यों को समझने की कोशिश करने का निश्चय किया ।

तभी एक घटना घटी ।

अनैतिकता का सहारा लेकर आगे बढ़ने वाली औद्योगिक प्रगति हर जगह दिखायी देती है । होटल मैनेजमेंट में यह सिखाते हैं कि अमीरों को कैसे खुश करना है, उनका आदर-सत्कार किस तरह करना चाहिए, उन्हें स्वादिष्ट भोजन कैसे खिलाना है, इत्यादि । बिजनेस मैनेजमेंट में मनुष्य के सामर्थ्य से ज्यादा, जीविका को हाथ से न जाने देने की कमजोरी का फायदा उठाकर, मानव संसाधनों और प्राकृतिक संसाधनों को बेचते हुए अपना अस्तित्व बनाये रखने वाली कई कंपनियाँ हैं । कई सालों से अनगिनत लोग सब कुछ भूलकर, पारिवारिक जिम्मेदारियाँ निभाने की खातिर, या जीविका चलाने के लिए, इसी तरह जी रहे हैं ।

ऐसे लोगों में से मृत्युंजय राव भी एक है । एक दिन उसने दफ़्तर में कदम रखते ही जाकर पंखा चलाया और कुर्सी पर बैठते हुए कहा, ''क्या दिन आ गये हैं! कहीं भी जाऊँ, ढंग से कोई काम पूरा होता ही नहीं । कोई भी दफ़्तर हो, पहले अटेंडेंट को कम से कम सौ रुपये देने पड़ते हैं । उससे कम दिया, तो वह हमें सिर से पैर तक घूरने लगता है!''

मृत्युंजय राव ने सेक्रेटेरिएट में काम करके रिटायरमेंट ले लिया था । फिर हमारी कंपनी में आ गया था । सेक्रेटेरिएट में प्रोजेक्ट रिपोर्ट और प्रस्तावों की अर्जी देना उसका काम था ।

उसकी बात गलत नहीं थी । अनैतिकता का भी एक अधिकारक्रम है । अब उसके बारे में बात करो, तो सुनने वाला नहीं मिलेगा । हमारा समाज उसका इतना आदी हो चुका है । वैसे भी, वह जिस काम से वहाँ गया था, वह काम ही ऐसा रहा होगा । वह किसी गैर-कानूनी निर्माण के लिए अनुमति पाने, या कब्जा कर ली गयी जमीन के लिए कागज-पत्र तैयार कराने के लिए गया होगा ।

नगरपालिका के दफ़्तरों और रजिस्ट्री कार्यालयों के चक्कर लगाने वाला आदिनारायण चश्मे के पीछे से बोला, ''क्या हुआ? काम बना नहीं क्या?'' वह भी अवकाशप्राप्त आदमी था ।

हमारे यहाँ ज्यादातर अवकाशप्राप्त सरकारी बाबू लोग ही काम करते

थे। वह हमारी कंपनी की नीति थी। नवीन को विश्वास था कि इन्हीं लोगों को सरकारी कार्यालयों के तौर-तरीके मालूम होते हैं और अनुभवी होने के नाते वे ही काम को सफलतापूर्वक निबटा सकते हैं। वे दिनभर सरकारी दफ्तरों के चक्कर लगाते रहते थे और पैरवी करते रहते थे कि साहब, आप हमारा यह काम कर दीजिए, वरना हमारी नौकरी चली जायेगी। वे गिड़गिड़ाते, घंटों सौदेबाजी करते, अधिकारियों के हाथ गरम करते और काम करवाकर ही आते। यह उनका कर्तव्य था।

मृत्युंजय राव जब अपनी मेज़ के सामने बैठकर रूमाल से पसीना पोंछ रहा था, तभी चपरासी ने आकर कहा, ''सर, आपको एम.डी. सर बुला रहे हैं।''

दफ्तर में बैठे हम सबने एक साथ सिर उठाकर देखा। हम समझ गये कि कुछ होने जा रहा है। जैसे ही मृत्युंजय राव अंदर गया, हमें नवीन के चिल्लाने की आवाज़ सुनायी दी, ''इडियट...डंकी...!''

आत्मसम्मान का मुँह बंद करके जीने वालों की कमी नहीं है। जब लोग खुद के लिए जीते ही नहीं, तो फिर आत्मसम्मान का सवाल ही नहीं उठता। अंदर से चिल्लाहट सुनते ही हम सब सिर झुकाकर अपने-अपने काम में लग गये।

मृत्युंजय राव अपमानित होकर अपनी सीट पर आकर बैठ गया। मुझे बुरा लगा। वह मेरे पिता की उम्र का था। रिटायर होने के बाद भी पैसे की तंगी के कारण यहाँ नौकरी करने आया था। मैं अपनी फाइल की आड़ में ऐसे बैठा रहा, जैसे मैंने कुछ सुना ही नहीं!

हम सबकी हालत लगभग एक जैसी थी। कुछ दिन पहले एक एनिमेटेड फिल्म आयी थी। उस अंग्रेजी फिल्म में एक जादूगर तीन राजकुमारियों को अपने जादू की शक्ति से अपना गुलाम बना लेता है। वह अपने दुष्ट कार्यों से उन्हें तरह-तरह की यातनाएँ देता रहता है। वे हरदम उससे डरी-डरी-सी रहकर उसके हर आदेश का पालन करती रहती हैं। झुक-झुककर उसे सलाम करती रहती हैं। उनमें और हममें कोई फर्क नहीं है। यहाँ नौकरी करने वाले भी अपने परिवारों के साथ सड़कों पर आ जाने से बचने के लिए, या इस खयाल से कि अपने जीवन की गाड़ी पटरी पर से न उतर जाये, इन अपमानों को चुपचाप सह लेते हैं।

कुछ देर बाद अंदर से मेरे लिए बुलावा आया। मुझे मालूम था कि ऐसा होगा। जब कोई बड़ी समस्या सिर उठाती है, तो नवीन मुझे बुलाता है। मैं अंदर गया, तो उसने कहा कि लक्ष्मीनारायण नामक व्यक्ति का मामला मैं देखूँ।

कॉर्पोरेट की भाषा में, या बिजनेस मैनेजमेंट की भाषा में, एक शब्द होता है ''कॉन्फिडेंशियालिटी', यानी गोपनीयता। वह ऐसी कोई निजी बात नहीं है, जिससे समाज की हानि न होती हो। ठीक से देखने पर उसमें मनुष्य की प्राथमिक आवश्यकताओं को ध्वस्त करने वाला बाज़ार होता है।

मैं नवीन के कमरे से बाहर निकला और मैंने मृत्युंजय राव के पास जाकर फाइल ले ली। मृत्युंजय राव ने चैन की साँस ली।

उद्योग के लिए निर्धारित जगह पर सरकार से आई.टी. पार्क के निर्माण की अनुमति माँगते हुए दिये गये आवेदन पत्र और उस योजना के विवरण उस फाइल में थे। कानूनन एक बार उद्योग के लिए निर्धारित जमीनों को किसी और को बेचना या उन्हें आई.टी. पार्कों में बदलना मुमकिन नहीं था।

नवीन दस साल से केबल बनाने की कंपनी चलाकर सरकार को केबल सप्लाई कर रहा था। तकनीकी आधार पर बनायी जाने वाली कोई भी चीज़ सरकार को आसानी से बेची जा सकती है। उसके लिए मार्केटिंग स्किल्स की जरूरत नहीं होती। हाँ, कानून या कार्यविधि के कुछ नियमों का पालन करना पड़ता है, बस। और इन कामों पर निर्भर रहने वाले प्राणी भी होते हैं। जाँच करने वाले क्वालिटी इंस्पेक्टर, बिल पास करने वाले बाबू लोग, वगैरह। उसके बाद टेक्नोलॉजी बदल गयी और केबल की जगह मोबाइल ने ले ली। विभाग को केबल की जरूरत नहीं रही और नवीन का व्यापार ठप्प हो गया।

तब तक केबल बेचकर हुए मुनाफे से नवीन ने कुछ फर्जी कंपनियों के नाम रजिस्टर करा लिये थे और उनके नामों से हाईटेक सिटी में कुछ वाणिज्य प्लॉट खरीदकर आई.टी. कंपनियों को किराये पर दे दिये थे। रियल एस्टेट यानी ज़मीन खरीदने और बेचने का व्यापार शुरू करने के बाद नवीन को उस दस एकड़ ज़मीन पर आई.टी. पार्क बनाने का खयाल आया, जिस पर वह केबल कंपनी चलाता रहा था। केबल कंपनी में नाममात्र का वेतन पाने वाले कर्मचारी तब तक सड़कों पर आ चुके थे। उद्योगों में कर्मचारियों का निर्वाह करना एक कला है। उसमें मनोवैज्ञानिकता का प्रयोग किया जाता है। सबके

मन में डर पैदा करने के लिए एक-दो को नौकरी से बिना वजह निकाल दो, बस! बाकी सब रास्ते पर आ जायेंगे । यूनियन बनने से रोकने का यह एक तरीका है ।

नवीन को केबल कंपनी की ज़मीन पर आई.टी.पार्क बनाने में 'नो ऑब्जेक्शन' का प्रमाणपत्र पाने के लिए कुछ लोगों के हाथ भी गरम करने पड़े ।

इस पूरे प्रकरण में एक व्यक्ति समस्या बनकर खड़ा हो गया । उसी का नाम था, लक्ष्मीनारायण । उसी के कारण मृत्युंजय राव को डाँट खानी पड़ी । नवीन ने मुझे जो विवरण इकट्ठे करने को कहे थे, वे भी उसी आदमी के थे ।

मैंने मृत्युंजय राव से पूछकर यह जानकारी प्राप्त कर ली कि लक्ष्मीनारायण देखने में कैसा है और दफ़्तर में किस जगह बैठता है । उसी दिन मैंने उसके परिवार के बारे में भी कुछ जानकारी हासिल की और अगले दिन सबसे पहले मैं उसके घर गया ।

वे लोग पुराने मध्यवर्गीय रहन-सहन में जी रहे थे । घर के अंदर मैंने जैसे ही कदम रखा, वहाँ चटाई पर लेटी एक बूढ़ी औरत ने मुझे कुर्सी दिखाकर बैठने को कहा और "अरे, बड़के!" पुकारती हुई अंदर चली गयी । शायद रसोईघर से उसकी बहू ने कहा, "नहाने गये हैं, माँजी!" बहू की आवाज़ में झुँझलाहट थी । शायद बच्चों को स्कूल भेजने की जल्दी थी ।

मैं कमरे को देखता बैठा रहा । इतने में बाहर से एक अजीब-सा दिखायी देने वाला आदमी अंदर आया । मेरी तरफ देखकर वह हँसा । उसकी हँसी भी अजीब थी । उसे मैंने पहले कभी देखा तो नहीं था, फिर मुझे देखकर वह क्यों हँसा? मैं सोचने लगा । उसके दोनों हाथों में दो बाल्टियाँ थीं और उनमें धुले कपड़े थे । शायद बच्चे उससे बहुत प्यार करते थे । वे "चाचा! चाचा!" कहते हुए उससे लिपट गये । मैंने सोचा, यह लक्ष्मीनारायण का छोटा भाई होगा ।

थोड़ी देर बाद लक्ष्मीनारायण आया । शायद अभी-अभी पूजा करके आ रहा था । माथे पर टीका लगाये था । अधेड़ उम्र का आदमी था । बाल पकने लगे थे । दाढ़ी भी सफाचट नहीं थी ।

मैंने अपना परिचय देते हुए कहा, "हमारी कंपनी के लोग आपको ठीक से समझ नहीं पाये ।"

उसने सिर हिलाया । मुझे पता नहीं चला कि वह हाँ कह रहा है या ना ।

''सच तो यह है कि शायद आपके कमिश्नर को भी कोई आपत्ति नहीं है ।'' मैंने कहा ।

''उसे मैं अच्छी तरह जानता हूँ ।'' वह मुसकराया ।

इसमें कोई शक नहीं कि यह पैसे के आगे झुकेगा । मैंने मन ही मन सोचा ।

वह मुलाकात तो सिर्फ औपचारिकता निभाने के लिए थी । उस दिन मुझे जो कुछ कहना था, कहकर वापस आ गया । उसके बाद लक्ष्मीनारायण के बारे में बहुत-सी बातें मालूम हुईं ।

एक समय था, जब लक्ष्मीनारायण को कहीं भी नौकरी नहीं मिलती थी और वह हमेशा कुंठा से भरा रहता था । उसके पिता रेवेन्यू ऑफिस में काम करते थे । पिता की मौत के बाद वह नौकरी इसे दी गयी । फिलहाल ईमानदारी से नौकरी कर रहा है । पाँच साल पहले शादी की । दो बच्चे हैं । माँ और छोटा भाई साथ ही रहते हैं । उसका भाई, जो मुझे देखकर हँसा था, मानसिक विकलांगता से ग्रस्त है । घर पर ही पढ़ाई करके बी.ए. पास किया है । भाई और भाभी का बहुत आदर करता है ।

उस पहली मुलाकात के बाद मैं अक्सर लक्ष्मीनारायण के दफ़्तर जाकर उससे मिलने लगा । जिस दिन मेरा मकसद पूरा होने वाला था, उस दिन मैंने जो कहा, उसका उस पर काफी असर हुआ । मैंने कहा :

''हमें भी समय के साथ बदलना पड़ेगा । मिसाल के तौर पर हमारे केस को ही लीजिए । पिछले दस सालों से वहाँ कोई उद्योग नहीं चल रहा है । अगर हम चलाना भी चाहें, तो आज केबल खरीदने वाला कोई नहीं है । अगर हम वहाँ आई.टी.पार्क जैसा कुछ बनाते हैं, तो कम से कम कुछ लोगों को नौकरियाँ मिलने की संभावना है । यही नहीं, आई.टी. नियमों के अनुसार कम से कम पाँच सौ लोगों को नौकरी देनी पड़ेगी । वह तो हम वैसे भी कर ही रहे हैं । सरकार तो वह काम करने से रही । अगर आप कुछ कर सकें, तो आपकी मदद से यह काम हो जाये ।''

मुझे लगा कि मेरी बातों से लक्ष्मीनारायण जरा-सा पिघलने लगा है । उसने कहा, ''आपकी फाइल के बारे में दो-तीन दिन में कुछ फैसला करने की कोशिश करूँगा ।''

एक हफ्ते तक रोज उसके पास जाते रहने के बाद काम बन गया । उसके बदले में हमें बहुत ही कम कीमत चुकानी पड़ी । उसके छोटे भाई के लिए हमारी कंपनी में नौकरी!

मेरी समझ में यह नहीं आया कि भाई को यह नौकरी दिलाने से उसे क्या फर्क पड़ने वाला है । माँ और भाई की देखभाल की जिम्मेदारी तो फिर भी उसी के कंधों पर रहेगी ।

एक बार हमारी फैक्टरी में एक कर्मचारी का हाथ कट गया था । उसके परिवार के सदस्य और रिश्तेदार हमारे दफ़्तर में आकर शोर मचाने लगे । उनकी दो माँगें थीं - एक, हर्जाना और दूसरी, नौकरी । नवीन ने कहा कि दोनों में से एक ही मिल सकता है । बेचारों ने नौकरी को चुना । लेकिन तीन महीने बाद उसे नौकरी से निकाल दिया गया था ।

लक्ष्मीनारायण भी मुझे उन लोगों के जैसा ही दिखायी दिया । उसके छोटे भाई को ढाई हज़ार रुपये वेतन देने का निर्णय हुआ । जब उसे हमारी कंपनी में नौकरी देना तय हो गया, उसके एक हफ्ते बाद लक्ष्मीनारायण ने मुझे फोन किया । उसने कहा, "मेरा भाई होशियार है । बस, उसका दिमाग जरा ठीक नहीं है । उसे कोई भी आदेश दिया जाये, वह उसका पालन आँख मूँदकर करता है । थोड़ा टाइपिंग भी जानता है । घर पर ही पढ़ाई करके बी.ए. पास किया है । जरा लोगों के बीच रहकर काम करने लगेगा, तो उसे दुनियादारी समझने में मदद मिलेगी । मैं बस इतना ही चाहता हूँ ।"

मैंने कहा कि मैं नवीन से बात करके देखूँगा ।

लक्ष्मीनारायण जैसा पागल कोई दूसरा नहीं होगा । सिर्फ नौकरी मिल जाने से क्या होगा? वह नहीं जानता कि हमारे दफ़्तर में हर रोज किसी न किसी की नौकरी जाती रहती है । अगर नवीन की बात मानकर फाइल पर दस्तखत कर देता, तो उस पर पैसों की वर्षा होती । कुछ ज्यादा पैसे माँगने पर भी नवीन मना न करता । इतना पैसा तो वह अपनी जिंदगी में कभी नहीं कमा सकेगा । लेकिन मैंने कभी सोचा ही नहीं था कि वह इतने सस्ते में हमारे जाल में फँस जायेगा ।

उस दिन जब मैंने नवीन को यह बात बतायी, तो वह बोला, "पुअर क्रीचर! फिर भी हम दो दिन इंतजार करेंगे । वह खुद रास्ते पर आ जायेगा!"

एक हफ्ते के बाद लक्ष्मीनारायण का भाई सत्यमूर्ति आ गया । बड़ा भाई

मेधावी था और छोटा भाई मंदबुद्धि। पर वह मानसिक रोगी नहीं था, सिर्फ उसका दिमाग ठीक से काम नहीं करता था। उसके चेहरे पर हमेशा मासूमियत से भरी मुस्कान खिली रहती थी। गौर से देखने पर ही मालूम पड़ता कि उसमें कोई कमी है। बात करने से फौरन पता चल जाता कि वह बाकी लोगों से अलग है।

हम सबके साथ यह होता रहता है कि नये व्यक्ति से मिलने के कुछ समय बाद हम उसे भूलने लगते हैं। लेकिन सत्यमूर्ति के साथ मेरा जो अनुभव था, वह अलग था। शायद उसकी मानसिक विकलांगता की वजह से ऐसा हुआ हो। सत्यमूर्ति जैसे लोगों का उपहास करने वाले भी कुछ लोग होते हैं। लेकिन उनके साथ सहानुभूतिपूर्ण बर्ताव करने वाले भी दिखायी देते हैं।

सत्यमूर्ति किसी सोच में डूबा-सा अचानक ठिठककर खड़ा हो जाता था। कभी बिना कारण नमस्कार करता था। छोटी से छोटी बात का भी विवरण माँगता था। पूछने पर मुसकराते हुए कहता, "मेरे भैया ने कहा है कि जो बात समझ में न आये, उसके बारे में किसी से पूछकर जान लेना चाहिए।"

हमारे दफ़्तर में काम करने वाले तरह-तरह के लोग थे...बूढ़े थे, युवक थे...किसी की किसी से दोस्ती हो जाती, तो किसी को कोई फूटी आँख न सुहाता। लेकिन यह दोस्ती या दुश्मनी हमेशा के लिए नहीं होती थी। बस, एक-दूसरे से अपना काम निकालने भर के लिए होती थी। दोस्ती का कारण कुछ भी हो सकता था, जैसे एक ही जाति का होना, एक-दूसरे पर निर्भर करना, ईश्वर की भक्ति, शेयर, मकान के प्लॉट, या कुछ भी।

इसी तरह दुश्मनी के लिए भी ईर्ष्या, चुगलखोरी, कुछ बातों में मतभेद होना आदि कोई भी कारण हो सकता था। इन सब लोगों का व्यवहार नवीन की पाँच बंदरों वाली कहानी से भिन्न नहीं होता था।

इसलिए इन सबसे अलग मानव स्वभाव को देखकर मुझे हैरानी हुई। बाकी, सब लोग जिस बात को कभी अन्याय कहते हैं, उसी को कभी विकास का सही मार्ग कहते हैं। यह विरोधाभास हर किसी में दिखायी देता है।

मृत्युंजय राव भी ऐसा ही है। कभी कहता है, "हमें इससे क्या लेना-देना है, छोड़िए न!" तो कभी कहता है, "आप देख रहे हैं न, कितना बड़ा अन्याय हो रहा है?"

इन सबको देखने के बाद मेरी समझ में आ गया कि हर किसी को बस अपनी जीविका की चिंता है, और किसी बात की नहीं।

सत्यमूर्ति इस तरह के माहौल में काम करने आ गया था । वह साधु व्यक्ति था, इसलिए सब लोग उस पर अधिकार चलाने लगे । इसके अलावा लोग उसे अपने से कम भी समझते थे । उनमें बालचंद्र भी एक था ।

राजा के पास कुछ ऐसे सेवक होते हैं, जो राजा के विश्वासपात्र होते हैं । बालचंद्र अपने-आप को ऐसा ही सेवक समझता था । वह एक अजीब किस्म का आशावादी था । इस तरह के लोगों का आशावाद बड़ा खतरनाक होता है । मेरे खयाल में मनुष्य को आशावादी होना ही चाहिए, पर अपने-आप को धोखा देते हुए, आँख मूँदकर जीना गलत है । किसी के प्रति अन्याय करके अपनी जीविका चलाना और उस कमाई में से कुछ हिस्सा मंदिर में बैठे भगवान को समर्पित करके उसी को देश का विकास मानना इन आशावादियों की आदत है ।

बिजनेस मैनेजमेंट की पढ़ाई करके नौकरी करने वाला बालचंद्र एक अनुशासित सैनिक की तरह था । वह हमेशा निष्कपटता, मेहनत, दृढ़ निश्चय, समस्या को सही ढंग से सुलझाने आदि के बारे में बात करता रहता था । यह सच है कि कॉर्पोरेट व्यक्तित्व का विकास ऐसी चीज़ है, जो मनुष्य में निहित अद्भुत सामर्थ्य को बाहर लाता है । पर उसका उपयोग करने वाला कौन है? उससे किसका फायदा हो रहा है और किसका नुकसान? ऐसा तो कोई सोचता ही नहीं है ।

जिस दिन सत्यमूर्ति काम पर आया, उसे बालचंद्र ने एक छोटा-सा भाषण सुना डाला, जिसमें अपने मालिक के प्रति और काम के प्रति निष्ठा और विनम्रता बरतने का उपदेश था । फिर भी मुझे बालचंद्र में एक बात अच्छी लगी । वह सत्यमूर्ति के प्रति उदार था । वह उसकी मदद करता था और उसे सबके साथ मेल-जोल रखने को प्रोत्साहित करता था । वह अपना स्वार्थ सिद्ध करने के लिए सत्यमूर्ति से छोटे-छोटे काम भले ही कराता हो, पर उसका उपहास नहीं करता था ।

दूसरी तरफ हमारे दफ़्तर में एक निराशावादी भी था, वेंकटरमण । उसे बहुत जल्दी गुस्सा आ जाता था । हमेशा किसी की शिकायत करना, नाक-भौं सिकोड़कर बड़बड़ाते रहना उसका स्वभाव था । कोई कुछ कहे, तो उसका विरोध करना, बहस करना, उसकी आदत थी । किस-किस जगह बंद कारखाने या जमीनें बिकाऊ हैं, इसका पता लगाना उसका काम था । इसके अलावा नगरपालिका के दफ़्तरों में हाथ गरम करके प्रॉपर्टी के कागजात की कानूनी

प्रामाणिकता सिद्ध करवाना भी उसका काम था। उसने अनैतिकता को करीब से देखा था, इसलिए यह कोई आश्चर्य की बात नहीं थी कि उसका स्वभाव हमेशा चिड़चिड़ा रहने वाला हो गया था।

लक्ष्मीनारायण ने सत्यमूर्ति में जिस परिवर्तन की आशा की थी, वह कुछ ही दिनों में दिखायी देने लगा। वह अपने साथी कर्मचारियों से मिल-जुलकर रहने लगा, बातें करने लगा, लोगों को समझने लगा। धीरे-धीरे उसे यह भी मालूम पड़ने लगा कि कंपनी में क्या-क्या होता है। पर मुझे यह मालूम नहीं हुआ कि वह किन बातों को समझने लगा है।

एक बार बालचंद्र ने सत्यमूर्ति से कहा कि किसी योजना की फाइल लेकर आये। जब वह फाइल ला रहा था, तो उसमें से एक बैंक की पासबुक नीचे गिर गयी। सत्यमूर्ति ने उसे हाथ में लेकर ऊपर लिखे शब्द ऊँची आवाज़ में पढ़े -"पट्टेदार पासबुक - किसान-मजदूरों की खुशहाली सरकार का ध्येय।"

बालचंद्र ने झपटकर वह पासबुक उसके हाथ से छीन ली। तब तक सत्यमूर्ति पहला पन्ना पलटकर अंदर का फोटो देख चुका था।

" 'नलिनी...वाइफ ऑफ एस. नवीन।' क्या, सर, हमारी मैडम खेती भी करती हैं?"

"हाँ...वे सूखकर काँटा हो गयी किसान हैं।" वेंकटरमण बीच में बोल पड़ा।

मैं अपनी हँसी को रोक न सका। बालचंद्र ने वेंकटरमण को आँखें तरेरकर देखा। ऐसे ही संदर्भों में उन दोनों के बीच तकरार हो जाती थी। उनके झगड़े की परवाह किये बिना सत्यमूर्ति खामोश रहा। मैं समझ गया कि उसके दिमाग में क्या चल रहा है।

बालचंद्र और वेंकटरमण का वाद-विवाद जारी रहा।

बालचंद्र पूछता, "यह कैसा अन्याय है?"

वेंकटरमण पूछता, "तुम किसे अन्याय कह रहे हो?"

उन दोनों की बातें सत्यमूर्ति को विचित्र लग रही थीं। जब वह अपनी शंकाएँ जाहिर करता, तो जहाँ बालचंद्र को गुस्सा आता, वहीं वेंकटरमण को हँसी आती। बालचंद्र को गुस्सा होते देख सत्यमूर्ति अपने संदेहों का निवारण वेंकटरमण से पूछकर कर लेता।

"सर, एस ई जेड का क्या मतलब होता है?"

“स्पेशल इकोनॉमिक जोन-विशेष आर्थिक क्षेत्र ।”

“इसका क्या मतलब है, सर?”

“पहले जमींदारियाँ हुआ करती थीं न?”

“यानी जमींदारों के पास जो होती थीं, वो?”

“हाँ, पर अब जमींदार नहीं रहे ।”

“फिर कौन हैं?”

“कंपनियाँ और गुलाम ।”

“क्या तुम गुलाम नहीं हो?” बालचंद्र बीच में पूछ बैठा ।

“हाँ, मैं गुलाम बनाया गया था, मेरे जैसे और भी कई हैं ।”

“अगर गुलाम बनकर रहना तुम्हें पसंद हो, तो यहाँ काम करो, वरना दूसरी नौकरी ढूँढ़ लो ।” बालचंद्र ने कहा । वह समझता था कि धनी लोग नौकरियाँ देकर लोगों पर अहसान कर रहे हैं, मेहरबानी कर रहे हैं । अगर वे सहारा न देंगे, तो देश में बेरोजगारों की कोई कमी नहीं रहेगी ।

वेंकटरमण सवाल करता कि ऐसी व्यवस्था कैसे बनी, जिसमें कुछ लोगों के पास काम देने का अधिकार है । लेकिन इस सवाल का जवाब देने से ज्यादा मुश्किल था उसका कोई समाधान बताना ।

काम छोड़कर वेंकटरमण कहाँ जायेगा? क्या कर सकेगा? हर जगह यही चल रहा है । उसकी एक बेटी है, जो स्कूल में पढ़ती है । दो छोटे कमरों का तंग मकान । बच्चे को गोदी में उठाकर शाम को उसकी राह देखने वाली बीवी है । दिन गुजारना ही मुश्किल हो जाता है ।

समय के साथ सत्यमूर्ति में परिवर्तन आने लगा । हमेशा सिर उठाकर ऊपर देखने वाला सत्यमूर्ति अब किसी सोच में डूबा रहने लगा । उसकी स्वच्छ, मासूम मुसकान भी अब फीकी पड़ने लगी थी । काम बताये जाने पर उसे वह जल्दी पूरा करने लगा । मुझे लगा कि वह भी हम लोगों की तरह सुरक्षा के घेरे में बंदी बन जायेगा । मगर ऐसा नहीं हुआ ।

एक दिन मैं ऑफिस में दाखिल होने लगा, तो नवीन के कमरे से उसके चिल्लाने की आवाज़ सुनायी दी ।

मैंने प्रश्न भरी नज़रों से चपरासी को देखा । वह पानी का गिलास मेरी मेज़ पर रखते हुए बोला, “सत्यमूर्ति ।”

“वह अंदर क्यों गया?” मैंने पूछा ।

"बड़े साहब ने आते ही सत्यमूर्ति को बुलाया था, सर! कुछ कागज़ टाइप करने को दिये । सत्यमूर्ति टाइप करके ले गये । टाइपिंग में हुई गलतियों के लिए साहब डाँट रहे हैं ।"

पता चल ही गया कि जो घटना हो रही थी, वह अचानक नहीं हुई थी । पिछले हफ्ते ही कमिश्नर के दफ़्तर से अनुमोदन पत्र आ गया था । अब लक्ष्मीनारायण से कुछ काम नहीं रह गया था । फिर भी मैंने नहीं सोचा था कि नवीन इतनी जल्दी निर्णय ले लेगा ।

कुछ देर बाद सत्यमूर्ति मेरे पास आया । उसका चेहरा तमतमाया हुआ था और नथुने फड़क रहे थे । वह अपने दुख को अंदर ही अंदर दबाये मेरे सामने आकर खड़ा हो गया ।

"क्या हुआ?" मैंने पूछा ।

"सर, मेरी कोई गलती नहीं थी । फिर भी मुझे डाँटा जा रहा है ।"

मुझे मालूम था कि डाँट खाने के लिए गलती करने की जरूरत नहीं होती । समझ में नहीं आ रहा था कि उसे क्या कहकर तसल्ली दूँ । अपनी साजिशों को परे रखकर मनुष्य किन्हीं और कारणों से अमुक तरह का व्यवहार करते हैं, इस भ्रम में मैं नहीं पड़ रहा हूँ । आज के ज़माने में आदमी के दुखी होने को नकारात्मक माना जाने लगा है । बल्कि इसे एक ऐसी पराजय माना जाता है, जिसका कोई समाधान नहीं ।

चपरासी ने आकर सत्यमूर्ति से कहा, "सर, आपको बड़े साहब बुला रहे हैं ।"

मैं जान गया कि यह बुलावा सत्यमूर्ति का हिसाब कर देने के लिए है। मगर मुझे दुख नहीं हुआ । बालचंद्र की तरह मैं भी एक आशावादी हूँ । लेकिन आशावादी बनकर जीने के लिए भोलेपन की या अतिशयोक्ति की नहीं, बल्कि एक वैज्ञानिक कारण की जरूरत होती है । मैं समझता हूँ कि मेरे आशावाद के पीछे ऐसा कारण अवश्य रहा होगा ।

जिस प्राणी का शिकार किया जाता है, उसे जीवित रहने के संघर्ष में अपने लिए एक ऐसी जीविका का निर्माण करना पड़ता है, जिसका कोई भविष्य नहीं होता । यह प्रकृति का नियम नहीं है । आज का जीवन-सिद्धांत है!

बाइपास राइडर्स

जी. बाषा

भागिये....भाग जाइये...पत्थर गिर रहे हैं! दीवारें ढह रही हैं.... नींव हिल रही है...बाप रे...क्या भूकम्प आ गया है? पहाड़ों से चट्टानें टूटकर गिरने लगी हैं? भागो...उनके नीचे आ जायेंगे तो मर जायेंगे...कोई मेरी बात नहीं सुन रहा है! क्या युद्ध करने जा रहे हैं? शत्रु कौन है? क्या कोई पुरानी इमारत है? धूल के परदे उठ रहे हैं, दीवारें गिर रही हैं, उनके नीचे लोग दबे जा रहे हैं, मौत से पहले का आक्रन्दन....चीख पुकार! एक-दूसरे पर रंग फेंक रहे हैं...यह खुशी है या भय का उत्पात है? धूल बैठने लगी है, उन खंडहरों की नींव से पुरातन गन्ध! पर यह क्या, खून की गन्ध कहाँ से आ रही है? रंग...गुलाल....कुमकुम...विजय की खुशी मना रहे हैं! हाथों में भाले, त्रिशूल, उनकी नोकों पर मनुष्यों के कटे सिर...छी! छी! उल्टी आ रही है...

एक धमाका...मैं जाग गया, क़ड़पा-अनन्तपुर की बाइपास राइडर बस, किसी गाँव को छोड़ रही है...।

''वह औरत उल्टी करने लगी थी, इसीलिए खिड़की बन्द की साब!'' मेरे बगल में बैठा आदमी सफाई देने लगा, कहीं मैं भी उल्टी न कर दूँ! सपना था, फिर भी तसल्ली नहीं हुई. मानो कल की ही बात थी! घावों से अब भी जैसे खून बह रहा हो...घाव हरे के हरे! बार-बार परदे पर वही दृश्य झलकने लगता है!

मैंने खिड़की खोल दी. मेरे आगे की सीट पर बैठी वह औरत नींबू सूँघ रही थी । बाकी खिड़कियाँ भी एक-एक करके खुल गयीं । क़ड़पा में काफी

उमस है । आज तो धूप भी ज्यादा तेज है, शायद बारिश होगी । पर रायलसीमा में बारिश क्यों होगी? क्यों नहीं होगी...जरूर होगी । थोड़ा-बहुत पानी तो जरूर बरसेगा । अखबारों में तो यही खबरें छपती हैं कि बारिश नहीं हुई, खेत सूख गये, किसान आत्महत्या कर रहे हैं, धरती रेगिस्तान बनती जा रही है, इसी तरह डर और अविश्वास को ये अखबार प्रमोट करते हैं! यह पढ़कर जो थोड़ी बहुत हिम्मत है, वह भी छूट जाती है और डर लगने लगता है कि सचमुच रायलसीमा रेगिस्तान में बदल रही है, सहनशक्ति नष्ट हो जाती है, असहनशीलता सिर उठाती है और सामने के व्यक्ति पर, वीकर सेक्शन पर या माइनॉरिटी पर पहाड़ टूटकर गिरता है!

मेरे बगल में बैठे आदमी की नजरें मेरे हाथ की किताब पर पड़ीं...किताब हरे रंग की है । शीर्षक है 'वतन' मुसलमानों की कहानियों की किताब, खोलकर पढ़ने की कोशिश करता हूँ तो अक्षर साफ दिखायी नहीं देते । लगता है एक-एक अक्षर गीला होकर पुँछ गया है, एक-एक वाक्य पर आँसुओं की नमी! आँखें मूँद लेता हूँ तो नींद...कल्पनाएँ ।

बगल की सीट से अजीब आवाज में बातें सुनाई देने लगीं. उर्दू में बातें हो रही थीं, पर उनमें कुछ खास बात थी । कुछ सूखी...कुछ गीली....'वतन' में लिखे वाक्यों जैसी....रुक-रुककर आवाजें आ रही थीं....मानो दिल को कचोट देने वाली खबरों से भरी चिट्ठी को पढ़कर फाड़ देने के बाद...दुबारा उन टुकड़ों को जोड़कर पढ़ा जा रहा हो! इसके साथ-साथ तानपुरे की आवाज जैसी बस के चलने की आवाज...!

हर कहीं दुख ही दुख बरसते हैं, व्यथा के बादल ही घिर आते हैं, शायद। सफेद बादल...बादल मादा हैं या नर? अगर बादल पतलून पहन लें तो?... आई एम क्लैड इन पेंट्स...

सफेद बादल सुन्दर दिखते हैं, पर वे बरसते नहीं । कोई चित्रकार अगर उन पर काला रंग लगा दे तो...काले हो जाने के बाद बरसेंगे! फसलें, त्योहार...रमजान पास आ गया है । न जाने बेटी के ससुरालवालों ने क्या-क्या माँगें की होंगी...बगल की सीट पर बैठे मुसलमान दम्पत्ति के चेहरों पर उदासी छायी हुई है । सिर पर टोपी, पकी हुई दाढ़ी, सफेद चादर में लिपटी उसकी पत्नी उससे कुछ कहती जा रही है...कोने में खिड़की के पास काले बुरके में उसकी बेटी । उस काले बुरके में आँखें मूँदे बैठी वह और भी सुन्दर लग रही है. सो रही है, या अन्दर

के दुख को आँखों में छिपाने की कोशिश कर रही है...कह नहीं सकता. उसके माँ-बाप तो आपस में अपना सुख-दुख बाँट रहे हैं, वह लड़की किससे बाँट सकती है?

लोग इतनी सारी तकलीफें क्यों झेलते हैं? क्या ये सब उनके कर्मों के ही फल हैं? आँखें पूरी तरह भींच लेने के बाद भी वे सारे दृश्य दिखायी दे रहे हैं । कमजोर आँखें, होंठ हँसी का साथ नहीं देते, अधजले शरीर, पूरी तरह जलकर राख बने दिल...सूखे और गरीबी को ओढ़े हुए...

जीवन में शायद सुख सन्तोष चार दिन की चाँदनी ही होते हैं...

इन सबसे अछूते, अपनी ही धुन में दौड़ने वाले बाइपास राइडर्स...!

एर्रगुंट्ल गाँव आ गया ।

अब तक बस में ऊपर लगी डंडी पर फाँसी लगाकर खड़े सब लोग उतर गये । शायद फाँसी की सजा रद्द कर दी गयी ।

मेरे आगे की सीट पर बैठे एक सज्जन उतर गये । तब तक उनके बगल में दूरी बनाकर बैठी आंटी जी पीछे मुड़ीं और किसी को आवाज़ दी । खादी कपड़े पहने एक सज्जन भारी चाल चलकर आये और रौब से बैठ गये । उनके भार से वह सीट कराह उठी । वह औरत उनसे कुछ कह रही थी । सिर झुकाकर उसकी बातें सुनकर वे पास की सीट पर बैठे मुसलमान की ओर घूरने लगे । वह औरत अभी भी बोले जा रही थी । सज्जन ने फिर से मुड़कर देखा, गुस्से से मूँछें ऐंठनें लगे । यह देखकर मेरे बगल में बैठा आदमी बोला, ''क्यों रेड्डी! इतना गुस्सा किसलिए?''

यह हालचाल पूछना चाहता है या उकसाने की कोशिश कर रहा है?

''पीछे की सीट पर जाने को कहा तो वह उठा नहीं । ये इन औरतों के साथ बैठना चाहती थी, बेचारी!'' रेड्डी ने कहा और आँखें दिखाने लगा । बस में खड़े लोगों की आँखें इन्हीं लोगों पर टिकी थीं । मुसलमान और उसकी पत्नी जवाब में कुछ कह रहे थे ।

''उठ जाते तो तेरा क्या जाता बे?''

ऊँघनेवाले सब जागकर उस तरफ देखने लगे ।

मुसलमान औरत कुछ कहने को हुई । उसका पति उससे कुछ कहने लगा । मना कर रहा है या बहस कर रहा है? क्या दबकर चुप रहना चाहता है?

लड़की तनकर बैठ गयी । बुरके को पूरी तरह चेहरे के ऊपर खींच लिया । उसकी आँखों में डर था, डाली पर सोयी नन्ही-सी चिड़िया जंगल में आग लगने से जैसे घबराकर जाग जाती है । इतने में सबकी नजरें उसी ओर लगी देखकर शायद वह फिर से सिकुड़कर बैठ गयी ।

''नहीं...बिल्कुल नहीं...इस तरह दबकर चुप मत रहना...अत्याचारी तुम्हारे अंग-प्रत्यंग में शूल भोंक देंगे...तुम्हारे गर्भ में सोये शिशुओं को काटकर सलाखों की नोक पर लगाकर कराल नृत्य करेंगे...पीछा करके मौत के घाट उतार देंगे कि शवों के नामो-निशान भी नहीं मिलेंगे...तुम्हारी आँखों के सामने ही तुम्हारे अपनों को खत्म कर देंगे...उन शवों को तुम पहचान लोगी तो भी क्या कहीं ऐसे काले कोट होंगे, जो तुम्हारी बात पर यकीन करेंगे...?''

मेरे बगल में बैठे आदमी से ठीक से बैठा नहीं जा रहा है । न जाने क्या सोच रहा है...या इसलिए परेशान है कि उसके उकसाने के बावजूद कुछ भी नहीं हुआ...

बीवी सफेद चादर में लिपटी सिर झुकाये बैठी थी । उसका मियाँ गुस्से से भरी रेड्डी की आँखों की ओर घबरायी हुई नज़रों से रह-रहकर देख रहा था । गहरे पानी में चमकने वाली मछलियों की तरह बुरके के अन्दर उस लड़की की आँखें...

''उस औरत को परेशान किया, ऊपर से घूर क्यों रहा है? रेड्डी को नहीं जानता?'' बातों से पहले उसके मुँह से रम की बू आयी ।

''तुम जो भी हो, मुझे उससे क्या भाई? अब मैंने ऐसा क्या गुनाह किया?'' मियाँ ने पूछा ।

''मुँह बन्द करके बैठ मुसलमान की औलाद! औरत को वहाँ बैठने देता तो तेरा क्या जाता रे? क्या बीवी की गोदी में बैठना जरूरी है?'' रेड्डी उठने लगा...शाल को सँभालने लगा...अगर सचमुच उठ जाता तो शायद मार-पीट कर देता । उसकी आँखों में इसी बात की इच्छा हिलोरें लेती दिखायी दीं ।

''क्यों ऐसी बातें कर रहे हो, भाई? बस में चढ़ते ही इसी सीट पर बैठ गये । क्या तुम्हारी सीट पर बैठे हैं? इनसे कहते हो कि बीवी की गोद में बैठे हैं, तुम भी तो अपनी पत्नी से सटकर बैठे हो? हम चुप हैं, इसका मतलब यह नहीं कि तुम जो मुँह में आये कहते जाओ!'' बीवी उठकर खड़ी हो गयी ।

अच्छा! यह औरत तो हिम्मतवाली निकली!!

"ओय! बैठ जा, बस कर! बड़ी आई बोलने वाली! अरे, अपनी बीवी को चुप रहने को बोल। हम तो रहम खाकर कुछ नहीं करते, इसका मतलब..." रेड्डी उठकर खड़ा हो गया। थोड़ा झुककर खड़ा था, सीधा खड़े होने पर शायद उसका सिर बस की छत को छूने लगेगा।

"क्या कर लेगा, रे तू? तू रेड्डी है तो अपने गाँव का!"

"अबे, अपनी बीवी को बैठने को कह, वरना पहले तू मार खायेगा। एक और शब्द मुँह से निकाला तो तेरे शव भी अगले गाँव नहीं पहुँचेंगे! क्या समझ रखा है...तेरी तो..."

"बैठ जाओ जी, बस करो...अभी तक खड़ी क्यों हो?" बस में बैठे लोग बीच बचाव करने लगे।

मियाँ मानो नींद से जाग गया हो! एकदम से उठकर अपनी बीवी को सीट पर धकेलकर, उसकी गर्दन झुकाकर, पीठ पर मुक्के मारने लगा।

"या अल्लाह!" वह दर्द से चिल्लायी।

"बाबा..." लड़की ने माँ को बाहों में ले लिया और घबराकर पिता को देखने लगी।

बस अचानक ब्रेक लगाने से रुक गयी। अन्दर की सारी लाइटें जल उठीं। मानो घर की चारदीवारी के अन्दर छिपी बात सबको मालूम हो गयी।

"राइट...राइट..." कंडक्टर ने हाँक लगायी।

बाइपास राइडर फिर से चल पड़ी। 'क्या सबकुछ 'राइट' है?' सचमुच...? अब तक बदन ढकने वाली चादर नीचे फिसलकर गिर गयी। गरीबी का खुलासा हो गया। उसका मातृत्व ढल चुका था।

पतली गोरी काया। क्या सारा खून खर्च हो जाने से आया है, यह गोरापन? कन्धे झुक जाने से ब्लाउज ढीली हो गयी। गर्दन रूठी है कि उसे कोई गहना नहीं पहनाया गया है। गले की हड्डियाँ उभर आयी हैं। कानों में बालियों की जगह सिर्फ छेद। उस औरत के पास अब क्या बचा रह गया है? सिर्फ आँसू! उन आँसुओं को भी बहने से रोकती हैं चेहरे पर पड़ी झुर्रियाँ। हर्डिल्स... न जाने और कितने हर्डिल्स पार करने होंगे।

"उसी वक्त इन बदमाशों को पाकिस्तान भेज देते तो अच्छा होता..." रेड्डी की टिप्पणी! यह अन्त है...या उपसंहार...या प्रस्तावना...मैं चौंक उठा!

"कितनी बड़ी बात कह दी इसने! क्या परदा उठाऊँ? उठूँ? उसकी बात का जवाब दूँ? जीत और हार? अन्तर्मथन अभी शुरू हुआ ही नहीं, इससे पहले ही नतीजे के बारे में इतना सोचना! क्या यह मजबूरी है? यह मेरे साथ नहीं हो रहा है, यही सोचकर चुप रहना...सहनशक्ति...? धिक्कार है!"

वह लड़की अपने माँ-बाप को और बस में बैठे लोगों को बारी-बारी से देख रही है। उसे लगा कि सब लोग उनकी लाचारी को, परायेपन से ही देख रहे हैं।

गरीबी, समझौते, ससुराल के झगड़ों को छोड़कर वह लड़की कुछ भी नही जानती थी, जिस धरती पर जन्म लिया, उसी पर हम पराये कैसे हो गये, यह बात उसकी समझ में नहीं आयी।

हवा में उड़ने वाली उसकी जुल्फें अब काले नाग बनकर उसके माथे को डसने लगीं!

एकदम सन्नाटा छा गया। बस के चलने से बजने वाले खिड़कियों के शीशे भी अब खामोश थे। वह खामोशी जो गुम्बदों के ढहने से पहले छा जाती है! हवा चल रही थी...मानो कोई भूत-प्रेत पाप कार्य के पूरे हो जाने पर हुंकार भर रहा हो!

मुझे चुप रहना है...चुप रहना ही बेहतर है! रिलैक्स हो जाना है...मैं क्या रिलैक्स हो सकता हूँ? अब तक मुट्ठी भिंची थी, निचला होंठ दाँतों के नीचे दबकर कट गया था...! कोई दूसरा गाँव नज़र आने लगा है। कुछ लोग उतर गये और कुछ चढ़ गये। चढ़ने वाले मुसलमान हैं या हिन्दू! अगर कंडक्टर कहता कि सिर्फ हिन्दू ही बस में चढ़ें...मन कड़वा हो गया। अँधेरा छाने लगा। चाँद बादलों के पीछे छुप गया।

बाइपास राइडर तो चलती ही रही!

बीवी सफेद चादर में लिपटे शव की तरह दिखायी दे रही थी। मियाँ सिर झुकाये बैठा था। लड़की ऐसी लग रही थी मानो कोई बच्ची माँ का वेश धारण कर रही हो। वह अपनी माँ को बाहों में समेटे बैठी थी।

बस लेवल क्रॉसिंग को पार कर चुकी थी। स्पीड ब्रेकर्स ने ऐसे झकझोर दिया कि सोच में डूबे, सपनों में खोये, या सोये हुए यात्री जाग गये।

"ओ, माँ!" यह आवाज़ बस के अन्दर से आयी। आगे की सीट से आयी। फिर वहाँ हलचल मच गयी। कंडक्टर वहाँ जाकर कुछ बात करके

पीछे मुड़कर देखने लगा । रेड्डी और उसकी पत्नी घबराये हुए उठकर बस के आगे की तरफ जाने लगे । बस रुक गयी । बैठे हुए लोग उठकर झाँकने लगे । आपस में बातें करने लगे । कुछ होने वाला था । समथिंग रॉन्ग! बस रोककर ड्राइवर भी पीछे मुड़कर देखने लगा । फिर अपनी सीट पर बैठकर तेजी से बस चलाने लगा ।

शायद आगे की सीट पर रेड्डी की बेटी थी । वह रो रही थी । उसकी माँ उसके माथे को सहलाने लगी । लड़की के होंठ भिंचे थे । वह तकलीफ में थी । आँखों से बहने वाले आँसू होंठों को ढीला कर रहे थे । कभी उठकर खड़े होने की कोशिश करती और नहीं उठा जाता तो धम्म से सीट पर बैठ जाती ।

मैं भी उठकर खड़ा हो गया, मुझसे बैठा नहीं जा रहा था! अरे यह लड़की तो प्रेग्नेंट है! शायद बस के हिचकोलों से प्रसव की पीड़ा शुरू हो गयी है! "माँ" कहते हुए अपनी माँ से लिपटती जा रही थी । बस को जल्दी से ताडिपत्रि गाँव पहुँचाने की कोशिश कर रहा था, बस चालक । लेकिन एक जगह पहुँचकर बस रुक गयी । बस के अन्दर की सारी बत्तियाँ जल उठीं, जिससे बाहर का अँधेरा और घना हो गया ।

आगे की सीटों पर बैठे लोग बस के पिछले हिस्से की तरफ आने लगे । कुछ लोग बस से उतर गये थे पर बाहर बूँदा-बाँदी हो रही थी तो वापस बस में चढ़ गये ।

"बेचारी लड़की...कैसी मुश्किल में पड़ गयी है । बीच सफर में अब वह कैसे बच्चे को जन्म देगी? न जाने क्या होगा इसका!" पीछे की तरफ आते हुए एक बुजुर्ग ने बीवी की ओर देखते हुए कहा ।

वह लड़की उल्टी करने लगी । खुली खिड़की में से अन्दर की सारी पीड़ा को उगल सके तो कितना अच्छा हो । रेड्डी हाथ मलता खड़ा था । उसकी पत्नी को देखकर लगा कि अभी जोर-जोर से रो पड़ेगी! बाहर बारिश तेज हो गयी । मिट्टी की बू आने लगी । खिड़कियों के सारे शीशे बन्द हो गये । मिट्टी की बू के साथ और एक अजीब सी गन्ध आने लगी । बस के अंदर उमस बढ़ गयी ।"

बीवी उठकर खड़ी हो गयी । बस के आगे की तरफ उसने कदम बढ़ाये । उसकी चाल में किसी तरह की लड़खड़ाहट नहीं थी । लोग हटकर

उसे रास्ता देने लगे । सफेद चादर ओढ़े वह उस लड़की के पास पहुँच गयी। मेरे बगल में बैठा आदमी बीवी की बेटी को घूर रहा था । उसकी नज़रों में तीखापन था । अगर इसे मौका मिलता तो यहीं पर सबकुछ घट जाता...

गुजरात जाने की जरूरत नहीं!

पीछे की सीट पर बैठा कोई आदमी खिड़की खोलकर सिगरेट सुलगाने लगा । चार-पाँच लोगों ने उसे झिड़क दिया...किसी ने 'पिच्च' करके थूक दिया । बस में शोर...पसीने की बदबू...और एक अजीब गन्ध...बाहर बारिश पूरे जोरों पर...एक प्रकार की बेचैनी...घबराहट...गन्दगी का बोध...!

बारिश के कारण बस से उतरना नामुमकिन था । उतरकर बस की आड में खड़ा रह सकता हूँ । बीवी अपनी बेटी से कोई चीज़ लाने को कह रही थी । वह लड़की एक थैले में कुछ साड़ियाँ लेकर माँ के पास गयी । ड्राइवर की सीट के पीछे की तीन-चार सीटों को जोड़कर एक 'कैबिन' बना दिया । मुझे अपने बचपन में देखा हुआ दृश्य याद आ गया । मुसलमान औरतें बस में सफर करते वक्त परदे के लिए इसी तरह साड़ियों या चादरों से 'कैबिन' बना लेती थीं ।

'कैबिन' के अन्दर रेड्डी की बेटी सीट पर लेटी थी, बीवी ने चादर को सिर के ऊपर से लेकर कन्धों को ढककर बाँधा और ट्रेनिंग ली हुई नर्स की तरह काम में लग गयी । ड्राइवर और कंडक्टर सबको बस से उतरने को कह रहे थे । न चाहते हुए भी सब उतर गये । सिर्फ एक छोटी बच्ची और उसका छोटा भाई बस में ही बैठे रहे ।

वह लड़की शरमा रही थी कि मेरे कारण इतने लोगों को तकलीफ हो रही है ।

बीवी ने मुझे, रेड्डी को, ड्राइवर और कंडक्टर को एक बार देखा तो हम जल्दी-जल्दी बस से उतर गये ।

बाहर बरसात!

आने वाली नन्ही-सी जान के स्वागत में मोतियों की लड़ियों जैसी बरसात की धारा! चमकती बिजली में दिखायी दे रहा था एक मनोहर दृश्य!

पेड़ों और पहाड़ों के चारों ओर बरसात के धागों से बना एक और बड़ा-सा 'कैबिन' । शायद वहाँ प्रकृति किसी को जन्म दे रही थी । न जाने कौन सी अद्भुत जलनिधि प्रवाहित होने वाली है!

बारिश चेहरे पर थपेड़े मार रही है। मानो घड़ों से पानी हम पर उड़ेला जा रहा है! आसपास कहीं कोई पेड़ भी नहीं है। पर ऐसी बारिश में पेड़ भी क्या सुरक्षा दे सकता है? पैदा होने के लिए शिशु छटपटा रहा है। बेचारी लड़की बहुत तकलीफ में है! बीवी प्रसव ठीक से करा सकेगी? ऐसे समय में शायद औरत बनकर जन्म लेना ही बुरा लगता होगा।

बारिश में भीगते यात्री। बस के नीचे कुछ दुबककर बैठे हैं और कुछ सिगरेट पी रहे हैं। एक बूढ़ा आदमी मेरे पास चलकर आया और कुछ कहने लगा...शायद उसे मालूम नहीं था कि मैं मुसलमान हूँ...यह कैसा आदमी है, छीः! सबकुछ भूलकर प्रकृति में हम सब एक साथ भीग रहे हैं, ऐसे वक्त में भी इसके दिमाग में ऐसे खोटे विचार कैसे आ गये? सुना है हम में से हर किसी के दिमाग में हर रोज लगभग एक हजार विचार आते हैं। उनमें अच्छे कितने होंगे और बुरे कितने होंगे? जानवरों को कितने विचार आते होंगे?

सबके मन में एक अजीब तनाव...हलचल...हालत जरा बदलती तो अच्छा होता...इतने में बस में से चीख सुनायी दी। साथ ही शिशु का रुदन भी... बस के अन्दर से खुशी के संकेत जैसी चूड़ियों की खनक। एक मिनट के बाद बीवी ने एक पल के लिए बाहर झाँककर देखा और फिर अन्दर चली गयी। फिर बाहर आयी और खुशी से भरी आवाज़ में बोली, "लड़का हुआ है...लड़का...!"

'लड़का...वह बड़ा होकर मुसलमानों पर एक और अस्त्र...' इस बारिश के पानी से मैं अपने दिमाग को साफ कर लूँ।

दूर-दूर खड़े सारे लोग पास आ गये। ठंड से दाँत किटकिटा रहे थे। फुसफुसाहट में बातें कर रहे थे...

"भाई, रेड्डी!" किसी ने बुलाया।

सुइयों की तरह चेहरे पर गिरने वाली बूँदों को हाथ से पोंछते हुए रेड्डी ने मुड़कर देखा। बस की रोशनी में उसका चेहरा ही दिखायी दे रहा था, पर वह परेशान था...

"ब्लेड या चक्कू इस जंगल में कहाँ मिलेगा जी...?"

"मेरे पास है न...शेविंग किट में..."

मैं बस में चढ़ा। अन्दर गर्मी थी लगा मानो मैं दुबारा माँ के गर्भ में प्रवेश कर गया। एक अजीब सी बू...अंडे की बू जैसी...जन्म की बू...प्राणी

की पहली गन्ध...असहनीय...गन्दी बू...कीचड़...गीलापन...पर कीचड़ में ही तो कमल जन्म लेता है ।

बारिश की बूँदों की बस की छत पर आवाज़...बीवी के हाथ की चूड़ियों की खनक । तेज चलती हवा का शोर । इन सभी आवाज़ों के बीच फैली खामोशी ।

उसे चीरती हुई शिशु के रोने की आवाज़ । कली के खिलने का विस्फोट । ट्रिमिंग सिजर्स (छोटी कैंची) को यू डी कोलोन में धोकर, रेड्डी की पत्नी को पकड़ाकर मैं फिर बारिश में चला गया ।

''चलो जी...अब चलें । कोंडापुरम कितनी दूर है? गाँव में इन्हें उतारकर फिर जायेंगे । आप लोग देर होने की शिकायत तो नहीं करेंगे...पाँच-छह मील ही तो है!'' ड्राइवर कह रहा था । मैं कंडक्टर को देखते हुए बदन पर बस के अन्दर जाने से लगी बदबू को और हाथों में लगी यू डी कोलोन को बारिश के पानी से धोने लगा । मन में अजीब से खयाल उठ रहे थे । बारिश और तेज हो गयी ।

बीवी ने सबको बुलाते हुए कहा, ''अब आप सब बस के अन्दर आ जाइये...''

सब जल्दी-जल्दी चढ़ने लगे ।

बाहर अच्छा था । बस के अन्दर बदबू थी । खिड़कियाँ भी नहीं खोल सकते । ड्राइवर ने तौलिये से अपना चेहरा और आगे के शीशे पोंछे । फिर अपनी सीट पर बैठ गया । कंडक्टर ठंड से अकड़े हाथों को जाँघों के बीच में रखकर उन्हें गर्मी देने लगा ।

भीगे पैसों के थैले में पैसों की खनखन!

मेरे सामने रेड्डी बैठा था ।

बीवी अपनी मुलायम चादर में शिशु को लपेटकर, उसे प्यार से देखते हुए रेड्डी के पास लायी और बोली, ''लो रेड्डी! तेरा नाती...देख तो, तेरे जैसा ही है...तुझ पर गया है...लो...गोद में ले लो...सम्भालकर...नीचे मत गिरा देना... देखो बारिश में भीगकर कैसे काँप रहे हो...!''

रेड्डी ने ध्यान से बच्चे को सँभाला और एक बार बीवी की तरफ देखा । कुछ कहना चाहा पर होंठ काँपकर रह गये...न जाने ठंड से या किसी और वजह से...

बीवी बस का दरवाजा खोलकर नीचे उतर गयी ।

“सब बस में चढ़ गये तो अब यह औरत क्यों इस बारिश में नीचे उतरी है...!”

बस से दूर पानी में चलकर गयी । ऊपर देखकर कुछ बुदबुदाते हुए दोनों हाथों में बारिश का पानी लेकर मुँह धोया । ‘वजू’ करने लगी । मिनटों में सिर से पाँव तक भीग गयी । नहीं, उसने स्नान किया । दुबारा कुछ बुदबुदाते हुए आँखों और होठों को अंगुलियों से छूते हुए वह आराम से बस में चढ़कर अपनी सीट पर बैठ गयी । सब लोग उसी को देख रहे थे ।

पानी में भीगकर वह और भी गोरी हो गयी । लेकिन आँखों का सुरमा वैसा का वैसा ही था । नंगी गर्दन और नंगे हाथ!

वह हल्के से काँपने लगी ।

रेड्डी अपनी जगह से उठकर आया और अपने कन्धे पर पड़ी शाल बीवी को ओढ़ा दिया । बीवी के होंठ धीरे-से हिले ।

‘या अल्लाह’ कहा या ‘भैया’ कहकर शुक्रिया अदा किया, यह मालूम नहीं। उसने एक बार रेड्डी को देखा और शाल को कसकर कन्धों पर समेट लिया। मियाँ उसके माथे पर चिपके बाल सँवारने लगा । उसकी बेटी सिर पर ओढ़ी चुन्नी से माँ के चेहरे को पोंछने लगी ।

रेड्डी जब बीवी को शाल ओढ़ाने लगा तो सबके दिल भावुकता से भर गये । इसका साक्षी था, सबकी आँखों में उमड़ा पानी । बस रिवर्स करके कोंडापुरम की दिशा में चल पड़ी...कभी यह बस इन गाँवों के रास्ते नहीं आती...अन्दर...गाँवों के कोने-कोने में...सबके दिलों में प्यार की भावना जगाती... जा रही थी ।

बारिश के बादल छँट गये ।

चाँद शायद अपने दाग धोने के खयाल से बादल के टुकड़ों में घुस-घुसकर नहाने लगा ।

दौड़ते कदमों की आहट या उड़ते धूल के परदे अब कहीं नहीं हैं ।

बारिश आयी थी न!

नीचे ज़मीन है

महम्मद क़दीरबाबू

थोड़ी देर पहले उस औरत ने अपने हैंड बैग से एक छोटी शीशी निकाली और दोनों आँखों में दो बूंद दवाई डाली।

अब वह रो रही है या रोने को है, या रोने नहीं जा रही है, यह कहना मुश्किल है।

उसकी आँखों में पानी की परतें थीं जो कृत्रिम भी हो सकती हैं और स्वाभाविक भी। उन सजल आँखों से उसने मुझे और अय्यप्पा को बारी-बारी से देखा।

अय्यप्पा झुककर खड़ा था जैसे उससे कोई ग़लती हो गई हो। उसी स्थिति में उसने कहा, "बात वह नहीं है मैडम! हमारा क्षेत्र तो फ़िल्म का ठहरा। पता ही नहीं होता कि कब किस स्टूडियो में रिकॉर्डिंग के लिए जाना पड़ेगा। कोई निश्चित समय नहीं होता। कभी-कभी बहुत सारे कॉलशीट एक साथ मिल जाते हैं। बाहर के कार्यक्रम भी करने पड़ते हैं। आपके बेटे को सिखाना हो तो मुझे कोई निश्चित दिन और समय फ़िक्स करना पड़ेगा। यह तो बिलकुल मुमकिन नहीं दिखाई देता। आपको एतराज़ न हो तो किसी और के लिए कोशिश करूँ? इसमें कोई प्रॉब्लम नहीं है। बड़ी आसानी से कोई दूसरा मिल जाएगा।"

वह एक मिनट चुप रही। आँखों को गोल-गोल घुमाते हुए आँखों में डाली गई दवाई को कोरों में पहुँचाती रही। उसके बाद हम दोनों की ओर देखते हुए आदर भरी मुसकान बिखेर दी।

“कोई बात नहीं । हम क्या कर सकते हैं । आपने अपनी समस्या बताई । बस हम यही सोचकर तसल्ली कर लेंगे कि हम बदक़िस्मत हैं ।” कहा और पास बैठे अपने बेटे से उसने पूछा, “चिन्नू बेटे! चलें?”

तब तक वह बच्चा हमारी बातों पर ध्यान नहीं दे रहा था । आँख उठाकर देख भी नहीं रहा था । अपने सेलफ़ोन के साथ खेलता बैठा था । माँ की आवाज़ सुनकर उसकी ओर देखा और सिर हिलाया कि चलेंगे । उसकी गोद में पीले रंग के साटिन कपड़े से ढका एक नया की-बोर्ड था । बहुत देर से उसके लापरवाह स्वभाव को दर्शाते हुए वह आधा नीचे की ओर झुका था ।

वे दोनों उठ गए । मैं भी उठा ।

अय्यप्पा हमें गाड़ी तक छोड़ने आया ।

जनवरी का महीना था ।

सर्दी का मौसम ।

असमय बरसात की वजह से शाम सात बजे ही रात के नौ या दस बजे जैसा अंधेरा छा गया । ठंड और सर्द हवा के झोंके । हम जूबिली हिल्स में बैंबूपार्क के नज़दीक थे ।

उस औरत ने कंधों पर से पल्लू ओढ़ा और ज़ोर की आवाज़ से पैर रखते हुए जाकर गाड़ी की ड्राइविंग सीट पर बैठ गई । छोटू माँ की बग़लवाली सीट पर न बैठकर पीछे जाकर बैठ गया । जब वह गाड़ी चला रही है तो मैं पीछे नहीं बैठ सकता था, इससे उस औरत की बेइज़्ज़ती होती । पर दूसरा कोई चारा नहीं था । मैंने भी पीछे की सीट पर बैठते हुए अय्यप्पा से हाथ मिलाया और कहा, “सॉरी, यार! ये हमारी जान-पहचान की डॉक्टरनी हैं । बार-बार कह रहीं थी, इसलिए...” मैंने कहा ।

मेरा हाथ ज़ोर से दबाते हुए उसने कहा, “ऐसा कुछ मत सोचना, यार! मैंने ही तुम्हें निराश किया । बुरा न मानना ।”

गाड़ी चल पड़ी ।

ठंडी हवा से बचने के लिए उसने सारी खिड़कियों के शीशे बंद कर दिए और तीन-चार कैसेटों को टटोलने के बाद, मन बहलाने के लिए एक कैसेट चलाया । छोटू ने की-बोर्ड को सीट के पीछे डाल दिया और अपनी जेब से सेलफ़ोन निकालकर जुगनुओं की तरह चमकने वाले बटनों को दबाते हुए उसी में खो गया ।

मुझे नहीं सूझा कि क्या किया जाए, इसलिए उसकी ओर देखता रहा।

सच तो यह है कि अब तक मैंने उस बच्चे से कोई बात नहीं की। वह भी मुझसे बात नहीं कर रहा था। वैसे दस-बारह साल के बच्चे जब दिखाई देते हैं तो उनसे बात किए बिना रहना मेरे लिए मुश्किल हो जाता है। इस बच्चे की उम्र शायद बारह तो होगी ही, पर यह दूसरों से अलग दिखाई देता है। बड़ा आदमी-सा दिखाई देता है। अपनापन जताते हुए छूने से भी डर लगता है।

"मुझे मेरे दफ़्तर के पास छोड़ देंगी? मेरी बाइक वहीं है!" मैंने कहा।

पर उसने गाड़ी को चेक पोस्ट से फ़िल्म नगर की ओर मोड़ दिया, जैसे मेरी बात उसे सुनाई नहीं दी हो, वहाँ से लोटस पॉन्ड की ओर मोड़कर गाड़ी की रफ़्तार कम कर दी, मानो मुझसे गपशप करना चाहती हो। उस रफ़्तार में घूम फिरकर मेरे दफ़्तर पहुँचने में बहुत वक़्त लगता।

'बेकार मन की बात साफ़-साफ़ न कहकर बुरा फँसा', मैंने मन ही मन सोचा।

एक महीना पहले तक इस औरत के बारे में मुझे बिलकुल मालूम नहीं था। मेरी पत्नी की डॉक्टरी जाँच करानी थी, तो हम एक कॉर्पोरेट अस्पताल गए। वहाँ वह स्त्री रोग विशेषज्ञ थी। आँखों से देखकर हाथों से दवाई लिखकर देने वालों जैसी डॉक्टर नहीं थी वह। इतमीनान से हमसे बातें कीं। वह बड़ी हँसमुख भी थी। मेरी पत्नी के शक को उसने दूर किया। बातों-बातों में मेरे बारे में भी पूछ लिया।

बात वहीं ख़त्म हो गई। पर अगले दिन दफ़्तर में उसका फ़ोन आया। हँसते हुए बोली, "मैं, डॉक्टर लक्ष्मी बोल रही हूँ।" फिर थोड़ी देर रुककर उसने अपने आपको जैसे सँभाला और फिर कहा, "कल मैं अचानक आपसे कुछ भी नहीं कह पाई। अस्पताल का माहौल, ऊपर से बाहर और भी रोगी इंतज़ार कर रहे थे। सबसे ज़्यादा संकोच मुझे इसलिए हुआ कि आपकी बीवी के सामने कैसे कहा जाए। बात यह है कि मैं आपकी बहुत बड़ी प्रशंसक हूँ। हँसिए मत। यह सच है। कई दिनों से आपसे मिलने की इच्छा मन में थी। और आप ख़ुद चलकर मेरे पास आए...आइ वॉज़ थ्रिल्ड!" फिर वह मेरी कहानियों की ख़ूबियों के बारे में मुझको ही बताने लगी। बहुत देर के बाद उसने फ़ोन रख दिया।

उसके बाद दो-तीन बार फिर फ़ोन किया। धीरे-धीरे मुझे उसके बारे में दो-एक बातें मालूम हुईं।

मेरी तरह वह भी नेल्लूरु ज़िले से थी। बस गाँव दूसरा था। पहले लगा कि इसीलिए वह मुझसे दोस्ती बढ़ाना चाहती है, पर बाद में महसूस हुआ कि इससे भी बड़ी कोई वजह है।

एक दिन मेरी लिखी एक कहानी याद दिलाते हुए हँसकर बोली, "मेरे बेटे के लिए एक अच्छे संगीत सिखाने वाले टीचर की ज़रूरत है। आपको भी संगीत का शौक़ है, मैं जानती हूँ। आपने लिखा है न कि बचपन में माइक के सामने खड़े होकर बड़ी अदा से आपने गाना गाया था। फिर आप तो अख़बार में काम करते हैं तो तरह-तरह के कलाकारों से परिचित भी होंगे।"

फिर ज़रा रुककर बोली, "मेरा बेटा मिलनसार नहीं है। कोई ख़ास रुचि लेकर घर आकर सिखाए तो अच्छा होगा। उनके घर बच्चे को भेजना पड़े तो भी कोई बात नहीं। काफ़ी देर कर चुकी हूँ। प्लीज़...अर्जेंट समझकर ज़रा..."

जैसे ही उसने फ़ोन रख दिया, मैं उसकी बात भूल गया।

फिर उसने फ़ोन किया, "उसे गायक नहीं बनाना है। उसने बोलना ही कम कर दिया है तो गाने के लिए मुँह क्या खोलेगा? कोई वाद्य, जैसे बाँसुरी, गिटार, ड्रम्स, की-बोर्ड... हाँ, की-बोर्ड ठीक रहेगा न, बच्चों को उसमें दिलचस्पी होती है।"

मैंने कोई जवाब दिए बिना ही फ़ोन रख दिया।

मैं ऐसे कई लोगों को जानता हूँ। पैसेवाले हैं, इसलिए बच्चों को चित्रकला, नृत्य, संगीत के कोर्स में दाखिल कराते हैं। बाद में उन्हें जहाँ मौक़ा मिले मंच पर चढ़ाकर फ़ोटो खिंचवाना, कभी किसी अख़बार में उनकी तस्वीरें आती तो उन्हें काटकर एक अलबम बनाकर, घर आनेवाले हर किसी के सामने उसे पेश करना...।

पर उस औरत ने मेरा पीछा नहीं छोड़ा। आज फिर उसने फ़ोन किया।

मुझे भी लगा कि और कितनी बार वह मुझे फ़ोन करती रहेगी। इसी लिए यूँ ही अय्यप्पा के बारे में बता दिया, "मेरा एक दोस्त है, अय्यप्पा। हाल ही में चेन्नई से यहाँ आया है। की-बोर्ड अच्छा बजा लेता है। उससे बात करके देखूँगा।"

यह बताना मेरे लिए आफ़त खड़ी कर गया। उसने मेरी बातों को गंभीरता से लिया और फ़ौरन एक महँगा की-बोर्ड ख़रीदा और बेटे को साथ लेकर, अस्पताल का काम भी छोड़कर, बिना बताए शाम को मेरे दफ़्तर आ गई। फिर अय्यप्पा के पास ले जाने की माँग करने लगी। मेरी जान खाने लगी।

अब यह हाल है कि अय्यप्पा ने सिखाने से मना कर दिया। मैं सोच में पड़ गया कि इस उलझन से छुटकारा कैसे पाया जाए।

इतने में बूँदा-बाँदी शुरू हो गई। थोड़ी देर में वह बौछार बन गई और फिर ज़ोर की बरसात।

उसने अचानक गाने की आवाज़ कम की और गर्दन को ज़रा पीछे की ओर मोड़कर पूछा, ''भूख लगी क्या बेटे? कुछ खाओगे? मेरे पास बिस्कुट हैं।''

चिन्नू ने सिर उठाए बिना, सेल को ही देखते हुए अंग्रेज़ी में कहा, ''नहीं चाहिए।''

औरत ने अंग्रेज़ी में ही बात जारी रखी। वह बच्चा भी अंग्रेज़ी में ही जवाब देने लगा।

''देख बेटा, बाहर बारिश हो रही है। कितना सुंदर नज़ारा है!''

''नहीं देखूँगा!''

''शीशे को नीचे करो और हाथों से बूँदों को पकड़ने की कोशिश करो तो, देखो कितना मज़ा आएगा!''

''दिखाई नहीं देता? मेरे हाथों में सेल है।''

''बेटा कहना मानना चाहिए। कम से कम बारिश की आवाज़ तो सुनो। की-बोर्ड में बारिश का इफेक्ट भी सुना सकते हो। घर जाने के बाद कोशिश कर सकोगे।''

''मम्मी!''

''ठीक है, रहने दो!''

औरत ने म्यूज़िक बंद किया, वाइपर्स चालू किए और मुझसे कहा, ''देखिए! आप यह मत समझना कि हम दिखावा कर रहे हैं। मेरा बेटा छोटे-छोटे शब्दों या छोटे-से वाक्यों को छोड़कर तेलुगु भाषा न बोल सकता है, न समझ सकता है। घर में, स्कूल में अंग्रेज़ी में ही बात करके हमने ही उसे ऐसा बनाया।''

फिर होंठ बिचकाते हुए बोली, ''वह कितनी बड़ी ग़लती थी, यह अब समझ में आ रहा है। बच्चा माँ के पेट में रहते वक़्त जो भाषा सुनता है,

उसे उस भाषा से दूर करना कितना बड़ा अन्याय है । पर अब सोचने से क्या फ़ायदा । जो नुकसान होना था, हो गया । अब सीखने को कहते हैं तो नहीं सीखता, उसके दोस्तों में भी कोई तेलुगु बोलने वाला नहीं है । आप यक़ीन नहीं करेंगे! पर कभी कभी मन करता है कि अगर यह तेलुगु जानता होता, तो मैं उसे अच्छे-अच्छे गाने सुनाती, शास्त्रीय संगीत में उसकी रुचि जगाती, तब वह एक संगीतकार बन जाता... सब सिर्फ़ सपने...।''

वह बोलती जा रही थी और मैं बाहर देखता बैठा था ।

बाहर बौछारों में बारिश हो रही थी । हवा की वजह से बारिश और भी तेज़ हो गई । मुझे अय्यप्पा याद आ गया । इंटर में पढ़ते वक़्त हम उसके घर के बरामदे में बैठते थे । उस वक़्त भी बारिश का मौसम था और वह की-बोर्ड पर गाने बजाकर सुनाता था ।

मैंने औरत से कहा, ''मैं बताऊँ अय्यप्पा ने संगीत कैसे सीखा?'' सच तो यह था कि मैं यह बात उसे बताना नहीं चाहता था । पर वह जानने को बेचैन थी ।

''प्लीज़, बताइए । कुछ भी बताएँ, सुनने की इच्छा हो रही है ।''

''तो ठीक है, सुनिए । अय्यप्पा के परिवार में संगीत नहीं था । पता नहीं उसकी माँ शायद कभी कुछ गुनगुना लेती थी । पर बाजा बजाना तो कोई नहीं जानता था । पर उसे वह सीख गया । जानती हैं, कैसे? हमारे गाँव में जहाँ ये लोग रहते थे, पास में ही एक गिरजा घर था । हर इतवार के दिन वहाँ माइक लगाकर ईसाई बाजे-गाजे के साथ प्रार्थना गीत गाते थे। उनके पास कई साज़ होते थे, तबला, कांगो, हॉलो गिटार, बाँसुरी, ड्रम्स, वग़ैरह । उन साज़ों को देख-देखकर यह मस्ती में डूब जाता था । उन्हें देखने के लिए ही हर इतवार को चर्च जाता था । ऐसे ही एक इतवार को जब उससे और रहा नहीं गया तो बाँसुरी बजाने वाले के पास जाकर बोला, ''भैया, तेरे पैर पड़ता हूँ, मुझे भी सिखा दोगे?''

''तब उस बाँसुरी वाले ने कहा, ''मेरे भाई, यह सिखाने की चीज़ नहीं है । पहले तुम्हे थोड़ा सीखना पड़ेगा । फिर मैं थोड़ा और सिखा दूँगा । फिर सब-कुछ उस ईश्वर की कृपा पर निर्भर रहता है ।''

''उस बाँसुरी वाले की बात सच थी । पर अय्यप्पा को लगा कि यह मेरा मज़ाक उड़ा रहा है । वह घर जाकर ख़ूब रोया और पिताजी से कहकर नेल्लूरु से बाँसुरी मँगवाई । वह एक मामूली-सी बाँसुरी थी । उसके छेद, गाँठें,

उसका कोमल स्पर्श, होंठों से लगाते ही एक प्रकार की पुलक की अनुभूति, वह बिना सीखे ही उसे बजाने लगा । उसके बाद उसने गिटार सीखा, फिर की-बोर्ड । सब अपने आप । सिखाने वाला कोई गुरु नहीं था । अचरज की बात यह है कि अभी तक उसे पश्चिम के सुरों की लिपि नहीं आती । तेलुगु में ही सरगम लिखकर बजा लेता है । यह तो बड़ा अद्‌भुत है ।''

उस औरत ने पूरी बात सुनी पर कुछ बोली नहीं । कुछ देर बाद पूछा, ''यह सब आपने मुझे क्यों बताया?'' उसकी आवाज़ में एक प्रकार की शंका थी ।

मैं चुप रहा ।

''कोई बात नहीं, बताइए न?''

''क्योंकि मेरे दोस्त के अंदर संगीत पहले से मौजूद था, जो बाहर आया । उसे कोई नहीं रोक सकता था । अगर अंदर संगीत, लेखन, नृत्य वग़ैरह नहीं हो तो उसे बाहर निकालना किसी के बस की बात नहीं है । यह बात आप नहीं जानतीं । या जानने की कोशिश नहीं करतीं । इसीलिए आप इतनी उद्विग्न हैं कि बच्चे को बड़ा संगीतकार बनाने पर तुली हुई हैं । पहले यह देख लीजिए कि आपके बेटे के अंदर हुनर है या नहीं । अगर है तो उसे कोई न कोई तराशकर बाहर निकालेगा । आप बेकार भाग-दौड़ करेंगी तो कोई फ़ायदा नहीं होगा ।''

उसने जवाब नहीं दिया । बहुत देर तक ऐसे गाड़ी चलाती रही जैसे मेरी मौजूदगी की उसे ख़बर ही न हो । अब मैं समझ गया कि यह कहानी यहीं ख़त्म हो जाएगी । कल से हम दोनों नहीं मिलने वाले हैं । कम से कम यही मैं चाहता था । पर जो हुआ वह कुछ और ही था ।

''आप मेरे बारे में क्या जानते हैं, जो आपने इस तरह से मुझसे बात की? मैंने आपकी मदद माँगी इसीलिए आप मेरा अपमान करने पर उतर आए?'' अचानक उसने कहा । उसकी आवाज़ फट रही थी, शायद वह भावुक हो गई थी । पर मैं भी अब पीछे नहीं हट सकता था ।

''इसमें अपमान की कोई बात नहीं है । मैंने सच्चाई बताई थी ।''

''कौन सी सच्चाई?''

''जिसे आपको समझना चाहिए । शाम से देख रहा हूँ । आप तेज़ी से भाग रही हैं । आपका बेटा पिछली सीट पर सेलफ़ोन को लेकर बैठा...''

''चुप हो जाइए!'' वह चिल्लाई । ''अब आगे एक भी शब्द नहीं! मुझे या मेरे बेटे को इन्सल्ट करने का अधिकार आपको किसने दिया? फर्स्ट से सॉरी,'' वह पागलों की तरह चीख़ी ।

मैं भौंचक रह गया ।

चिन्नू ने खेल बंद करके मेरी ओर देखा, तो देखता ही रह गया । मुझे बड़ी बेचैनी महसूस होने लगी । ज़िंदगी में कभी भी इस तरह की बेचैनी या इतना गुस्सा महसूस नहीं हुआ था ।

''ओ के! मैंने कुछ ग़लत नहीं कहा था । फिर भी माफ़ी माँगता हूँ । पहले गाड़ी रोकिए । मैं ऑटोरिक्शा से चला जाऊँगा ।''

''अभी आपने मुझे बुद्धू समझकर बात की थी । क्या अब मुझे अशिष्ट भी कहना चाहेंगे? कोई ज़रूरत नहीं । आपको अपने दफ़्तर तक छोड़कर ही जाऊँगी । बैठे रहिए ।'' उसने भी बड़े कड़े स्वर में कहा ।

मैं दूसरी तरफ़ देखने लगा । वह भी चुप हो गई । चिन्नू थोड़ी देर हम दोनों को देखता रहा और फिर सेल को हाथ में ले लिया ।

बाहर झड़ी लगी थी । आसमान का रंग मटमैला था । समुद्री तूफ़ान के कारण असमय वर्षा होने लगी थी । क्या यह किसी बुरे शकुन का द्योतक है? अपरिचितों के साथ तकरार तो दुःशकुन ही है । फिर मुझे अपना घर याद आया । इस बारिश में, ठंड में बाइक पर भीगते हुए जाना पड़ेगा । पर पहले यह औरत मुझे जाने दे, तब न!

गाड़ी थोड़ी दूर चली, तो वह फिर शुरू हो गई, ''सुनिए तो... क्या मैं आपसे बात कर सकती हूँ?'' उसने धीमी आवाज़ में कहा । उस आवाज़ में एक तरह की विनती थी । फिर उसने कहा, ''आपने मुझे यूँ ही भला-बुरा कहा । उससे पहले मैंने आपको उकसाया भी नहीं था । इसीलिए मैं आपे से बाहर हो गई और कुछ कड़ी बातें कहीं । इसके लिए माफ़ी चाहती हूँ । अब उन बातों को हम यहीं ख़त्म कर देते हैं । वैसे तो मैंने सोचा था आज आपसे बहुत सारी बातें करूँगी । अपनी भावनाओं को प्रकट करूँगी । पर डर लगा कि न जाने आप मेरे बारे में क्या सोचेंगे । इसीलिए छोड़ दिया । अब इतना सब-कुछ हो गया तो बिना बोले नहीं रहा जाता । प्लीज़, आप मेरी बात सुनेंगे?''

मैंने जवाब नहीं दिया । दो-तीन मिनट रुककर उसने अपनी कहानी शुरू की । पर उसकी कहानी शुरू हुई थी उसके पिता जी से ।

''क्या आप हमारे गाँव को जानते हैं? नहीं जानते तो गाँव के बुज़ुर्गों से मेरे पिताजी के बारे में पूछिए, वे बताएँगे । मेरे पिता एक डॉक्टर थे । सब कहते थे कि उनके हाथ में वह जादू है कि दवा देते ही बीमारी ठीक हो जाती है । उन्हें वे लोग 'मैजिक डॉक्टर' कहकर बुलाते थे । कुछ लोग ज्यादा आत्मीयता जताते हुए 'नाई डॉक्टर' कहते थे । नाई जानते हैं न? हम उसी ज़ात के हैं ।''

''मेरे दादा भी बार्बर थे । रेड्डी परिवारों की हज़ामत करके, सालभर उनकी सेवा करके, बड़े त्योहार के वक़्त वे जो अनाज देते थे, उसी से परिवार का पालन-पोषण करते रहे ज़िंदगीभर । जब रेड्डी के घर काम नहीं होता तो अपनी छुरी-कैंची का छोटा बक्सा लेकर, मेरे पिता को भी साथ लेकर पैसा कमाने गाँव के लोगों के पास चले जाते थे । रास्ते में जो भी बुलाता चले जाते थे, जहाँ भी बैठ जाता वहीं हजामत कर देते थे । वे अपना काम मेरे पिता को भी सिखाना चाहते थे । शायद मेरे पिता भी सीख लेते, पर एक बार एक घटना घटी ।''

''मेरे दादाजी किसी गाँव में बाल काटकर अंधेरा हो जाने की वजह से जल्दी-जल्दी घर वापस आ गए थे और कटे बालों को फेंके बिना, वहीं छोड़ आए । गाँव के लोगों ने उसे अनदेखा नहीं किया और अपने किसी आदमी को दादाजी के पास झगड़ा करने के लिए भेज दिया । वह सीधे हमारे घर आया और मेरी दादी के सामने ही दादाजी से पूछा, ''कटे रोएँ कौन फेंकेगा बे? तेरी बीवी का यार आकर फेंकेगा?'' इतनी बड़ी बात कह दी फिर भी दादाजी को दुःख नहीं हुआ । ग़ुस्सा नहीं आया । भोलेपन से हँसकर बोले, 'अच्छा भाई...अंधेरे में ध्यान नहीं दिया, साहब,' और फिर उतनी दूर चलकर गए और कटे बालों को बुहारकर उन्हें पुराने कपड़े में बाँधा और वापस घर चले आए । बस वही आख़िरी 'दिन' था । उसके बाद पिताजी कभी दादाजी के साथ काम पर नहीं गए । स्कूल गए ।''

''न जाने पिताजी के दिमाग़ में ही यह ख़याल आया था कि डॉक्टरी पढ़ने से लोग भगवान की तरह उनकी पूजा करेंगे, या किसी ने उन्हें यह बात बताई थी, मुझे मालूम नहीं । पर उन्हें डॉक्टरी पढ़ने की इच्छा हुई । पर उस पढ़ाई के लिए जितने पैसों की ज़रूरत होती है, वे मेरे दादाजी के पास नहीं थे । हैसियत तो बिलकुल ही नहीं थी । एमबीबीएस पढ़ना तो राजा

महाराजाओं के नसीब में होता है, नाइयों के नहीं । पर मेरे पिता का इरादा नहीं बदला । पता नहीं क्या सोचकर वे सीधे मद्रास चले गए और जी.सी.आई.एम. में दाखिला ले लिया ।''

''वहाँ यूनानी, आयुर्वेद जैसे स्वदेशी वैद्य विद्या की शिक्षा दी जाती थी । वह डिप्लोमा जैसा था । पर मेरे पिताजी को वह पसंद आ गया । उन्हें डॉक्टर की उपाधि मिल गई । पर पिताजी की पढ़ाई वहीं ख़त्म नहीं हुई । डॉक्टरी की प्रैक्टिस करने के लिए उन्होंने जो पढ़ाई की वह काफ़ी नहीं थी । एलोपैथी भी पढ़ना ज़रूरी था । यह बात वे जानते थे । इसलिए तीन साल वे मद्रास में ही काम करते रहे और फिर हमारे गाँव लौटकर वहाँ अपनी प्रैक्टिस शुरू की ।''

''उनके चेहरे पर एक तरह की रौनक होती थी । उनकी हँसी बड़ी सुंदर होती थी । उस हँसी को देखकर लगता था कि वे उसी हँसी के सहारे बीमारों को ढाढ़स बँधाते थे । मेरे पिताजी ही मेरे आदर्श थे । बचपन से मैं उनका बहुत आदर करती थी । उनकी तरह डॉक्टर, पर एमबीबीएस डॉक्टर बनने की चाह मेरे मन में थी । जो पढ़ाई वे नहीं कर सके उसे पढ़ने की मन में ज़िद थी । इसलिए हमेशा पढ़ती ही रहती थी । पर मेरी बदक़िस्मती यह थी कि मेरे पिता मुझे डॉक्टर बनते नहीं देख सके । मैं जब फ़ाइनल ईयर में थी, तभी वे चल बसे...''

शायद पिताजी की यादों में खोकर वह थोड़ी देर चुप रही । मैं भी उसके गाँव पहुँचकर उसके पिता की कहानी सुनने में डूबा हुआ था । मैं इंतज़ार करने लगा कि वह कहानी को आगे बढ़ाए । वह यादों से उबरकर कहने लगी-

''जब तक पिताजी ज़िंदा थे, बड़े सुकून के साथ जीते रहे । लोग उन्हें सिर-आँखों पर चढ़ा लेते थे । पिताजी का जीवन इसीलिए सुख चैन से बीत गया था क्योंकि उन्हें लोगों का भरपूर प्यार, आदर और अपने पेशे में संतोष ख़ूब मिलता रहा । मैं भी सोचती थी, बड़ी होकर उनकी तरह जिऊंगी ।''

''पर गुज़रा वक़्त था । मेरी नादानी थी, जो मैं ऐसा समझ बैठी । बहुत समय बाद मुझे मालूम हुआ कि मैंने पिताजी को ग़लत समझा था । जब उसका नतीजा मेरे अनुभव में आया, तभी अपनी ग़लती का अहसास भी हुआ ।'' इतना कहकर वह फिर चुप हो गई ।

अब गाड़ी नागार्जुन सर्कल के पास पहुँच गई। सड़क की ऊँचाई तक पहुँचते ही मेरा दफ़्तर आ जाएगा । मैंने उसकी ओर इस आशा से देखा कि

शायद वह कुछ और बताएगी। पर उसने गियर बदलते हुए, गाड़ी को धीमी करते हुए, मेरे दफ़्तर के सामने रोक दी।

अब मुझे उतरना पड़ेगा। इस औरत को 'बाइ' कहना है! पर अब तक जिस काम को करने के लिए बेचैन था, अब वह नहीं कर पा रहा था। पैर चलने को तैयार नहीं थे। ऐसे जकड़ गए, जैसे सीमेंट के बने हों। वजह साफ़ मालूम हो रही थी। कहानी अधूरी रह गई थी। बेकार ही उसने कहानी शुरू की और मुझे उसमें फँसा लिया। अब जब तक पूरी कहानी न सुन लूँ दिल को चैन नहीं मिलेगा। शायद ख़त्म करने तक वह भी बेचैन रहेगी।

दोनों ने एक-दूसरे की ओर देखा।

"आप मेरे साथ हमारे घर क्यों नहीं चलते?" उसने कहा।

मेरा मन डाँवाडोल होने लगा।

"कुछ तो कहिए?"

"नहीं, शायद देर हो जाएगी!"

"कोई बात नहीं, एक बार आइए। सिर्फ़ आज के लिए। कल से आपको डिस्टर्ब नहीं करूँगी। चाहें तो हमारे घर से सीधे ऑटो लेकर चले जाइएगा। ठीक है?"

"अच्छा, ठीक है!"

"आपके घर पर कोई प्रॉब्लम तो नहीं होगी न?"

"अरे, नहीं! ऐसा कुछ नहीं होगा।"

"तो फिर उन्हें फ़ोन लगाइए। कहिए ज़रा देर से आऊँगा!" कहकर उसने अपना सेलफ़ोन मुझे दिया।

मैं सोच ही रहा था कि पत्नी से क्या कहूँ, इतने में उसने फिर कहा, "फ़ोन करने से पहले आपसे एक बात कहनी है। अब जो मेरे और मेरे बेटे के बीच बातें होंगी, उन पर आप बिलकुल ध्यान न दें।"

"यह क्या कह रही हैं?"

"बस, कुछ मत पूछिए। वैसे तो मैं कहती कि आप एक मिनट के लिए गाड़ी से उतरकर बाहर इंतज़ार करें, पर बाहर बारिश हो रही है, इसीलिए आपके सामने ही बात करनी पड़ रही है। अब नहीं बात करूँगी तो रास्ते में शोर मचाएगा... इसीलिए..."

मैं उसकी बात नहीं समझा। पर वह मुझ पर कोई ध्यान न देकर अपने बेटे की तरफ़ मुड़ी। बातचीत फिर से अंग्रेज़ी में शुरू हो गई। उसने पूछा,

"चिन्नू! हम अंकल को अपने घर डिनर करने ले जाएँ?"

"नहीं!"

"अरे, बेटा! अंकल हैं...तुम्हारी मदद कर रहे हैं...मद्रास वाले अंकल के पास भी ले गए...है न?"

"क्या मैंने कहा था ले जाने को?"

"बेटा! क्या इस तरह बात की जाती है? गलत है न? उनकी इज्जत करना चाहिए, बेटा। मैनर्स नहीं सीखा है तुमने?"

"नहीं!"

"चिन्नू!"

"चिल्लाओ मत! वैसे यह सब मुझे अच्छा नहीं लगता। मना कर रहा था, तुम्हीं ने जबर्दस्ती की। बहुत देर से देख रहा हूँ। तुम दोनों लगातार बकवास करते जा रहे हो। यह भी मुझे अच्छा नहीं लगता। यह आदमी मुझे बिलकुल अच्छा नहीं लगता। पहले इसे गाड़ी से उतारो!"

"चिन्नू!" वह चिल्लाई, पर चिल्लाहट कराह जैसी लगी।

चिन्नू चुप रहा।

उसने फुँफकार भरते हुए साँस छोड़ी और स्टियरिंग पर दोनों हाथों से ज़ोर से मारकर गाड़ी को तेज़ी से वापस घुमा दिया।

मैं फ़ोन को यूँ ही हाथ में पकड़े, घबराया-सा बैठा रहा।

नहीं कह सकता कि कोई दूसरा संदर्भ होता तो मैं क्या करता, पर उस बार उस औरत की बात मानकर उस बच्चे की बातों पर ध्यान न देने की कोशिश करता रहा।

मेरा ध्यान उस औरत पर ज्यादा था। उसकी पूरी कहानी जानने की उत्सुकता थी। इसके लिए आज सब-कुछ बर्दाश्त करना होगा। तब तक इस 'छोटी चेतना' को भूल जाना पड़ेगा। ऐसा सोचने के बाद मैं आराम से सीट से पीठ टिकाकर बैठ गया।

इसके बाद किसी ने बात नहीं की। चिन्नू ने एक बार मेरी तरफ़ देखा तो देर तक देखता ही रह गया। फिर सेलफ़ोन उठाकर देखा तो उसकी बैटरी खत्म हो चुकी थी। उसे सीट पर कोने में फेंककर वह बाहर देखने लगा।

आखिरकार गाड़ी उस औरत की कॉलोनी में पहुँचकर एक अपार्टमेंट के सामने रुकी। वह अमीरों की कॉलोनी-सी दिखाई दी। सारी इमारतें नई थीं। गाड़ी पार्क करके औरत ने कहा, "आइए, लिफ्ट इस तरफ़ है!"

हम लिफ्ट में चढ़ गए । वह चौथी मंजिल पर जाकर रुकी, औरत ने अपने फ्लैट की घंटी बजाई और कुछ देर बाद एक दुबली-पतली-सी सोलह-सत्रह साल की लड़की ने आकर दरवाज़ा खोला । वह लड़की सलवार-कमीज़ पहने थी । कामवाली लगी । मुझे देखकर उसे अचरज हुआ ।

औरत ने कहा, ''मेहमान आए हैं, गैस पर चावल चढ़ा दे । घर में अंडे तो हैं न?''

''जी, हैं ।''

''पहले मुन्ने को खाना खिला दे । बदलने के लिए दूसरे कपड़े भी दे दे!'' उस लड़की को काम बताने के बाद वह मुझे हॉल में ले गई और सोफ़े पर बिठाया । पास के सोफ़े पर ख़ुद बैठते हुए उसने चिन्नू को बुलाया ।

वह एक थ्री बेडरूम फ़्लैट था । महँगा फ़र्नीचर और हर चीज़ कलात्मक थी, लेकिन कहीं तड़क-भड़क नहीं थी । हॉल की दीवारों पर चिन्नू की तसवीरें थीं । एक में चिन्नू के साथ उसके माँ-बाप भी थे । चिन्नू का पिता भी माँ की तरह सुंदर था ।

वह औरत नहा-धोकर नाइटी पहनकर आई । हँसकर बोली, ''खाना तैयार हो रहा है, आपको थोड़ा इंतज़ार करना पड़ेगा ।'' उसे देखकर लगा कि वह बहुत ख़ुश है । शाम को मैंने जिसे देखा यह औरत उससे अलग थी ।

मैंने पूछा, ''आपके पति यहाँ नहीं रहते?''

''नहीं, वे विदेश में हैं ।'' उसने कहा और अचानक उठकर गई और हैंडबैग से छोटी शीशी निकालकर आँखों में दवा की बूँदें डालने लगी

फिर उसने कहा, ''उस तरफ़ सिटाउट बैठने के लिए अच्छा है, पर बारिश की वजह से वहाँ नहीं बैठ सकेंगे । दरवाज़े के पास बैठ जाएँगे...चलिए ।''

हम दोनों दरवाज़े के पास बैठ गए । उसने कहा, ''एक बात पूछूँ? बुरा तो नहीं मानेंगे? वाइन लेंगे?''

''नहीं, आदत नहीं है ।''

''क्या? ड्रिंक की आदत नहीं आपको?''

''नहीं, नहीं! वाइन लेने की आदत नहीं है ।''

''ओह! जिन है, पर आधी बोतल है । काफ़ी होगा?''

''हाँ!''

कामवाली लड़की ड्रिंक और पानी, गिलास में रखकर दरवाज़ा अधखुला छोड़ गई । लगा उसे यह सब करने की आदत है ।

ड्रिंक लेते हुए उसने कहा, ''आप मेरे बेटे के बारे में क्या कह रहे थे? यही न कि पहले मुझे यह देखना है कि उसमें हुनर है भी या नहीं?''

मैं घबरा-सा गया ।

''टेन्शन मत लीजिए । मैं यूँ ही पूछ रही हूँ । आपसे बहस करने के लिए नहीं ।''

फिर गिलास को अपने गाल से लगाते हुए उसने कहा, ''उसके अंदर झांककर देखने की फ़ुरसत ही कहाँ है? सारी ज़िंदगी एक-एक करके सीढ़ियाँ चढ़ने में, एक असंतोष से दूसरे असंतोष की ओर भागने में ही बीत गई!''

मैंने अपना गिलास उठाया । वह फिर अपनी कहानी बताने लगी । इस बार पिता की नहीं अपने कॉलेज की कहानी शुरू की ।

''अड़सठ में मैंने एमबीबीएस की पढ़ाई पूरी की । पर वह समय बड़ा अजीब था । चिकित्सा के क्षेत्र में बड़े-बड़े बदलाव आ रहे थे । हर तरफ़ असंतोष ही असंतोष था ।''

''प्रोफ़ेसर अपनी कुंठाओं और अनुभवों को हमारे अंदर इंजेक्ट करने में लगे थे । कहते थे कि डॉक्टर का काम अब उदात्त नहीं रह गया है, ऐसे भ्रम को फ़ौरन मन से निकाल दें । वरना उस भ्रम के बोझ के नीचे कुचलकर दम तोड़ दोगे! ऐसी बातें वे क्लासरूम में ही हमें समझाते थे ।

''पर स्टूडेंट्स भी यह सब उनके मुँह से ही सुनकर जानने की स्थिति में नहीं थे । नई पीढ़ी आ चुकी थी । रोगी, सेवा, इलाज, पवित्र पेशा, ये सब बातें फीकी पड़ गईं और कॅरियर बनाने की प्रवृत्ति बढ़ने लगी । पैसे कमाने पर सबका ध्यान था । पर इस तरह सोचने वाले हमारे बैच को मुँह के बल गिरने की नौबत आ गई ।

''क्योंकि तब तक सरकारी नौकरियाँ मिलनी बंद हुए चार साल हो गए थे । हमसे पहले पास कर गए सीनियर भी बेकार बैठे थे । दूसरी ओर जो लोग नौकरियाँ कर रहे थे उनके अनुभव भी बड़े कड़वे थे । और बची थी प्राइवेट प्रैक्टिस । पास पैसा हो तो नर्सिंग होम खोले जा सकते थे । वरना कुछ भी नहीं हो सकता था । स्टेथ लेकर एक मेज़ डालकर कहीं बैठना पड़ जाता ।

''पर वैसा करना भी मुमकिन नहीं था । शहरों में सुपरस्पेशालिटी अस्पतालों का जो दौर शुरू हो गया था उसने रही सही उम्मीद भी ख़त्म कर डाली । अपोलो जैसे अस्पताल धमाके के साथ शुरू किए गए । उसके पीछे

और भी ऐसे अस्पतालों की लाइन लग गई । आलीशान इमारतों में, उस्मानिया में पढ़ते वक़्त हमने कभी जो मशीनें देखी तक नहीं थी, ऐसी अत्याधुनिक मशीनें और साज़-सामान । तब तक तो छोटे-बड़े अस्पतालों और प्राइवेट डॉक्टरों को ललकारते हुए ये अस्पताल मैदान में आ गए । यह आधुनिकीकरण शायद अनिवार्य था ।

"यह सब देखकर मेरे बैच के कई लोगों के होश उड़ गए । हम सिर पर हाथ रखकर बैठे पछताने लगे कि हम चिकित्सा के क्षेत्र में आए ही क्यों! कुछ लोग एमबीबीएस डिग्री पाने के बावजूद आईएएस और आईपीएस करने निकल पड़े । इन हालात में मैं और मेरे पति अपनी डिग्रियों को थामे, सड़क पर आकर खड़े हो गए ।

"हमें भी अपनी ज़िंदगी शुरू करनी थी । अलग-अलग रहकर नहीं, साथ रहकर । मेरे पिता तो गुज़र गए, माँ उससे पहले ही चल बसी थी । दीदी को नौकरी मिल गई तो शादी करके अपना घर बसा लिया । इसलिए मेरी शादी के ख़िलाफ़ बोलने वाला कोई नहीं था । पर मेरे पति की तरफ़ से हमारी शादी को पूरी मंज़ूरी नहीं मिली थी । पर नामंज़ूर भी नहीं थे । उन्होंने अपने आपको अलग रखा । शादी में नहीं आए । हमने शादी कर ली । उसके बाद ससुराल वालों से हमारे संबंध लगभग टूट ही गए । हम दोनों ने अपनी दुनिया बसा ली । सोचा प्रैक्टिस शुरू करेंगे । पर शहर में वह इतना आसान नहीं था । उस वक्त फैमिली डॉक्टरों की व्यवस्था में अभी जैसी दरार नहीं पड़ी थी । इसलिए हम अपनी नयी प्रैक्टिस शुरू करके उन डॉक्टरों के मरीज़ों को नहीं छीन सकते थे । हमें लगा कि शहर से दूर, सिवानों में, प्रैक्टिस शुरू करने से काम बन सकता है । बस, फ़ौरन लालापेट में शिफ़्ट होकर वहाँ एक दुकान किराए पर ली और प्रैक्टिस शुरू कर दी..."

दरवाज़े के पास आहट हुई तो औरत ने बोलना बंद करके उस ओर देखा ।

दोनों हाथों में दो प्लेट लेकर कामवाली लड़की दरवाज़ा खोल रही थी । एक में हॉफ़ बॉइल्ड ऑम्लेट थे और दूसरे में गाजर के टुकड़े थे ।

औरत ने कहा, "आजा!" फिर मुझसे बोली, "यह लड़की न होती तो न जाने मैं क्या करती!"

लड़की प्लेट टेबल पर रखकर जाने लगी तो उसने पूछा, "उसने खाना खाया?"

“अभी खाने बैठा है, मैडम!”

“जो खाना चाहे खाने दे । जबर्दस्ती मत कर । ज़रूरत पड़ी तो मुझे बुला ।”

“ठीक है, मैडम!”

“तू भी खा ले ।”

वह लड़की चली गई ।

औरत ने ऑम्लेट या कैरेट को हाथ नहीं लगाया । उसने शायद मेरे लिए ही बनवाया था । वह फिर से कहने लगी ।

“लालापेट में प्रैक्टिस शुरू करने तक हमें पता नहीं चला कि उसमें कितनी सारी समस्याएँ हैं । आप यक़ीन नहीं करेंगे । वहाँ हमने जो किया था, वह प्रैक्टिस नहीं थी । प्रैक्टिस नामक नरक थी । हमारे पास जो मरीज़ आते थे, वे ख़ुद बताते थे कि उन्हें किन दवाओं की ज़रूरत है । हम जो दवा देते, उसे वे नहीं लेते थे । गोलियाँ नहीं खाते थे । बस उन्हें सुई की ज़रूरत होती थी । लाल सुई, पीली सुई, सफ़ेद सुई, कहकर रंग का नाम बताकर कहते थे कि उन्हें हम इंजेक्शन दे दें । वही देना पड़ता था । तभी उनकी नज़र में हम डॉक्टर कहलाते । मना करते तो आना बंद कर देते थे ।

“शुरू में यह सब बड़ा ख़राब लगता था । ज़रूरत हो या न हो, बी कांप्लेक्स या पेनिसिलिन के इंजेक्शन देना ग़लत लगता था । यही नहीं प्रैक्टिस को बंद होने से बचाने के लिए बहुत कुछ करना पड़ता था । झूठ बोलना, जो नहीं है उसकी कल्पना करके उन्हें संतुष्ट करना । डराना, धोखा देना । इलाज को छोड़कर बाक़ी सब करना पड़ता था । ये सब करने का सामर्थ्य न होने से, करने की इच्छा न होने से मन हमेशा उदास और बेचैन रहता।

“एक होता है ‘जस्टेशन पीरियड’ यानी किसी भी क्षेत्र में स्थिरता से पैर जमाने के लिए लगने वाला समय । सबकुछ ठीक ठाक होने के लिए, हमें ख़ुद कोशिश करके एक हद तक सफलता पाने के लिए, मैंने सोचा सात-आठ साल तो लगेंगे । पर तीन-चार सालों में ही मेरे पति ऊब गए । उन्हें लगा उस छोटी सी दुकान में बैठे-बैठे हमें ज़ंग लग जाएगी । उनके असंतोष को मैंने कई बार देखा था । उनका असंतोष कॅरियर के प्रति था । मेरा अलग था, डॉक्टर के पेशे से ही मुझे विरक्ति हो गई थी ।

“हम ऐसे ही अपने आप से जूझते रहे और इतने में एक ऐसी मुश्किल आ पड़ी जिसकी हमने कल्पना भी नहीं की थी । मेडिसिन की पढ़ाई पूरी करके

हमारी ही तरह कई लोग सिवानों में अपनी दुकान खोलने आ गए। यह देखकर जो स्थानीय आरएमपी और हकीम थे उन्होंने हमारा विरोध करना शुरू कर दिया। कई डॉक्टरों को पकड़कर मारा-पीटा भी। मेरे पति को भी अकेले पाकर ख़ूब पीटा था उन लोगों ने। दैट वॉज़ फ़ाइनल! बस, मेरे पति को वहाँ और रुकना मंज़ूर नहीं था। उन्होंने कहा अब और नहीं सहा जाता, चलो जाकर किसी बड़े अस्पताल में काम ढूँढ़ते हैं। इसके लिए हमारे पास जो डिग्री थी, काफ़ी थी। पर पेशे में तरक्की पाने के लिए वह काफ़ी नहीं थी। और पढ़ने की ज़रूरत थी। वे पीजी की पढ़ाई करने चले गए।

''तब मेरे पेट में बच्चा था। आगे की ज़िंदगी बच्चे की देखभाल करते हुए आराम से गुज़ारने के सपने देख रही थी। पर मेरे पति निर्णय ले चुके थे। मुझे उनके निर्णय को सपोर्ट करना था। यही नहीं अपनी प्रैक्टिस भी जारी रखनी थी। क्योंकि उन्हें जो स्टाइपेंड मिलता, उससे घर नहीं चल सकता था। मैंने घर को और बच्चे को सँभाला। प्रैक्टिस करती ही रही। वह मेरी ज़िंदगी का सबसे मुश्किल दौर था। मैंने उसे बर्दाश्त किया।''

अपनी कहानी कहते हुए वह वाइन की घूँटें लगातार लेती रही। पता नहीं वाइन ही ऐसा ड्रिंक था या वह उसका स्वभाव था। उसने फिर कहना शुरू किया,

मेरे पति के पीजी ख़त्म करने तक शहर में बड़ी तादाद में कॉर्पोरेट अस्पताल खुल गए। व्यापार शुरू हो गया। बिग इंडस्ट्री! वेतन देकर स्पेशलिस्ट नियुक्त किए गए। मेरे पति भी दाखिल हो गए। एनेस्थीसिया विशेषज्ञ बनकर। अब मेरी बारी आई।

''लेडी डॉक्टरों को किस तरह की विशेषज्ञता से फ़ायदा होगा, यह बात तब तक सबको मालूम हो गई थी। रेडियोलॉजी, पेडियाट्रिक्स, गाइनाकोलॉजी। अब मुझे गाइनाकोलॉजी की पढ़ाई करनी थी। पर वह काम करना मुझे पसंद था या नहीं, इस सवाल का सीधा जवाब आज भी मेरे पास नहीं है। पर दो बातें हुईं जिनकी वजह से मुझे पढ़ाई करनी पड़ी। एक, इस तरह विरक्त होकर काम करने से अच्छा था थोड़ी पढ़ाई और करके बेहतर ढंग से काम करूँ। दो, बाहर के दबावों से मुझ पर काफ़ी असर हुआ था।

''यू नो? उस वक्त सॉफ़्टवेयर का भी काफ़ी बोलबाला था। न जाने कहाँ से आया, पर सभी क्षेत्रों में ईज़ी मनी की बाढ़ सी आ गई थी। गाड़ी,

अपना ख़ुद का फ़्लैट, रियल एस्टेट की ज़मीनें...लोग तेज़ी से भागने लगे थे । आँख झपकने से पहले कहीं से कहीं पहुँच रहे थे । वह सब देखकर हमारे मन पर क्या असर हुआ होगा? पाँच-दस रुपयों की फ़ीस से कितने दिन तक खटारा ज़िंदगी को खींचा जा सकता है, यही लगेगा न? या सपने देखने लग जाते हैं कि हमें भी तरक्की करनी है, ख़ुद का फ़्लैट हो, गाड़ी हो, बैंक में पैसा जमा हो । बच्चे को ख़ूब पढ़ाना है, ताकि उसे हमारी तरह तक़लीफ़ों का सामना न करना पड़े । वह हमसे भी बड़ा डॉक्टर बने ।

''लालापेट के मरीज़ों को उनके हाल पर छोड़कर मैं भी होड़ में उतरी । पीजी सीट मिलने तक जो भुगतना पड़ा, उसके बारे में मत पूछिए! उसे झेला । रात-दिन मेहनत की । दो बार कोशिश करने के बाद उसे हासिल किया ।

''दिन बीतते गए । अब हम दोनों विशेषज्ञ हैं । दोनों कॉर्पोरेट अस्पतालों में काम करते हैं । हर रोज़ बारह घंटे काम करते हैं । दुनिया की नज़रों में ही नहीं, अपने बच्चे की नज़रों में भी हम दोनों मर गए हैं । हर वक़्त काम की जल्दी । हमारे पास गाड़ी है, फ़्लैट है, हमने कभी सपने में भी जिसके बारे में कल्पना नहीं की थी, इतने भव्य स्कूल में हमारा बेटा पढ़ रहा है । पर हमारे मन का असंतोष तो वैसा का वैसा बना रहा ।

''मुझे लगता कि मुझे तवे पर से चूल्हे में झोंक दिया गया हो! लालापेट के मरीज़ मासूम थे । उन्हें उनकी खातिर धोखा देना पड़ता था । पर यहाँ ऐसा नहीं है । ख़ूब पढ़े-लिखे लोगों को, अमीरों को बड़ी नज़ाकत से धोखा देना पड़ता है । हर बार नहीं, पर कई बार ठगना ही पड़ता है । पैसे वसूल करने में कोई आना-कानी नहीं चलेगी । बिना वजह पेट चीरने पड़ते हैं । अपना हिस्सा पाने के लिए पाप भी करना पड़ता है । ऐसे जुर्म करने पड़ते हैं, जो साफ़ दिखाई नहीं देते । सोचती थी, यह भी कोई ज़िंदगी है! कभी कभी अपराधबोध के कारण नींद नहीं आती ।

''तभी मेरे पति को रियाध में अच्छी नौकरी का ऑफ़र मिला । बहुत सारा पैसा, वेतन के साथ एक महीने की छुट्टी, चार साल का बांड साइन करना था । वे सोचते थे कि किसी तरह चार साल काट दिए तो वहाँ से पैसा लाकर यहाँ दो-तीन दोस्तों के साथ मिलकर ख़ुद अस्पताल खोला जा सकता है । ऐसा करने से कम पाप करने का मौक़ा मिलेगा । यह मेरी सोच थी । वे चले गए और यहाँ हम दोनों रह गए ।

"फिर से दौड़ शुरू हो गई । क्या पा रहे हैं, क्या खो रहे हैं इस बात का ख़्याल किए बिना दो साल गुज़ार दिए । पता नहीं और कितनी दौड़ते, पर तभी अचानक मेरी ज़िंदगी में रोशनी-सा एक अंधेरा आ गया । आज मैं आपके सामने ऐसे बैठी हूँ तो इसकी वजह वह रोशनी ही है ।" इतना कहने के बाद वह ज़रा देर रुकी । मैं उठकर सिटाउट के पास गया और वहीं से उसकी ओर देखा । वह कुर्सी पर सिकुड़ी बैठी थी और उसके चेहरे पर मासूमियत थी । वाइन से भीगे होंठ चमक रहे थे ।

वह कहानी टुकड़ों में बता रही थी । शायद बाद में सब टुकड़ों को जोड़कर एक सर्जन की तरह उन्हें एक नया रूप देगी ।

वहीं से वह अचानक सवाल कर बैठी, "क्या आपको गठिया के बारे में मालूम है?"

एक पल के लिए मालूम नहीं हुआ कि मैंने सवाल ठीक से सुना या नहीं । पूछा, "गठिया के बारे में? यह आप क्यों पूछ रही हैं?

"क्योंकि मैं उस बीमारी को अच्छी तरह पहचानती हूँ ।"

मैं डर गया । उसने मेरे चेहरे को देखते हुए कहा, "आप मेरी ओर ऐसे क्यों देख रहे हैं? आप समझते हैं कि कुछ ज़्यादा नशा चढ़ जाने से मैं ऊल-जलूल बक रही हूँ?"

फिर उसने कहा, "पहले मेरी बात सुन लीजिए । पिताजी ने कहा था कि सात साल की उम्र में मुझे गठिया की बीमारी हो गई थी । पर मुझे बिलकुल याद नहीं है । पिताजी के इलाज से वह पूरी तरह ठीक हो गया था । फिर मैं पेट से थी, तब जोड़ों का दर्द शुरू हो गया । डिलिवरी के बाद अपने आप ग़ायब भी हो गया । पर तीन साल पहले फिर दर्द शुरू हुए तो कम होने का नाम नहीं लेते थे । मैं नरक से गुज़री हूँ । दर्द से दिमाग़ चकरा जाता था ।

"लेकिन जोड़ों का दर्द कितना भी असहनीय हो जाए, ज़्यादा दवाई नहीं खा सकते । पर मेरा एक दोस्त था जिसने इस रोग का विशेष अध्ययन किया था । उसने मुझे कुछ दवाइयाँ दीं । पता नहीं उसने कौन-सी दवाई दी थी, उससे मेरी आँखें चली गईं ।

मैंने कहा, "क्या!?"

वह हँस पड़ी । उसने कहा, "बेचारे ने मेरी मदद करनी चाही । पर क्या हमेशा डॉक्टरों के हाथों मरीज़ ही नुकसान उठाते रहेंगे? कभी-कभी डॉक्टरों

को भी तो नुकसान उठाना पड़ेगा! उसकी दवाइयों ने असर किया था, कुछ ज़्यादा ही असर दिखाया, दर्द को दबाकर रखा। बीमारी नहीं गई। ज़हर की तरह मेरे अंदर ही फैलती रही और आँखों पर चोट की।

''ऐसा बहुत कम होता है। पर आजकल इस तरह की बातें कुछ ज़्यादा ही होने लगी हैं। मेरे पति दो बार आकर गए। तब सबकुछ ठीक ठीक चल रहा था। पर एक दिन सुबह नींद से जागी तो आँखों में जलन और दर्द इतना था कि आँखें खोलना मुश्किल हो गया। ज़ोर लगाकर आँखें खोली तो लगा उनकी जगह दो आग के गोले हैं। कुछ भी दिखाई नहीं दे रहा था। पहले समस्या समझ में नहीं आई। जब समझ में आई तो धड़कन रुक-सी गई। आँखों में सिवियर अटैक हुआ था। प्रसाद आइ हॉस्पिटल में इलाज नहीं हुआ होता, तो अब तक मैं अंधी हो गई होती। पर इसका असर तो बुरा हुआ। मेरी टियर ग्लैंड्स हमेशा के लिए सूख गईं। मेरी आँखों की नमी सूख गई!''

मैं उठकर खड़ा हो गया और बोला, ''जी, अब मुझे चलना चाहिए।''

''क्या हो गया?'' हैरान होते हुए उसने पूछा।

''फिर क्या करूँ? मैं समझा था आप अपने गाँव की और नाई डॉक्टर की कहानी कहेंगी। पर आप तो पिटारे में से एक के बाद एक तकलीफ़ों से भरी दास्तानें निकालती जा रही हैं। कहाँ तक सुना जा सकता है?''

वह देर तक हँसती रही। बोली, ''बाप रे! इस तरह हँसे बरसों बीत गए! पर आप बैठिए तो सही। अरे असली दुःख-गाथा तो अभी शुरू हुई ही नहीं। उसे सुने बिना कैसे चले जाएँगे?''

मैं फिर बैठ गया। उसने कहना शुरू किया।

''जिस तरह कैंसर का इलाज किया जाता है, ठीक उसी तरह इलाज किया गया था मेरी आँखों का। एक महीना आराम करने को कहा गया था। मतलब अस्पताल से छुट्टी लेकर घर में बैठे रहना। मैं जहाँ काम करती थी उस अस्पताल के मैनेजमेंट से जाकर एक महीने की छुट्टी माँगी तो बोले, एक महीना? आप ही सोचिए, यह कैसे मुमकिन है? यानी परोक्ष रूप से यही कहा कि नौकरी छोड़नी पड़ेगी!

''रियाध से मेरे पति का नौकरी छोड़कर आना भी आसान नहीं था। बांड पर हस्ताक्षर जो कर दिए थे! छोड़कर जाना हो तो नुकसान के लिए पैसे भरकर जाना था। मुझे पता नहीं क्यों मेरे दादा जी की याद आई। कटे

हुए बाल नहीं फेंकने पर उनके साथ जो सलूक किया गया था, वह याद आया। मुझे लगा कि दादा जी की जगह मैं और मेरे पति खड़े हैं! अब तक हम जिसे पाने के लिए दौड़ रहे थे, वह क्या चीज़ है, यह भी मालूम हो गया।

''फिर डिप्रेशन का दौर शुरू हो गया। ऐसा अवसाद जिस पर काबू पाना असंभव था। यूँ ही बैठे-बैठे आँसू निकल पड़ते थे। कभी ऐसा लगता था कि मैं पागल होती जा रही हूँ। तब दाँतों से अपनी अँगुलियाँ काट लेती थी। मेरी यह हालत देखकर मेरी एक सहेली ने मेरा ध्यान बँटाने की कोशिश की। योग, मेडिटेशन सेंटर्स में ले गई। कुछ किताबें पढ़ने को लाकर दीं, जिनमें आपकी भी किताब थी। सच पूछिए तो साहित्य से मेरा परिचय न के बराबर था। पर आपकी लिखी किताबें पसंद आईं। हमारा प्रांत... हमारी भाषा.... किताबों से मेरी दोस्ती हो गई। उसके बाद बहुत कुछ पढ़ा। पर वह ख़ुराक काफ़ी नहीं थी। और किसी बात की प्यास शुरू हो गई। एक ओर नौकरी छोड़कर मरीज़ बनकर घर में बैठना, अकेलापन। दूसरी ओर ज़रूरत के समय पति का पास न रहना... सब मिलकर मेरी उदासी को बढ़ाने लगे।

''ऐसी स्थिति में एक इनसान को कैसा महसूस होता है? वह प्यार पाने के लिए तड़प उठता है। कोई आकर दो-चार बातें करे, तसल्ली दे, हौसला बढ़ाए, इस तरह की इच्छा मन में उठती है। मेरी दीदी आई और चार दिन साथ रही। उसकी छुट्टी खत्म होते ही चली गई। अब बचा कौन? यह चिन्नू! उस वक्त उसका प्यार ही मुझे सबसे अहम लगा। वही मेरी संजीवनी था, वही मेरा ख़ज़ाना था। पर तब जाकर पता चला कि उस ख़ज़ाने को मैं बहुत पहले खो चुकी थी!

वह फिर पीने लगी। आधी बोतल ख़त्म हो गई। मैंने कहा, ''आप कुछ ज़्यादा ही पीने लगी हैं।''

''कोई बात नहीं। यह इतना ज़्यादा भी नहीं है। अगर यह न होता तो मैं कब की मर चुकी होती! इन फ़ैक्ट, सेलफ़ोन आए तो वे मेरी मौत को भी साथ लाए। सेलफ़ोन ने हमारे परिवार के तीन टुकड़े कर दिए। मेरे पति के रियाध चले जाने के बाद मुझे फ़र्क़ महसूस हुआ। हम तीनों आपस में मिलकर कभी बातें नहीं करते। या तो मैं और मेरे पति बात करते हैं, या मेरे पति और बेटा। बस, इसीलिए हम तीनों के बीच साझे रूप में क्या चल रहा है, मैं जान नहीं पाती। मुझे इस बात का भी अहसास नहीं था कि मेरा बेटा धीरे-धीरे मुझसे दूर होता जा रहा है।

"यह दौर बहुत पहले से शुरू हुआ होगा । मेरे पति के जाने के बाद यह और भी बढ़ा होगा । मैं नहीं समझती कि उन्होंने जानबूझकर उससे कुछ कहा होगा । पर बेटे से दूर रहने के अपराध बोध के कारण ज़्यादा प्यार और ममता जताई होगी । उसके साथ अपने विचारों को बाँटा होगा ।

"इसका नतीजा यह हुआ कि चिन्नू के मन में यह बात बैठ गई कि उसके पिता मेरी ही ख़ातिर विदेश में रहकर तक़लीफ़ सह रहे हैं । पैसा कमा रहे हैं । वे इतनी तक़लीफ़ उठा रहे हैं तो मुझे भी उतनी ही तक़लीफ़ उठानी पड़ेगी । यानी मन लगाकर पढ़ना होगा । अच्छी रैंक लानी होगी । माँ पिताजी की अमानत है, इसलिए उनकी देखभाल अच्छी तरह करनी होगी । यानी उस पर नज़र रखनी चाहिए । पिताजी वापस आएँगे तो उनकी अमानत को सावधानी से उन्हें लौटाना होगा । आप सुनेंगे तो हैरान रह जाएँगे, उसकी यह सोच पागलपन की हद तक चली गई । मेरे पति को छोड़कर किसी भी पराए मर्द से मैं बात करती तो उससे सहा नहीं जाता था ।

"पहले वह बार-बार फ़ोन करके पूछता रहता था कि मैं कहाँ हूँ, क्या कर रही हूँ । मैं समझती थी कि वह मेरी चिंता करता है, इसीलिए ऐसा कर रहा है । पर बाद में पता चला कि वह मुझ पर नज़र रख रहा है । माँ पर शक करनेवाला बेटा! हमारे दोस्तों में जितने भी मर्द थे, सबने लैंडलाइन पर फ़ोन करना छोड़ दिया । यह फ़ोन उठाता तो कुछ भी बोलकर उनका अपमान कर देता था ।

"मैं हमेशा इसे लेकर परेशान रहती थी । न बोलना, न हँसना । उस उम्र के बच्चों में जिस मासूमियत का होना ज़रूरी था, वह भी नहीं थी । हमेशा चुप-चुप रहता । उसके बस तीन काम थे, हमेशा ख़ूब पढ़ना, कंप्यूटर गेम खेलना या मुझ पर नज़र रखना । उसे देखकर मुझे रोना आ जाता था । हाय! माँ बनकर इससे नज़दीकी कैसे कायम करूँ? यही सोचकर छटपटाती थी । बहुत कोशिश की । प्यार से पेश आई । कुछ भी फ़र्क़ नहीं पड़ा । कहते हैं दुःख लोगों को एक-दूसरे के नज़दीक लाता है । मेरी सेहत बिगड़ गई फिर भी वह दूर-दूर ही रहा । ऐसे दिन आ गए..."

इस बार दरवाज़े के पास ज़ोर से आवाज़ हुई । उसने बात करना बंद करके चौंककर उस ओर देखा । वहाँ चिन्नू खड़ा था ।

"चिन्नू! अभी तुम सोए नहीं बेटा...चलो मैं आ रही हूँ!" उसने बेचैन होते हुए कहा ।

चिन्नू चुपचाप हम दोनों को देखता रहा । मोटा बदन, अपनी उम्र से बड़ा दिखाई दे रहा था वह ।

"चल, बेटा...आ रही हूँ, चल ।"

"इतनी देर तक क्या कर रही हो?"

"क्या तुझे मालूम नहीं? इस तरह बात करना ग़लत है, प्लीज़, चलो!"

"रोज़-रोज़ पीती हो । आज किसी को घर बुलाकर उसके साथ पी रही हो । पिताजी से कह दूँगा, देखना!"

"चिन्नू!"

"क्यों चिल्लाती हो? डायन! मेरी परवाह नहीं, पिताजी को दूर भेज दिया, छोड़ दिया । और ग़ैर के साथ...सीधी तरह उसे बाहर भेज दो, वरना..." वह फ़र्श को ज़ोर से लात मारने लगा ।

औरत हिली नहीं । पूछा, "दूध पी लिया?"

चिन्नू ने जवाब नहीं दिया ।

"चिन्नू! तुझसे पूछ रही हूँ! दूध पी लिया?" वह ज़ोर से चिल्लाई ।

"नहीं!"

ओ के, चल तुझे दूध देती हूँ । तुम दूध पी लो, तब तक इन्हें बाहर भेज दूँगी । ठीक है? बस, दस मिनट सब्र करो ।"

वह उठी और चिन्नू के पास जाते हुए मुझसे अंग्रेज़ी में बात की, ताकि चिन्नू को भी सुनाई दे । "आप बैठिए । इसे दूध देकर आपके लिए खाना लगाती हूँ । काफ़ी रात हो गई है । अब तो आपका घर चले जाना ही ठीक होगा ।"

मैंने घड़ी देखी । दस बजे थे । मैं इंतज़ार करता रहा । गिलास में जिन डालकर हाथ में लिए बैठा था । इसी तरह आधा घंटा बीत गया । मैंने सोचा और पंद्रह मिनट देखकर चला जाऊँगा । तभी वह धीरे से आई । रो रही थी!

"क्यों? क्या हुआ?" मैंने घबराकर पूछा ।

"बेचारे को नींद की गोलियाँ खिलाकर आई!"

"क्या?"

"जी हाँ! नहीं तो वह मेरी बात नहीं मानता । नहीं सोता । यही ग़नीमत समझिए कि उसने अब तक आपसे मुझे बात करने दी । दूध में नींद की गोलियाँ

घोलकर पिलाई । मेरे नसीब फूट गए हैं । किसी भी माँ के साथ कभी ऐसा न हो...!'' वह रो रही थी पर आँखों में आँसू नहीं थे!

मेरा सिर चकरा गया ।

''चुप हो जाइए...'' मुझे नहीं सूझ रहा था कि और क्या कहूँ ।

''आपने ऐसा क्यों किया? हम दोबारा भी मिल सकते थे ।'' मैंने ही फिर कहा ।

''नहीं...आज ही सब कुछ उगल देना है मुझे । न जाने कितने युगों का बोझ है मन पर!''

अचानक उसका चेहरा संजीदा हो गया । कुर्सी पर सीधे बैठते हुए उसने कहना शुरू किया...

''आपको मेरे पिता की कहानी फिर शुरू से बताना चाहती हूँ । नाई डॉक्टर की कहानी सुनाने को कहा था ना आपने? सुनेंगे?'' उसने पूछा ।

''यह वह कहानी है, जिसे मैंने आँखें खो देने के बाद अंधेरे में देखा था । मैं खुशनसीब थी कि उस अंधेरे ने मुझे रोशनी दी । अपनी ज़िंदगी को ही नहीं बीत चुकी अपने पिता की ज़िंदगी को भी मैं उस रोशनी में समझ सकी । उजाले में जिसे देखने से इनकार किया था वह सब इस अंधेरे ने मुझे दिखा दिया । इस तरह उसने मेरी मदद की, वरना मैं पिता जी को कभी समझ नहीं पाती ।''

''मेरे दादा जी नाई के काम के अलावा शहनाई भी बजाते थे । उन्हें बजाना ठीक से आता नहीं था, फिर भी भीड़ में थोड़ा-बहुत बजा लेते थे । उनके गलत-शलत सुर सुनकर सब हँसते थे । पर मेरे पिता को वह बेसुरा बाजा ही बहुत भा गया । नाई का काम सीखने के लिए आनाकानी करने वाले मेरे पिता ने ज़िद पकड़कर दादाजी से बाजा बजाना सीख लिया ।''

''लेकिन मेरे दादा को वह पसंद नहीं था । शहनाई बजाने से फेफड़े खराब हो जाएंगे, ऐसा वे सोचते थे । पर मेरे पिता माने नहीं । बहुत मेहनत करके शहनाई बजाना सीख लिया । जब पिताजी को मद्रास में सीट मिल गई और वे बोरिया बिस्तर बाँधने लगे तो शहनाई भी साथ बाँध ली । पढ़ाई करने के दिनों में उस शहनाई की वजह से उन्हें कई दोस्त मिल गए ।''

''संगीत उनके लिए पागलपन की हद को पार कर गया था । मद्रास से त्यागरजा के संगीतोत्सवों में तिरुवय्यारु चले जाते थे । वहाँ उत्सव में बड़े-

बड़े संगीतकार अपनी कला का प्रदर्शन करते थे । बाद में भी वे उन दिनों को याद कर करके हमें सुनाते और उस अनुभव को दोबारा जी लेते । वह प्रभाव उन पर आखिर तक बना रहा । डॉक्टरी का काम शुरू करने के बाद भी संगीत में उनकी रुचि कम नहीं हुई । जब भी फुरसत मिलती शहनाई बजाने बैठ जाते । मुझे उसकी आवाज़ से पढ़ने में दिक्कत आती और मैं उन्हें मना करती तो बच्चों की तरह हंस देते और कहते, 'संगीत ना हो तो कैसे जिऊं बेटी?'

''एक संगीत ही नहीं उनका दूसरा प्यार था, पौधे । हमारे आंगन में उन्होंने तरह-तरह के बेल-बूटे, पौधे लगा दिए । वह भी सनक बन गई थी उनकी। आंगन में बगीचा नहीं पूरा जंगल उग आया था । उनके साथ हमें भी उनकी देखभाल करनी पड़ती थी । कभी शिकायत की तो हँसकर कहते, 'अरे! बेटा, पौधे और हरियाली बहुत ज़रूरी है, उसका स्पर्श कम हो जाने से ही तो इतनी सारी बीमारियाँ हो गईं हैं ।' इस तरह उनकी ज़िंदगी शांति से गुज़र गई ।''

''ये सब नहीं होते तो उन्हें कितनी तकलीफ हुई होती, डॉक्टर के काम में मिलनेवाले असंतोष ने उनका क्या हाल कर दिया होता, इसकी मैं अब कल्पना कर सकती हूँ । जब तक ज़िंदा रहे, अपमान सहते रहे । हमारे गाँव में जो युवा डॉक्टर आए उन्होंने पिताजी को डॉक्टर ही नहीं समझा । क्योंकि उन्होंने एमबीबीएस नहीं किया था । रेड्डी डॉक्टरों ने कभी उन्हें बराबर दर्ज़ा नहीं दिया, क्योंकि वे रेड्डी नहीं थे। यह दुःख वे अंदर ही अंदर सहते रहते थे। किसी को दिखाई नहीं देता था ।''

''और दिखाई देनेवाला दुःख थी, मेरी माँ । रोज़ वह इस्तरी की गई साड़ी पहनकर पिताजी के साथ अस्पताल जाती थी । पर पिताजी जानते थे कि यह उनका साथ कुछ ही दिनों के लिए रह गया है । माँ की बीमारी पर पिताजी का मैजिक काम नहीं कर सका । फिर भी अंत तक हिम्मत नहीं छोड़ी उन्होंने । जब माँ आखिरी साँस लेने लगी तो पास खड़े होकर इतनी मोठी हँसी बिखेरते रहे कि माँ ने आराम से आँखें हमेशा के लिए बंद कर लीं । ऐसी वेदना से भरे दिनों में भी पिता का साथ देनेवाले हम बच्चे नहीं, वे ही पेड़-पौधे और उनकी शहनाई थी ।''

कुछ देर वह चुप बैठी रही । फिर कहना शुरू किया, ''जानते हैं, कॉलेज के दिनों में मैं भी खूब गाती थी । अब सबकुछ भूल गई । मेरे पति से मेरा परिचय भी कॉलेज के सांस्कृतिक कार्यक्रम में ही हुआ था । वे मृदंगम बजाना

जानते हैं । पुश्तैनी कला परिवार में चली आ रही थी । पर उनके परिवार में भी अब वह खतम हो गई है । इतनी मूल्यवान कला....करोड़ों रुपए लुटाने पर भी न मिलने वाली प्रतिभा...प्राणवायु जैसी कला...''वह बहुत भावुक हो गई ।''

''वक्त बदल चुका है । सबकुछ बदल गया । लोग बदल गए । पेशे बदल गए । नो मोर नोबल प्रोफेशन्स! लोग अपने पेशे में बहुत खुश रहते थे । ख़ाली वक़्त खेलने, गाने-बजाने में बिताते थे । लोगों के बीच अपनापन होता था । अपनों के प्यार में संतोष पा लेते थे ।

पर आज? समाज को देखकर मन उदास हो जाता है । यह रफ़्तार अच्छी नहीं है । जब तक मैं अंधी नहीं हुई, मैं आने वाली आफ़त को नहीं पहचान सकी । इसी तरह समाज भी आँख मूँदकर दौड़ रहा है । आने वाले संकट से बेख़बर है । अब किसी का कोई मूल्य नहीं रह गया, आदर नहीं किया जाता। अस्मिता ही नहीं रही । पैसा ही सबकुछ है । पैसा...पैसा...बस उसी का मूल्य है । पर पैसेवालों में भी स्तर के अनुरूप भेदभाव है । कहीं भी इनसान को तृप्ति नहीं मिलती । न पेशे में, न घर में और न ही समाज में । कोई अभिरुचि, कोई संबंध ऐसा नहीं जहाँ उसे थोड़ी देर आराम लेने का मौक़ा मिलता । किसी के पास दूसरे के लिए समय नहीं है । खाट पर पड़े रहो तो भी लोग...अपने भी...फ़ुरसत पाने के बाद ही आएँगे । इसीलिए इतनी सारी कुंठाएँ, इतने सारे रोग! अगर अभी यह हाल है तो मेरे बच्चे के बड़े होने तक, सोचिए, कैसा माहौल रहेगा?''

''वैसे भी वह इकलौता बच्चा है । मातृभाषा नहीं जानता । उसकी भावनाओं को बाँटनेवाला हम उम्र कोई नहीं है । आजकल स्कूलों में गहरी दोस्ती बनाने की मनाही है । जो सीधी-सादी ज़िंदगी आप और मैंने देखी, वह तो उसके लिए मुमकिन नहीं है । वह उसकी कल्पना भी नहीं कर सकता । इस देश की बुनियादी सच्चाई को वह नहीं जानता । यह भी एक पाट न सकने वाली खाई है । फिर वह कैसे जी पाएगा । अभी से वह माँ पर शक करने लगा है । बड़ा होकर वह कहीं मनोरोग से ग्रस्त तो नहीं हो जाएगा? मैं कैसे बर्दाश्त कर सकूँगी? मेरा बच्चा...मेरे जिगर का टुकड़ा...''

उसके चेहरे पर दुःख के काले साए मँडराने लगे । फिर कहने लगी, ''इसीलिए मैं इसके बारे में इतनी चिंतित हूँ । डॉक्टर, इंजीनियर या सॉफ़्टवेयर इंजीनियर नहीं बनाऊँगी इसे । उसकी अच्छी रैंक किसी काम की नहीं है ।

आगे चलकर और भी बेक़ार हो जाएँगी । उसे कोई कला सिखाना चाहती हूँ । जब लोग एक ही पेशे के पीछे भागते हैं तो उनमें अस्मिता का संकट पैदा हो जाता है । कला ऐसी नहीं है । वह आदमी को अपना व्यक्तित्व प्रदान करके उसे भीड़ से अलग करती है । वही मेरे बेटे को चाहिए । यह ज़रूरी नहीं कि लोग उसे कलाकार के रूप में पहचानें, बस उसे पता होना चाहिए, उसका सहारा बनना चाहिए, जब वह रोए तो उसे ढाढ़स बँधाए, जीवन भर उसके साथ रहे, ऐसी कला!''

''आज का समाज लोगों को बैरागी बना रहा है । पर बैरागी के साथ उसका गीत होता है । इसी कारण वे जिंदा रह पाते हैं । आपने कहा था अय्यप्पा के शरीर में संगीत है । मेरे बेटे के ख़ून में भी संगीत है । उसे हमने अपने ही हाथों से ख़त्म कर डाला । हमारी दौड़ की वजह से, उसे अनदेखा कर दिया....'' वह अचानक ज़ोर से रोने लगी ।''

''चुप हो जाइए, न!'' मैंने धीमी आवाज़ में कहा । पर वह आपे से बाहर हो गई थी । मेज़ पर रखी बोतल को हाथ के थपेड़े से नीचे गिराना चाहा। मैंने उसका हाथ थाम लिया । वह रोती गई । रोते-रोते बोली, ''मैं बहुत थक गई, जी...'' फिर बैठी-बैठी ऊँघने लगी । धीरे से उसका हाथ छोड़कर मैं कमरे से बाहर निकला । हॉल में टी.वी. के सामने नौकरानी चटाई पर सो रही थी। शायद बग़ल के कमरे में चिन्नू नींद की खुमारी में सोता होगा ।

खाना यहीं कहीं मेज़ पर रखा होगा । पर मेरी भूख मिट गई थी । खाने की इच्छा नहीं हुई । बिना आहट किए फ़्लैट से बाहर आया और सीढ़ियाँ उतरकर सड़क पर पहुँच गया ।

बारिश थम चुकी थी ।

इस घटना के बाद दो-तीन हफ्तों में उसने दो-तीन बार फ़ोन किया । अपने बेटे को संगीत सिखाने की कोशिशों के बारे में मुझे बताया । संगीत सिखाने वाले कई मास्टरों के पास ले गई, पर चिन्नू से कोई रिस्पॉन्स नहीं मिला। उसने कहा, ''जैसे मेरी आँखों में आँसू सूख गए, उसी तरह उसके अंदर की कला सूख गई होगी ।''

उसके बाद उसका कोई फ़ोन नहीं आया ।

गर्मियाँ शुरू हो गईं । मार्च-अप्रैल की गर्मी से लोग बड़े बेचैन थे । तभी ठंडी बौछार की तरह उसने मुझे फ़ोन किया । आवाज़ से साफ़ मालूम हो रहा था कि वह बहुत ख़ुश है ।

हँसते हुए मैंने पूछा, ‘‘क्या कोई ख़ास ख़बर है?’’

‘‘आपको एक बार हमारे घर आना पड़ेगा!’’ उसने बड़े उत्साह के साथ कहा ।

‘‘किसलिए?’’

‘‘बताने से काम नहीं चलेगा । आप आकर देखिए । मेरे बेटे ने घर को छोटा-सा जंगल बना दिया । उसे समर स्कूल भेजा था मैंने ताकि बच्चों के साथ मिलकर कुछ सीख सके । वे लोग उसे पिकनिक पर नर्सरी ले गए। आते वक्त चार-पाँच गेंदे के पौधे ख़रीद लाया । मुझसे कहा कि गमलों में उन्हें लगा दूँ । अब उन पौधों से बात करना शुरू किया है ।’’

‘‘क्या?’’

‘‘हाँ! मैं देखती हूँ तो शरमाकर बंद कर देता है । उसे किसी ने बताया था कि पौधों से बात करो तो वे जल्दी बढ़ते हैं । यही नहीं! मुझसे तरह तरह के पौधे ख़रीदने को कह रहा है । ख़ुद उनमें पानी देता है । उन फूलों को छूकर फूला नहीं समाता है । पत्तों से कुछ बतियाता है । बता नहीं सकती मैं कितनी ख़ुश हूँ । वह पौधों से दोस्ती करने लगा है । हमेशा गुमसुम रहने वाला मुँह खोलकर उनसे बातें करने लगा है । इसका एक अच्छा नतीजा यह भी मिला कि उसका ध्यान मेरे ऊपर से काफ़ी हद तक हट गया है ।

‘‘परसों मैं कुछ पौधे ख़रीदने लगी तो उदास होकर उसने कहा, ‘‘माँ इन्हें कहाँ रखेंगे? हमारे घर में जगह ही कहाँ बची है ? पता नहीं क्यों मुझे अपने पिता जी याद आ गए । मैं घर बदलने के बारे में सोच रही हूँ । कोई मकान, जिसके चारों ओर पेड़-पौधे लगाने की जगह हो, मिल जाए तो यह फ्लैट किराए पर देकर चली जाऊँगी । ऊपर जीना ठीक नहीं होता । नीचे जीने से ही सुकून मिलने से मेरा बेटा सही रास्ते पर आ जाएगा । तब मुझे चिंता नहीं होगी.... ख़ुशी और उत्साह उसकी आवाज़ में उमड़ रहे थे ।

आँसुओं के सूख जाने से नमी का नामो निशान मिट गया था, जिस कहानी में, उसमें गीली मिट्टी को चीरकर हरे-भरे पौधों के उगने का दृश्य मुझे दिखाई देने लगा ।

क्या पता, शायद यही शुरुआत हो!

बचत

चित्रा

तनख्वाह वाले दिन से शंकर डरता है । उसे एक तरह की घबराहट होती है । सारा दिन बेचैन रहता है । किसी को कुछ कर डालने की इच्छा होती है । वह तनख्वाह पाना चाहता है, लेकिन जिस दिन तनख्वाह मिलती है, उस दिन से चिढ़ता है । बचपन से उसे एक ही इच्छा सताती रही है...

जब वह स्कूल जाने से इनकार करता, ज़िद पर उतर आता, तो उसकी माँ उसे दस पैसे देकर कहती थी, "बेकार की चीज़ें खरीदकर मत खाना! इन पैसों को बचाकर रख!" तब से एक ही इच्छा उसके मन में घर कर गयी ।

पैसे की बचत की इच्छा!

वह कोई हजारों-लाखों रुपयों की बचत नहीं करना चाहता था ।

उसे खुद मालूम नहीं था कि वह कितने रुपयों की बचत करना चाहता है ।

शायद सौ रुपयों की बचत कर पाने से वह बहुत खुश हो जाता!

यह इच्छा धीरे-धीरे उसके मन में बरगद के पेड़ की तरह फैलने लगी।

लेकिन वह इस इच्छा से डरता है, क्योंकि तनख्वाह मिलते ही मकान का किराया, दूधवाला, धोबी, किराने का दुकानदार, ये सब मिलकर उसकी इच्छा की हत्या कर देते हैं ।

बचपन में माँ के दिये दस पैसे के सिक्के को जेब में डालकर वह स्कूल को चल पड़ता, तो फटी जेब के सुराख से गिरकर वह सिक्का रास्ते में कहीं खो जाता । कभी वह सिक्का न गिरता, तो कोई उद्दंड बच्चा वे पैसे उससे

छीनकर उसी के सामने आइसक्रीम खरीदकर खाने लगता । तब वह रोता हुआ घर लौटकर माँ को बताता और माँ उसे पीटती!

उन दस पैसों के इर्द-गिर्द फैले आर्थिक सिद्धांत को वह नन्हा बच्चा नहीं जानता था ।

उसका बाप संगमरमर से बनी, तीन लाख रुपयों वाली, कपड़ों की दुकान में तीन सौ रुपये पाने वाला मुनीम था । एक-एक पैसे की बचत करके जीने वाले अपने पिता के लिए दस पैसे खो देना भी कितना महान अपराध है, यह जानने में उसे अधिक समय नहीं लगा ।

पर एक बात वह नहीं जानता था...

दस पैसे खो देने के लिए नन्हे बच्चे को पीटने वाली उसकी माँ ने, गुस्सा ठंडा हो जाने के बाद, क्यों पिछवाड़े में जाकर रोते हुए अपने हाथों को दीवार पर मारकर दुख प्रकट किया था!

एक दिन वह दस पैसे के सिक्के को किताब में छिपाकर ले गया था। उसके दोस्त ने वही किताब माँगी और उसमें से सिक्का निकाल लिया । तब शंकर उससे भिड़ पड़ा और उसकी पीठ पर मुक्के मारने लगा । उसके दोस्त ने गुस्सा होकर उस सिक्के को तालाब में फेंक दिया । शंकर तालाब में कूद पड़ा और आधे घंटे तक छान मारने के बाद भी सिक्का हाथ न लगा, तो रोते हुए घर पहुँचा । बस, उसके बाद कभी उसकी माँ ने उसे पैसे नहीं दिये ।

शंकर बहुत रोया, गुस्सा हुआ, पर चुप रह गया ।

उसके बाद हाई स्कूल में और फिर कॉलेज में पहुँचा, तो उसकी उम्र के साथ उसकी इच्छा भी प्रबल होती गयी ।

पर उसे इतमीनान से पढ़ने भी नहीं दिया गया । उसका बाप उसके पीछे पड़ गया, ‘‘बस कर! बहुत पढ़ाई हो गयी! मेरे साथ काम में लग जा!’’ शंकर को गुस्सा आ गया । पिता से नफरत हो गयी । पर बाद में बात उसकी समझ में आ गयी ।

‘‘बाबा, तुम्हें एक पैसा भी खर्च नहीं करना पड़ेगा । मैं अपने बलबूते पर पढ़ाई पूरी कर लूँगा ।’’ शंकर ने कहा ।

दोस्तों से किताबें उधार माँगकर पढ़ने लगा । उसका एक ही लक्ष्य था, खूब पढ़-लिखकर, कमाकर पैसों की बचत करना!

उन्हीं दिनों उसने रेडियो पर एक घोषणा सुनी-एक अद्भुत सच्चाई!

''बचत कीजिए! वही देश की पूँजी है । थोड़ा खर्च कीजिए, बाकी की बचत कीजिए!'' रेगिस्तान में बारिश की तरह ये बातें उसे आकर्षक लगीं । जब भी रेडियो पर यह घोषणा सुनायी देती, वह सारे काम छोड़कर रेडियो के पास आ बैठता और कल्पना की दुनिया में खो जाता ।

शंकर ने बी.ए. पास कर लिया ।

उसकी पढ़ाई खत्म हो गयी ।

शंकर के बाप की जिंदगी खत्म हो गयी ।

शंकर का बाप एक दिन आधी रात को चारपाई पर लेटा कराहने लगा और जब कराहने की भी ताकत नहीं रही, तो हमेशा के लिए चुप हो गया । शंकर का एकमात्र सहारा छिन गया ।

शंकर अपने बाप की जगह पर दुकान में काम करने लगा । चार सौ रुपये तनख्वाह मिलती थी । पिता के समय में वह एक मामूली कपड़ों की दुकान थी, पर अब वह ऑथराइज्ड होलसेल ए.सी. शोरूम बन गयी थी ।

नौकरी पाते ही शंकर ने सोचा, हर महीने बीस-पच्चीस रुपयों की बचत अवश्य करूँगा । थोड़ा खर्च करूँगा, थोड़ा बचाकर रखूँगा । लेकिन उसकी यह इच्छा पूरी नहीं हो सकी । पिता की बीमारी और अंतिम संस्कार के लिए जो पैसा उधार लिया था, उसे चुकाने में छह महीने लग गये । सौ रुपये का कर्ज सिर पर था । उसे कैसे चुकाया जाये?

इसी बीच माँ बीमार पड़ गयी ।

माँ को बचाने के लिए शंकर ने अपनी भूख पर काबू कर लिया था । पहले वह दिन में एक कप कॉफी पीता था और दो वक्त खाना खाता था। अब कॉफी बंद हो गयी । दिन में, दोपहर तीन बजे, एक ही बार खाना खाने लगा । कीमतें थीं कि बढ़ती ही जा रही थीं ।

इतने में दूर के रिश्ते के मामाजी भवानी आ धमके । कहने लगे, ''मेरी बेटी से शादी कर ले ।'' मामाजी जल-बुझकर आधी गिरी दीवार जैसे दिखायी देते थे । उनकी बेटी भी कम न थी । अधजली लकड़ी जैसी थी ।

शंकर ने कहा, ''क्यों मज़ाक करते हो, मामाजी! अपना पेट भरने का जरिया नहीं है यहाँ, बाल-बच्चों को क्या खिलाऊँगा?''

मामाजी बोले, ''इसे खाना खिलाने की जरूरत नहीं है । जूठे बर्तन चाटकर जी लेगी । तुम्हें कोई तकलीफ नहीं देगी । घर का सारा काम करेगी । अपना पेट खुद पाल लेगी ।''

माँ की देखभाल करने के लिए, खाना बनाने के लिए, मदद की जरूरत तो है । ऐसा सोचकर शंकर ने कहा, ''ठीक है, मामाजी! पर शादी में सारा पैसा खर्च मत कर देना । कल के लिए भी बचाकर रखना ।'' शंकर यह जानना चाहता था कि मामाजी के पास पैसे हैं या नहीं ।

''तुम भी, बेटे! खर्च कहाँ से करूँगा? मेरे पास है ही क्या? परसों दिन अच्छा है । मंदिर में एक-दूसरे को माला पहनाकर, पंडितजी के हाथ में दस रुपये देकर, ब्याह की रस्म पूरी कर लेना । फिर दाल-भात और मिठाई से दावत करेंगे ।''

मामाजी की बातों से शंकर की हवा निकल गयी । सस्ते कपड़े, पर नये कपड़े, पहनकर शंकर और लक्ष्मी पति-पत्नी बन गये ।

शादी के बाद बचत करने की इच्छा शंकर के मन को दिन-रात तड़पाने लगी । उडिपी होटल के सामने से गुजरते हुए जब इडली-दोसा की खुशबू नाक में घुसती, तो पहले मन करता कि अंदर जाकर एक प्लेट दोसा खाया जाये, पर अगले ही पल उसके अंदर से कोई शत्रु की तरह विरोध करता कि उन रुपयों को बचाना ज्यादा बेहतर होगा ।

सिनेमा देखने वालों को देखकर वह सोचता कि ऐसी कौन-सी बात है सिनेमा में कि लोग इतना पैसा उस पर बर्बाद करते हैं! लोग सिगरेट पर पैसा क्यों फूँकते हैं? पान चबाने वालों को देखकर शंकर को डर लगता था ।

पत्नी खाने में सब्जी बनाती, तो कहता, ''सब्जी बनाने की क्या जरूरत थी? क्यों पैसे बर्बाद करती हो?''

बहुत कोशिश करने के बावजूद शंकर बचत नहीं कर पाया ।

महीने में एक बार मकान का किराया चुकाना ही पड़ता था । साल भर बाद किराया बढ़ता भी था । किराने की दुकान का उधार चुकता होने का नाम ही न लेता था । सामान कम होता जा रहा था और बिल के पैसे बढ़ते ही जा रहे थे । दूध, धोबी का खर्चा अलग! दिन-ब-दिन बढ़ते कर्ज! एक हफ्ते तक खूब सोचने के बाद शंकर ने मन में निश्चय कर लिया कि वह दफ़्तर पैदल चलकर जायेगा ।

घर और दुकान के बीच की दो मील की दूरी को वह सिटी बस से तय करता था । हर महीने बस का किराया तीस रुपये आता था । अगर यह दूरी चलकर तय की जाये, तो महीने में तीस रुपये की बचत होगी । बस, घर से एक घंटा जल्दी निकलना पड़ेगा ।

शंकर ने खुद को शाबाशी दी ।

शुरू में पैर दर्द करने लगे । कमर दुखने लगी और थकावट महसूस होने लगी । बाद में धीरे-धीरे आदत पड़ गयी । दो महीनों में शंकर ने चालीस रुपये की बचत की । एक दिन रास्ते में कोल्डड्रिंक दिखायी दी । फौरन प्यास लगी । चालीस रुपये बचाने की खुशी में वह ठंडा सोडा पी गया । घर पहुँचकर देखा कि माँ का देहांत हो गया है । कंजूसी से खर्च करने पर भी उसके बचाये चालीस रुपयों में एक सौ रुपये और जोड़कर माँ के क्रियाकर्म के लिए खर्च करना पड़ा । शंकर एक बार फिर कर्ज में डूब गया ।

शंकर ने सोचा :

''कोई बात नहीं, यह पहली बार है क्या? मैं तो हमेशा से ही कर्ज में जीता रहा । तीन महीने और मेहनत करूँगा, तो कर्ज चुक जायेगा । लक्ष्मी से कहना होगा कि बच्चों के लिए नाश्ता-मिठाई बनाना बंद कर दे । मेरी कमीज़ फट गयी है । लक्ष्मी रोज कहती है कि मैं नयी कमीज़ सिलवाऊँ । उससे कहना होगा कि उसी कमीज पर पक्की सिलाई कर दे । कपड़े की दुकान में काम करता हूँ, इसका मतलब यह तो नहीं है कि हर छह महीने बाद नयी कमीज़ सिलवाऊँ! छोटा बेटा शरारती है । माँ से कहता है, 'माँ, एक चवन्नी दे दो न! खर्च नहीं करूँगा, बचाकर रखूँगा ।' बच्चों की पढ़ाई, किताबें, दवा-दारू के खर्च अलग!''

बाप शंकर से कम कमाता था, फिर भी आराम से जीता रहा । वह हमेशा कहता था, ''बाप रे! कीमतें तो बढ़ती ही जा रही हैं!'' फिर भी इतनी कंजूसी नहीं करनी पड़ी । इसका कारण शंकर की समझ में नहीं आ रहा था

सोचने लगा, ''मैं पैसे बचाने की ही कोशिश कर रहा हूँ । ऐश नहीं करता हूँ, फिर भी...''

शंकर बचत नहीं कर पा रहा था । पर रेडियो पर बचत के बारे में घोषणा अवश्य सुन रहा था ।

उन्हीं दिनों जब शंकर के मन में परेशानी, क्रोध और बेचैनी के भाव हिलोरें ले रहे थे, वह भयानक घटना घटी ।

उस दिन एक जवान जोड़ी दुकान में आयी । लड़की सेब जैसी थी और लड़का गाजर की तरह था । दोनों बहुत सुंदर और खुश थे ।

लड़की ने छः-सात साड़ियाँ निकालकर अलग रख दीं । लड़के के लिए भी इतने ही सूट के कपड़े निकालने लगी, तो लड़का बोल पड़ा, ''सुनीता! इतने सारे क्यों? हमें चादर देखकर पैर पसारने चाहिए ।''

बस, लड़की झल्ला उठी ।

"तुम्हारी सोच तो 'लेबर' वालों की सोच है । डोंट बी सिली!" लड़की ने कहा, तो लड़का चुप हो गया ।"

शंकर को लड़की पर गुस्सा और लड़के की कमज़ोरी पर घिन आ गयी। इसी मूड में उसने कपड़े को गलत काट डाला। सीधा काटने की बजाय तिरछा । दुकान का मालिक यह देखकर आगबबूला हो गया । कहा कि एक मीटर के पैसे, तीन सौ रुपये उसकी तनख्वाह से काट लेगा ।

हाथ-पैर पकड़ने पर हर महीने तीस रुपये काटने को राजी हो गया ।

"बस, दस महीने और पैदल चलकर जाने से पैसे भर सकूँगा । मुझे तो आदत हो गयी है न!" शंकर ने सोचा ।

उस दिन, आसमान के नीचे, चारपाई पर लेटकर, शंकर मन ही मन सोच रहा था । विचारों की लहरों में डूबते-उतराते उसे साँस लेने में भी दिक्कत होने लगी ।

"मैं क्या बचाऊँ? कैसे बचाऊँ? पैर ढँकने की यह चादर पूरी नहीं पड़ती। बदन ढँकने के लिए लक्ष्मी के पास पर्याप्त कपड़े नहीं हैं। सिर छिपाने को यह छप्पर कम पड़ कहा है। बदनामी से बचने के लिए यह नौकरी काफी नहीं होती । पेट भरने को तनख्वाह काफी नहीं होती!"

इसी सोच में डूबा शंकर रेडियो पर घोषणा सुनकर चौंक पड़ा ।

"मेरी जिंदगी भी क्या जिंदगी है! महीने में माँ एक किलो दाल खरीदती थी । अब सिर्फ आधा किलो ही खरीदता हूँ। आधा लीटर दूध रोज खरीदते थे। अब वह घटकर एक पाव रह गया। खरीदने की ताकत धीरे-धीरे कम होती जा रही है ।"

बीमारियाँ, दुख-दर्द, आँसू, दुकान में मालिक की झिड़कियाँ, बच्चों की शिकायतें कि वह उनकी पसंद की चीजें खरीदकर नहीं देता, लक्ष्मी के मन की उदासी, मीलों पैदल चलना, भूखे पेट और अधनंगे बदन! गरजती हुई आग की वर्षा, काँटों से भरा घर । बस, यही तो बचा है शंकर के जीवन में । इसके सिवा कुछ भी नहीं । यह बात समझ में आते ही शंकर फूट-फूटकर रोया । उसकी यह हालत देख लक्ष्मी का दिल जोर-जोर से धड़कने लगा ।

वह बोली, "अजी, किस बात को लेकर दुखी हो रहे हो? दुनिया में बहुत सारे लोग हमारी जैसी जिंदगी जी रहे हैं । कुछ का हाल तो हमसे भी बदतर है । वे सब क्या बचा पा रहे हैं? क्या बचा पायेंगे? आप दिल में इतना दुख

पालेंगे, तो हमारा क्या होगा? आपको कुछ हो गया, तो हम कहीं के न रहेंगे । सँभालिए अपने-आपको ।'' इतना कहकर वह जोर से रोने लगी ।

कुछ दिन और बीत गये ।

एक दिन जोर की बरसात हो रही थी । मालिक ने शंकर को नौकरी से निकाल दिया । गला पकड़कर दुकान से बाहर धकेल दिया । पूछने पर कहा कि तुम्हारा काम में मन नहीं लगता । ग्राहक खुश नहीं हैं । शंकर से कम वेतन पर कोई मिल गया है, यह बात उसने नहीं बतायी ।

''जी हाँ, आप लोग धोखेबाज हैं । धोखा, क्रूरता, अनाचार, अन्याय जैसे भाव प्रकट नहीं होने देते । मन में छिपाकर रखते हैं और ऊपर से मीठी जहरीली हँसी हँसते रहते हैं । हमें लूटकर अपने भंडार भरते हैं । दुख-दर्द, वेदनाएँ हमारी झोली में डाल देते हैं । जीवन को, ताकत को, रोज-रोज थोड़ा-थोड़ा खर्च करते-करते हम मर जाते हैं!'' घर वापस लौटते हुए, रोते हुए, शंकर ने मन ही मन सोचा ।

''यह कड़वी सच्चाई लक्ष्मी से छिपानी पड़ेगी । हाँ, बिलकुल छिपानी है ।...धोखे से नोटों की गड्डियाँ छिपाकर टैक्स न देने वाला साहूकार!...जहरीली हवा छोड़ने वाली झूठी घोषणाएँ!...जीवन की राह में आसमान को छूने वाली कीमतें!...इसके पीछे धनी लोगों की साजिश!...इनमें से किसी बात की भनक लक्ष्मी के कानों तक नहीं पहुँचनी चाहिए ।'' ऐसा सोचते हुए चलते-चलते शंकर फलों की दुकान के सामने ठिठक गया । टी.वी. पर कोई कह रहा था, ''सरकार की हालत ठीक नहीं है । लोगों को पैसों की बचत करनी होगी!''

यह सुनकर शंकर को एक ही साथ हँसी आयी और रोना भी आया ।

''हाँ-हाँ! बचायेंगे! बचाकर चोर-उचक्कों के हाथों में दे देंगे । हमारे बचाये हुए पैसों से तुम बम, रॉकेट और मिसाइल बनाओ! दीवाली मनाओ! हमें लूटकर तुम बचत करो । बम खरीदो, हवाई जहाज बना डालो, हमारे जीवन को मिट्टी में मिला दो!''

ऐसा सोचते हुए उसने रास्ते से एक पत्थर उठाकर टी.वी. पर फेंकने के लिए इधर-उधर देखा । पत्थर रास्ते के दूसरे छोर पर पड़ा था ।

शंकर अंधाधुंध, रास्ते पर चलते वाहनों की परवाह किये बिना रास्ते की दूसरी तरफ पहुँचने के लिए दौड़ पड़ा ।

लैटिट्यूड

पसुपुलेटि गीता

पूरब और पश्चिम के बीच ग्रिल्ड चिकिन की तरह भुनते हुए, मैंने करवट ली । दायें पैर का अंगूठा मानो अंगारे को छू गया । प्रातः की किरण की चिनगारी से आग पकड़ने वाला संसार मेरे पैर के अंगूठे पर धधकने लगा ।

"...मॉर्निंग..." हमेशा की तरह एक और विषोदय!

बचपन में हमारे घर के दक्षिणी ओर खिड़की के पास एक पानी का सोता था । हर रोज सुबह के वक्त उसमें से कमल की नालें खिड़की पर ऊपर चढ़कर मुझे शुभोदय कहती थीं । कलियों से मेरा चेहरा चूमती थीं । अब ऐसा कुछ भी नहीं होता, सोता सूख गया और हुसैन सागर के बीचों बीच मल्टीप्लेक्स उग आया । इससे, मेरे पैरों के पास राख से ढकी आग की घाटी में सूरज गले तक धँस गया ।

आँख-कान, हाथ-पैर, सुख-दुख, भला-बुरा, अमीर-गरीब, स्त्री-पुरुष ऐसी सब चीज़ें द्वंद्व के रूप में हैं तो फिर संसार भी दो क्यों नहीं हैं? अगर हैं तो वैकल्पिक संसार के सब सूर्योदय शीतल होते? सूरज चाँदनी बरसाये और चाँद गरम तवे पर ऑम्लेट की तरह भाप छोड़ने लगे तो? पंछी पानी में रहने लगें, बादल जमीन पर रहकर आसमान की ओर बूंदों की गोलियाँ चलाएँ, और सिर पर चिपके चेहरे पर उग आये...तो...तो...

'नाक अपनी जगह है, इस बात से खुश होओ । आँखों के बीच और होठों के ऊपर नाक है, गनीमत समझो । वही नाक अगर तुम्हारे पैरों के बीच में होती तो दुनिया-भर की बदबू से तंग आकर कब का टूट गयी होती! और

वही नाक अगर सिर के ऊपर या कान के अंदर होती तो तुम्हारी तकलीफ शब्दों में बयान नहीं की जा सकती थी...सोचो...खुशी मनाओ कि तुम्हारी नाक सही जगह पर है...' कहकर हमेशा नाक को मसलकर नींद से मुझे जगाता है, *जैक प्रेलट्स्की । जैक की इस करतूत से हर सुबह मैं घबराई हुई आईने के पास दौड़ पड़ती हूँ । तब जाकर मुझे याद आता है कि मेरी नाक ही नहीं, मेरा चेहरा भी सही जगह पर नहीं है । मैं यह भी नहीं जानती कि वह कहाँ है!

भूखी ग्लोबल सोसाइटी के ब्रेकफास्ट का टोस्ट बन कुछ नाइटमेअर्स और कुछ डे-ड्रीम्स को साथ लेकर जाग उठी मैं । आज राज्यीय, राष्ट्रीय या अंतर्राष्ट्रीय रूप से मैं बेहतर बनी या बदतर यह जानने की कोशिश कर ही रही थी कि इतने में टी.वी. के दरवाजों पर जोर से किसी ने दस्तक दी । दरवाजों को जैसे ही मैंने खोला एक अनाच्छादित तुंदी ने मुँह पूरा खोलकर जुम्हाई ली । अचानक उसमें से ओबामा निकल आया । ठीक कल...ईरान के जूते से चबाकर थूके गये पान की पीक की तरह बुश भी इसी तरह निकल आया । हमस का एक बागी जूते का ट्रिगर दबाते हुए ओबामा के पीछे पड़ गया । दोनों यहीं कहीं, दिमाग के किसी कोने में चोर-सिपाही का खेल खेल रहे होंगे।

बैलट बॉक्स से लापता हुआ शिबू सोरेन इडियट बॉक्स में लुक-छिपकर चल रहा है । सत्यम, पाँच हजार चालीस करोड़ कांति (प्रकाश) वर्षों की दूरी पर ब्लैक होल में झूठ को, पुनर्समर्पित हुआ । कल तक गालों को तराशने वाला मेकअप ब्रश मॉनिटर पर झाड़ू बनकर बुहारने का नाटक कर रहा है । धूल-भरा परदा धुँधलाने लगा । ऊबकर काफी के प्याले के साथ आईने में घुस गई । वहाँ कोई कुछ ढूँढ़ रहा था...कोई क्या...मेरा चेहरा...अपने चेहरे को ढूँढ़ती हुई मैं ही...!

आज कौन-सा मुँह लेकर दुनिया के सामने जाऊँ? धत्... हमेशा यही उलझन! कितने मुँह माँगकर लाऊँ? दस दिन भी साथ नहीं देते । फौरन सिकुड़ जाते हैं । चेहरा है तो उसमें लचीलापन होना जरूरी है । न जाने किस तरह बनाते

** जैक प्रेलट्स्की अमरीकी कवि हैं । *'जोनाथन लिवंगस्टन सीगल' रिचर्ड बक की रचना है । *'ट्रान्सफॉर्मर्स' 2007 में बनी स्पीलबर्ग की फिल्म है, उसमें ऑटो बोट्स, डिसेप्टिकॉन्स नामक एलियन रोबो आपस में भिड़ते हैं, 'ऑलस्पॉर्क' नामक रोबो की शक्ति पर अधिकार पाने के लिए ये दोनों लड़ते रहते हैं । उस लड़ाई में सैम विट्विकी नामक युवक अप्रत्याशित रूप से फँस जाता है।*

हैं? जीवन सारा चेहरा खरीदने में ही बीत जाता है । सुबह उठकर घर से बाहर निकलने में संकोच होने लगता है। यह सिर्फ मेरी ही समस्या नहीं है । एक बार सड़क पर जाकर देखिए । इंच-इंच पर आपको बिना चेहरे वाले इनसान दिखाई देते हैं। कई लोग ऐसा बर्ताव करते हैं, जैसे यह कोई समस्या है ही नहीं । पर मुझे बड़ी परेशानी होती है । सही चेहरे के लिए मैंने कहाँ-कहाँ नहीं ढूंढ़ा! कितनी दुकानों के चक्कर लगाये थे! आज फिर शिकार करने जाना है । हे भगवान, कम से कम आज मुझे अपना चेहरा दिखा दे, प्रभु! परसों मेरे सहकर्मी ने सलाह दी तो एंटिक फेसेस की दुकान में गयी, पर वहाँ सब बड़े ही पुराने चेहरे मिले, नकली क्लियोपैट्रा के चेहरे भी बेच रहे थे । न जाने किस जमाने के हैं, कोई छूत की बीमारी लग जाएगी तो...डर के मारे कुछ खरीदे बिना ही लौट आई ।

वैसे शहर में ऐसी एक दुकान का होना अच्छा ही है । क्योंकि रेडीमेड, ब्रैंडेड चेहरों के दाम आसमान छूने लगे हैं । पहले ही आर्थिक मंदी चल रही है, कौन-सा मुँह लेकर ब्रैंडेड चेहरे खरीदने जाएँगे, बोलिये? चलो सस्ते में मिलते हैं, यह सोचकर देसी चेहरे ख़रीदने जाओ तो रूखे बाल, गालों पर दाग, उतरे हुए उदास चेहरे बाप रे! जीने की इच्छा ही खत्म हो जाती है! मेरी तरह दो कौड़ी वेतन पाने वाला ब्रैंडेड चेहरे क्या खरीद सकता है? बस लोकल ब्रैंड से ही तसल्ली कर लेना पड़ता है ।

अमीरपेटा में हमेशा की तरह भीड़ उमड़ रही थी । फ़ुटपाथ पर, चार पहिये वाली गाड़ियों पर, छोटी-छोटी दुकानों के चबूतरों पर हाथों में पैंफलेट पकड़कर हवा में उड़ाते हुए कान के पर्दों को फाड़ने की आवाज़ में, "आइये साहब...आइये बहन...आइये...इधर देखिये...जवान चेहरे...सिर्फ सात सौ रुपये में! एक खरीदने पर चार मुफ्त...आइये...जल्दी कीजिये ।" कुछ लड़के चिल्ला रहे थे । नहीं तो खाली पेट चुप रहेगा? पैर पकड़कर रोने नहीं लग जाएगा? एक पल के लिए वहाँ खड़ी होकर उन लड़कों की ओर देखा । उनमें से कुछ के चेहरे उतरे हुए थे । कुछ के तो चेहरे ही नहीं थे । अपना एक चेहरा पाना बच्चों के अधिकारों के तहत आता है कि नहीं? बेचारे, लड़कपन में ही अपने चेहरे खो बैठेंगे तो उनके पास सूखी आंतों के सिवा क्या रह जाएगा? उनसे तो मेरी हालत ही अच्छी है ।

मैं जब पैदा हुई, उस जमाने में चेहरे खरीदने की जरूरत नहीं पड़ती थी । सुना है बचपन में मेरे पास एक सुन्दर चेहरा था । माँ कहती थी...मैं

जब फूलों की पंखुड़ियों जैसी अपनी पलकें खोलती तो खुशबू-भरे सपने चारों ओर बिखर जाते थे! छोटी सी नाक में स्वेच्छा साँस लेती थी । नाजुक होठों पर बोलों की चिड़ियाँ पर फड़फड़ाती थीं ।

कुछ बेमतलब के शब्द उन होठों से निकलते और ऐसा लगता कि मैं स्वर्णिम भविष्य की व्याख्या कर रही हूँ!

मेरे चेहरे से अक्लमन्दी झलकती थी जो मेरी माँ को बहुत पसन्द थी! पर क्या फायदा? जैसे-जैसे उम्र बढ़ती गई, मैं भी पढ़ाई, नौकरी, कॅरियर, शादी, बच्चे, इन सब में पड़कर अपना चेहरा खो बैठी । याद नहीं कौन से रोज मैंने अपना चेहरा खो दिया, पर उस दिन माँ ने मुझे खूब कोसा । 'आन्दोलन-वान्दोलन सब बन्द करो । मुझे बदनाम करेगी तो मैं चुप नहीं रहूँगी । चुपचाप पढ़ाई में ध्यान दो, वरना टाँगें तोड़कर एक कोने में बिठा दूँगा, हाँ!'' पिताजी ने धमकी दी तो मैं छात्र-आन्दोलन से चुपचाप बाहर निकल आई, क्या उस रोज?...''अपनी ही जात की है...'' यह कहकर प्रोफेसर ने योग्यता से अधिक अंक दे दिये थे, और मैंने उसे एक जीत के रूप में स्वीकार कर लिया था, क्या उस रोज? ...नौकरी में तरक्की पाने के लिए झूठी विनम्रता और नकली हँसी को जबरन चेहरे पर पोत लिया था, क्या तब?... घर को बदनामी से बचाने के लिए प्यार को और प्यार करने वाले को धोखा देकर अरेंज्ड मैरिज के लिए राजी हो गई थी, तब?... जब मेरे पति ने मेरे दोस्तों में बदचलनों को और सज्जनों को अलग करके हिसाब बताया था, और पति की चेतावनी को मानकर अच्छे दोस्तों की दोस्ती को छोड़कर पूरी तरह एक अच्छी गृहिणी बन गई थी, तब?... याद नहीं है, पर अपना चेहरा खोये हुए काफी वक्त हो गया है । जिस पल मैं अपना चेहरा खो बैठी, तभी माँ शायद अब कभी मेरा मुँह नहीं देखने का प्रण करके, इस दुनिया से ही चल बसी । मैं इसी आशा में चेहरों को तलाशने में लगी हूँ कि कभी न कभी मुझे अपना चेहरा वापस मिल जाएगा तो माँ को फिर से इस दुनिया में बुला लाऊँगी । नकली चेहरों से भरे इस संसार में अपना चेहरा ढूँढ़ पाने की आशा दिन-ब-दिन घटती जा रही है ।

सड़कें जीभों की तरह चिरकर फ्लाइ ओवरों के रूप में उमड़ रही हैं । सड़कों पर चलती सभी गाड़ियाँ मशीनी इनसान बनकर ऑटोबोट्स और डिसेप्टिकॉन्स में परिवर्तित होकर एक दूसरे से भिड़ रही हैं । घुटनों से सोचते हुए सिर के बल चलने लगी हूँ ।

*ट्रान्सफॉर्मरों के बीच *सैम विट्विकीन बनकर मैंने बड़ी मुश्किल से 'ड्रीम फेस' नामक फेस मॉल के अंदर कदम रखा । मॉल खरीदारों से भरा पड़ा था। एक सौ से लेकर हज़ारों रुपयों की कीमत वाले चेहरे यहाँ बिकते हैं । इन्टरनेशनल ब्रैंडेड चेहरों के साथ-साथ लोकल ब्रैंड के चेहरे भी यहाँ मिलते हैं । इसलिए मध्यमवर्ग के लोग इस मॉल पर टूट पड़ते हैं । 'हाई एंड' नामक लोकल ब्रैंड के आउटलेट में मैं दाखिल हुई । वाह! किसने प्यारे चेहरे हैं, यहाँ! पर मेरे बटुए में जो पैसे थे, उनसे तो हाउसवाइफ के चेहरे ही मैं खरीद पाई ।

जब मैं दुकान से बाहर निकलने लगी तो एक सेल्सपर्सन ने मुझे टोका और कहा, ''मैडम, एक मिनट! यह प्रोडक्ट देखा आपने?'' वह एक रैक की तरफ बढ़ा । उस पर आँखें, नाकें, पलकें, होंठ, ठुड्डियाँ, गाल रखे थे । मैंने अब तक तरह-तरह के चेहरे तो देखे, पर इस तरह अलग-अलग अंग नहीं देखे । ''इन्हें रिसाइक्लिंग करके बनाया गया था । आपके पास अगर पुराना खराब चेहरा हो तो इनकी मदद से उसे ठीक किया जा सकता है । आप ट्राइ करके देख सकती हैं!'' उसने कहा ।

दरें भी ठीक-ठीक थीं । मैंने सोचा एक बार ट्राइ करने में हर्ज ही क्या है? तो आधे दर्जन होंठ, एक दर्जन पलकें, एक जोड़ी आँखें खरीद लीं मैंने। सबको आइस बॉक्स में पैक करके दुकानदार ने मुझे दे दिया ।

फिर मैं एक के बाद एक, शीशों के अन्दर रखी चीज़ों को देखती आगे बढ़ी । अचानक मेरे मन में एक इच्छा जागी । नहीं ख़रीद सकती तो क्या, एक बार छूकर तो देख सकती हूँ! ऐसा सोचकर मैं एक इंटरनेशनल ब्रैंड आउटलेट के अन्दर घुस गई । क्या सचमुच ऐसे सुंदर चेहरे भी कहीं होते हैं । मैं हैरान थी । मेरे पति इसी तरह के ब्रैंड इस्तेमाल करते हैं । देखा जाये तो जहाँ तक हो सके, मर्द लोग अंतर्राष्ट्रीय ब्रैंड का चेहरा ही इस्तेमाल करते हैं । सिर्फ औरतें ही हैं जो लोकल ब्रैंड से तसल्ली कर लेती हैं । 'मिस यूनिवर्स', 'मिस इंडिया' के चेहरों का भाव लाखों में होता है । ऊँचे तबके की औरतों के चेहरे उससे थोड़ा सस्ते जरूर होते हैं, पर मेरी जैसी औरतों की पहुँच के बाहर ही हैं । शायद सेल्स पर्सन मेरी उधेड़बुन को भाँप गया, ''कम दाम में रिसाइकिल किये गये चेहरे हैं, क्या आप देखना चाहेंगी?'' उसने कहा । मैंने दिखाने को कहा और उसके पीछे चल पड़ी । वह एक-एक करके पैकेट खोलकर चेहरे दिखाने लगा । ''इन चेहरों की न्यूज वैल्यू है । क्षय होने वाले पदार्थ से पुनर्निर्मित

किये गये हैं'', उसने कहा । एक चेहरा दिखाया जिसपर अपमान के बोझ से, टूटे सपनों से भरी आँखों पर पलकें चिपकाई गयी थीं । एक चेहरा तेजाब के दागों से भरा था । ''यह तो स्वप्निका का चेहरा है न, जिस पर तेजाब से वार किया गया था?'' मेरी आवाज़ अनायास काँपने लगी । उसने लापरवाही से हामी भरी और इसी तरह प्रेमियों द्वारा मारी गई लड़कियों के चेहरे, एक-एक करके, दिखाने लगा । इतने सारे ऐसे चेहरों को देखते हुए अपना चेहरा तलाशने की इच्छा लगभग खत्म ही हो गई! और देखा नहीं गया तो मैंने मुँह फेर लिया । बेचैनी-सी महसूस होने लगी ।

वह सेल्सपर्सन मेरी ओर अजीब नज़रों से देखने लगा, ''चाहे तो इन्हें भी ट्राइ कर सकती हैं'', कहते हुए शोकेस से एक जोड़ी स्तन ले आया । ''इसे लगाने के लिए सर्जरी नहीं करानी पड़ेगी । जैसे ब्रा बदलते हैं, कुछ ऐसे ही...'' ढीठ हँसी हँसते हुए उसने कहा ।

मेरे अन्दर मध्यमवर्ग की लाज-शरम के पर्दे हिल उठे और मुझे गुस्सा आ गया, मैंने ''बदमाश!'' कहकर उसके चेहरे पर जोर से थप्पड़ मारा । बस उसका नकली चेहरा एकदम कुचल दिया गया! अगले पल वहाँ ऐसा शोर उठा कि सिक्युरिटी के आदमी आकर मुझे बाहर घसीटने की कोशिश करने लगे । मेरी कोहनियों पर ज़रा से घाव हुए । मॉल में जो औरतें थीं, वे बच्चों को लेकर आदमियों के पीछे दुबक गईं ।

''स्टुपिड लोअर क्लॉस...नॉन्सेन्स!'' कहते हुए कुछ लोगों ने नाक-भौं सिकोड़ लिये । इतने में पुलिस आई ।

मुझे मालूम नहीं था कि इतना बड़ा शोर-शराबा मच जाएगा । पर इस गहमा-गहमी में भी मैंने एक बात की ओर ध्यान दिया । सब लोग मेरी तरफ बड़ी हैरानी से देख रहे थे । उनकी आँखों में डर और अनजानापन था ।

इन्सपेक्टर ने मुझसे कहा, ''चलिये, गाड़ी में बैठ जाइये!''

''मैं क्यों चलूँ? मेरे साथ बदतमीज़ी से पेश आने वाला तो वह था, उसके बदले मुझे क्यों ले जा रहे हैं?''

इन्सपेक्टर सकपकाकर बोला, ''देखिये दुकान में इस तरह बर्ताव करना गलत है । औरत होकर सवाल करती हो? ऊधम मचाती हो? यह तो और भी बड़ा अपराध है! एंटी क्वेश्चन कानून के तहत तुम्हें हिरासत में लेना ही पड़ेगा, चलो गाड़ी में बैठो...!'' इन्सपेक्टर एक पल में 'आप' से 'तुम' पर आ गया और कड़ककर बोला ।

तब जाकर मुझे याद आया कि देश में सवाल करने पर पाबंदी लगाते हुए हाल ही में एक कानून लागू किया गया था । फिर भी मैं नहीं घबराई। न जाने क्या कारण था कि मेरा मन और बदन कपास के फूल की तरह हलका हो गया और मैं खुशी से भर गयी ।

गाड़ी में चढ़कर बैठ गयी । धक्का-मुक्की में नीचे गिर जाने से, बदन पर धूल-मिट्टी लग गई और बाल भी बिखर गये । बालों को ठीक करने के लिए बटुए से आईना निकाला और देखा मेरी आँखों के सामने एक सुन्दर सपना प्रकट हुआ । आखिर मेरी तलाश रंग ले ही आई! यह सच है या सपना?

मेरा चेहरा...हाँ, मेरा ही चेहरा...सहज स्वाभाविक दूध, फूल और चाँदनी मिलाकर, घोल बनाकर बनाया गया सुन्दर चेहरा आईने में दिखाई दिया, तब पता चला कि सब लोग मेरी तरफ हैरानी से क्यों देख रहे थे! मैं उनके मन में शक पैदा करने लगी थी । खुद का चेहरा अब यहाँ जुर्म समझा जाने लगा । चाहे जो भी सजा मिले, कोई बात नहीं । मुझे ऐसा महसूस हो रहा था जैसे मुझे पूरे संसार पर जीत हासिल हुई हो!

मैंने अपना चेहरा पा लिया । अब अपने चेहरे से, अपने मन से वंचित होकर जीने की जरूरत नहीं रही!

मैंने ध्यान नहीं दिया कि पुलिस की गाड़ी थाने पर कब पहुँची । मुझे एक कोने में, बेंच पर बिठा दिया गया था । मेरे पति का मोबाइल नम्बर माँगा तो मैंने उन्हें दे दिया ।

खबर दी गई । वे आ जाएँगे । इस झमेले से ज्यादा मेरा सुन्दर चेहरा ही उन्हें आकृष्ट करेगा । देखकर हैरान रह जाएँगे । मेरे चेहरे के नूर को, चमकते सुन्दर चेहरे को वे पहली बार देखेंगे । उस पल वे जान पाएँगे कि मुझे किस तरह प्यार करना चाहिए । मैं कितनी अनमोल हूँ, इसका आभास मिलेगा । अगले पल उन्हें भी अपना चेहरा वापस मिल जाएगा । चेहरा विहीन इतने लोगों के बीच सिर्फ हम दोनों अपने चेहरे लेकर खड़े रहेंगे । सच्चे इनसान बनकर इस दुनिया को जीवन के मूल्य सिखाएँगे । मेरी यह कल्पना रुकने का नाम नहीं ले रही थी ।

वे आये । इन्सपेक्टर के सामने बैठ गये । उन दोनों में क्या बातें हुईं, मैं ठीक से समझ नहीं सकी । मैं जिस बेंच पर बैठी थी वह उनसे दूर थी। मेरे पति का (नकली) चेहरा परेशान दिखा । लगा कि वे गिड़गिड़ा रहे हैं, विनती कर रहे हैं । अब तक उन्होंने मेरी ओर देखा भी नहीं । थोड़ी देर

तक दोनों बैठे बातें करते रहे । फिर मेरे पति के चेहरे पर थोड़ी राहत नज़र आई ।

तब उन्होंने मुड़कर मेरी ओर देखा । जैसा मैंने सोचा था, उनके चेहरे पर हैरानी पुत गई । पर वह ज्यादा देर टिकी नहीं । हाथ के इशारे से मुझे बुलाकर, चुपचाप चल दिये । थाने से ऑटो में बैठकर घर को चले । रास्ते में मैंने बहुत चाहा कि वे एक बार मेरे चेहरे को देख लें । पर वे सिर झुकाये, जैसे मैं उनकी बगल में हूँ ही नहीं, चुप्पी साध गये ।

अंधेरा काले धुएँ की तरह, लावा की तरह चारों तरफ से घिरने लगा । ऑटो के अन्दर माउंट फ्यूजी की लाली जम गई । घर पहुँचे ।

घर में, शरारत और खेल-कूद को भुलाकर, बचपन कॅरियरिस्ट होमवर्क में डूबा था ।

मैं घर के अन्दर दाखिल हुई । अपना सुन्दर-सा चेहरा लेकर पहली बार घर के अन्दर कदम रखा । पैरों में चेहरे का ही महावर सजाकर घर में प्रवेश किया । अगले पल दस हज़ार डेसिबल्स के शोर से मेरी आँखों को और मेरे सपनों को फोड़ते हुए मेरे चेहरे पर एक तमाचा पड़ा ।

''बदतमीज़ गधी! तेरे बदन में चरबी चढ़ी है?...औरत बनकर नहीं रह सकती? लाज-शरम को ताक पर रख दिया?...''

दाँत पीसते हुए, मुट्ठी बांधकर घूँसा जमाने के लिए ऊपर उठा हाथ वहीं रुक गया ।

मैंने मार से बचते हुए उन्हें जोर से धक्का दिया और सोने के कमरे में जाकर दरवाज़ा बंद कर दिया और पलंग पर लुढ़क गई । हारकर जीतने की खुशी...कल क्या होगा, इसकी चिन्ता नहीं ।

''मेरे तिरस्कार का नतीजा उनकी तरफ से चाहे कितना भी भयंकर हो, मुझे उसकी परवाह नहीं...मुँदी पलकों के नीचे पंख खुला चेहरा...। प्रकाश की सीमा के आखिरी छोर पर खड़े होकर दूसरा कदम अंधेरे में रखना पड़े, तब तुम दो सबक सीखोगे । अगर पैर तले ठोस जमीन हो तो बिना लड़खड़ाये खड़े रहना सीखोगे । वरना पंख खोलकर उड़ना सीखोगे...मेरे साथ आओ...'' कहकर *जोनाथन लिविंग्स्टन के सीगल (समुद्री पक्षी) ने आवाज़ दी ।

उसके पंखों पर चढ़कर पंख उगे मेरे चेहरे ने ब्रह्मांड के सपने देखे । पूरब और पश्चिम के बीच ग्रिल्ड चिकिन फीनिक्स में अनुदित हो गया ।

लेखक परिचय

1. **डॉ. अवसराला रामकृष्णराव** (1931–2011) :– कॅरियर के शुरू में इन्होंने स्कूल में गणित और विज्ञान का अध्यापन कार्य किया। फिर अंग्रेज़ी में Ph. D. करने के बाद उड़ीसा के सरकारी कॉलेज में अंग्रेज़ी रीडर के पद पर कार्यरत रहे। सत्रह साल की उम्र में इनकी पहली रचना प्रकाशित हुई। 600 कहानियाँ, 19 उपन्यास प्रकाशित। इनकी रचनाओं की विशेषता हास्य और व्यंग्य है। बाल साहित्य के अंतर्गत भी इन्होंने अनेक रचनाएँ की हैं। इनकी कहानियाँ और कुछ उपन्यास अंग्रेज़ी के अलावा कई भारतीय भाषाओं में भी प्रकाशित हुए हैं।

पुरस्कार : आंध्रप्रदेश साहित्य अकादमी, तेलुगु विश्वविद्यालय, हैदराबाद के पुरस्कार समेत इन्हें अनेक साहित्यिक पुरस्कार भी प्राप्त हुए।

संपर्क : A.J. Rao, 4-9-37-8/1, NGGO Colony, Akkayyapaalem, Vishakhapatnam-530016.

Ph. no. : 0891-548764.

2. **गिड्डगु राजेश्वर राव :** जन्म 1933। अनेक पुस्तकें प्रकाशित। कहानियाँ, आकाशवाणी के लिए नाटक, कविता, गीत और बाल कहानियाँ प्रकाशित। इनकी कहानियों के पात्र सुसंस्कृत होते हैं। विषय वस्तु जीवन और समाज से सम्बंधित होते हुए भी, इनकी रचनाओं में कहीं भी कठोरता नहीं दिखाई देती। कटु सत्य को भी बेहद कोमलता से प्रस्तुत करना इनकी रचनाओं की विशेषता है। मूल्यों को बरकरार रखते हुए समकालीन समाज की आलोचना करना और जीवन को आनंद से भर देने का उपाय बताना इनकी कहानियों में देखा जा सकता है। सकारात्मकता और आशावाद से भरी इनकी कहानियों की भाषा बहुत सरल और पठनीय है।

संपर्क : 306, बालाजी आर्केड, तिलकनगर, न्यू नल्ला कुंता, हैदराबाद–400044

मोबाइल : 09291330870

3. **महम्मद क़दीरबाबू :** जन्म 1972। प्रमुख रूप से कहानी लेखक। इस युवा लेखक के चार कहानी संग्रह प्रकाशित हो चुके हैं। जिनमें से एक कहानी संग्रह बाल साहित्य के अंतर्गत आता है। पुराने हिन्दी फिल्मी गीतों पर 'मनचाहे गीत' के नाम से एक पुस्तक, जिसमें अनेक अमर गीतों, गीतकारों, संगीतकारों और गायकों का विस्तृत परिचय प्रस्तुत है। अभी हाल ही में तेलुगु की 100 प्रसिद्ध कहानियों का क़दीरबाबू ने संक्षिप्त पुनर्लेखन किया है। इसके पीछे उद्देश्य था, वर्तमान पीढ़ी को उन कहानियों से परिचित कराना और मूल कहानियों को पढ़ने के लिए प्रेरित करना। यह एक अनूठा प्रयास सिद्ध हुआ।

   वृत्ति से ये आंध्रज्योति, तेलुगु दैनिक में दस साल कार्यरत रहे और अब साक्षी, तेलुगु दैनिक की सम्पादक मंडली में काम कर रहे हैं।

पुरस्कार : 'राष्ट्रीय कथा' पुरस्कार, (दिल्ली), मैसूर का भाषा सम्मान आदि।

संपर्क : साक्षी, दैनिक, 6-3-249/1, रोड नंबर1, बंजारा हिल्स, हैदराबाद-400034

फ़ोन : 040- 23303829

4. **जी.आर.महर्षि :** युवा लेखक। हास्य-व्यंग्य उपन्यास और तिलिस्मी उपन्यास प्रकाशित। 116 लघु कहानियों का संग्रह प्रकाशित। जीवन के विषाद और आनंद, दोनों का चित्रण इनकी कहानियों में देखा जाता है। इनकी कहानियों में लेखक कभी-कभी झांकता सा दिखाई देता है।

   वृत्ति से साक्षी तेलुगु दैनिक, तिरुपति की सम्पादक मंडली में कार्यरत।

संपर्क : साक्षी, रेनिगुनता- 417520

मोबाइल : 09912199610

email :- grmaharshi@yahoo.com

5. **विनोदिनी :** युवा लेखिका। अनेक कहानियाँ, नाटक और कविताएँ प्रकाशित। इनकी रचनाओं ने दलित ईसाई महिलाओं को एक नई पहचान दी है। Penguin anthology of Telugu stories में इनकी कहानी को भी स्थान मिला है। उच्च वर्ग के ब्राह्मणों और गिरजाघर की उपेक्षा के बीच फँसी मारिया नामक दलित ईसाई स्त्री की वेदना इस कहानी की मुख्य

विषय वस्तु है। इनकी कहानी 'ब्लॉक' में भी इसी वर्ग के शोषण की व्यथा चित्रित है।

वृत्ति से ये कॉलेज में अध्यापन कर रही हैं।

संपर्क : HIG-11, Block-8, Flat-1, Baglingampalli, hyderabad-500044

6. **तोलेटि जगन्मोहन राव :** पिछले तीस साल से साहित्य सृजन कर रहे हैं। 50 कहानियाँ, तीन कहानी संग्रह, दूसरे विश्वयुद्ध के दौरान रूस की स्थिति पर एक शोध ग्रन्थ प्रकाशित। वामपंथी रचनाकार। P.G. Wodehouse की रचनाओं से प्रभावित होकर हास्य और व्यंग्य से भरी कहानियाँ भी लिखीं। इनकी कुछ कहानियों के अनुवाद हिन्दी और अंग्रेज़ी भाषाओं में प्रकाशित हैं।

संपर्क : tolety_jr@rediffmail.com

मोबाइल : 08897130861

7. **टी. संपत कुमार :** पिछले 25 साल से रचनाकार्य में लगे हैं। चौंतीस कहानियाँ, दो कहानी संग्रह, अनेक आलेख, photo features कुछ कविताएँ प्रकाशित। आईआईटी से डॉक्टरेट करने के बाद दिल्ली में रहने लगे। Canada High Commission में कार्यरत हैं। कई देशों में काम करने के कारण इनकी कहानियों में विदेशी जीवन एवं पात्रों की झलक भी मिलती है।

संपर्क : D-202, Vikram nagar apts, plot 14, Sector 12, Dwaraka New Delhi- 110078.

ph. no. : 011-28031379

email : tiesskay@gmail.com

8. **कोंडवीटि सत्यवती :** 30 सालों से लेखनकार्य। दो कहानी संग्रह, कुछ कविताएँ और अनेक आलेख प्रकाशित, इसके अलावा अंग्रेज़ी से कुछ अनुवाद भी प्रकाशित हैं। तेलुगु में सबसे पहले नारीवादी पत्रिका 'भूमिका' की स्थापना और सम्पादन। स्त्रियों की समस्याओं के बारे में चर्चा करने और सबको अवगत कराने के लिए पत्रिका चलाने के साथ-साथ, असहाय और पीड़ित स्त्रियों की सहायता के लिए एक हेल्पलाइन भी स्थापित की, जो पिछले पाँच सालों में काफी कम कर चुकी हैं।

संपर्क : HIG-11, Block-8, Flat No:1, Baaglingampalli, Hyderabad-500044
ph. no. 040-23442576 : 040-27660173
email : bhoomikahyd@gmail.com

9. **वि.वि.न. मूर्ति :** चार दशकों से रचनाकार्य में जुटे हैं। 130 कहानियाँ, 11 उपन्यास, अनेक आलेख प्रकाशित। इनकी कुछ रचनाओं का अनुवाद हिन्दी, अंग्रेज़ी और कन्नड़ में किया गया है। केंद्र सरकार में उच्च अधिकारी के पद से अवकाश प्राप्त। बेंगलूरू में रहते हैं। फिलहाल, तेलुगु के प्रमुख एवं स्वर्गीय रचनाकारों की रचनाओं को संग्रहों के रूप में लाने की प्रक्रिया के तहत ये सम्पादन का कार्य कर रहे हैं। तेलुगु में आज तक प्रकाशित कहानियों का संग्रहण करके, उन्हें digitalize करके, हिफाज़त से रखने का कार्य 'कथानिलायम' नामक एक संस्था करती आ रही है, जिसकी स्थापना तेलुगु के प्रसिद्ध लेखक, कालीपन्ताम रामाराव ने की थी। उस संस्था में वि.वि.न. मूर्ति सक्रिय भूमिका निभा रहे हैं।

संपर्क : कथानिलायम, विशाखा ए कालोनी, श्रीकाकुलम-532001
email : vivinamurty@gmail.com

10. **अरि सीतारामय्या :** आंध्रप्रदेश में जन्म। ये अमेरिका में ओकलैंड विश्वविद्यालय में जीव विज्ञान के प्रोफेसर हैं। 1977 से लेखन कर रहे हैं। 20 कहानियाँ और तेलुगु से अंग्रेज़ी में कुछ अनुवाद प्रकाशित। National Book Trust, Delhi ने इनका एक अनुवाद (तेलुगु उपन्यास का अंग्रेज़ी अनुवाद) प्रकाशित किया है।

पढ़ने और नौकरी करने के लिए विदेशों में बसे भारतीयों... खासकर तेलुगु भाषी लोगों की... समस्याओं को और उनके मन की अतृप्ति, अपराधबोध और वेदना को इनकी कहानियाँ बखूबी चित्रित करती हैं।

संपर्क : 1868, Heron View Drive, West Bloomfield, MI 48324, USA
cell no. : 1248-366-9594
email : ari@oakland.edu

11. **गंटेड गौरुनायुडु :** भूमंडलीकरण के दुष्परिणामों को वैचारिक दृष्टि से देखते हुए, देहात के आँसुओं को, विच्छिन्न होती कृषि को, गायब होते

मानव को इनकी कहानियों और कविताओं में देखा जा सकता है। वृत्ति से अध्यापक हैं।

पुरस्कार : तेलुगु विश्वविद्यालय, हैदराबाद का पुरस्कार।

संपर्क : नायुडू वीथी, कुरुपाम-535524

12. **गोपराजु नारायण राव** : युवा लेखक। एक कहानी संग्रह प्रकाशित। आंध्रज्योति दैनिक में कुछ समय कार्यरत रहे। फिलहाल 'साक्षी' दैनिक की सम्पादक मंडली में काम कर रहे हैं।

इनकी कहानियों में सामाजिक समस्याओं और कुरीतियों का चित्रण मिलता है। पानी और अस्मिता के लिए संघर्ष इनकी रचनाओं का मुख्य विषय है।

संपर्क : साक्षी दैनिक, 6-3-249/1, रोड नंबर1, बंजारा हिल्स, हैदराबाद-500034

मोबाइल : 09849325634

13. **चोप्पदंडि सुधाकर** : तेलंगाना कथा साहित्य के लिए रचनाएँ प्रस्तुत करने वाले इस युवा लेखक ने भले ही कम रचनाओं की सृष्टि की हो, पर इनकी कहानियाँ प्रभावशाली हैं। इनकी कहानियों के शिल्प और विषय वस्तु, वातावरण आदि पाठकों को चकित कर देते हैं।

संपर्क : c/o I chandrayya, 4-4-11, Sherpura, siddhipet-502103

14. **ऐता चंद्रय्या** : तेलंगाना के जीवन और सामाजिक परिस्थितियों पर अनेक कहानियाँ लिखीं। 40 साल से विभिन्न विधाओं में, जैसे कहानी, कविता, नाटक आदि, रचनाएँ प्रकाशित। प्रांतीय चेतना इनकी रचनाओं में प्रमुखता से देखी जा सकती है।

पुरस्कार :- तेलुगु विश्वविद्यालय के पुरस्कार समेत कई अन्य पुरस्कारों से सम्मानित।

संपर्क : 4-4-11, शेरपुरा, सिद्धिपेट- 502103

मोबाइल : 09391205299

15. बी. अजय प्रसाद : इस संग्रह के सबसे कम उम्र के लेखक। ये स्वयं कहते हैं कि अभी ये लेखक नहीं बने। अभी तलाश जारी है, एक फलसफे की, एक लक्ष्य की! ये अपने मन की दुनिया में विचरण करते हुए सोचते रहते हैं, जब कोई घटना उनके मन को उद्वेलित करती है तो वही कहानी का रूप ले लेती है। कुछ कहानियों में रहस्यवाद की हल्की सी झलक मिलती है। प्रसाद कहते हैं कि वह संसार से और मनुष्य से दूर रहना चाहते हैं पर अचरज की बात है कि इनकी रचनाओं में मानव ही केंद्र बिंदु होता है।

संपर्क : 1-98, राघवेन्द्र कालोनी, उप्पल, हैदराबाद- 500039।

मोबाइल : 09247733602

email :- ajethavya@gmail.com

16. दादा हयात : साम्प्रदायिकता के बढ़ने के बाद देश में बदलती परिस्थितियों से प्रभावित होकर रचनाएँ करने वाला यह युवा लेखक धार्मिक सहिष्णुता, समन्वय और शान्ति को चाहने वाला है। इनकी कहानियाँ भी इसी विचार को प्रकट करती हैं। जन्म से मुसलमान होने के नाते उनकी समस्याओं को विशेष रूप से चित्रित करने वाली इनकी रचनाएँ किसी का पक्ष नहीं लेतीं। सच को सच के रूप में प्रस्तुत करती हैं। वृत्ति से ये वकील हैं। इनकी कहानियों का अनुवाद अनेक भाषाओं में हो चुका है।

संपर्क : 20/215, मोदाम्पल्ली स्ट्रीट, प्रोददुटूर- 516361

17. के. वरलक्ष्मी : प्रसिद्ध लेखिका। कई कहानियाँ और कविताएँ प्रकाशित। दो कहानी संग्रह और एक कविता संग्रह प्रकाशित। इनकी रचनाओं में नारीवाद मुखरित रूप से दिखाई न देते हुए भी स्त्री की अस्मिता को महत्व दिया जाता है। मानवतावाद इनकी रचनाओं का मुख्य विषय है। राजनीति और घर में स्त्रियों को निचला दर्जा दिए जाने के विरोध में कई रचनाएँ प्रस्तुत कीं।

पुरस्कार : तेलुगु विश्वविद्यालय, हैदराबाद का पुरस्कार तथा अन्य कई पुरस्कारों से सम्मानित।

संपर्क : रवींद्र निलयम, श्रीराम नगर, jaggaiyyapeta – 533435

मोबाइल : 09866467062

18. पसुपुलेटि गीता : युवा लेखिका। कहानियाँ, कविताएँ और आलेख प्रकाशित। पत्रकार के रूप में 20 सालों का अनुभव। नारीवादी स्वर इनकी रचनाओं की विशेषता है। एक काव्य संग्रह प्रकाशित। विश्व साहित्य से अच्छी तरह परिचित होने के कारण इनकी रचनाओं में गूढ़ता, संकेत आदि देखे जा सकते हैं। बात को सरल तरीक़े से प्रस्तुत न करना इनकी शैली की विशेषता है। अच्छी अनुवादक भी हैं।

संपर्क : प्लाट नंबर–46, 104 ड्रीम हैट्स अपार्टमेंट्स, स्ट्रीट 1, लालाम्मा गार्डेन्स, उप्पल गुडा, हैदराबाद – 500049

मोबाइल : 0888543246

email : pasupuleti.gita@gmail.com

19. जी. बाषा : युवा लेखक। लेखन अभी शुरू ही किया है, पर जो भी लिखा उसकी वजह से पहचान पाई है। समस्या को सीधे सच्चे ढंग से प्रस्तुत करना इनकी विशेषता है। भूमंडलीकरण के कारण उत्पन्न समस्याओं के अलावा अल्पसंख्यक मुसलमानों की समस्याओं को भी इन्होंने अपनी रचनाओं की विषय–वस्तु बनाया।

संपर्क : गांधी बोम्मा सेंटर, माधवराम, तादेपल्ली गूड़ेम– 534211

20. ताडिगिरि पोतराजु : चार दशकों से लिख रहे हैं। दो कहानी संग्रह और एक उपन्यास प्रकाशित। पर्यावरण, मानव और प्रकृति के बीच का संबंध, मानवतावाद इनकी रचनाओं की मुख्य विषय वस्तु है। इनकी रचनाएँ स्वयं को खो देने वाले मनुष्य के मानसिक संघर्ष को चित्रित करती हैं।

संपर्क : 3–45, kotulanaduma, yelakanthurty mandal=505476

mobile : 09701322704

21. चित्रा (वेलूरी रामाराव) : वृत्ति से बैंक में अफसर। प्रवृत्ति से प्रगतिशील लेखक एवं आलोचक। सरलीकृत आर्थिक विधान और प्रबल होते बाज़ारवाद, व्यवस्थीकृत राज्य हिंसा के संबंध को प्रकट करते हुए उसका विरोध करते हैं। बदलते समाज में आम आदमी के संघर्ष को सहानुभूति की दृष्टि से देखते और उसका चित्रण करते हैं। इनका झुकाव वामपंथी विचारधारा की ओर है। एक कहानी संग्रह प्रकाशित।

संपर्क : 26-4-26, कारपोरेशन बैंक रोड, विशाखापट्नम- 530089

फ़ोन : 0891-2563673

email : chitramarao@gmail.com

22. डॉ.जे. भाग्यलक्ष्मी : पत्रकार, मीडिया सलाहकार, कवयित्री, कहानीकार और अनुवादक। Indian Information Service में कार्यरत रहीं। उस दौरान कई किताबों और पत्रिकाओं का सम्पादन किया। Director Media के पद पर ग्रामीण विकास मंत्रालय में कार्यरत रहीं। कुछ समय तक Indian Institute of Mass Communications में अध्यापन कार्य किया। 48 पुस्तकें प्रकाशित। बाल साहित्य की रचनाएँ भी प्रकाशित। रवीन्द्रनाथ ठाकुर की 'गीतांजलि' का अनुवाद तेलुगु में किया। इनकी अनेक रचनाओं के अनुवाद हिन्दी और अंग्रेज़ी में प्रकाशित हैं।

पुरस्कार : तेलुगु विश्वविद्यालय, हैदराबाद के पुरस्कार के अलावा अनेक पुरस्कार प्राप्त कर चुकी हैं।

संपर्क : ए/13, 29-बी, फोर्ट व्यू अपार्टमेंट्स, कालकाजी एक्सटेंशन, नई दिल्ली- 1100019

मोबाइल : 09818191192

email : jbhagyalakshmi@bol.net.in

23. गोरुसु जगदीश्वर रेड्डी : तीस कहानियाँ और एक कहानी संग्रह प्रकाशित। जीती जागती घटनाओं को कहानी के रूप में चित्रित करते हैं। भूमंडलीकरण के कुप्रभाव का चित्रण करते हुए उसके कारण उत्पन्न औद्योगिक खलबली को विषय बनाकर कहानियों की रचना करने वाले इस लेखक को तेलुगु साहित्य में एक अलग स्थान प्राप्त है। इनकी

कहानियों के अनुवाद हिन्दी और अंग्रेज़ी में प्रकाशित हुए हैं। इनका मानना है कि साहित्य भले ही जीवन को बेहतर न बनाए पर इसे बदतर नहीं बनाना चाहिए। फिलहाल आंध्रज्योति दैनिक में कार्यरत हैं।

पुरस्कार : तेलुगु विश्वविद्यालय, हैदराबाद का पुरस्कार।

संपर्क : 363, प्रगति नगर, कूकटपल्ली, हैदराबाद-500090

मोबाइल : 09247839263

email : gorusu@gmail.com